# A BIBLIOTECA PERDIDA DO ALQUIMISTA

Um Grande *Thriller* de Marcello Simoni
Autor do *Best-Seller* Internacional
*O Mercador de Livros Malditos*

# A BIBLIOTECA PERDIDA DO ALQUIMISTA

Intrigas da Corte
Experiências Alquímicas Secretas
Seitas Perseguidas
O Misterioso Sequestro de uma Rainha

*Tradução de*
GILSON CÉSAR CARDOSO DE SOUSA

Título do original: *La Biblioteca Perduta dell'Alchimista*.
Copyright © 2012 Marcello Simoni.
Copyright da edição brasileira © 2013 Editora Pensamento-Cultrix Ltda.
Publicado originalmente por Newton Compton editori s.r.l., Roma, Casella postale 6214.
Texto de acordo com as novas regras ortográficas da língua portuguesa.
1ª edição 2013.
Todos os direitos reservados. Nenhuma parte desta obra pode ser reproduzida ou usada de qualquer forma ou por qualquer meio, eletrônico ou mecânico, inclusive fotocópias, gravações ou sistema de armazenamento em banco de dados, sem permissão por escrito, exceto nos casos de trechos curtos citados em resenhas críticas ou artigos de revistas.

A Editora Jangada não se responsabiliza por eventuais mudanças ocorridas nos endereços convencionais ou eletrônicos citados neste livro.

Esta é uma obra de ficção. Todos os personagens, organizações e acontecimentos retratados neste romance são produtos da imaginação do autor e usados de modo fictício.

**Editor:** Adilson Silva Ramachandra
**Editora de texto:** Denise de C. Rocha Delela
**Coordenação editorial:** Roseli de S. Ferraz
**Produção editorial:** Indiara Faria Kayo
**Assistente de produção editorial:** Estela A. Minas
**Editoração eletrônica:** Fama Editora
**Revisão:** Claudete Agua de Melo e Vivian Miwa Matsushita

Cip-Brasil. Catalogação na Publicação
Sindicato Nacional dos Editores de Livros, Rj

S619b
Simoni, Marcello
   A Biblioteca perdida do alquimista : intrigas da corte, experiências alquímicas secretas, seitas perseguidas, o misterioso sequestro de uma rainha / Marcello Simoni ; tradução Gilson César Cardoso de Sousa. - 1. ed. - São Paulo : Jangada, 2013 il. ; 23 cm. (Suspense histórico)

   Tradução de: La Biblioteca perduta dell'alchimista
   ISBN 978-85-64850-45-3

   1. História de suspense. 2. Ficção italiana. I. Sousa, Gilson César Cardoso de. II. Título. III. Série.

13-02118
CDD: 853
CDU: 821.131.1-3

Jangada é um selo da Editora Pensamento-Cultrix Ltda.

Direitos de tradução para o Brasil adquiridos com exclusividade pela
EDITORA PENSAMENTO-CULTRIX LTDA., que se reserva a
propriedade literária desta tradução.
Rua Dr. Mário Vicente, 368 — 04270-000 — São Paulo, SP
Fone: (11) 2066-9000 — Fax: (11) 2066-9008
E-mail: atendimento@editorajangada.com.br
http://www.editorajangada.com.br
Foi feito o depósito legal.

*A Leo Simoni, alquimista da forma e da cor.*

# PRÓLOGO

Ano de Nosso Senhor Jesus Cristo de 1227. Diocese de Narbonne. Em seu ponto mais alto, a fachada da velha igreja era dominada por uma abertura circular pela qual nunca entrava luz, nem mesmo nos dias mais ensolarados. Seria pretensioso defini-la como óculo, pois era antes uma cavidade modelada pelas intempéries, a órbita de um grande crânio em que as lufadas de vento penetravam sem trégua.

Debruçada sobre aquela abertura, uma freira solitária passeava os olhos pelo vale, o verde das campinas e o branco dos rebanhos. Movia as pupilas quase com enfado, indiferente aos sinais de uma primavera precoce. Algo muito diferente chamava sua atenção. Contemplava o perfil de uma época funesta e estava absorta a ponto de ainda ouvir o dobre dos sinos de Saint-Denis que, meses antes, haviam anunciado a volta de Luís VIII a Paris.

O rei cruzado voltara morto, enrolado numa pele de boi.

A freira, entretanto, não pensava como os outros; recusava-se a ver naquela desgraça a iminência da Grande Ceifa. Não eram os Cavaleiros do Apocalipse que punham sua terra a ferro e fogo, fomentavam o terror da heresia, davam voz aos falsos profetas. Nada disso dependia de Deus, mas, sim, dos homens. E, em parte, dela também.

Piscou os olhos repetidamente na tentativa de romper a cadeia de seus pensamentos, mas estes, sucedendo-se sem parar como ondas na praia, trouxeram-lhe à lembrança as visões de um inferno subterrâneo em que não eram os mortos que padeciam, mas os vivos. Por um instante, sentiu-se envolvida pelas trevas de Airagne...

Uma voz feminina a fez voltar à realidade, embora ela não tivesse entendido de imediato as palavras. Baixou o olhar para o pátio e lançou um sorriso de gratidão à jovem irmã que a chamara.

— Que houve? — perguntou-lhe, como se acabasse de despertar de um sonho.

— Desça, *bona mater* — gritou a jovem. Ela se esforçava por parecer calma, porém seu rosto transbordava inquietação. — Nós encontramos outro.

"*Bona mater*", repetiu para si mesma a mulher debruçada sobre a abertura. Não gostava de se gabar, mas não era uma freira comum. Ela é que infundira vida nova àquela velha paróquia, transformando-a num refúgio para mulheres piedosas, numa *béguinage*. Um sopro de vida naquela terra dilacerada pela guerra e uma maneira de reparar, em parte, o mal praticado.

Afastou-se um pouco da abertura, preparando-se para descer.

— Tem certeza? — quis garantir.

— É um endemoniado como os outros. — Esquecendo os bons modos, a irmã pôs-se a gritar. — Nós o encontramos bebendo em nosso poço.

A freira levou a mão ao peito, expressando em seu rosto a dureza de um soldado.

— Tem os *sinais*?

— Sim, os sinais de Airagne.

A freira, sem mais hesitar, apressou-se a ir ter com a irmã enquanto uma nova sequência de pensamentos se atropelava em sua mente. Talvez a voz do povo estivesse certa e o Apocalipse fosse iminente. E, enquanto descia a escada, não se dava conta de que fugira de um íncubo para encontrar outro pior. O íncubo da realidade.

# Primeira Parte
## O CONDE DE NIGREDO

Sabei todos vós, pesquisadores da sabedoria, que o princípio desta Arte — em virtude da qual muitos pereceram — é um só, e considerado pelos filósofos o mais poderoso e sublime entre os elementos. Os tolos desdenham dele como se fosse a coisa mais vil do mundo. Nós, ao contrário, o veneramos.

*Turba Philosophorum, XV*

Investigando a bela filosofia, concluímos que é composta de quatro partes e, assim, descobrimos a verdadeira natureza de cada uma. A primeira se caracteriza pelo preto, a segunda, pelo branco, a terceira, pelo amarelo, e a quarta, pelo vermelho.

*Livro di Comário e Cleópatra, V*

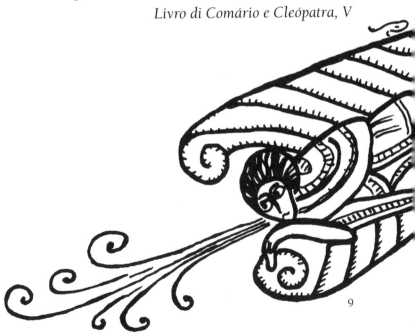

# 1

Soldados marchavam ao longo da margem do rio Guadalquivir. Ignazio de Toledo observava-os do alto de uma colina, por entre a luz sombreada do crepúsculo, tentando identificar as cores de suas insígnias.

Desceu do carro e baixou o capuz que o protegera do sol durante as horas mais quentes do dia, exibindo olhos perscrutadores e uma barba digna de um filósofo. Pôs-se a caminhar pelo declive sem perder de vista as manobras do exército, cujo único destino possível era uma fortificação a pouca distância de Córdoba. Lá, sem dúvida nenhuma, ele encontraria o que procurava, mas uma intuição o deixou inquieto, embora não cedesse facilmente a sugestões. Era, com efeito, um homem racional, habituado a acreditar no que podia compreender e a desconfiar do resto. Estranha atitude num mercador de relíquias!

Uma voz o desviou daqueles pensamentos.

— Parece preocupado.

Olhou na direção do carro. Quem havia falado fora seu filho Uberto, sentado no banco do cocheiro segurando as rédeas. Não tinha mais que 25 anos; cabelos negros compridos e olhos pequenos cor de âmbar.

— Está tudo bem. — Ignazio perscrutou de novo o vale. — Aqueles soldados ostentam as insígnias de Castela e devem estar voltando à fortaleza do rei Fernando III. Vamos segui-los, quero falar com sua majestade antes que caia a noite.

— Mal posso acreditar. Nunca imaginei que encontraria o soberano.

— Acostume-se a essa ideia. Nossa família serve a casa real de Castela há duas gerações. — Ignazio esboçou um sorriso amargo e não pôde evitar pensar em seu pai, que fora *notarius* do rei Afonso IX. Raramente se lembrava disso; porém, quando se lembrava, fazia o possível para esquecer a imagem daquele homem pálido e nervoso, que passara a vida adulta e a velhice no escuro de uma torre, debruçado sobre uma pilha de papéis. — Você logo constatará que esse "privilégio" é mais oneroso que honroso — concluiu, suspirando.

— Tenho ouvido falar muito de Fernando III — disse Uberto, espreguiçando-se. — Dizem que é um fanático religioso, por isso é conhecido como "o Santo".

— E, em nome da cruzada contra os mouros, expande seus domínios para o sul, o que representa guerra ao emir de Córdoba...

Ignazio se calou ao ouvir o barulho de cascos de cavalo a galope. Virando-se para o leste, viu um cavaleiro que se aproximava velozmente.

— Willalme voltou — disse, saudando de longe o recém-chegado.

O cavaleiro alcançou-os, parou diante do carro e desceu da sela num salto.

— Percorri a estrada principal e boa parte dos caminhos secundários — declarou, tirando a poeira do rosto e dos longos cabelos loiros. Depois de anos vivendo em Castela, seu sotaque francês quase havia desaparecido totalmente. — Ninguém nos seguiu.

— Muito bom, meu amigo. — Ignazio pousou-lhe a mão no ombro. — Atrele o cavalo ao carro e suba. Retomaremos agora mesmo a marcha.

O francês obedeceu.

— Descobriu onde é o acampamento do rei? — perguntou Ignazio.

— Acho que sim — respondeu Willalme, acomodando-se ao lado de Uberto. — Basta seguir aquele destacamento. — Apontou a fila de soldados que avançava para a pequena aldeia. — Devemos chegar lá o mais depressa possível. Quando escurecer, este lugar ficará cheio de salteadores.

Puseram-se a caminho. O carro deslizou pela encosta, sacudindo-se a cada buraco e avançando em meio a uma vegetação cada vez mais densa à medida que se aproximavam do rio. Embora estivessem no começo do verão, uma leve neblina toldava as cores dos vinhedos longínquos.

Os três companheiros seguiram o itinerário dos soldados e cruzaram o rio por uma velha ponte de pedra sustentada por quinze arcadas, bem a tempo de ver o destacamento desaparecer dentro das fortificações da aldeia. E, antes que eles próprios pudessem entrar, a porta se fechou.

Uberto freou os cavalos e olhou em volta. O vale estava silencioso. A aldeia surgia sobre uma colina cercada por uma muralha. No ponto mais alto se erguia um *castillo* com torreão, onde tremulavam os estandartes reais.

De repente, um grupo de soldados saiu do bosque e cercou o carro. Estavam todos vestidos da mesma maneira, com peitorais de metal, elmos com proteção para o nariz e sobrevestes vermelhas. O maior e mais cabeludo do grupo se aproximou do carro, empunhando uma lança.

— Parem, *señores*! Estão diante de uma fortaleza do rei de Castela.

Ignazio, que previra essa eventualidade, fez um sinal aos companheiros para que ficassem calmos, levantou as mãos e desceu do carro.

— Meu nome é Ignazio Alvarez de Toledo. Sou um mercador de relíquias e vim aqui por ordem expressa de sua majestade, o rei Fernando III.

Outro soldado se adiantou:

— Não confio nesses patifes! — Cuspiu no chão e sacou da espada. — Para mim, são espiões do emir.

— Se forem, acabarão como aqueles — riu um terceiro, apontando para quatro cadáveres dependurados em estacas.

Sem se intimidar, Ignazio voltou-se para o soldado cabeludo, que a despeito da aparência tinha um ar mais racional.

— Trago uma carta com o sinete real para provar o que afirmo. — Apontou para o alforje que trazia ao ombro. — Se quiserem, posso mostrá-la.

O soldado consentiu, ordenando aos camaradas que fizessem silêncio.

O mercador de Toledo mostrou-lhe um rolo de pergaminho, mas, certo de que nenhum deles sabia ler, acrescentou:

— Vejam o sinete, todos vocês o reconhecerão imediatamente.

O soldado segurou o pergaminho, passou os olhos pelas linhas escritas e fixou-se na marca impressa na cera.

— Sim, é o sinete real.

Devolveu o documento e fez menção de inclinar-se.

— Perdoem os senhores a acolhida rude, mas acontece que as tropas muçulmanas estão acampadas a pouca distância e de vez em quando tentam infiltrar espiões em nossa fortaleza. No entanto, não se preocupem, vou dar o sinal para que os deixem entrar. — E virou-se para a muralha, gesticulando na direção de uma pequena torre de madeira situada perto da porta. Dali, uma sentinela respondeu agitando uma tocha.

— Podem ir — disse o soldado, lançando um último olhar aos viajantes. — Quando se aproximarem da porta, eles a levantarão e os deixarão passar. Bem-vindos a Andújar, a antiga cidade de Iliturgis.

Ignazio subiu de novo ao carro e Uberto estugou os cavalos. Deixaram para trás a muralha e entraram naquele que pouco tempo antes havia sido um florescente centro agrícola e artesanal. Nas laterais da rua, viam-se oficinas de todos os tipos, todas abandonadas e enegrecidas pela fumaça. As únicas edificações que ainda davam sinais de vida eram as tabernas, diante das quais tagarelavam grupos de soldados bêbados.

A *plaza del mercado* abrigava as tendas das tropas, entre as quais as de alguns soldados berberes, aquartelados a certa distância das milícias regulares. Uberto observou-os com curiosidade. Trajavam uniforme leve, coberto por um manto com capuz, o albornoz. Por mais estranho que parecesse, aqueles homens pertenciam à divisão de cameleiros do norte da África.

— Não estranhe a presença, aqui, de guerreiros mouros — disse Ignazio ao filho. — O califa do Magrebe aliou-se a Fernando III e enviou reforços.

— Mas Fernando está combatendo o emirado de Córdoba! Por que um califa muçulmano iria ajudá-lo?

Ignazio recostou-se no assento.

— Esta não é uma guerra de religião, é uma guerra de interesses.

— Como qualquer outra — acrescentou Willalme.

Quando se aproximaram das cercanias do castelo, veio ao seu encontro um cavaleiro inteiramente armado, com um escudo em que se via gravada uma cruz florida.

— *Señores*, não podem prosseguir — advertiu em tom rude. — A menos que tenham permissão.

— Nós a temos, meu senhor — garantiu Ignazio. — Sua majestade nos espera.

— Sou o encarregado de averiguar e, depois, de escoltá-los até a presença do rei.

O mercador de Toledo exibiu a carta com o sinete real. O cavaleiro pegou-a com a mão protegida pelo guante, leu-a atentamente e devolveu-a.

— Parece que está tudo em ordem. — Baixou a coifa, revelando um rosto jovem e bronzeado. — Sou Martin Ruiz de Alarcòn. Sigam-me, vou mostrar-lhes as cocheiras.

O cavaleiro se pôs a caminho e sugeriu aos três viajantes que entregassem o carro e os cavalos a um criado da estrebaria. Em seguida, eles continuaram a pé até o centro do castelo, onde se erguia o torreão.

A noite caíra e os guardas se apressavam a acender fogueiras ao longo dos limites das muralhas.

— Os aposentos de sua majestade ficam no alto do torreão — disse Alarcòn. — A esta hora, deve estar conversando com os dignitários e o conselho de guerra.

Subiram a escada que conduzia até o alto do torreão. O ambiente era sombrio e, nas paredes de pedra, sem nenhum ornamento, só se viam as manchas deixadas pela fumaça das tochas.

— Não reparem na simplicidade do lugar — apressou-se a dizer o cavaleiro, notando os olhares perplexos dos três visitantes. — Sua majestade só está aqui de passagem, por razões estritamente militares. Entretanto, estas paredes têm uma grande história, remontam aos tempos de Carlos Magno.

— Afinal — interveio Uberto, trocando um olhar significativo com Willalme —, este castelo é apenas uma cabeça de ponte voltada para Córdoba. Sabe-se que Fernando, o Santo, está planejando o ataque decisivo contra o emirado.

— Os projetos de *reconquista* de sua majestade são mais do que lícitos — disse Alarcòn, com um ar de aprovação. — Porém, se eu fosse vocês, não o chamaria de "o Santo" na presença dele. Fernando de Castela não gosta de certos apelidos, por mais inofensivos que sejam.

— Perdoe a petulância de meu filho — suspirou Ignazio, escondendo sob a barba um risinho de contentamento. Com o passar do tempo, Uberto ia revelando traços cada vez mais parecidos com os de seu pai, principalmente a impaciência com a autoridade e o gosto por provocar quem a ela se sujeitava cegamente. Mas em outros pontos não se parecia em nada com Ignazio; seu olhar e suas frases eram transparentes como água da fonte, ao passo que Ignazio sempre se mostrava esquivo e cheio de segredos. A experiência lhe ensinara a manter silêncio sobre certos assuntos, sobretudo os aspectos proibidos da sabedoria. No passado, o fato de não ser bem compreendido quase lhe custara a acusação de necromancia.

Depois do segundo lance de escada, chegaram a uma antecâmara com as paredes cobertas de tapetes, protegida por um grupo de soldados e pajens.

— Esperem até que eu os anuncie, depois entrem um de cada vez, sem pressa. — Alarcòn lançou um último olhar a Uberto, dessa vez de advertência. — E só abrem a boca quando forem interpelados.

Após uma breve espera, permitiram que entrassem.

O mercador foi o primeiro. Atravessou a antecâmara e, a passos medidos, percorreu um ambiente bem espaçoso. Nas paredes, destacavam-se inúmeras figuras sacras, em maior número que o prescrito pelas normas, o que indicava uma devoção quase maníaca.

Sentado no centro da sala estava Fernando III de Leão e Castela, um homem de cerca de 30 anos que vestia um manto de veludo azul e uma túnica axadrezada. Tinha longos cabelos castanhos que lhe caíam na fronte como se fosse uma franja, uma barba rala que ressaltava o queixo retraído e olhos azuis que pareciam perdidos no vazio. Ladeavam-no várias personalidades — conselheiros, religiosos e aristocratas. Alarcòn tomara lugar entre eles e agora confabulava com um sujeito armado da cabeça aos pés, mas um tanto incomum, pois tinha o rosto coberto por um elmo com apenas duas aberturas para os olhos.

Depois de reparar em tudo isso, o mercador de Toledo prostrou-se diante do rei e rendeu-lhe homenagem com o rito do beija-mão. Uberto e Willalme juntaram-se a ele e ajoelharam-se a seu lado.

Fernando III abriu os lábios, mostrando que desejava falar, e imediatamente não mais se ouviu na sala o mínimo murmúrio.

— Então você é Ignazio Alvarez. — A voz do monarca era baixa, quase fleumática. — Sua reputação é impressionante. Dizem que, na juventude, não quis ser *clericus* nem *magister*, preferindo a vida errante. Não há como negar, estamos curiosos.

— Nada tenho a esconder, sire — disse Ignazio, ponderando bem as palavras. — Ainda assim, pergunte, e terá resposta. Saiba, porém, que sou um homem simples, sem talentos especiais.

— Isso nós mesmos julgaremos, mestre Ignazio. — Fernando III aguçou o olhar, como para avaliar a sinceridade do interlocutor. — Estamos a par de suas aventuras. Murmura-se, entre outras coisas, que, em 1204, você esteve em Constantinopla e se pôs ao serviço do doge de Veneza, que, no entanto, fora excomungado. Fique sabendo que não toleramos semelhante conduta. Uma família ligada ao nosso nome não deve apoiar os perseguidos pela Santa Sé, ainda que sejam nobres ou generais. — Fernando suspirou. — Porém seremos magnânimos. Esqueceremos tudo se aceitar nossa proposta.

— Por que escolheu a mim?

O rei fez um gesto de fastio.

— Seu pai, um homem de rara inteligência, serviu esta casa até a morte e sempre de maneira impecável. Exigimos de você a mesma obediência.

Uberto prestava atenção a cada palavra do discurso, do *pluralis maiestatis* do rei ao tom fugidio do pai, sem, contudo, conseguir desviar os olhos de um detalhe bizarro. Fernando tinha na mão uma estatueta branca de mulher e, de vez em quando, acariciava-a com gestos impacientes, quase infantis. Lembrou-se de já ter ouvido falar daquele objeto: era a famosa Madona de marfim da qual o rei não se separava nunca, nem mesmo no campo de batalha.

O monarca, entretanto, continuou a falar:

— Sobretudo, mestre Ignazio, julgaremos sua obediência por meio de suas obras. Uma missão importante o espera, e por isso foi convocado.

O mercador ergueu o olhar, cruzando-o com o do rei, para tentar descobrir o que o esperava, mas só viu dois olhos inexpressivos, luzidios como porcelana. Situações daquele tipo não constituíam novidade para ele. Era comum que os seus serviços fossem requisitados nas cortes dos grandes senhores interessados em recuperar relíquias de santos ou objetos exóticos escondidos em locais distantes, inacessíveis. Nunca, porém, imaginara que o rei fosse lhe pedir coisa semelhante. E, para aborrecê-lo ainda mais, Fernando insistia na palavra *obediência*.

— Levante-se, mestre Ignazio. — O mercador notou uns laivos de animosidade no tom de voz do rei. — Diga-me, ouviu alguma coisa a respeito do rapto de nossa tia, a rainha Branca de Castela?

Ignazio não sabia o que responder. Nos últimos anos, o que acontecia nos reinos de Castela e França eram expressões mais ou menos explícitas da vontade de duas irmãs, filhas legítimas do finado rei Afonso VIII de Castela. A primeira, Berengária, era a mãe de Fernando, o Santo; ainda que não exercesse diretamente o poder, inculcara no filho princípios religiosos muito rígidos, que o impeliram a expandir o reino e a organizar uma cruzada contra os mouros da Espanha. A segunda, Branca, desposara o rei francês Luís VIII, o "Leão", e, viúva havia pouco tempo, tomara pessoalmente o controle da França, dada a idade prematura do delfim.

Branca se revelara uma governante de pulso. Não só enfrentara barões avessos a servir uma mulher de sangue castelhano como continuara a incentivar a cruzada contra a heresia cátara, promovida pelo marido nas terras do Languedoque. Esse comportamento dera margem a muitas inimizades, mas garantira a Branca o apoio da Santa Sé e, sobretudo, do cardeal Romano Frangipane, legado pontifício.

Ignazio pensou que o rapto da rainha Branca se encaixava perfeitamente naquela intriga política. Mas ele não sabia nada a respeito e por isso sacudiu a cabeça negativamente.

— Estou consternado, sire. Embora mantenha contatos com diversos comerciantes e viajantes da França, não fui informado de coisa alguma sobre esse assunto.

— Então é verdade, a notícia ainda não se espalhou. — Fernando pousou a estatueta no braço da cadeira, lançou um olhar ao soldado armado dos pés à cabeça e virou-se novamente para o mercador. — É necessário agir rápido e com a máxima circunspecção.

— Devemos socorrer a rainha Branca de Castela? — A voz não era de Ignazio, mas de Uberto, que não conseguira refrear a perplexidade. Todos os olhares na sala se voltaram imediatamente para ele.

O mercador de Toledo não pôde disfarçar o embaraço. Detestava espetáculos.

— Perdoe a impertinência de meu filho, majestade. — Lançou um olhar severo ao consternado Uberto e baixou os olhos para a trama do tapete persa que tinha aos pés. — Peço-lhe sinceramente que nos desculpe.

— Não vejo motivo para isso — disse o monarca. — Ele está absolutamente certo.

— Mas como? Por favor... — Ignazio ergueu os olhos, franzindo o cenho. — Somos uma família de simples mercadores...

— Você sabe bem que isso não é inteiramente verdade. De qualquer maneira, seu papel na missão será secundário, a ação propriamente dita ficará a cargo de um responsável.

O monarca olhou de novo para o grupo de pessoas ali reunidas e, a um aceno seu, o homem armado deu um passo à frente. Passou pelo atônito Ignazio, fez uma mesura diante de Fernando e postou-se à sua esquerda.

Com um segundo aceno, Fernando III ordenou que cessassem os murmúrios na sala.

— Entendeu, mestre Ignazio? Este homem se encarregará do aspecto estratégico e dirigirá as ações bélicas necessárias à libertação de nossa tia Branca de Castela. — Em seguida, virando-se para o misterioso guerreiro, disse: — Por favor, *messer* Filippo, mostre o rosto.

O homem levou prontamente as mãos à cabeça e, afastando a malha de aço que a recobria, revelou um rosto rude, parecido com uma máscara de metal. No entanto o que o fazia temível eram os olhos, movidos por uma inteligência incomum.

Sem revelar nenhum espanto, Ignazio se lembrou de já ter encontrado aquele homem muitos anos antes. Murmúrios às suas costas revelaram-lhe que Willalme e Uberto se consultavam sobre a mesma questão.

— *Messer* Filippo de Lusignano — saudou Ignazio —, estou feliz por vê-lo com boa saúde depois de tanto tempo.

— Fico contente também por você ter me reconhecido, mestre Ignazio — respondeu o soldado, com um sorriso.

— Como poderia me esquecer? Beneficiei-me de sua escolta quando viajava para Burgos. Passaram-se já dez anos e ainda estou lhe devendo.

— Peço-lhe que não fale em deveres de gratidão. Ajudá-lo não me custou sacrifício algum. Contudo, se realmente quiser, no futuro, terá oportunidade de me recompensar.

— Não há tempo para cerimônias — interrompeu Fernando III. — Temos questões mais urgentes. *Messer* Filippo, tenha a bondade de expor a situação.

Filippo pousou a cota de malha e os guantes sobre um banco e falou:

— Depois do fim da Quaresma, reuniu-se em Narbonne um concílio para discutir a cruzada contra os cátaros do Languedoque. Na ocasião, lançou-se um anátema sobre os condes de Toulouse e Foix, coligados com os hereges contra Branca de Castela. — Fez uma pausa para que os presentes absorvessem bem a notícia. — A rainha achou oportuno assistir ao concílio e, desde então, não soubemos mais dela. Aí está: Branca parece ter se dissolvido no nada. — Olhou para o mercador de Toledo. — Há quem diga que ela foi raptada e se encontra prisioneira no sul da França, vigiada por um tal conde de Nigredo. É só o que sabemos.

Ignazio cofiou a barba pensativo.

— Quem forneceu essas informações?

— O venerável Folco, bispo de Toulouse — respondeu Filippo. — Tomou conhecimento disso ao fazer o exorcismo de um possesso.

— Um exorcismo?

Lusignano abriu os braços, num gesto vago.

— Não disse nada de concreto sobre o assunto. Monsenhor Folco aguarda uma delegação nossa para dar informações mais precisas. — Após uma curta pausa, prosseguiu em tom mais persuasivo: — Compreendo seu espanto, mestre Ignazio, e até certo ponto partilho dele. As palavras de um possesso são um indício precário, mas o desaparecimento da rainha Branca é um fato incontestável. Quanto a isso, não há dúvida. Pelo menos, sabemos por onde iniciar as investigações.

— Concordo com você. Todavia, ainda não percebo em que posso ser útil. — O mercador se virou para Fernando III, mas seu olhar se chocou com a expressão vítrea do monarca. — São tratativas diplomáticas, sobre as quais não tenho experiência...

A essas palavras, uma voz ressoou do fundo da sala:

— Ignazio Alvarez, que está dizendo? Quer escapar dos compromissos, como costumava fazer quando ainda era criança?

O mercador estremeceu. Conhecia aquela voz, entretanto já fazia muito tempo que não a ouvia. Viu a silhueta de um homem emergir das cortinas atrás do trono, um velho mirrado de cabelos brancos e pele escura como casca de tâmara. Vestia uma espécie de batina monástica, porém mais elegante. Quando a luz das tochas o iluminou, o velhinho fez uma mesura na direção do monarca.

— Até agora, eu só ouvi. Permita-me que participe da conversa.

— Pois fale, *magister* — consentiu Fernando III.

Ignazio, que assistia à cena com crescente estupor, aproximou-se do velho e, sem desviar os olhos dele, tomou-lhe a mão e prostrou-se a seus pés.

— Mestre Galib, é o senhor mesmo?

O ancião sorriu, arqueando as sobrancelhas muito brancas.

— Sim, meu filho, eu mesmo.

Fitando-o maravilhado, o mercador se lembrou de seu primeiro encontro com o mestre. Corria o ano de 1180 e, embora ainda fosse menino, Ignazio fora admitido na Escola de Toledo. Para seu pai, o acontecimento era motivo de profundo orgulho, pois naquele lugar estava sendo realizada a obra monumental de tradução dos manuscritos vindos do Oriente. O mestre Galib, na época, um brilhante rapaz de 25 anos, orientava os alunos e auxiliava o erudito Gerardo de Cremona, instalado em Toledo precisamente para traduzir para o latim os tratados dos filósofos árabes e gregos.

Galib se ocupara do jovem Ignazio e insistira para que fosse iniciado no estudo do latim, reconhecendo nele uma inteligência pouco comum. Gerardo de Cremona estava na época ocupado demais para notar o menino, mas algum tempo depois ele o convocou, fazendo dele um de seus discípulos prediletos. Isso só aconteceu graças à mediação de Galib.

— Pensei que estivesse morto — admitiu Ignazio, esmagado pelas recordações. — Ninguém sabia de seu paradeiro.

— Apenas me ausentei de Toledo — respondeu o *magister*. — Continuei ensinando por mais alguns anos, depois da morte de Gerardo de Cremona, e por fim resolvi me colocar a serviço do rei Fernando. — Sorriu, mostrando um imenso cansaço, todo interior. — O Senhor quis brincar um pouco com este pobre velho, presenteando-o com uma longevidade imprevista...

Ignazio tinha inúmeras perguntas a fazer, mas Galib se antecipou:

— Você não pode recusar esta missão, meu filho. Seus serviços são de importância vital.

— Explique-se, *magister*.

— Não me refiro às informações que o bispo Folco alega ter obtido durante um exorcismo. — O velho ergueu o indicador ossudo. — Já ouvi falar do conde de Nigredo, da fama que o cerca. É um adversário temível, um alquimista. Por isso é necessário que você acompanhe *messer* Filippo até Toulouse e faça indagações sobre o desaparecimento da rainha Branca. Sei muito bem o que estou dizendo. Você foi, por muito tempo, o melhor discípulo de Gerardo de Cremona, versado, sobretudo, nas ciências herméticas e na exploração das coisas ocultas. Sei também que resolveu adotar a profissão de mercador para aprofundar esses conhecimentos durante suas longas viagens. Não negue.

— Um alquimista... — Ignazio estava de novo impassível. — Então foi o senhor quem sugeriu meu nome para esta tarefa.

— Sim. — O ancião cruzou os braços e seu corpo diminuto pareceu diminuir ainda mais por baixo das dobras do hábito. — O rei Fernando pediu-me que indicasse o homem certo, e pensei imediatamente em você. Com muito gosto, eu iria em seu lugar, mas estou velho demais para enfrentar semelhante desafio. E então, qual é a sua resposta?

O mercador voltou-se para Uberto e Willalme, perscrutou seus rostos assustados e respondeu por fim:

— Aceito o encargo. — Esboçou um meio sorriso. — Afinal de contas, acho que não tenho o direito de desobedecer a uma ordem do rei.

— De fato — interveio Lusignano, que ouvia com o máximo interesse. — Partiremos amanhã mesmo. Esta noite, descansarão no castelo, num aposento ao lado do torreão.

— Ótimo. — A expressão de Fernando III se descontraíra. — Agora que a questão está resolvida, podemos nos preparar para a ceia. — Bateu palmas. — Naturalmente, mestre Ignazio, você e seus companheiros são nossos convidados.

Assim falando, o monarca se pôs em pé e atravessou a sala na direção da porta, enquanto um cortejo de nobres se atropelava para segui-lo. Em vez de juntar-se àquela gente, Ignazio seguiu pela lateral da sala. Não gostava de compor o séquito de ninguém. Nesse momento, uma mão ossuda pegou-o pelo braço.

— Siga-me, filho — disse Galib. — Conheço um atalho para chegarmos à sala de refeições.

# 2

A ceia foi servida no andar superior do torreão, num salão em cujo centro se via uma lareira cilíndrica em torno da qual corria uma longa mesa em forma de ferradura. Ignazio observou os comensais antes de concentrar a atenção em Galib, que se sentara à sua frente com ar inquieto. Uberto e Willalme ladeavam-no.

Na esperança de que o *magister* estivesse disposto a fazer revelações, o mercador tomara lugar na extremidade esquerda da mesa, junto a fidalgotes distraídos e cavaleiros de baixa condição. Ali suas palavras se perdiam em meio ao vozerio de fundo enquanto o rei Fernando, sentado ao centro da mesa, conversava com Filippo de Lusignano e um frade dominicano de aspecto sombrio.

— *Magister*, o que o preocupa? — perguntou o mercador.

— Mais tarde lhe conto — respondeu Galib, esforçando-se para aparentar tranquilidade. — Agora, pense em se divertir. Conte-me sobre você e seus companheiros...

Ignazio narrou-lhe as viagens que fizera no Oriente, no litoral da África e em vários países europeus. Em seguida, contou-lhe sobre a rocambolesca peregrinação que empreendera no *Camino de Santiago* durante o verão de 1218. Nesses momentos difíceis é que conhecera Filippo de Lusignano, a quem achou ao mesmo tempo cortês e misterioso.

Nesse instante entrou na sala um grupo de serviçais trazendo garrafas e bandejas que se perfilou diante da mesa e distribuiu os talheres, as frutas e os petiscos frios do primeiro serviço.

Ignazio se preparou para enfrentar um dos mais complicados cerimoniais da corte castelhana, a ceia — composta, segundo o costume, de mais de uma dezena de pratos. Teria preferido partilhar uma refeição frugal com uns poucos comensais, talvez na penumbra de uma taberna. Sentia saudade da lareira doméstica e principalmente de sua mulher, Sibilla. Fazia meses que ele não a via, e o pensamento de tê-la deixado sozinha outra vez lhe atormentava a consciência.

"Sou o pior dos maridos", disse para si mesmo, tentando imaginar o que ela estaria fazendo na solidão de uma casa vazia, sem o homem que jurara amá-la. Sentiu-se oprimido por um desgosto profundo e por uma ânsia incontida de voltar para junto dela. Porém, o sentimento de culpa se foi tão rápido quanto viera e, um segundo depois, o rosto do mercador estava impassível como sempre. A racionalidade lhe permitia amar apenas em alguns momentos e esconder depressa as emoções. Afastara-se de casa pela enésima vez, era certo, mas não tivera escolha. Para esquecer de vez a melancolia, emborcou um copo de vinho aromatizado.

Galib, enquanto isso, interrogava Willalme a respeito de sua cidade natal, Béziers, posta a ferro e fogo pelos cruzados porque abrigava hereges cátaros. O francês revelou que, logo depois desse acontecimento, fugira, escapando por puro milagre.

— E sua família? — perguntou instintivamente o velho.

A expressão de Willalme ficou sombria.

— Estão todos mortos. — Com um ar irritado, pegou uma maçã e descascou-a com gestos bruscos. — Meu pai, minha mãe, minha irmã... Todos mortos pelos cruzados durante a tomada de Béziers...

Não querendo constrangê-lo, Galib aproveitou-se da troca de pratos para mudar de assunto.

Depois das frutas e do doce de amêndoa, veio a salada de queijo com azeitonas. Todos pareciam alegres, mas, por trás daquele véu de jovialidade, notava-se uma tensão contida, visível nos rostos contraídos de alguns comensais. O mercador de Toledo percebeu tudo, mas não disse nada.

— Posso lhe perguntar uma coisa, *magister*? Onde entra Filippo de Lusignano nesta história? Quando o conheci, não pertencia à corte de Castela, usava o uniforme dos templários e havia renunciado a seu título de nobreza.

— Lusignano é um dos embaixadores mais prestigiados por Fernando III, pois vem da França — explicou Galib, afastando com repugnância um prato de carne temperada com vinagre. — Apresentou-se a esta corte há uns sete anos e até agora se comportou de maneira impecável, tanto que sua majestade lhe facilitou o ingresso na Ordem Militar de Calatrava e a obtenção de uma comenda.

— E quem é o dominicano sentado à direita do rei?

A essas palavras, o velho teve um sobressalto, mas o mercador não se impressionou. Já notara os olhares frequentes que Galib lançava àquela figura.

— É Pedro Gonzalez de Palencia, confessor pessoal de sua majestade — respondeu Galib. — Fernando III não dá um passo sem consultá-lo primeiro.

— Ouvi falar dele, tem fama de profundo conhecedor das Sagradas Escrituras. — Ignazio esboçou um sorriso malicioso. — Vai me dizer por que o observa com tanta animosidade?

— Padre Gonzalez não é um bom sujeito. É extremamente frio e calculista. Além disso, acho que sabe muita coisa sobre o rapto de Branca de Castela. Muita coisa que guarda só para si, pois foi ele quem convenceu o rei a se meter nessa aventura.

Ignazio franziu o cenho. De fato, após a conversa com Fernando III, começara a alimentar certas dúvidas. Por que o rei de Castela, embora fosse parente consanguíneo da rainha da França, deveria socorrê-la? Essa atitude poderia ser vista como uma intromissão política nas terras conturbadas do Languedoque. Será que, após a morte de Luís VIII, a corte parisiense não teria conseguido controlar a situação? Não havia então na França cavaleiros capazes de socorrer a rainha? E que vantagens poderia obter o padre Gonzalez fazendo valer sua influência nas terras occitânicas? Que significava, exatamente, a expedição contra o conde de Nigredo?

Ignazio evitou mostrar-se preocupado e pôs-se a remexer a comida que lhe haviam servido — uma *pastilla* de pombo envolta numa crosta perfumada de canela. Já Galib pediu apenas uma sopa simples de centeio e ervilhas.

Ignazio, no entanto, ruminava pensamentos demais para calar-se.

— *Magister*, fale-me do possesso que Folco de Toulouse afirma ter interrogado.

— Sobre isso, sei tanto quanto você, meu filho. — Galib limpou os lábios na manga da batina. — Não imagino onde o bispo Folco achou o tal endemoniado nem o que este lhe disse. Você é que terá de descobrir. Amanhã de manhã, partirá com Filippo de Lusignano para Toulouse, em missão que deverá permanecer no mais absoluto sigilo. Receberão um salvo-conduto firmado pelo padre Gonzalez, a ser entregue somente a Folco. — O tom de voz de Galib tornou-se grave. — Porém, tenho outro encargo a lhe confiar, além do que recebeu do rei.

— O Senhor me surpreende — disse Ignazio.

Galib franziu as sobrancelhas.

— O caso é complicado. Como lhe disse, já ouvi falar do conde de Nigredo. Isso foi há vários anos, quando conheci um castelão do sul da França, um homem chamado Raymond de Péreille, da casa de Mirepoix. Foi ele quem me falou pela primeira vez sobre o conde de Nigredo, descrevendo-o como um alquimista, mas não lhe dei grande importância, achando que aquilo não passava de lenda. Só depois descobri que o conde existia mesmo.

— Seria bom encontrarmos esse Raymond de Péreille — interveio Uberto.

Galib assentiu.

— Na verdade, é o que eu gostaria de lhes pedir. Mas devem manter segredo a respeito disso. Não podemos dizer nada nem mesmo a Lusignano, pois ele contaria tudo ao padre Gonzalez. E não confio nesse dominicano. — Interrompeu-se, olhando em volta. — O senhor de Péreille protege os hereges e é a favor dos cátaros. Entendem o motivo de tanta reserva?

Uberto lançou um olhar ao rosto sério do padre e em seguida perguntou:

— Como poderemos encontrar Raymond de Péreille sem sermos descobertos?

— Simples — respondeu Galib. — Um de vocês, em vez de ir para Toulouse com Lusignano, partirá esta noite mesmo e se encontrará secretamente com Péreille. Você, Uberto, me parece o mais indicado para essa missão.

— Não, não... — resmungou o mercador. — Meu filho fica comigo.

No entanto o velho insistiu:

— Compreendo sua apreensão, Ignazio. Entretanto, se fizerem como digo, evitarão ser manipulados pelo padre Gonzalez e pelo bispo Folco.

— E se esse senhor de Péreille estiver mancomunado com o conde de Nigredo? — objetou o mercador, agora visivelmente nervoso. — E se tiver sido ele quem raptou Branca de Castela? Afinal, tirar a rainha da França do caminho beneficiaria muito os cátaros.

Galib sacudiu a cabeça.

— Raymond de Péreille não tem nenhum interesse em brigar com os cruzados franceses e muito menos com a corte parisiense — explicou. — Dispõe de tão poucos soldados que precisa da proteção do conde de Foix. Não teria recursos para tramar o rapto de uma rainha.

Além disso, desde que o conheço, procura ficar à sombra, longe do teatro da guerra.

Uberto pousou os cotovelos na mesa e olhou para o pai.

— O mestre Galib tem razão — disse, apertando os olhos como um gato selvagem. — A missão que me confia é importante. E posso desempenhá-la muito bem, pois não sou mais o rapazinho ingênuo de outrora. Encontrarei Raymond de Péreille, obterei dele as informações necessárias sobre o conde de Nigredo e encontrarei vocês em Toulouse.

— Ainda não estou inteiramente convencido — objetou Ignazio. Sabia que Uberto estava ansioso para se pôr à prova, mas também sabia que devia colocar um freio em sua impetuosidade. — Onde está Péreille atualmente? Aonde meu filho deve ir?

Galib respondeu agora em tom mais suave:

— Nos Pireneus, num conhecido refúgio dos cátaros: o castelo de Montségur.

O mercador pareceu aliviado.

— Isso é ao sul de Toulouse, não muito longe do castelo de Foix. Então Uberto apenas me precederá...

— Ele não correrá riscos — apressou-se a acrescentar o *magister*, gesticulando animadamente. Parecia entusiasmado com o rumo que a conversa havia tomado e por pouco não derramou sua sopa. — Desse modo, vocês obterão informações seguras, e não desvarios de um possesso!

Galib pronunciou a última palavra em tom meio alto, tanto que um murmúrio inquieto ressoou pela mesa.

Um cavaleiro de baixa condição, com as mãos besuntadas de um molho amarelado, prorrompeu numa gargalhada sarcástica.

— Deixem comigo o tal possesso! Verão como o faço recuperar logo o juízo!

Risadas ao fundo incitaram-no a prosseguir, e ele, após olhar em volta, exclamou:

— Mas vejam só! Nas extremidades da mesa há uma conversa sobre alquimia, endemoniados e outras bobagens semelhantes. Como se um rei precisasse dessas trapaças para governar! — Pegou um pedaço de carne e mergulhou-o no molho, juntamente com os dedos. — Conversa fiada e livros poeirentos! Bastam uma espada e um bom cavalo para acabar com Satanás. No entanto, damos ouvidos a quem? A um velho caduco e a um moçárabe idiota. Sim, meus senhores, não notaram? Um moçárabe, eis o que é Ignazio de Toledo, esse chacal que apareceu para tentar nos ludibriar com seus subterfúgios.

— Ignore esse animal — aconselhou Galib, que também era moçárabe. — Deve estar completamente bêbado.

O cavaleiro, porém, continuou a sua arenga:

— Vejam como aproveita para se empanturrar de graça o nosso moçárabe! Quem dá importância às suas patranhas de feiticeiro? A mim, bastam estas mãos para acabar com qualquer alquimista.

Ignazio não ficou indiferente àquelas palavras, embora fossem pronunciadas por um *guerrejador* do rei de Castela. O nervosismo por causa da tarefa confiada a Uberto perturbava sua tranquilidade e, além disso, ele entrevia a possibilidade de tirar proveito da situação, então bateu a mão na mesa e disse em voz alta:

— Esse gracioso senhor parece versado nas ciências ocultas. — O tom de zombaria atraiu logo a atenção de todos.

O *guerrejador* soltou o pedaço de carne na travessa de molho, sufocou um arroto e pôs-se em pé.

— De que está falando, meio árabe? Um cavaleiro cristão sabe sempre distinguir o bem do mal.

O mercador abriu os braços, simulando espanto.

— Ora, estou diante de um grande *magister*! — Esperou que algumas risadas ecoassem pela sala e prosseguiu na pantomima: — Este aí decerto conhece os cultos dos hereges e os segredos da alquimia.

— Nunca na vida precisei conhecer nada! — exclamou o cavaleiro, gesticulando com as mãos sujas de molho. — Não tenho necessidade da sabedoria de um dominicano para reconhecer um herege ou um feiticeiro quando vejo um. E isso vale também para você, mestiço de sarraceno! — Percebeu então que fora longe demais, pois se aferrou à primeira frase que lhe pareceu oportuna: — Em caso de incerteza, poderei pedir conselho a um bom frade.

— E consegue distinguir um frade de um herege? Ou um filósofo de um alquimista? — E Ignazio ergueu o indicador, num gesto burlesco. — Fique bem atento, meu caro. Se raciocinar desse modo, cedo ou tarde, acabará de joelhos diante de um burro.

Um riso geral percorreu a mesa. Os mesmos comensais que haviam incitado o *guerrejador* agora tomavam o partido de Ignazio.

O cavaleiro, prorrompendo em insultos e sem pensar duas vezes, sacou da adaga e avançou na direção de Ignazio.

— Veremos se ainda terá vontade de brincar, miserável, quando estiver sem nariz e sem orelhas!

O mercador, indiferente à ameaça, olhou para Fernando III e seus comensais mais próximos. Willalme, ao contrário, levou a mão ao cabo do punhal árabe que trazia à cintura, pronto para entrar em ação. Mas não foi necessário. Tudo parou ao som de uma voz autoritária.

— Cavaleiro, guarde essa arma e sente-se! — O padre Gonzalez de Palencia havia saltado da cadeira, com uma expressão de ultraje em seu rosto. — Você já foi grosseiro o suficiente.

— Mas ele me insultou! — bradou o soldado, apontando a adaga para Ignazio.

— Ele apenas se defendeu de suas injúrias dizendo a verdade. Você é um brutamontes que só sabe manejar uma arma. Qualquer camponês com saúde poderia aprender a fazer o mesmo — disse o padre Gonzalez ressaltando mais ainda sua expressão de desprezo. — Obedeça se não quiser ser posto a ferros!

Diante dessa ameaça, o cavaleiro cedeu e sentou-se de cabeça baixa, resmungando. O dominicano acompanhou-lhe os movimentos com um olhar severo e virou-se para Ignazio:

— *Señor*, permita que eu lamente o acontecido em nome de sua majestade e desta corte. Caso se sinta ofendido, esse cavaleiro imprudente lhe apresentará suas desculpas.

— Não é necessário, padre Gonzalez — respondeu Ignazio com um ar seráfico. — Agradeço-lhe por ter tomado a minha defesa e a sua majestade por tê-lo permitido.

O frade predicante esboçou um sorriso intrigado.

— Ah, vejo que sabe meu nome...

— Creio que é dever de um convidado informar-se sobre quem se senta à direita do dono da casa.

— Admiro sua sutileza, mestre Ignazio — disse o padre Gonzalez, perscrutando-o com um olhar ao mesmo tempo arguto e discreto. — Aprecio os homens de ideias, como eu próprio me considero. Quando, há anos, fiquei coxo ao cair do cavalo, compreendi que dava importância demais ao corpo e à vida material. É na mente que reside o verdadeiro poder, e espero que saiba usá-la no momento oportuno, pois o Maligno está desferindo um golpe violento contra a cristandade. — Agarrou a borda da mesa, como se quisesse despedaçá-la. — O Ocidente vem sendo vítima de inúmeros flagelos: as hordas sarracenas, a heresia cátara e as epidemias. Que sucederia se perdêssemos Branca de Castela, espada do Senhor e perseguidora dos hereges? Quem cuidaria do reino da França? Não, por certo, o jovem delfim, ainda muito inexperiente. O reino sucumbiria à truculência dos condes da Occitânia e de seus protegidos, os cátaros, que não perderiam tempo e se espalhariam como baratas pelo sul dos Alpes e além dos Pireneus, nos reinos de Aragão e Castela.

— Que remédio sugere para isso, reverendo padre?

As mãos do dominicano se abriram como as asas de uma pomba e depois se juntaram com firmeza.

— Partam sem demora para Toulouse e peçam conselho ao bispo Folco. Ele, que por meio de um exorcismo soube entrever a verdade dos fatos, vai lhes apontar o bom caminho. Entregarão ao bispo uma carta minha, que já confiei a *messer* Filippo, na qual confirmo a boa-fé de vocês e seu vínculo com a corte castelhana. Além disso, antes de chegarem lá, contarão com a escolta dos cavaleiros de Calatrava. Dez deles partiram há dois dias e se juntarão a vocês perto de Toulouse.

— Já me sinto mais tranquilo — disse Ignazio, na verdade inquieto com aquela última revelação. "Gente demais", pensou.

— Serão devidamente recompensados por esse serviço — concluiu Gonzalez. — Sem contar o grande benefício para suas almas. O paraíso está garantido para os servidores de Cristo.

O mercador inclinou a cabeça, fingindo-se profundamente honrado. Sua pequena encenação havia funcionado muito bem. Provocando a ira do obtuso *guerrejador*, conseguira que o dominicano interviesse e, assim, pudera avaliar suas ideias e sua influência na corte. E as duas coisas não lhe pareceram nada desprezíveis.

Gonzalez aguardou um gesto de Fernando III para voltar a sentar-se.

A ceia culminou com uma série de sobremesas, e depois disso os serviçais trouxeram bacias para os convidados lavarem as mãos.

Galib encerrou a refeição bebendo um refresco de groselha e informou o mercador de que ele e seus companheiros dormiriam num quarto abaixo do torreão. Então, virando-se para Uberto, disse:

— Espero que não esteja muito cansado, rapaz. Vou acordá-lo antes do amanhecer.

Dizendo isso, o *magister* estampou um riso inquieto no rosto, que vagamente lembrava uma máscara de cera.

# 3

A noite caíra sobre o castelo de Andújar. Quase todos os habitantes já dormiam profundamente, em meio a um silêncio perturbado somente, de vez em quando, pelos passos dos guardas e pelos uivos de animais distantes.

O mercador de Toledo estava junto a Uberto e Willalme num quarto ao pé do torreão. Os três permaneciam deitados em camas de palha, mas não conseguiam dormir pensando no que os aguardava.

De repente, ouviu-se uma batida à porta.

Uberto abriu um olho e perscrutou o escuro; aquele sinal era para ele. Levantou-se, já inteiramente vestido, e, sem tocar nos companheiros estirados a seu lado, caminhou em direção à porta.

Lá fora, Galib surgiu da sombra empunhando uma lâmpada acesa.

— Rápido, filho, antes que alguém me veja — sussurrou ofegante.

Uberto deixou-o entrar e percebeu imediatamente seu passo instável. Não parecia tão ágil quanto estava algumas horas antes, mas exausto e cambaleante.

Galib iluminou as paredes do quarto, revelando uma simplicidade espartana limitada a uma cadeira, um banco e três camas rústicas. O lume pousou finalmente sobre o rosto sonolento de Ignazio.

O mercador saudou-o.

— *Magister*, está tudo pronto?

— Naturalmente. — Os olhos do velho brilharam. — Seu filho deve seguir-me até as cocheiras.

Willalme pôs-se em pé.

— Vou com vocês, é mais seguro.

— Não — objetou Galib. — Daria muito na vista. Os espiões de Gonzalez... — Não conseguiu concluir o que dizia, pois caiu como se estivesse tomado de vertigem.

— Você não me parece bem, *magister* — interveio Ignazio, inquieto; na penumbra, ele percebeu que o velho estava muito vermelho e transpirava. — Essas manchas no rosto... A respiração irregular... O que você tem?

— Nada de grave — assegurou-lhe Galib, apoiando-se à parede. — Apenas uma leve indisposição. Na minha idade... — Tentou sorrir.

Depois que o velho se recuperou um pouco, Willalme se aproximou de Uberto e estendeu-lhe a mão.

— Faça boa viagem, amigo. — E, com um gesto ao mesmo tempo inesperado e tímido, entregou-lhe seu punhal árabe. — Poderá lhe ser útil.

O jovem observou o objeto revestido em sua bainha de marfim.

— Mas é a sua *jambiya*! Não posso aceitar um presente desses...

O francês colocou a arma nas mãos de Uberto, forçando-o a segurá-la.

— Não insista, detesto rodeios. Você a devolverá em nosso próximo encontro.

O mercador lançou um último olhar ao vacilante Galib e em seguida abraçou o filho. Esse gesto simples, embora movido por sentimentos sinceros, foi difícil para ele. Manifestar afeto sempre lhe custava esforço e constrangimento.

Uberto se desvencilhou.

— Pai, deixe disso, eu tinha 15 anos quando você me abraçou pela última vez.

— Fique atento, filho — recomendou Ignazio. — Se lhe acontecer alguma coisa, eu não me perdoarei jamais.

— Não se preocupe, serei rápido e cuidadoso. Nós nos veremos em Toulouse. É provável que eu já esteja lá quando chegarem. Se não, esperem-me ou deixem recado dizendo o lugar onde poderei encontrá-los.

O mercador assentiu.

— Se houver algum contratempo, deixarei uma mensagem na hospedaria da catedral.

— Não me esquecerei.

Galib interveio impaciente:

— É hora de partir.

Depois de uma derradeira saudação, Uberto pôs o alforje ao ombro e saiu do quarto atrás do *magister*.

O velho e o rapaz deixaram o torreão, passando em silêncio pelos postos de guarda, até chegarem ao pátio, de onde puderam avançar em segurança protegidos pelas sombras da vegetação. Galib caminhava com dificuldade crescente e mais de uma vez Uberto se prontificou a ampará-lo, mas, vendo que o ancião recusava sua ajuda, desistiu. No espaço de poucas horas, mudara repetidamente de opinião sobre ele. Como quase sempre lhe acontecia quando em presença de eruditos ou cortesãos, não conseguira compreendê-lo de início. Primeiro, julgara-o uma pessoa ambiciosa, empenhada em obter as boas graças do rei e em fomentar intrigas; depois, à mesa, achara-o medroso e inseguro, mas por fim soubera apreciar sua inteligência e o afeto sincero que dedicava a Ignazio. Só agora fazia uma ideia precisa do ancião: Galib era obstinado e orgulhoso, não tímido, mas previdente, e, sobretudo, estava decidido a agir em prol do bem comum. Porém, Uberto desconfiava que estivesse escondendo alguma coisa.

A silhueta do velho continuava avançando sobre a relva, cambaleando como um soldado ferido. Não estava encenando nada nem se entregando a um capricho de sábio entediado: aquela era uma missão que ele queria ver cumprida a todo custo. Por isso, e pela dignidade de sua atitude, o jovem confiava nele e resolvera ajudá-lo sem pedir muitas explicações.

Depois de percorrer um breve trecho, chegaram a uma pequena construção de pedra e argila. O *magister* se apoiou no portal, olhando em volta.

— Entre depressa — disse.

Uberto entrou e logo sentiu o cheiro de feno e esterco. A luz do luar penetrava pelas fendas das paredes iluminando o recinto, onde se viam equipamentos de estrebaria, caça, guerra e desfile.

O velho atravessou o recinto ordenando:

— Siga-me.

Depois de passarem por uma espécie de antecâmara, chegaram ao interior de uma cavalariça. E, pela primeira vez desde que tinham saído do torreão, Galib se virou para o jovem com um olhar de cumplicidade e disse:

— Gosta de cavalos?

— Oh, sim — respondeu Uberto.

O *magister* aproximou-se de um magnífico garanhão já selado, acariciou-lhe a crina e verificou se as rédeas e os arreios estavam bem firmes.

— Com este você viajará rápido.

Era um cavalo de raça. Não um daqueles ginetes turcomanos enormes, importados da Espanha, capazes de suportar o peso de guerreiros encouraçados; lembrava antes um corcel árabe, embora tivesse o porte mais imponente e pernas mais robustas.

— Um esplêndido exemplar — admitiu Uberto.

Galib sorriu com orgulho.

— Seu nome é Jaloque, derivado do árabe *šaláwq*, "vento do mar". Ganhei-o do califa al-Mamun, senhor do Magrebe, em troca de alguns tratados astrológicos. Os arqueiros berberes cavalgam em animais dessa mesma raça... Agora é seu.

O jovem se inclinou, agradecendo, e aproximou-se do cavalo. Acariciou-lhe o focinho e o pescoço e só então notou que havia um arco de caça preso ao arção posterior.

— Mera precaução — explicou Galib, entregando-lhe uma aljava. — Poderá ser útil.

Uberto concordou com um aceno de cabeça. Prendeu a aljava ao flanco direito, pôs um pé no estribo e alçou-se à sela. O corcel bateu com as patas no chão por alguns instantes, depois ergueu a cabeça e bufou.

— Com você, as esporas são desnecessárias, hein, Jaloque? — sussurrou o jovem ao ouvido do animal, acariciando-lhe a crina. — Parece mesmo impaciente para galopar.

Galib, novamente sério, tirou um rolo da manga esquerda da batina e estendeu-o com certa pressa a Uberto.

— Entregue esta carta a Raymond de Péreille quando chegar ao rochedo de Montségur. Por meio dela, peço-lhe que o ponha a par das informações de que dispõe sobre o conde de Nigredo e lhe dê uma cópia de um raro manuscrito de alquimia que possui: o *Turba Philosophorum*. Acho que poderá ser de muita utilidade a você e seu pai, para que se inteirem das manobras do inimigo. E vá tranquilo, o senhor de Péreille me conhece há bastante tempo. Não deixará de ajudá-lo.

— Farei isso, *magister*.

— Ótimo, filho. Agora escute: quando sair do castelo, não se dirija à porta principal da muralha, mas sim ao lado oposto. Siga a muralha até uma pequena cancela, onde o esperam dois guardas com quem fiz um acordo. — Deu-lhe uma bolsa recheada de moedas. — Entregue-lhes isto e o deixarão passar sem problemas.

Uberto pegou a bolsa, sopesou-a e prendeu-a ao cinto, junto com a *jambiya*.

— Diga a meu pai que me espere em Toulouse — pediu o jovem. E, esporeando o cavalo, saiu a trote da estrebaria.

O velho observou-o afastar-se, enquanto uma dor repentina no peito obrigava-o a ajoelhar-se no chão.

— Lembre-se — gritou apertando nervosamente um tufo de palha entre os dedos —, lembre-se do *Turba Philosophorum*!

Uberto, já distante, fez sinal de que entendera sem virar-se na sela.

A silhueta do jovem cavaleiro, cada vez mais longínqua, desapareceu na noite.


Enquanto se esforçava para voltar a seu quarto, Galib concluiu que não teria mais muito tempo de vida. Um veneno misterioso devastava-lhe o corpo. Talvez o houvesse ingerido na ceia, misturado à sopa de centeio ou ao refresco de groselha. Ou lhe tivesse sido ministrado depois, durante o sono, antes do encontro secreto com Uberto. Fosse como fosse, a maldita substância começava a turvar sua percepção da realidade.

A luz das tochas emergia das sombras com estranha intensidade, alongando-se pelo chão como rastros de caracol. O cheiro de resina e salitre chegava-lhe às narinas amplificado e nauseante; a vertigem impedia-o de continuar andando e a falta de ar aumentava a cada passo.

Por isso apressara tanto Uberto, correndo o risco de parecer grosseiro e mesmo suspeito. Cerca de uma hora antes, notara os sintomas da intoxicação e sua experiência na matéria o induzira logo a atribuí-los ao envenenamento. Fora obrigado a agir enquanto estava ainda lúcido. E ele o fez. Tinha conseguido encaminhar o rapaz.

Agora só lhe restava chegar a seu alojamento e consultar algum livro para descobrir o antídoto apropriado, embora isso lhe parecesse um esforço quase inútil. Antes, porém, devia encontrar uma maneira de informar Ignazio de suas suspeitas.

A estrada que levava ao torreão parecia interminável, um calor opressivo no rosto e no peito forçava-o a parar a todo instante para recuperar o fôlego. De súbito, em uma dessas pausas, viu-se diante de uma figura envolta numa capa preta.

O encontro foi tão inesperado que o velho recuou um passo, arriscando-se a cair.

— Quem é você? — perguntou num primeiro impulso, mas logo emendou: — Ah, eu o conheço...

— Muito bem — replicou o encapuzado. — Assim ficará mais à vontade para me revelar aonde enviou o rapaz com tanta urgência.

— Maldito... — O velho levou a mão ao peito. — Então foi você quem me envenenou...

— É muito perspicaz, *magister*. Lê nas pessoas quase tão bem quanto nos livros. — A figura avançou lentamente. — E por falar em livros, deve imaginar o que estou procurando. Diga-me então onde está o *Turba Philosophorum*.

Galib recuou mais um passo.

— Não lhe direi nada.

— Paciência — suspirou o encapuzado. — Quer saber de uma coisa? A dose de veneno que lhe dei não seria mortal para um homem saudável, mas você está decrépito. Será talvez questão de minutos... Ao que parece, já tem dificuldade para respirar.

O *magister* cambaleou, mas fez um esforço e se apoiou a uma parede. Foi então que, num último lampejo de lucidez, viu algo cintilar no pescoço do homem da capa: um pingente dourado com a forma de um inseto de oito patas.

— O símbolo de *Airagne*! — exclamou aterrorizado. — Aquele lugar maldito...

— Sim, o castelo de Airagne — confirmou a sombra em tom ameaçador. — Airagne, a morada do conde de Nigredo... Pois bem, mas agora você... sabe muitas coisas, ou melhor, coisas *demais*.

O encapuzado se aproximou. O velho, agora tomado pelo delírio, não viu uma figura humana avançar ao seu encontro, mas oito patas compridas e finas, providas de olhos bulbosos, que luziam na treva.

— Airagne! — tentou gritar, lutando contra a sensação de asfixia que lhe apertava a garganta. Sentiu junto de si aquela criatura monstruosa quando o terror o invadiu e seu coração parou de bater.

# 4

O Castelo de Airagne
*Primeira carta* — Nigredo

*Mãe luminosa, eu escrevo estas cartas em louvor a ti, que foste minha boa mestra e nutriz. Tua fábula sobre o jardim da alquimia não era uma mentira. Encontrei esse jardim na sombra do claustro, além do tétrico portal de Nigredo. Assim denomino a primeira etapa da Obra, pois a matéria a ser forjada se encontra ainda em estado de obscuridade e imperfeição. Essa obscuridade me lembra a lã bruta, a que faltam a forma e a graça. Ninguém pagaria nada por ela, embora esconda dotes maravilhosos. Um grande mistério se oculta em Nigredo, o ventre escuro da terra.*

O cardeal Romano Frangipane franziu a testa numa expressão de dúvida e repôs a carta no estojo de onde a tirara, junto a outras ainda não lidas. Quem poderia ter escrito coisas tão delirantes? Certamente uma freira enlouquecida no claustro ou talvez uma beata.

A vibração na pálpebra esquerda prenunciou a chegada de uma dor de cabeça. O prelado suspirou, resignando-se a acolher o incômodo, consequência inevitável de suas mudanças de humor. Embora ele sofresse daquelas crises desde a juventude, elas haviam se agravado ultimamente, obrigando-o a refugiar-se no escuro e no silêncio completo.

No entanto, disse para si mesmo, o agravamento dos distúrbios nervosos era normal em certas situações, sobretudo na prisão. Fazia semanas que definhava naquela torre — ou talvez meses. As janelas se abriam para um céu cinzento, coberto de névoa e fumaça negra, que não permitiam acompanhar a sucessão dos dias e das noites. Era já um milagre poder conservar a lucidez e o raciocínio.

Um ressoar de passos leves antecipou a entrada de uma dama de cabelos ruivos presos num coque. Frangipane saudou-a obsequiosamente e empertigou o copo maciço, cruzando sobre o ventre os dedos que exibiam seis anéis de ouro.

— Vossa majestade parece preocupada — observou o prelado.

— E como poderia não estar, eminência?

O cardeal sentiu uma pontada na têmpora esquerda, seguida de pulsações que se ramificavam pela testa.

— Não desanime, minha senhora. Tu és Branca de Castela, rainha da França. Virão logo socorrê-la.

A dama lançou-lhe um olhar de censura.

— Cardeal de Sant'Angelo, por favor, poupe-me dessa conversa enfadonha.

Diante dessas palavras, a dor de cabeça do cardeal se intensificou, despertando em Frangipane a vontade de pegar aquela mulher pelo pescoço e estrangulá-la. Foi um impulso violento, como violenta era a aversão que nutria por ela, por seu ar de sensualidade e soberba. Não por acaso, na corte, chamavam-na de "Dame Hersent", a loba do *fabliau* da raposa Renard. E ele a via assim naquele momento, uma mulher insolente e lasciva.

Tomado por essa onda de emoções, o cardeal chegou a pensar em esbofetear a Dame Hersent como se ela fosse uma meretriz de quatro tostões, mas, contendo-se, cerrou as mandíbulas e esboçou um sorriso paternal.

— Vossa majestade deve ter paciência e ser forte. Em breve, seu exército assediará este castelo e o conde de Nigredo será obrigado a libertá-la.

— Não é tão simples assim. — Branca caminhou até o prelado balançando os quadris sob o vestido azul. Ela ainda não completara 40 anos e, embora houvesse acabado de dar à luz seu undécimo filho, parecia fresca como uma rosa. — Finge não entender? Nosso exército se dividiu e vaga perdido pelo Languedoque. Seu comandante, Humbert de Beaujeu, foi encarcerado conosco nesta torre.

O cardeal de Sant'Angelo teve de concordar, incapaz de desviar os olhos daquela mulher. A dor de cabeça lhe provocava uma leve vertigem, que acalmava a ira sentida pouco antes. Tinha agora outras fantasias. Imaginava percorrer-lhe o pescoço com toques suaves e depois ir descendo, sob o vestido... Comprimiu os lóbulos frontais com o indicador e o polegar, como para impedir que sua cabeça se partisse ao meio. Por que o atormentavam desejos que jamais concretizara? Se ao menos pudesse mergulhar o rosto em água gelada! Combateu aqueles impulsos doentios e esforçou-se para falar com firmeza:

— Outro logo substituirá Humbert de Beaujeu, nosso *lieutenant*, e retomará as rédeas das milícias.

— Tomara que esteja certo — disse Branca, que não parecia notar o conflito interior do cardeal. — Mas diga-me, nenhuma notícia de nosso carcereiro?

— Não foi visto até agora.

— Não entendo — suspirou Branca.

O cardeal de Sant'Angelo assentiu com um gesto de cabeça.

— É uma situação estranha. O conde de Nigredo não revelou ainda suas intenções. Limita-se a manter-nos prisioneiros. Talvez isso lhe baste para alcançar seus desígnios.

— Quais seriam eles?

Frangipane abriu os braços, com o olhar inexpressivo.

— Mantendo prisioneiros a rainha, o cardeal que a aconselha e o lugar-tenente do exército real, o conde de Nigredo espera pôr em xeque a corte da França. — Deixou cair as mãos sobre as coxas robustas. A dor de cabeça começava a diminuir e ele notou que recobrava o autocontrole. — Afinal, depois da morte de seu marido, senhora, a lealdade dos barões do reino foi quebrada. Muitos se tornaram indignos de confiança e foram corrompidos.

— Já eram assim, eminência. Minha intenção de dar prosseguimento à cruzada no Languedoque tinha por objetivo também ligá-los à coroa. — Branca fez um gesto de desconsolo. — Você mesmo me aconselhou a fazer isso, lembra-se? Com a ajuda da cruzada, eu dominaria a nobreza e ganharia o favor da Santa Sé.

— De fato — concordou o cardeal. — E estou convencido de que, por trás do nome do conde de Nigredo, esconde-se um expoente da nobreza hostil a vossa majestade.

— Será que foi por isso que não houve nenhum pedido de resgate?

— Provavelmente, minha rainha. — Frangipane olhou em torno, perscrutando as sombras do cômodo. — Sabe onde se meteu Humbert de Beaujeu? Não o vejo faz tempo.

Antes de responder, Branca de Castela acercou-se de uma janela, em busca de alguns raios de sol. Só o que viu, porém, foi neblina. O cardeal observou-a com autêntica devoção. Via-a agora leve, quase etérea, como um anjo. A ferina Dame Hersent desaparecera, cedendo lugar a uma criatura indefesa.

— O senhor de Beaujeu desceu à base da torre para procurar uma via de fuga — revelou Branca. — Espero que não se deixe surpreender pelos guardas.

— Esse homem é louco! — exclamou o cardeal, que não gostava de iniciativas ditadas pelo instinto. — Eu espero que sua ânsia de realizar façanhas não nos ponha a todos em perigo.

Humbert de Beaujeu realmente havia descido à base da torre onde era mantido prisioneiro. Não fora fácil, mas conseguira ludibriar a vigilância dos guardas esgueirando-se ao longo dos corredores e escondendo-se nas reentrâncias das paredes. A porta principal era muito vigiada para que tentasse atravessá-la, por isso descera aos pisos subterrâneos, os quais ele achou surpreendentemente amplos e complexos. Ali, o ar era quente e viciado.

Seguiu por um corredor inclinado, enquanto as tochas fixadas às paredes iam rareando e dando lugar a uma escuridão quase total. A certa altura, teve de avançar às apalpadelas, apoiando-se nos lados, até perceber que a alvenaria se transformava em uma superfície irregular, cavada na rocha. O corredor era agora uma galeria.

Humbert prosseguiu — ansioso por encontrar uma saída que lhe permitisse ir ao encontro de seu exército e organizar uma contraofensiva. Precisava agir se quisesse salvar sua rainha.

A galeria o levou a um grande portal escavado a golpes de picareta. Humbert vislumbrou em sua forma algo de atávico que o impressionou profundamente. Atravessou-o assim mesmo, mas uma lufada de vapor ácido obrigou-o a recuar. Aquelas exalações tinham cheiro de fornalha, mas eram muito mais fortes e quase irrespiráveis. Recuperou-se do susto e, protegendo o nariz com a mão, prosseguiu de olhos semicerrados até que, para sua grande surpresa, encontrou-se junto a um parapeito. Soltando uma exclamação de assombro, percebeu que se encontrava no alto de uma descida em forma de funil. As paredes eram curvas, separadas por degraus cavados no granito que desciam até embaixo, em rampas cada vez mais estreitas.

Humbert não tinha a menor ideia de onde estava, mas respirou fundo para ganhar coragem e iniciou a descida.

Os degraus eram íngremes e não havia corrimões, de modo que um passo em falso poderia precipitá-lo no vazio. Além disso, quanto mais se aproximava do fundo, mais o calor aumentava. Por sorte, uma claridade vinda lá de baixo iluminava um pouco o caminho, o que o tranquilizava. Firmando-se nas paredes e agarrando-se às protuberâncias da rocha, perguntava-se aonde conduziria aquela escada.

O último trecho da rampa terminou num recinto cheio de caldeiras e tanques de pedra de onde se desprendiam os vapores que o tinham alcançado no alto. Ouviu um barulho cadenciado, como uma respiração profunda, que lembrava o uivo dos ventos nas cavernas das montanhas.

Mal começara a orientar-se quando avistou um homem coberto de farrapos. Avançava na direção dele com os braços estendidos e a boca escancarada numa expressão de espanto. Humbert conseguiu repeli-lo, mas de repente sentiu que outros homens saltavam às suas costas. Era uma multidão de esfarrapados, muitos deles tinham queimaduras e cicatrizes, enquanto outros brandiam correntes, ganchos e outros objetos metálicos.

— Afastem-se, miseráveis! — gritou Humbert, virando-se em direção à saída.

A multidão se aproximou ainda mais, murmurando uma cantilena que terminava sempre com a frase *"Miscete, coquite, abluite et coagulate!"*.\*

— Afastem-se! — gritou de novo Humbert de Beaujeu.

Mas a massa de esfarrapados continuava a se aproximar.

— *"Miscete, coquite, abluite et coagulate!"*

— Afastem-se!

---

\* "Misturem, cozinhem, escorram e condensem!" Em latim no original. (N. do T.)

# 5

As chamas se erguiam alto sobre as casas de Béziers, escurecendo o céu com uma nuvem negra de fumaça. Isso havia acontecido muito tempo atrás, mas Willalme sentia ainda o calor do fogo no rosto enquanto rememorava as imagens de uma multidão tomada de pânico.

Estavam todos dentro da igreja de Sainte Marie-Madeleine. E ele também, menino, espremido por dezenas de corpos, quase incapaz de respirar. Segurava a mão de sua mãe, olhando em volta com o rosto enegrecido de fumaça. Próximo a ele, uma menina chorava.

— Não tenha medo, irmãzinha, eu a protegerei — disse ele, acariciando-a.

A menina esfregou os olhos úmidos e fitou-o. Um sorriso.

Logo depois, um barulho. As portas da igreja tremeram, abaladas por golpes de aríete. Gemiam a cada impacto como um animal ferido, até caírem em pedaços com estrondo. Willalme lembrava-se da invasão da luz do sol, um clarão ofuscante que o fez ter vergonha de estar refugiado na sombra. Os soldados da cruz entraram; os refugiados gritavam, empurrando-se como uma manada ensandecida.

Willalme cerrara os punhos diminutos, pronto a defender a mãe e a irmã. Não toleraria que os soldados as matassem como já tinham feito com seu pai. Porém, quando se virou, não mais as viu.

Já não havia ninguém dentro da igreja de Sainte Marie-Madeleine. Só ele, no escuro, num mundo de cinzas.

De súbito, o estrondo do aríete recomeçou a ecoar em seus ouvidos. Perverso. Funesto.

— Minhas lembranças são feitas de cinzas.

Estrondo.

Willalme ergueu-se sobressaltado, enquanto a porta do quarto era derrubada. Agindo por instinto, brandiu a cimitarra que pusera junto ao travesseiro, mas a voz de Ignazio o deteve:

— Guarde a arma! Quer morrer?

Sem entender o que estava acontecendo, viu o mercador se levantar de um salto e ir ao encontro dos soldados que entravam. Eram os guardas do castelo. Tinham derrubado a porta sem nenhum aviso. Algo de muito grave havia acontecido.

O mercador se aproximou do comandante da guarda, com uma expressão de espanto indignado.

— Que significa esta invasão? Exijo explicações!

— Quem deve dar explicações é você, meu senhor — disse o soldado com voz grave. Examinou o quarto franzindo as sobrancelhas, tão densas que lhe escapavam pela viseira. — Onde está seu filho?

O mercador achou melhor não mentir.

— Partiu esta noite, por ordem expressa de Galib.

O comandante não demonstrou nenhuma emoção, limitando-se a acariciar o cabo da espada.

— O que diz é absurdo. Venham. Sigam-me sem opor resistência.

Ignazio e Willalme trocaram um olhar atônito, mas consentiram em deixar-se escoltar para fora do torreão.

Os tons de âmbar da madrugada não amenizavam de modo algum as expressões rudes no rosto dos soldados. Mais que todos os outros, o comandante da guarda ostentava um ar de dureza que não deixava transparecer nenhuma emoção, exceto a gravidade da situação.

Chegaram rápido perto de um grupo de homens reunido em torno de alguma coisa estendida no chão, a julgar pela direção de seus olhares. Antes que Ignazio e Willalme pudessem compreender do que se tratava, destacou-se do grupo o cavaleiro envolvido na discussão da noite anterior.

— Vejam só a cara tristonha de nosso meio árabe! Agora não está nada disposto a brincar — grunhiu o *guerrejador*. — E tem razão, pois daqui a pouco o veremos pendurado numa forca.

— Percebo que ainda tem as mãos e a boca sujas da ceia de ontem, senhor — disse Ignazio, sem sequer se dignar encará-lo. Ele mantinha seu olhar fixo no centro do grupo, para onde os soldados pareciam querer levá-lo.

Todos abriram caminho e o mercador pôde finalmente avistar o objeto de tanta atenção: o corpo de um velho estirado sobre o chão de pedra.

— *Magister!* — gritou Ignazio, correndo em direção ao cadáver. — Quem ousou fazer isso? O que lhe fizeram...

Inclinou-se sobre o corpo, sentindo o coração se contrair, mas a incerteza da situação exigia que mantivesse o sangue-frio. Devia descobrir sem demora o que havia acontecido para não ter um fim horrível. A julgar pela expressão de Galib, alguma coisa devia tê-lo aterrorizado antes da morte. Seus músculos estavam contraídos, quase petrificados, enquanto o pescoço e o rosto apresentavam manchas vermelhas bem maiores que na noite anterior. Indício de uma congestão, talvez. No entanto, o que despertou as suspeitas do mercador foi uma espécie de baba esverdeada perto da orelha esquerda.

Ignazio tocou aquela estranha substância, que apresentava consistência de seiva vegetal, e, depois de cheirá-la, não teve mais dúvidas.

— *Herba diaboli* — murmurou.

O comandante da guarda pegou-o por um braço.

— O que disse?

Não teve tempo de acrescentar mais nada porque Willalme se postou à sua frente.

— Largue-o! — rugiu o francês, empurrando o soldado.

— Pare! — ordenou Ignazio. — Quer piorar ainda mais nossa situação?

Willalme ergueu a mão em sinal de obediência e esboçou um gesto de desculpa. O comandante da guarda bufou, recompôs a couraça e a túnica e lançou um olhar ferino a Ignazio.

— Repita, senhor. O que disse?

Ignazio observou pela última vez o cadáver de Galib, como se quisesse se despedir dele, e depois se ergueu em toda a sua estatura, que era bem superior à do soldado.

— *Herba diaboli* — repetiu, escandindo as sílabas para que todos ouvissem. — Uma erva que provoca alucinações e confusão mental, venenosa quando usada em dose excessiva. Também é conhecida pelo nome árabe de *tatorha*.

O soldado correu os dedos pelas sobrancelhas grossas, como se quisesse empurrá-las para dentro da viseira.

— E que tem isso a ver com a morte do velho?

O mercador apontou para o cadáver.

— Vê a mancha verde no pescoço, perto do lóbulo esquerdo? É o que resta de um destilado de *Herba diaboli* que lhe derramaram na orelha, provavelmente enquanto dormia. Se ainda não entendeu, é isto: mestre Galib foi envenenado.

— Entendi muito bem. — Um lampejo passou pelos olhos do comandante da guarda. — O que me pergunto é por que seu filho fez isso.

— Meu filho? Agora eu é que não entendo.

— Foi visto saindo esta noite da estrebaria, perto daqui. — O soldado apontou para o pátio das cocheiras. — Deve ter sido ele quem matou o *magister*. Em seguida, roubou um cavalo e fugiu. Não creio, porém, que tenha cruzado a porta principal das fortificações, pois ninguém o viu passar.

— Uberto não tinha interesse algum em cometer esse delito — replicou o mercador, enquanto observava o rosto de Willalme cobrir-se de preocupação.

O *guerrejador*, abrindo caminho em meio ao grupo, encostou o indicador em riste no peito de Ignazio e disse:

— Mas talvez você tivesse interesse em matá-lo e tenha encarregado seu filho dessa missão.

— Eu amava o mestre Galib. — O mercador fulminou-o com o olhar, como se quisesse queimá-lo. — Por que haveria de envenená-lo com *Herba diaboli*?

— Menciona outra vez essa erva maldita. — O cavaleiro contraiu seus traços vulgares numa expressão arrogante. — Isso prova sua culpa. Exceto você, ninguém aqui jamais ouviu falar do malefício com que foi perpetrado o delito...

— Está enganado, cavaleiro — interrompeu-o uma voz ali perto. Era o padre Gonzalez de Palencia, que se aproximava a passo claudicante com Filippo de Lusignano. — Conhecem-na por outro nome, muito difundido nestas terras: "erva das feiticeiras". A planta tem folhas largas, frutos espinhosos, flores brancas e violáceas, em forma de funil. Dizem que é muito usada pelas *brujas*, adoradoras de Diana, para operar encantamentos e para voar.

— Para *imaginar* que voam — corrigiu-o Ignazio, aliviado. A presença dos recém-chegados o tranquilizava. — Os preparados de *Herba diaboli* provocam visões que permitem sonhar de olhos abertos com tamanha nitidez que não se distingue a fantasia da realidade.

— A julgar pelo rosto do pobre *magister*, em seus últimos instantes de vida, não deve ter tido visões muito agradáveis — constatou Filippo, aproximando-se do cadáver.

— Só um emissário de Satanás pode ter cometido esse crime — sentenciou o padre Gonzalez, com sua capa negra agitada pelo vento. A luz matutina pousou sobre seu rosto, mostrando as feições de um homem que ainda não tinha 40 anos, mas revelavam uma senilidade precoce, que parecia vir de dentro, como se o físico houvesse se adaptado a uma disposição natural da alma.

— Então temos aqui feitiçaria — proclamou o *guerrejador* em altos brados. — Nem há o que discutir. À forca! Vamos pendurar o moçárabe!

Gonzalez se plantou diante dele e, não estando na presença do rei, como na noite anterior, não se conteve:

— Cale-se, idiota!

A intimidação soou tão dura que todos os presentes fizeram silêncio. O frade lançou um olhar autoritário ao comandante da guarda.

— Capitão, leve este insensato para a cela. Ontem, já abusou da minha paciência.

O soldado levou a mão ao capacete, como se não houvesse entendido a ordem.

— Refere-se ao mercador de Toledo ou...

— Não, seu incapaz! Refiro-me a este cavaleiro — ralhou Gonzalez. — Tire-o já de minha frente.

Dessa vez, a ordem era clara, e os guardas entraram prontamente em ação. Agarraram o *guerrejador* pelos braços e arrastaram-no dali, enquanto ele, sem entender bem o que acontecia, escoiceava como um asno e gritava:

— Padre, não pode me tratar assim! Sou um membro desta corte! Sou mais útil...

— Que está resmungando aí? — O tom do dominicano era de completo desprezo. — Você e os valentões de sua laia são úteis apenas para cobrir os campos de batalha com sangue e carne dilacerada, de vocês mesmos e de outros. Esse é o papel que lhe compete na história. Seria melhor se tudo acontecesse com base na inteligência e no comedimento, não nos atos de uma manada de fanáticos sem miolos. Tranquilize-se, cavaleiro, você não é mais útil que qualquer outro soldado. Um a mais, um a menos... Ainda sobram muitos.

Após concluir a arenga, o religioso acalmou-se e voltou seu olhar para Ignazio.

— É absolutamente necessário que eu fale com sua majestade — disse-lhe o mercador. — Onde ele está neste momento? Por que não está aqui para investigar pessoalmente o homicídio?

— O rei Fernando não virá. — Gonzalez levantou os ombros, dando a entender que sua autoridade era mais que suficiente para controlar a situação. — Está agora participando de um conselho de guerra. Parece que um exército do emir de Córdoba se aproxima do oeste. É necessário encontrar uma maneira de repeli-lo.

— Não tenha receio, mestre Ignazio — interveio Filippo de Lusignano. — Tanto o padre Gonzalez quanto eu estamos certos de que você é inocente. Resta saber o que aconteceu com seu filho.

— Como eu estava explicando ao comandante da guarda — disse Ignazio —, Uberto partiu antes do amanhecer para uma missão que o mestre Galib lhe confiou.

— Então o *magister* foi morto depois de encontrá-lo — aventou Filippo.

— É o que deve ter acontecido.

— Nesse caso, o assassino tinha interesse na missão confiada a seu filho pelo mestre Galib — deduziu o padre Gonzalez. — Diga-me, mestre Ignazio, que missão é essa?

Com um suspiro de resignação, o mercador mentiu despudoramente:

— Não faço a mínima ideia. Galib manteve segredo dizendo que me diria tudo esta manhã. E, como podem ver, agora não está em condições de revelar aonde enviou meu filho.

— Entendo — murmurou Gonzalez. — De qualquer modo, não se pode esperar mais, devem partir sem demora com *messer* Filippo para Toulouse. O bispo Folco os espera. A salvação de Branca de Castela depende de vocês.

O mercador inclinou-se.

— Às suas ordens, reverendíssimo.

— Eu os encontrarei daqui a uma hora nas cocheiras — avisou Lusignano. — Assim terão tempo para descansar e se preparar para a viagem.

— Quanto a mim, prestarei as honras fúnebres ao pobre mestre Galib e darei ordem para que se investigue o homicídio — acrescentou Gonzalez. — O assassino não permanecerá impune.

A um aceno do dominicano, os soldados da guarda ergueram o cadáver do ancião e o depositaram em uma maca.

O rosto de Galib, pendendo para o lado, pareceu de repente recobrar vida. No entanto foi só impressão. Depois de acomodá-lo, os homens se dirigiram a uma igrejinha de tijolos desbotada pelo sol, próxima ao torreão. Ali, o corpo do ancião aguardaria o momento do funeral.

Ignazio juntou-se ao cortejo em silêncio. Willalme, sempre a seu lado, assistiu a um dos raros instantes em que os olhos do mercador revelaram sentimentos humanos. Sabia que logo esses sentimentos desapareceriam sem deixar traços visíveis.

Densas lufadas de vento quente tinham substituído a tepidez da manhã enquanto o sol, agora alto, reavivava as cores dos altiplanos. Ignazio observava um bando de flamingos levantar voo das margens do Guadalquivir. Os pássaros, volteando no ar, desenharam um arco no céu azul e se dirigiram ao então distante castelo de Andújar.

A seu lado, Willalme, sentado no banco do carro, segurava as rédeas.

Filippo de Lusignano trotava num cavalo branco, com os olhos voltados para o nascente.

A viagem começara.

# Segunda Parte
# O ENDEMONIADO DE PROUILLE

> Quem duvida da existência dos demônios deve observar os endemoniados, pois o Diabo, falando por sua boca e sacudindo-lhes cruelmente o corpo, dá prova concreta de sua existência.
> Cesário de Heisterbach, *Dialogus Miraculorum, V, 12*

# 6

Ignazio reabriu os olhos piscando muito ante a luz ofuscante da manhã, que já ia alta.

— Conseguiu dormir? — perguntou Willalme, que conduzia o carro pela estrada poeirenta.

— Um pouco. — O mercador direcionou seu olhar para o caminho, uma faixa de terra vermelha ladeada de espinheiros. O sol ardia impiedosamente, abrasando as pedras sobre a areia. Ao longe, como miragens, descortinavam-se pomares e campos cultivados.

Já fazia alguns dias que haviam deixado para trás as terras de Castela e atravessavam os altiplanos aragoneses, em direção a uma cidade que se erguia sobre uma colina próxima. Chegariam lá às primeiras horas da tarde.

Lusignano refreou o cavalo e se emparelhou com o carro.

— Estamos quase em Teruel. Proponho acamparmos lá até amanhã de manhã.

— Boa ideia — disse Ignazio. — Poderemos então descansar. Os animais estão exaustos.

— Ainda falta muito para chegarmos ao Languedoque — acrescentou Willalme, observando um bando de pássaros negros que volteavam como um mau presságio sobre suas cabeças. — Teríamos economizado tempo se viéssemos por mar, costeando Valência e a Catalunha até Narbonne.

— É verdade — admitiu Filippo —, mas ultimamente os piratas sarracenos infestam aquele trecho de mar. Seus navios se abrigam em Maiorca, a despeito do rei de Aragão, e por isso a travessia teria sido arriscada.

O francês ia replicar, mas, baixando os olhos, avistou ao longe um grupo de pessoas que avançava em sua direção. Apertou as pálpebras para evitar os raios do sol e enxergar melhor. A julgar pelos trajes, parecia uma procissão de frades, porém, quando chegaram mais perto, ele reparou que havia entre eles mulheres e crianças.

— Estão vendo aquela gente? — perguntou aos companheiros.

— Parecem vir ao nosso encontro — disse Ignazio. — Mas não há nada com que nos preocuparmos. Pelas roupas, devem ser mendigos ou penitentes.

— Penitentes? — exclamou Filippo com uma nota de desprezo na voz. — Um bando de miseráveis, isso, sim. Não veem como estão imundos?

Pouco a pouco, a massa de esfarrapados se aproximou dos três companheiros. Alguns estavam pálidos e magérrimos, embrutecidos pela fraqueza e pela disenteria; outros tinham o rosto marcado pelas lágrimas e pelo desespero. Ignazio sabia que as terras da Espanha pululavam de vagabundos e peregrinos com destino a Santiago, mas nunca havia se deparado com um grupo tão numeroso e sujo. Pediu a Willalme que parasse o carro e cumprimentou um velho muito magro que vinha à frente da multidão empunhando um cajado.

— Quem são vocês? — perguntou-lhe Ignazio.

— *Bons chrétiens\** — respondeu o velho, cujo rosto esmaecido lembrava as aves de rapina dos desertos espanhóis. — Não temam. Não temos intenção de fazer-lhes nenhum mal, queremos apenas prosseguir nosso caminho.

Lusignano franziu a testa.

---

\* "Bons homens" ou "bons cristãos". (N. do T.)

— *Bons chrétiens*, foi o que disse? A mim, me parecem mais os chamados "Pobres de Lyon", os sequazes do herege Pietro Valdo. — Puxou as rédeas do cavalo, que começava a inquietar-se, e pousou a mão no cabo da espada. — Não estão por acaso procurando algum ministro de Deus para espoliar?

As pupilas do velho se dilataram de espanto.

— Não, *monsieur*, por caridade! Não somos valdenses.

Filippo afastou a mão da espada, mas manteve uma expressão ameaçadora.

— Então o que são?

— *Bons chrétiens*, só isso. — As mãos do velho se juntaram num gesto de súplica. — Não somos pessoas violentas, não prejudicamos ninguém...

Ignazio, aborrecido com o rumo que a conversa havia tomado, interveio em tom mais amistoso:

— E de onde vêm?

A essas palavras, o velho pareceu acalmar-se, e apontou para a cidade que se erguia sobre o monte próximo.

— Fomos expulsos de Teruel e vamos para as aldeias vizinhas.

— Entretanto vocês não parecem aragoneses, falam com sotaque provençal.

— De fato, viemos do sul da França.

Ignazio fitou-o curioso.

— E por que estão nestas terras?

A essa pergunta, as pupilas do velho se encheram de terror.

— Fugimos dos Arcontes.

— Arcontes?

— Sim, *monsieur*. — O velho se apoiou exausto no cajado. — São os guerreiros que, com o estandarte do Sol Negro, percorrem as estradas do Languedoque e da Provença atormentando todo *bon chrétien* que encontram pelo caminho.

Lusignano passou a mão pelo queixo, visivelmente desconfiado, mas nada disse. Com aparente indiferença, trotou em volta do carro do mercador tomando mentalmente nota da conversa, do lugar e dos rostos.

Ignazio, por seu turno, não queria demorar-se mais e levantou a mão em sinal de partida.

— Desejo boa viagem a você e aos seus companheiros. Que o Senhor os proteja.

— O mesmo a vocês, *monsieur* — replicou o velho.

O bando de miseráveis retomou seu caminho e desapareceu lentamente no horizonte.

Já estavam perto da cidade de Teruel quando Filippo rompeu o silêncio:

— Aqueles esfarrapados eram hereges, sem sombra de dúvida.

— Também acho — confirmou Ignazio. — Disseram ser *bons chrétiens* e é assim que os cátaros do Languedoque costumam chamar-se. E, pelo que vimos, estavam em petição de miséria.

— No entanto referiram-se aos Arcontes — continuou Lusignano. — Se não me engano, esse é o nome dos demônios que chefiam as legiões infernais.

— Não só isso. Falando de Arcontes, os hereges se referem aos seres sobrenaturais que aprisionaram a luz do espírito dentro da matéria para formar o mundo em que vivemos.

— Você sabe muita coisa, mestre Ignazio, e algumas estão no limite do que é permitido a um bom católico — disse Lusignano, esboçando um sorriso pouco amistoso. — Se não fosse tão fiel à coroa castelhana e à Santa Sé, creio que eu seria obrigado a denunciá-lo a um tribunal episcopal.

O mercador liquidou a questão franzindo o cenho.

— E seria seu dever fazer isso. Porém, continuando, acho que estamos desprezando um detalhe importante.

— Como assim?

— Aquele velho, aludindo aos Arcontes, não se referiu a criaturas sobrenaturais, mas sim a um exército que marcha com o estandarte do Sol Negro.

— Lembro-me bem e, contudo, isso me parece muito estranho. Que eu saiba, não existe nenhum exército com essa bandeira.

— Talvez não um exército, mas outra coisa.

— Explique-se.

— O Sol Negro é o símbolo de Nigredo, a primeira fase da obra alquímica. E o nosso inimigo, convém não esquecer, é um alquimista chamado conde de Nigredo. Isso não lhe sugere nada?

Lusignano concordou visivelmente impressionado por aquela afirmação.

— Você está certo, eu não tinha percebido... Acha que as milícias mencionadas pelo velho são as tropas do conde de Nigredo?

— É uma possibilidade que não podemos excluir.

O militar fitou-o longamente, como se fosse fazer alguma observação, mas a voz de Willalme interrompeu a conversa:

— Olhem, lá estão as muralhas da cidade.

Teruel ofereceu-se aos olhos dos viajantes com a graça pudica de uma rosa do deserto. As muralhas externas tinham uma cor vermelho-terrosa, lembrando a aridez do altiplano, mas, para além delas, os três homens tiveram de admirar a elegância da povoação, digna de uma cidade oriental, com vielas sinuosas e torres cobertas de cerâmica. Na maior parte, os palácios eram do estilo *mudéjar*, uma mistura do gosto românico com o árabe. Muitos muçulmanos, de resto, conviviam ali pacificamente com a comunidade cristã.

O grupo enveredou por uma rua em meio a uma selva de casas e tendas, à procura de uma hospedaria onde pudessem cear e passar a noite, seguindo um cortejo de turbantes e capuzes até desembocar num bairro de artesãos. Por trás das fachadas das oficinas, viam-se operários correndo de lá para cá, tirando e colocando nos fornos, com longas pás, vasilhas de cor escura.

— Quase me esqueci de que Teruel é uma cidade de ceramistas — comentou Ignazio, observando os artesãos no trabalho.

Em vez de responder, Lusignano recolheu as rédeas, circunspecto. Havia acabado de entrar na praça um batalhão de soldados guiados por um frade a cavalo. Era um pelotão de infantaria armado de lanças curtas, os almogáveres catalães a serviço do rei de Aragão.

À vista deles, a maior parte dos transeuntes se esquivou junto às paredes ou desapareceu pelas vielas secundárias.

O frade a cavalo avançou, com ar arrogante, lançando olhares desconfiados aos três forasteiros. Observou suas roupas, a equipagem do carro e do cavalo de Filippo e, finalmente, concentrou sua atenção em Ignazio.

— Não me parece que seja daqui, senhor. Quem é você?

— Viemos de Castela, venerável padre — respondeu cordialmente o mercador. — Acabamos de chegar à cidade e procuramos uma hospedaria ou pensão onde possamos passar a noite.

— Há uma bem acolhedora aqui perto, ao lado da grande catedral — disse o religioso. — Mas ainda não me disse quem é você.

— Chamo-me Ignazio Alvarez de Toledo, e estes são meus companheiros de viagem. Vamos para a França.

O frade balançou a cabeça lentamente.

— Nunca ouvi falar de você, senhor. De qualquer forma, não se parecem com as pessoas que estou procurando. — Contorceu a boca num esgar astuto. — Contudo, ainda assim, poderiam ajudar-me.

— Diga-me como, por favor.

O religioso respirou profundamente, como se fosse fazer um discurso em público, mas logo seu tom de voz baixou:

— Chamo-me Juan de Montalban e sirvo no tribunal episcopal de Saragoça como *testis synodalis*, ou seja, investigo em nome do bispo. Estou na pista de um grupo de hereges fugidos da Provença. Já receberam ordem de partir, mas continuam vagueando por estas terras. Pois bem, saiba que, por lei, não toleramos em nossas dioceses nenhum tipo de heresia. Assim, se tem alguma informação a respeito, deve fornecê-la ou poderá incorrer na pena de *diffamatio* ou excomunhão, ou algo pior.

Em resposta, Ignazio assumiu a inexpressividade de uma esfinge.

— Que tipo de hereges são eles?

— São cátaros, sem dúvida nenhuma. Alguns são conhecidos, porém, como "maniqueus", do nome de seus predecessores orientais, ou "albigenses" — explicou o frade, com uma careta de desdém. — Parecem uma corja de mendigos. Pelo que eu soube, foram expulsos desta cidade ontem à noite.

Então a voz de Filippo se fez ouvir, muito clara:

— Nós os vimos há poucas horas, padre.

O religioso se voltou para Lusignano.

— Tem certeza?

— Absoluta — afirmou o cavaleiro, erguendo o queixo. — Estavam se afastando de Teruel. Iam para o sudeste.

— Muito bem, eu lhe agradeço.

Filippo respondeu com um olhar feroz.

— Era minha obrigação, padre Juan. Espero que essas informações lhe sejam úteis.

— Serão, sem dúvida alguma.

Após uma rápida saudação, o frade fez um sinal e a companhia se perfilou, pronta para marchar.

Dando as costas à praça, os almogáveres avançaram na direção das portas da cidade, deixando à sua passagem pessoas de rostos contraídos, boquiabertas.

Ignazio, cuidando para que ninguém o ouvisse, virou-se para Lusignano e disse-lhe em tom de censura:

— Você me espanta, meu senhor. Acaba de condenar aqueles pobres coitados.

O cavaleiro endireitou os ombros.

— Era nosso dever denunciá-los. Um édito real condena ao exílio todos os hereges encontrados em terra aragonesa.

— Conheço bem esse édito — disse o mercador com ar sombrio, observando os punhos de Willalme, que apertavam raivosamente as rédeas. — Foi promulgado há muito tempo por Pedro II de Aragão e prevê castigos desumanos. Os hereges que violam as prescrições são queimados vivos. — E em tom mais grave, arrematou: — O choro daquelas crianças não lhe pesará na consciência esta noite?

O rosto de Lusignano se contraiu numa expressão cínica.

— De modo algum. Como templário e também como cavaleiro de Calatrava, muitas vezes eu tive de tomar decisões bem mais drásticas. — Atiçou o cavalo, com certo nervosismo nos gestos. — Vamos acabar com isso e procurar uma estalagem. Devo enviar um despacho ao padre Gonzalez de Palencia informando-o de onde estamos.

Ignazio perscrutou atentamente o rosto de Filippo, constatando pela primeira vez que sua dureza não escondia nenhuma bondade de coração, mas sim muito sadismo. Não se importava que aquele cavaleiro revelasse às vezes fanatismo religioso, mas não podia permanecer indiferente a tamanha maldade e experimentou um grande mal-estar diante da ideia de ser obrigado a colaborar com aquele homem. Willalme, por sua vez, começou a nutrir por Lusignano um ódio instintivo, que só poderia aumentar com o tempo.

À noite, não muito longe de Teruel, ergueu-se uma coluna de fumaça negra acompanhada de chamas e gritos excruciantes.

# 7

Montado no veloz Jaloque, Uberto atravessara rapidamente as planícies da Espanha. Orientara-se sem problemas pelo *camino aragonés* e cruzara os Pireneus pelo vale de Somport, o *summus portus*, para entrar em território francês. Era a primeira vez que viajava sozinho, o que lhe despertava uma intensa euforia mesclada a uma sensação nova de liberdade, como se estivesse competindo com o pai. Queria levar a termo a missão e reencontrá-lo em Toulouse antes do combinado, para provar-lhe seu valor. Isso representava, porém, apenas parte da verdade. Antes de tudo, fizera uma aposta consigo mesmo. Durante anos, acompanhara Ignazio na busca de objetos sacros e profanos, deslocando-se das cidades marítimas aos mercados do centro da Europa, e seu pai insistia em ensinar-lhe tudo sobre os locais visitados e sobre diversos ramos do saber, para torná-lo cada vez mais sábio e erudito. No entanto essas lembranças escondiam também fatos desagradáveis, pois Ignazio era um homem avaro de afeto. Uberto sofrera essa carência, sobretudo, durante a infância, quando o pai estivera no exílio por mais de dez anos, sem jamais dar notícias de si, obrigando-o a padecer um interminável isolamento num mosteiro, separado da família. Embora compreendesse o motivo, Uberto nunca conseguira perdoá-lo inteiramente e mesmo depois de reencontrá-lo não fora capaz de preencher o vazio daqueles anos. "Mas agora que não estou mais sob sua asa protetora, ele terá ao menos de se preocupar comigo", pensara ao aceitar a missão de Galib.

A viagem prosseguira sem incidentes, mas na Gascogne uma chuva torrencial o acompanhara por mais de uma semana. O jovem não se dera por vencido e, envolto numa capa impermeável, cavalgara em meio ao dilúvio atravessando extensões cobertas de faias e bétulas, atento às irregularidades do terreno e avançando sempre para o sul. Quando parou de chover, o ar se tornou abafadiço e Uberto deixou para trás colinas cobertas de verde, ultrapassando a fortaleza de Foix e o castelo de Mirepoix.

Por fim, chegou a uma clareira deserta, que ele atravessou com uma crescente sensação de mal-estar, até deparar-se com uma aldeia incendiada. O fogo fora, sem dúvida, ateado intencionalmente pouco tempo antes; além disso, sinais no terreno comprovavam um embate entre os habitantes e um exército invasor. A única circunstância estranha é que não se viam cadáveres.

O jovem nem pensou em deter-se entre aqueles escombros e retomou o caminho do bosque. Seguiu o curso de um regato, afluente do rio Ariège, e, quando o calor atingiu o ponto máximo, parou perto de uma lagoa, à sombra de algumas árvores.

A viagem o esgotara, e fazia semanas que não se barbeava. Amarrou, então, o cavalo a um arbusto e dispôs-se a descansar um pouco. Tirou o gibão ensopado de suor e mergulhou as mãos na água gelada, com a qual borrifou o rosto e o peito. Sentiu-se renascer.

Depois de um breve repouso, retomou a viagem, passou por um desvio que conduzia a Toulouse e cavalgou a trote firme durante toda a tarde. Já começava a temer não encontrar um local para passar a noite quando percebeu ter chegado aos pés de um monte. Olhou para cima e avistou um castelo banhado pela luz do crepúsculo. O rochedo de Montségur!

A alegria de ter alcançado seu destino deu-lhe novas forças e, sem hesitar, ele instigou o cavalo por uma senda que conduzia ao alto, entre árvores que iam rareando até ceder lugar a campos pontilhados de arbustos, cada vez mais íngremes. No último lance, surgiram projeções de pedra nua e plataformas à beira do abismo, mas Jaloque não se deixou intimidar.

Montségur erguia-se em meio a protuberâncias calcárias. Tinha uma forma bizarra, semelhante a um pentágono dominado a noroeste por um torreão de base retangular. O elemento mais curioso, de que Uberto já ouvira falar, eram as doze aberturas feitas ao longo do perímetro, que lhe davam o aspecto de um antigo observatório astronômico.

De repente, ouviu vozes masculinas nas proximidades e um grupo de soldados irrompeu de trás dos penedos. Alguns sobraçavam escudos triangulares *ad aquilone*, outros empunhavam lanças e broquéis. O jovem apontou para a entrada da rocha, agora bem visível na extremidade do caminho, e declarou que trazia uma mensagem para o castelão. Ouvindo isso, os soldados deixaram-no passar.

Os muros de Montségur rodeavam uma pequena praça com tendas e estábulos de madeira. Apesar da hora tardia, ainda havia por ali algum movimento, principalmente de plebeus pobremente vestidos.

Uberto entregou Jaloque a um criado muito jovem e apressou o passo na direção do torreão achando que provavelmente encontraria Raymond de Péreille ali. Porém, antes de alcançá-lo, sua atenção foi atraída por alguns passantes que se dirigiam ao centro do burgo. Contagiado pelo entusiasmo geral, seguiu-os e, ao chegar ao local, avistou um rapaz vestido com um saio, ajoelhado aos pés de um velho de aparência veneranda. Murmurava uma súplica, "*Benedicite*", enquanto o velho, com uma mão pousada sobre sua cabeça, recitava o *Paternoster.*

Uberto reconheceu o ritual cátaro do *consolamentum*, porém, um pouco decepcionado, notou que não havia naquilo a obscenidade denunciada pelos religiosos católicos. Ninguém decapitava crianças, adorava gatos ou beijava o traseiro de Satanás. O rito consistia num simples pedido apresentado por um rapaz a um ancião para que orasse por ele. Uberto sabia também que era muito raro assistir a esses eventos em público.

A recitação do *Paternoster* terminou, e o rapaz, no centro da praça, elevou os olhos em direção ao céu, sentindo-se espiritualmente renascido. Enquanto a aglomeração se dispersava, Uberto retomou o caminho para o torreão. Não demorou muito a alcançá-lo.

O torreão se erguia ao lado da pequena praça e havia guardas na entrada. Ao olhar para o prédio, o jovem notou que uma mulher o observava de uma janela. Pareceu-lhe muito bonita, embora um tanto preocupada, e Uberto não conseguiu evitar dirigir-lhe um gesto de saudação. Ela sorriu por um instante, em resposta, e desapareceu.

A voz de um guarda trouxe-o de volta à realidade:

— Estrangeiro, não pode ficar aí.

— Devo me encontrar com Raymond de Péreille, o castelão — foi a resposta do jovem. — Trago uma mensagem para ele.

Uberto foi escoltado aos aposentos do dono do castelo, no alto do torreão. Os guardas fizeram-no esperar diante de uma porta fechada enquanto o senhor De Péreille era informado de sua presença. Pouco depois, recebeu permissão para entrar.

A sala, iluminada por umas poucas tochas, tinha paredes atapetadas e janelas em arco que abriam para a pequena praça embaixo. No centro, via-se uma mesa retangular.

A luz das chamas revelou os contornos de uma figura masculina que saiu das sombras. Era um homenzinho atarracado, ruivo, que deveria ter algo entre 40 e 50 anos, de cabeça redonda já meio calva e barba crespa. Vestia um colete azul e uma túnica de veludo vermelho, exibindo na fivela do cinto o brasão de Mirepoix. Devia ser Raymond de Péreille.

Caminhou com passo vacilante até o centro da sala e semicerrou os olhos astutos, semelhantes aos de um furão, fixando-os no jovem. Como gesto de saudação, levantou o cálice e bebeu seu conteúdo de um trago.

— Então você é Uberto Alvarez, de Castela... — disse em tom rouco, limpando a boca com a manga. — Quem o enviou aqui?

— O venerável Galib, que foi *socius* de Gerardo de Cremona — respondeu Uberto, sem saber se aquela figura à sua frente estava mesmo embriagada ou apenas fingia. — Tenho uma carta escrita por seu próprio punho como prova do que afirmo. É endereçada ao senhor.

— Deixe-me vê-la — pediu amigavelmente Raymond. — E fique à vontade. É meu hóspede.

Uberto remexeu no alforje, tirou de lá o rolo de pergaminho que Galib lhe confiara e passou-o ao fidalgo. A seguir, olhou em volta à procura de algo para sentar-se e por fim descobriu uma bela cadeira dotada de braços e espaldar.

Raymond observou-o enquanto se acomodava.

— Está cansado da viagem, imagino.

— De fato — concordou o jovem.

O castelão manteve o olhar sobre ele por alguns segundos e depois examinou a carta com ar de enfado.

— A carta parece autêntica... Sim, é mesmo a letra do mestre Galib. — Franziu o cenho. — Pelo que vejo, o mestre não está mais ensinando no Studium de Toledo... — Pôs-se a ler. — A situação é, eu diria, um tanto séria — concluiu.

— Contamos com sua ajuda.

Raymond agitou a carta como um leque e deixou cair os braços, desanimado.

— Que querem de mim, exatamente? Resuma tudo com suas próprias palavras, pois a verbosidade desta carta me confunde... Ou, talvez, eu tenha bebido demais.

Uberto apoiou os cotovelos nos braços da cadeira e inclinou-se para a frente, pressentindo no interlocutor uma hostilidade velada.

— Como escreveu mestre Galib, queremos informações sobre o conde de Nigredo.

O castelão esboçou um risinho sarcástico.

— Ah, só isso? Nada mais?

— O *magister* mencionou um manuscrito alquímico que o senhor tem em seu poder, o *Turba Philosophorum*. Pergunta se é possível obter uma cópia.

— Para socorrer Branca de Castela?

O jovem ergueu a cabeça e mirou o fidalgo bem nos olhos.

— Exatamente.

O senhor De Péreille desviou o olhar.

— Lamento, *monsieur*. Mas não posso satisfazê-lo.

— Como?! O *magister* me garantiu que...

Raymond, constrangido, tentou justificar-se.

— Sim, conheci Galib faz tempo e sempre nutri por ele uma espécie de veneração. Gostaria de tê-lo em meu séquito para me beneficiar de seus conselhos. Aliás, quem não gostaria? É um grande homem, um sábio. — Suspirou. — Apesar disso, as circunstâncias atuais me impedem de atender ao seu pedido.

— Que circunstâncias? Por favor, explique-se.

Os olhos que pousaram de novo em Uberto não eram absolutamente os de um bêbado

— Você me parece um jovem atento. Deve ter logo se dado conta do que acontece dentro dos muros de Montségur. Que tipo de gente busca refúgio aqui, quero dizer.

— Cátaros, é óbvio. — O rapaz se recostou na cadeira, sentindo-se ameaçado. — Bastou-me entrar na rocha para assistir a um episódio raro de se ver em público: um homem recebendo o *consolamentum* diante dos olhos de todos.

Raymond anuiu, com um rubor irônico no rosto.

— Espero que não se tenha escandalizado por presenciar uma prática considerada... hum... herética.

Uberto abriu os braços num gesto diplomático.

— Não, são de outra natureza as coisas que me escandalizam.

— De resto, o *consolamentum* é o único sacramento que tem valor para quem segue ao pé da letra o Evangelho de João. Por isso os cátaros gostam de se definir como "bons cristãos". Já os *boni homines*, seus mestres, são chamados de *perfecti*, "perfeitos". Um deles é Bernard de Lamothe, o ancião que você viu na praça.

— Não vejo por que isso possa impedi-lo de atender ao pedido de Galib. Nem ele nem eu condenamos o culto praticado aqui.

Raymond deu de ombros e deixou transparecer um tom burlesco em sua resposta:

— No início, confesso tê-lo confundido com um espião do papa ou coisa parecida, *monsieur*. Contudo, depois de tantas peripécias, ouso dizer que aprendi a identificar um mentiroso quando o tenho diante de mim. Sua sinceridade está fora de questão, acredite-me. Entretanto não posso dizer o mesmo do reino que você representa. Fernando, o Santo, é um monarca muitíssimo católico, assim como sua tia Branca... Ponha-se em meu lugar. Você confiaria?

Uberto procurou disfarçar o nervosismo, como seu pai lhe ensinara.

— Não represento Fernando III. Nenhum membro da *curia regis* castelhana está a par deste encontro.

— Engano seu. — Raymond ensaiou com dificuldade uma risada, pousou a carta de Galib na mesa e apanhou uma garrafa de cerâmica.

— Esta noite, estou sendo extremamente descortês, até agora, não lhe ofereci sequer uma bebida. Quer um gole deste excelente vinho? Chama-se *aygue* ardente. É produzido no Alto Garona.

— Não, obrigado.

— Como queira — disse o castelão, aparentemente decepcionado com a resposta. No entanto, não deixou de encher de novo o próprio copo e levou-o à boca com um alçar de ombros. Depois de ingerir a bebida, seus olhos brilharam mais intensamente. — Não se move um dedo na corte castelhana sem o consentimento de Fernando III e do padre Gonzalez de Palencia. Siga o meu conselho, não subestime aquele maldito dominicano. Ele não deixa nada ao acaso.

— Acha então que o padre Gonzalez está metido nisso?

— Acho que ele mantém contato com um prelado muito influente por aqui e de quem por certo você já ouviu falar: o bispo Folco de Toulouse. — Raymond pousou o copo vazio na mesa. — Em aparência, cuidam dos interesses de reinos diferentes, mas ambos obedecem a uma única pessoa...

— O papa — arriscou Uberto.

— Ele mesmo. O bispo Folco, sobretudo, se reporta ao núncio da Santa Sé na França, Romano Frangipane, cardeal de Sant'Angelo. Deve-lhe total obediência, mais até que à rainha Branca.

— Essas intrigas não me interessam — esclareceu o jovem. — Quero apenas encontrar o conde de Nigredo.

— Você é ingênuo demais, meu caro. Acha que estamos falando de quê? O conde de Nigredo é muito chegado a esses clérigos, mais do que imagina.

— Como pode ter certeza disso?

— O conde de Nigredo também odeia os cátaros — limitou-se a responder o fidalgo. — Seus mercenários endemoniados percorrem todo o Languedoque incendiando qualquer aldeia que abrigue os bons cristãos.

— Agora entendo... — murmurou Uberto, semicerrando os olhos felinos. — Mas esses mercenários não matam os habitantes, só os aprisionam, certo?

O senhor De Péreille pareceu cair das nuvens.

— Como sabe disso?

— Calculei que fosse assim. — Por um instante, o jovem pensou ter nas mãos seu interlocutor. — Hoje mesmo, aproximando-me de Montségur, deparei-me com um vilarejo incendiado. Foi obra de um exército, sem sombra de dúvida, mas não vi nenhum cadáver. Só agora juntei as peças do quebra-cabeça: por um motivo que ignoro, as tropas do conde de Nigredo sequestram os habitantes das aldeias cátaras. E o senhor hesita em ajudar-me porque tem medo dele.

— Perto de Montségur, você disse? — Raymond se deixou cair sobre um banco junto à mesa. — Os Arcontes avançaram mais para oeste do que pensei...

O jovem segurou com força os braços da cadeira.

— Para onde foram levados os habitantes da aldeia? E quem são os Arcontes?

— Você já sabe demais, meu caro — resmungou o fidalgo.

Uberto ficou em pé, mantendo os punhos cerrados na altura dos quadris.

— Não o suficiente, meu senhor. Ajude-me, por favor.

Raymond sacudiu a cabeça.

— Sinto muito. Se o conde de Nigredo for hostilizado, poderá se mostrar um inimigo implacável... E eu não disponho de milícias capazes de impedi-lo.

— No entanto conta com a proteção do conde de Foix!

— Foix? — O castelão não conteve um riso irônico. — Acredite-me, no momento, ele está mais interessado em colocar suas garras no principado de Andorra.

— Então, dê-me pelo menos uma cópia do *Turba Philosophorum* — insistiu Uberto. — Com ela em mãos, partirei imediatamente e não voltará a ouvir falar de mim, prometo.

O semblante do senhor De Péreille assumiu de repente uma expressão rígida, com um misto de astúcia e desgosto.

— Ainda não entendeu, meu rapaz? O *Turba Philosophorum* jamais sairá deste lugar. Permanecerá escondido na sombra, sob o signo do Leão... Você também não sairá daqui. — Virou-se para a porta e gritou em tom imperioso: — Guardas, prendam este homem!

As portas da sala se escancararam e dois soldados entraram, agarraram Uberto pelos braços e o arrastaram com violência para fora.

O jovem se debatia furioso, lançando olhares indignados para Raymond.

— Não podem fazer isto! Não têm o direito de me aprisionar! Comportem-se com honra!

O rosto do castelão se contrai numa máscara colérica.

— A honra é um luxo que não posso me conceder, rapaz. — Apontou, com um gesto brusco, para uma janela. — Olhe aquelas pessoas lá embaixo, acampadas no burgo. O que não sofreriam elas se estes muros fossem assediados? E a minha família? Qual seria o seu destino? Acha então que posso me permitir pensar em honra numa hora dessas? Só tenho uma obrigação, defender Montségur. — Num movimento repentino, pegou a carta do mestre Galib e aproximou-a de uma chama para queimá-la. Sua boca se arqueou num esgar cruel. — Pelo que me toca, Branca de Castela pode definhar eternamente entre as teias de Airagne.

Uberto apenas teve tempo de ouvir essa última palavra antes que Raymond de Péreille desaparecesse por uma porta. Só então o desespero o dominou, enquanto as sombras se adensavam à sua volta.

Não podia imaginar que, bem perto dali, estavam acontecendo coisas que marcariam sua vida para sempre.

# 8

Frei Blasco de Tortosa atravessou a sala de interrogatório com passos nervosos e debruçou-se à única janela do recinto para observar a paisagem montanhosa ao clarão da lua. Um leve cheiro de maresia impregnava o ar da noite. Sem dúvida, o vento o trazia dos recifes da Catalunha ou, mais provavelmente, das costas do Languedoque. Pensar no mar sempre despertava nele reminiscências da juventude.

Depois de respirar fundo, recompôs as feições e voltou-se para o interior do recinto, onde um jovem franciscano sentado a uma escrivaninha e um imponente sarraceno de pele escuríssima aguardavam suas ordens. Esse mouro, chamado Kafir, era-lhe especialmente devotado. Frei Blasco conhecera-o anos antes perto de Barcelona, num mercado de escravos. Libertara-o com o objetivo de convertê-lo pacientemente ao cristianismo e encontrara nele um servo taciturno e fiel.

Frei Blasco esboçou um gesto altruísta.

— Por ora basta, Kafir. Deixe-a respirar um pouco.

A essas palavras, o mouro se acercou de uma grande tina no centro da sala, tão alta que lhe chegava ao peito. Estava cheia de água, da qual afloravam dois pequenos pés brancos presos por uma corda que pendia de uma roldana fixada ao teto.

Kafir segurou-a pela ponta e puxou-a com seus braços musculosos. Da água emergiu o corpo de uma mulher de cabeça para baixo.

Frei Blasco observou com frieza aquela imagem feminina. Aproximou-se para detectar nela algum sinal de vida, lutando contra a sedução daquele rosto jovem e atraente, coroado por uma massa brilhante de cabelos negros.

O peito da prisioneira se contraiu e suas feições se congestionaram numa crise de tosse.

— Está viva, graças a Deus — suspirou o franciscano sentado à escrivaninha; e, não conseguindo se impedir de admirar a nudez da mulher, pigarreou constrangido. — É melhor reconduzi-la à cela e esperar até que se recupere.

— Primeiro, deve concordar em responder — sentenciou Blasco de Tortosa; e, notando que a prisioneira recomeçara a respirar mais regularmente, virou-se para ela: — Pois bem, mulher, confessa ser uma herege?

Um fio de voz escapou dos lábios da prisioneira:

— Não...

— Mentirosa! Há pouco, confessou o contrário!

— Deixaram-me em jejum por vários dias... — murmurou ela, ainda tossindo. — Era a única maneira de conseguir ao menos um pouco de água...

— E não está satisfeita? Agora tem toda a água que quiser. — Frei Blasco agarrou as bordas úmidas da tina, mal contendo um calafrio de prazer. — Diga-me, víbora, pertence à raça dos cátaros? Ou é por acaso uma valdense?

— Não...

— Talvez então idolatre as *foeminae sylvaticae* ou as três *fatae*.* Muitos aldeões cultivam em segredo essas superstições. Será esse o seu caso?

— Não — murmurou de novo a jovem.

— Mentira! Tudo mentira! — esbravejou o frade. — Você foi capturada aqui perto, nos confins do Languedoque. Vagava sem rumo,

---

* *Foeminae sylvaticae*: as ninfas da floresta; *fatae*: fadas, reminiscência das três Parcas, senhoras do destino na mitologia romana. (N. do T.)

dizendo coisas sem nexo sobre o conde de Nigredo e os Arcontes. Quer me dizer de onde vem? Não é desta região, fala latim, mas tem um sotaque estranho.

— Venho do inferno... de um lugar onde há fogo e metal fundido...

— Continua a brincar comigo! Pois agora vai ver. — Frei Blasco fendeu o ar com um gesto furioso. — Kafir, solte a corda.

O mouro obedeceu e, antes que a prisioneira pudesse encher os pulmões de ar, viu-se de novo mergulhada na tina. Debateu-se na água, seus cabelos flutuavam em volta da cabeça como um emaranhado de algas. Não podia usar as mãos, que estavam atadas às costas, e o senso de impotência, mais ainda que a asfixia e o medo, paralisava-lhe o ânimo. O fato de outros disporem livremente de sua pessoa, de a manterem cativa e sujeita a humilhações inauditas, fomentava nela um ódio silencioso. Só esse sentimento a impedia de ceder ao desespero, robustecendo-lhe a decisão de resistir à tortura. Era como se uma parte desconhecida de sua alma, mais rija e corajosa, houvesse se destacado das sombras para governá-la com pulso firme.

O franciscano deixou cair a pena com que escrevia e pôs-se em pé exasperado.

— Não podemos atormentá-la desse jeito! Ninguém a acusou de nada. Que direito nós temos...

— Temos direito, sim, padre Gustavo — replicou Frei Blasco. — O decreto papal *Ad Abolendam* nos permite interrogar suspeitos de heresia mesmo sem testemunhas. E se isso não bastasse, o Quarto Concílio de Latrão nos conclama a combater quaisquer desvios de doutrina.

— Mas a tortura não é permitida...

— Engana-se de novo, meu caro. Nos interrogatórios, o *Decretum Gratiani* admite três exceções em que se pode aplicá-la: ao acusador de um bispo, a um escravo e a um camponês suspeito. E este é claramente o nosso caso. — Frei Blasco franziu o cenho. — Sei o que estou fazendo. Limite-se a registrar as declarações do interrogatório e tire do rosto essa expressão assustada.

O padre Gustavo remexeu os papéis sobre a escrivaninha, retomou a pena e olhou para a superfície trêmula da água.

— Mande içá-la, em nome de Deus! Não resistirá por muito mais tempo.

— Pode resistir mais do que supõe.

Mergulhada na tina, a moça conseguia ouvir sons baixos e confusos vindos de fora. Sabia que falavam dela, mas, dominada pelo torpor, já não prestava mais atenção. Sua mente estava repleta de imagens desencontradas e acabou por se fixar na de um mar tempestuoso. As ondas espumavam com retumbante intensidade, açoitando abrolhos cobertos de algas, enquanto, ao longe, as águas se escancaravam num horrendo sorvedouro...

Um ruído inesperado e a retomada da sensação de peso arrancaram-na da semi-inconsciência. Teve um acesso de tosse tão violento que mais parecia uma ânsia de vômito a dilacerar-lhe os ossos do peito. Inspirou com dificuldade, aos arrancos, enquanto seu corpo magro oscilava no vazio.

Frei Blasco, implacável, estava novamente ao lado da tina.

— Fale! Quem é o conde de Nigredo?

— Não sei... Ninguém sabe...

— Não acredito em você. Diga-me quem é ele ou faço-a mergulhar de novo.

A ameaça fincou-se em seu cérebro como um prego, provocando nova onda de ódio incontido. E sua outra parte, encolhida a um canto da mente, manifestou-se num assomo instintivo.

— É o diabo! Está satisfeito? — gritou. — O diabo! O diabo! O diabo! E agora me tire daqui, seu maldito! Solte-me! Quero ir embora, solte-me!

O padre Gustavo se pôs em pé pela segunda vez, agitadíssimo.

— Está delirando. Nesse estado, não pode nos servir para nada.

A prisioneira continuava gritando, espumando pela boca como uma possessa. Depois, revirou os olhos e perdeu os sentidos.

— Maldita bruxa! — exclamou Frei Blasco. — Encontrou uma maneira de fugir do interrogatório. — Aborrecido por ter de conceder uma trégua, virou-se para o mouro e ordenou: — Desamarre-a e leve-a para sua cela, Kafir. Mas não considere isso uma vitória. Amanhã de manhã, vamos submetê-la ao estiramento.

Os calabouços ficavam nos subterrâneos do convento. Para chegar até lá, era necessário sair da sala de interrogatório, situada num prédio isolado para não perturbar a quietude das religiosas, e atravessar um jardim que confinava com um campo aberto.

Kafir colocou nos ombros a jovem desmaiada, coberta apenas por um casaco de tecido grosseiro, e caminhou em direção à porta, atrás de frei Blasco e do padre Gustavo. Percorreram um corredor curto que dava para o exterior, guiados pelo clarão de duas tochas fixadas aos lados da porta.

Quando chegaram a poucos passos da saída, um rumor indefinido se fez ouvir do outro lado dos batentes.

Blasco de Tortosa aguçou os ouvidos e espiou pela fresta, mas não viu nada lá fora, exceto um inocente amontoado de arbustos. Talvez houvesse sido o vento ou o sussurrar dos ramos, disse para si mesmo, dando várias voltas à fechadura. Não era homem de sugestionar-se por pouco. Anos antes, desafiara os sarracenos de Maiorca ao lado de Pietro Nolasco. Não obstante, após abrir a porta, deu um grito.

No escuro da noite, luziam dois olhos ferozes. Um salto silencioso e frei Blasco se viu debaixo de uma massa de pelo negro, de onde se projetavam duas presas afiadas. Gritou de novo, ainda mais alto.

Kafir deixou cair a moça e sacou da adaga que trazia ao cinto. Era o único homem armado ali e tinha de intervir. Pôs-se à frente do padre Gustavo e observou a fera estirada sobre o frei. Hesitou por um instante diante daquela cena que tinha algo de diabólico. Porém, logo ergueu a lâmina, pronto a golpear, quando alguma coisa o deteve. Dois braços magros, ainda úmidos, cingiram-no pelo pescoço com uma força surpreendente. A jovem! O mouro rugiu ensandecido pela cólera tentando desvencilhar-se.

No entanto, apenas conseguiu libertar-se, foi atacado pelo cão negro. Caiu por terra, com os dentes da besta cravados em seu antebraço direito, enquanto a moça se aproveitava de sua impotência momentânea para arrancar-lhe a adaga da mão. Brandiu a arma e ameaçou matá-lo, os olhos cor de jade dilatados de ódio. No entanto, não o feriu. Após uma breve indecisão, atirou fora a adaga e fugiu.

Vendo-a distanciar-se, o cão soltou a presa e seguiu-a.

Kafir se levantou com o braço direito latejando de dor, aproximou-se do corpo de frei Blasco, estirado numa poça de sangue, e inclinou-se sobre ele. Sua garganta havia sido dilacerada pela mordida do cão, seu peito subia e descia em arquejos irregulares, mas cada vez mais fracos.

De repente, o frade balbuciou:

— Estou acabado... Vá... Mate aquela *foemina sylvatica*... Acabe com ela por mim...

O mouro assentiu com devoção, mirando aquele rosto arrogante, agora muito pálido, esvaziar-se de vida. Obedecer era sua única obrigação. E obedeceria; aprendera isso desde a infância. Logo depois, recolheu a adaga e caminhou em direção à saída, deixando para trás o padre Gustavo, que se ajoelhara no chão, todo trêmulo.

Ele olhou para fora a tempo de ver duas figuras, a jovem e o cão, desaparecerem em meio às sombras do campo aberto, por trás da linha sinuosa da cerca.

# 9

A prisão onde Uberto estava recluso era menos sombria do que o esperado. As paredes, de pedra calcária, sustentavam um teto alto o bastante para lhe permitir ficar em pé; e o chão limpo era coberto de palha seca. Não faltava sequer um catre, mas, depois de examiná-lo, o jovem preferiu não se deitar nele, pois estava infestado de pulgas. Estendeu-se no chão, diante da porta trancada.

Passaram-se dois dias, identificados unicamente pelas variações da luz que entrava por uma janela estreita, enquanto o mundo exterior, com seus acontecimentos distantes e imperceptíveis, parecia zombar dele.

Uberto, que não suportava ambientes fechados e muito menos permanecer inativo, ia ficando cada vez mais impaciente. Nos dias anteriores, atravessando as terras de Aragão e Languedoque, sentira-se um grande homem, com o mundo nas mãos. Diante de Raymond de Péreille, julgara-se capaz até o último instante de convencê-lo, superando-o em astúcia e inteligência. Bem ao contrário, fizera papel de tolo. A ânsia de cumprir a missão não lhe dera tempo para refletir com calma. Eis a verdade. Se estava agora naquela situação, era por sua própria culpa. Devia ter agido com cautela, medindo as palavras, tentando surpreender os propósitos do castelão... O que mais o aborrecia era ter falhado onde Ignazio, muito provavelmente, teria obtido sucesso com a maior desenvoltura. Parecia-lhe até ouvir suas recriminações por ter agido sem a necessária prudência. Sorriu amargamente. Naquele momento, preferiria ser censurado em pessoa pelo pai a estar preso. Sobretudo porque talvez o deixassem definhar naquela cela, sem que ninguém jamais viesse a saber de sua morte.

Entretanto, na terceira noite de cativeiro, algo aconteceu. Acordou de um sono agitado, percebendo que a porta da cela tremia, e em seguida ouviu o ranger da fechadura. A porta se abriu e uma figura miúda entrou, iluminando o recinto com uma lanterna. Uma mulher.

Não a reconheceu imediatamente, mas depois se lembrou de tê-la visto em uma janela do torreão, antes de se encontrar com o senhor De Péreille. Levantou-se rápido, disposto a aproveitar aquela oportunidade para tentar a fuga.

— Quem é você? — perguntou-lhe.

A mulher avançou a passo leve, com olhar firme. Antes de falar, iluminou o prisioneiro com a lanterna.

— Sou Corba Hunaud de Lantar, esposa de Raymond De Péreille.

Uberto fez um gesto cauteloso de assentimento. Já tinha ouvido falar de Corba de Lantar. Fora um bom partido para o senhor de Péreille, já que tinha laços de parentesco com o conde de Toulouse; contudo a família de que descendia era conhecida também por suas inclinações heréticas, influenciadas pelos *perfeitos* do movimento cátaro.

Apesar da situação, o jovem não pôde ignorar a beleza da dama. Tinha traços refinados e longos cabelos castanhos; e, embora de baixa estatura, sua silhueta emergia esbelta das sombras. Vestia uma longa túnica amarela que lhe chegava aos pés e um xale azul atirado sobre os ombros. Devia ser pouco mais alta que Uberto.

— Que faz nesta masmorra? — indagou, assegurando-se de que ninguém mais os ouvia escondido na escuridão. Ainda não sabia o que pensar daquela visita inesperada, mas não se deixaria surpreender pela segunda vez. — Subterrâneos certamente não condizem com uma dama nobre.

— Compreendo sua desconfiança, *monsieur*. — A voz de Corba era quase carinhosa. — Mas saiba que vim aqui para libertá-lo.

— Não entendo... seu marido... — murmurou o prisioneiro.

— Não se espante. Por mais difícil que seja acreditar, estou agindo também em benefício dele.

— Tem certeza? O castelão não gosta muito de mim.

— Deve perdoar Raymond por seu comportamento — suspirou a mulher. — Não costuma ser rude, mas, há dois dias, quando o recebeu, estava muito aborrecido. Acabava de voltar de Labécède, aonde fora com um falso pretexto para se informar da captura de alguns amigos seus. Mas chegou tarde. Haviam sido condenados como hereges pelo bispo Folco e morreram na fogueira juntamente com seus familiares.

— Queira me perdoar. Eu não sabia.

Corba sacudiu a cabeça.

— Sei como é difícil entender Raymond. Não é medroso, mas teme por aqueles que estão sob sua proteção. Além disso, procure compreender, estamos passando por uma situação difícil... Não é de hoje que a Igreja considera Montségur um refúgio de hereges. E se provocássemos a inimizade também do conde de Nigredo...

— Para vocês, seria o fim — interrompeu Uberto. — Seu marido já me explicou tudo. Mas diga-me, há quanto tempo o conde de Nigredo representa uma ameaça para vocês?

— Não muito, para dizer a verdade. Ainda há poucos meses, ele não passava de uma lenda associada a acontecimentos quase esquecidos. Falava-se a seu respeito como se fosse um alquimista cruel. Quando descobrimos que, por trás dos últimos acontecimentos, ocultava-se seu nome, ficamos simplesmente transtornados.

Uberto levou a mão ao queixo.

— Segundo Raymond, o conde de Nigredo está de conluio com alguns prelados de grande prestígio.

— É o que penso também, *monsieur*. Todavia seus vínculos com a Igreja são misteriosos. Quando apareceu no Languedoque, o conde mostrou uma duplicidade indecifrável. Após o sequestro de Branca de Castela, parecia querer apoiar o sul da França contra a tirania da corte parisiense, mas depois seus mercenários começaram a devastar as aldeias destas terras, principalmente as propriedades dos bons cristãos.

— Persegue os cátaros... Sequestra os moradores de aldeias inteiras... Por que faz isso?

A dama olhou-o com atenção e, disfarçadamente, guardou num bolso do vestido um pequeno punhal com a lâmina envenenada. Até então conservara-o escondido na palma da mão direita, por precaução. Mas agora sabia que não precisava se preocupar.

— Isso você mesmo deve descobrir. Será útil à nossa causa. Eis por que resolvi desobedecer ao meu marido e libertar você sem que ele saiba.

— Está se arriscando muito, minha senhora.

— Não faça comentários e siga-me — ordenou Corba, convidando-o a deixar a cela. — Saiba, porém, que qualquer risco vale a pena para proteger Montségur. Você talvez não entenda isso porque não conhece a doutrina dos *perfeitos*. Aprendemos a desprezar a matéria e a sublimar o espírito. Nossos corpos são prisões que nos condenam à vida terrena, afastando-nos da pureza.

Uberto alçou os ombros. Era racional demais para ceder ao fascínio de qualquer forma de misticismo.

— Entendo apenas uma coisa, minha senhora: se a Igreja persegue os *perfeitos*, é porque tem medo deles.

Corba esboçou um sorriso.

— Venha, vou libertá-lo.

Uberto lembrou-se de sua missão.

— Espere. Se realmente quer me ajudar, dê-me o *Turba Philosophorum*. Esse livro é um dos motivos pelos quais vim aqui.

A dama estremeceu e a chama da lanterna serpenteou como um peixinho dourado.

— Não será fácil encontrá-lo. Está guardado num *clusel*, um esconderijo subterrâneo. Posso ir até lá, mas só meu marido sabe exatamente onde está o manuscrito que você procura.

— Se não se opõe, minha senhora, quero tentar achá-lo.

A dama consentiu.

Saíram do recinto das prisões, deixando para trás, sem ser vistos, os postos de guarda. Corba caminhava com segurança nos subterrâneos de Montségur. Desceram vários andares e desembocaram numa longa galeria sem saídas laterais.

— O lugar aonde vamos chama-se "Pedra de Luz" — explicou a mulher.

— Já ouvi falar dele — disse Uberto —, mas pensei que fosse uma espécie de relíquia, como o Santo Graal.

O rosto de Corba assumiu uma expressão sonhadora.

— E em certo sentido é mesmo uma relíquia. Porém, mais exatamente, corresponde a um local em que se guarda o saber dos *perfeitos*. A sabedoria encerrada na rocha, como a luz na escuridão.

— Permita-me uma pergunta — continuou o jovem. — Por que um simples manuscrito como o *Turba Philosophorum* é guardado com tanto zelo?

— Porque é obra dos discípulos de Pitágoras e Hermes Trismegisto.

— E por isso a senhora quer me ajudar a combater o conde de Nigredo?

— Talvez você ignore uma coisa. A cópia do *Turba Philosophorum* aqui conservada vem da casa do conde de Nigredo, o castelo de Airagne. O manuscrito que você tanto busca fala de alquimia e foi usado para construir aquele lugar, do qual, portanto, encerra os segredos.

— Airagne... — repetiu Uberto. — E onde é esse castelo?

— Em algum lugar do Languedoque. Ninguém sabe com certeza.

Seria possível não haver explicação para nada? No entanto o rapaz não se deu por vencido.

— Quem trouxe para cá o *Turba Philosophorum*? Não pode ter caído do céu!

Já chegavam, porém, ao fim do percurso. Corba parou diante de uma entrada escavada na rocha, com duas colunas de calcário delimitando-a. A entrada da Pedra de Luz.

Antes de cruzar a soleira, a dama se sentiu na obrigação de responder:

— O *Turba Philosophorum* foi trazido por uma mulher que fugiu de Airagne. Isso aconteceu há anos, quando eu ainda era solteira. — Ela semicerrou os olhos tentando se lembrar do acontecimento. — Chegando a Montségur, a mulher falou sobre o conde de Nigredo e de Airagne, nomes que então ninguém conhecia. As lendas surgidas depois se baseiam nas palavras dela. Antes de partir, a fugitiva entregou a Raymond o *Turba Philosophorum*, pedindo-lhe que o escondesse na Pedra de Luz. O conde de Nigredo não deveria jamais pôr as mãos nesse livro, pois o usaria para o mal. Ela pouco mais disse antes de ir embora. Alguns afirmam que foi para a Espanha, outros dizem que a viram na França.

— Não forneceu nenhum detalhe preciso sobre o castelo de Airagne?

— Disse que ele era muito parecido com o inferno, um sepulcro de fogo em que as pessoas padecem atrozes sofrimentos. — Corba tirou uma tocha de um suporte ao lado da porta, acendeu-a na chama da lanterna e entregou-a ao jovem. — Mas agora siga-me, é hora de entrarmos na Pedra de Luz.

Depois de entrar, Uberto não pôde conter uma exclamação de espanto. A Pedra de Luz era uma imensa sala circular escavada na rocha e ocupada, no centro, por uma mesa redonda, tendo ao longo das paredes uma série de armários. Um espaço que transpirava antiguidade, majestoso a ponto de fazer empalidecer o claustro de qualquer abadia.

— A Pedra de Luz é o coração secreto de Montségur — disse Corba, com orgulho. — Em nenhuma outra parte você encontrará um lugar tão santo escavado na rocha nua.

Uberto já visitara diversas bibliotecas, algumas das quais em nichos secretos de mosteiros e castelos, mas nunca num subterrâneo. Se estivesse em seu lugar, Ignazio não conseguiria conter o entusiasmo. Mas aquela não era uma visita de cortesia, por isso começou a examinar os armários, esforçando-se para descobrir se sua disposição correspondia a algum critério capaz de ajudá-lo na busca. Eram doze, dispostos a igual distância entre si, em torno da mesa... E cada qual regido por um signo zodiacal esculpido no teto. Isso lhe recordou uma frase ouvida pouco tempo antes, e, de repente, ele teve uma ideia luminosa.

— Se você falou a verdade, em um desses armários está guardado o *Turba Philosophorum* — disse, sem esperar confirmação.

— De fato, *monsieur*. — No rosto da mulher, desenhou-se uma expressão severa. — Mas tem permissão de levar apenas aquilo que procura. Deve me prometer não tocar em nenhuma outra coisa. A sabedoria dos *boni homines* tem de permanecer entre estas paredes; do contrário, correria o risco de se dispersar pelo mundo.

— Não mexerei em nada — assegurou-lhe Uberto. E, observando com atenção os sinais do zodíaco gravados no teto, teve cada vez mais a certeza de que sua intuição estava correta. — Suspeito que seu marido, antes de ordenar minha prisão, tenha me revelado sem querer a localização do livro — continuou, evocando a conversa que tivera com Raymond. — "Permanecerá escondido na sombra, sob o signo do Leão", disse ele... Deixou escapar essa informação porque não imaginava que eu pudesse vir até aqui nem que decifrasse o significado de suas palavras... Mas esse é, sem dúvida, um indício precioso, e creio ter descoberto a que ele se referia.

Depois de dizer isso, aproximou-se do móvel colocado sob o desenho astrológico que lembrava um ômega.

— Este armário está posicionado em correspondência com o signo zodiacal do Leão. — Abriu-o e examinou os livros que continha. — Se bem entendi as palavras de Raymond, o *Turba Philosophorum* deve estar aqui dentro.

A tarefa não seria fácil. Os manuscritos encerrados no armário eram muitos e tinham formatos variados. Havia cinco prateleiras repletas de volumes encadernados, fascículos de pergaminho costurados grosseiramente e rolos amarrados com tiras de couro. A luz precária não ajudava em nada, sem contar que Uberto não se sentia tão seguro quanto pretendia parecer. Não queria mostrar-se indeciso aos olhos da dama que talvez, diante de um comportamento inseguro, pudesse afastá-lo da Pedra de Luz. Não bastasse isso, restava-lhe pouco tempo. Cedo ou tarde, sua fuga seria notada, portanto devia escapar da rocha o mais rápido possível... Os livros, porém, eram tantos e alguns tão parecidos! Seria necessário manter o sangue-frio e ter a perspicácia de Ignazio para sair às pressas daquele labirinto!

Uberto continuou remexendo no armário por um tempo que lhe pareceu interminável, até encontrar um pequeno códice finamente encadernado.

— Deve ser este — afirmou triunfante.

Mostrou o livro a Corba, abrindo-o na primeira página. O texto dizia: "*Arisleus genitus Pitagorae, discipulus ex discipulis Hermetis gratia triplicis, expositionem scientiae docens...*".\*

— Tem certeza? — perguntou a dama, curiosa.

---

\* "Pitágoras, filho de Apolo (Aristeu), discípulo dos discípulos de Hermes Trismegisto, divulgador de uma doutrina científica..." (N. do T.)

— Sim — respondeu ele. — As palavras iniciais deste códice coincidem com o que a senhora me revelou há pouco. Referem-se a Hermes Trismegisto e a Pitágoras. O nome do primeiro é citado na maior parte dos livros contidos no armário, mas o de Pitágoras só aparece neste. — Folheou novamente o manuscrito para confirmar o que dizia e respigou inúmeras frases que descreviam etapas de manipulação da matéria ou de cozimento de substâncias. — Sim, tenho certeza — repetiu. — Este livro é, sem dúvida, o *Turba Philosophorum*.

A dama se aproximou, com uma expressão indecifrável no rosto.

— Agora só nos resta providenciar sua fuga.

Iluminando o caminho com a tocha, Corba guiou Uberto por um caminho subterrâneo que levava para fora de Montségur. O jovem seguiu-a sem titubear. Sabia que a maior parte dos castelos occitânicos tinha passagens secretas que garantiam a fuga até em caso de assédio. O verdadeiro mistério era outro. Uberto não conseguia entender bem a senhora de Lantar. Admirava-a e sentia-se até atraído por ela, como sempre lhe ocorria quando estava diante de uma mulher bonita e perigosa, mas sua ousadia o deixava sem palavras. Além disso, havia qualquer coisa nela que o aconselhava a não baixar a guarda. Corba certamente exercia uma grande influência sobre Raymond.

— Antes de tirá-lo da prisão, mandei levar para fora das muralhas seu cavalo — explicou a dama, que caminhava tranquila como se passeasse num jardim.

O jovem se limitou a agradecer com um gesto de cabeça, sempre segurando firme o manuscrito do *Turba Philosophorum*. Agora que o encontrara, suas prioridades haviam mudado. Tinha de se reunir a Ignazio.

Uma lufada de vento anunciou que chegavam ao fim do corredor e, de fato, poucos passos depois avistaram os primeiros raios de luz e alguns arbustos. Amanhecia. Um trinado de pássaros acolheu-os no mundo exterior.

Achavam-se no pinheiral que recobria o flanco sul do monte, o melhor lugar para a fuga. Na vertente oeste, o paredão descia a pique e, em cima, a silhueta cinzenta de Montségur brilhava ao revérbero da manhã. Pela primeira vez, Uberto reparou que o castelo se parecia com um navio gigantesco.

— Apresse-se, ainda não está em segurança — advertiu Corba, pousando o que restava da tocha na entrada do corredor. Iria servir-lhe na volta.

Enveredaram por uma longa senda oculta entre as árvores, até encontrar um cavalo preto amarrado a um tronco. Ao lado do animal estava um rapaz vestido de cavalariço, o qual, vendo-os, correu ao seu encontro.

— Madame, madame, finalmente! — exclamou. — Receava que não viessem!

— Muito bem, Isarn — respondeu ela. — Agora, volte à cocheira. Mas não conte a ninguém sobre o favor que lhe pedi.

O rapaz esboçou um sorriso travesso.

— Sim, madame.

Uberto viu-o desaparecer como uma lebre entre os arbustos e depois se aproximou de Jaloque, que ao avistá-lo agitou alegremente o focinho.

— Está livre para partir, *monsieur* — disse Corba, entregando-lhe um punhal recurvo. — É seu, recuperei-o dos guardas que o tiraram de você antes de prendê-lo.

O jovem recebeu a *jambiya* e prendeu-a ao cinto, notando em seguida que da sela do cavalo pendiam também o arco, a aljava e o alforje.

— Não perdeu nada — assegurou-lhe a dama.

Uberto fez uma mesura e saltou sobre o dorso do cavalo.

— Sem a senhora, eu não teria conseguido coisa alguma. Conquistou meu respeito e minha lealdade. Como posso pagar-lhe essa dívida?

Corba de Lantar semicerrou os olhos, astuta e impiedosa como uma ave de rapina noturna.

— Impeça que os cátaros sejam massacrados. Descubra a verdade sobre o conde de Nigredo e reduza-o à impotência. Fará isso?

— Eu prometo — respondeu ele; e, esporeando o cavalo, desapareceu em meio à vegetação.

Os cascos de Jaloque golpeavam a estrada com velocidade prodigiosa. À tarde, Uberto já se encontrava longe de Montségur, atravessando um declive atapetado de flores silvestres com o *Turba Philosophorum* bem guardado no alforje. O próximo passo seria alcançar Toulouse, mas precisava apressar-se. A prisão fizera-o perder três dias e era provável que seu pai o houvesse precedido.

De súbito, uma cena inusitada surgiu à sua frente. A pouca distância, onde a estrada confinava com a vegetação cerrada, uma jovem saiu correndo do bosque. Um enorme cão negro acompanhava-a. Imediatamente apareceu um cavaleiro de traços mouriscos montando um corcel malhado. Olhou em volta, avistou a moça e lançou-se em seu encalço de adaga em punho.

A fugitiva não tinha escapatória.

Uberto agiu por instinto. Esporeou Jaloque, desceu velozmente a encosta, emparelhou-se com o cavaleiro e, num arranque, ultrapassou-o. Galopando em direção à jovem, inclinou-se para o lado direito, com os músculos contraídos, e ao chegar perto estendeu o braço, agarrando-a sem se deter.

Ela se debateu como um animal acuado e o rapaz se viu às voltas com um feixe de nervos tensos e um turbilhão de cabelos negros. Mas logo depois a fugitiva percebeu que estava sendo socorrida e acalmou-se. Uberto içou-a para a garupa e esporeou novamente Jaloque. Seu coração batia descompassadamente.

— Não conseguiremos! Ele nos alcançará! — gritou ela, com terror nos olhos.

— Não com este cavalo — respondeu Uberto, segurando firme as rédeas.

# 10

O Castelo de Airagne
*Segunda carta* — Albedo

*Mãe luminosa, quando cruzei o primeiro portal de Nigredo, vi a matéria imperfeita que se apurava no fogo e, daquele momento em diante, meu passo no jardim da alquimia se tornou mais rápido e leve. Entretanto, para expor meu entendimento, recorrerei a palavras simples: trabalhei como se faz ao puxar o fio da lã bruta enrolado na roca. E o fio que obtive de* Nigredo *foi muito puro e belo. Esta é a segunda etapa da Obra,* Albedo, *o branco portal que os filósofos chamam de Lúcifer por causa de seu esplendor.*

A chama da vela tremulou, iluminando o rosto pensativo do cardeal Frangipane. Um latejar forte nas têmporas prenunciava a chegada da enésima dor de cabeça.

"*Lúcifer*, o demônio", pensou, recolocando a segunda carta no cofre. Restavam duas para serem lidas.

Levantou-se lentamente da cadeira, enquanto o conhecido mal-estar lhe entorpecia a nuca e os ombros imponentes. Onde estavam seus companheiros de cativeiro? Humbert de Beaujeu retomara a inspeção dos subterrâneos e Branca de Castela havia sumido fazia horas. Pensando bem, não sabia ao certo em que ela empregava seu tempo entre aquelas paredes.

Via-a cada vez menos e suas conversas agora se reduziam ao mínimo essencial. Era estranho, mas tinha de admitir que isso o perturbava.

Vagou pela torre, com a cabeça dolorida, até que de repente ouviu um canto. Não vinha de longe, parecia mesmo ressoar num recinto contíguo. Apurou o ouvido. Era uma composição suave, entoada por uma voz de homem.

O cardeal, curioso, avançou na ponta dos pés, procurando mover-se furtivamente, o que não era fácil, considerando sua corpulência. Aproximou-se com dificuldade de uma pequena porta coberta por uma cortina. O canto vinha lá de dentro:

*Celle que j'aime est de tel signeurie*
*que sa biautez me fait outrecuider...\**

A voz masculina se interrompeu de repente e a risada de uma mulher ressoou no quarto.

Romano Frangipane não resistiu à tentação e afastou com cautela a cortina da porta para espiar. O que viu deixou-o sem fôlego e imediatamente lhe provocou uma pontada lancinante nas têmporas.

No quarto, sobre uma cama iluminada por candelabros, dois amantes repousavam entre os lençóis. O cardeal de Sant'Angelo arregalou os olhos e observou, incrédulo, a mulher estirada completamente nua. Era Branca de Castela. Para reconhecer seu companheiro, teve de fazer um pequeno esforço mnemônico. Era o jovem Thibaut IV, conde de Champagne e vassalo da coroa francesa.

Que fazia o conde de Champagne ali na torre? A pergunta, naquele momento, parecia secundária. O cardeal estava às voltas com emoções que jamais imaginara possuir, um misto de aversão e ciúme.

Thibaut, afastando os lençóis, descobriu o peito liso e musculoso.

---

\* Aquela que amo é de tal majestade que sua beleza me deixa maravilhado. (N. do T.)

— Espere, madame — disse. — Vou cantar outra *chanson*...

Branca ignorou essas palavras.

— Conheço bem seus dotes de trovador, meu caro, mas o canto não é o que quero de você agora.

Romano Frangipane sentiu as veias de seu pescoço incharem de raiva. Lá estava a Dame Hersent, a loba dissoluta e cruel! Sentiu vontade de agarrá-la pelo pescoço e apertá-lo até que sufocasse, mas bem que gostaria de estar naquela cama no lugar do jovem conde. Mulher de duas caras! Diante dele, ostentava um ar amargurado, e depois se entregava aos amantes como uma meretriz de baixo nível.

A voz de Thibaut ecoou no quarto.

— Espere, madame, deixe-me falar. O conde de Nigredo me convocou para...

Essas palavras tiveram sobre Branca o efeito de uma chicotada.

— Não me venha falar sobre isso! — A dama se pôs de joelhos e afastou uma madeixa do rosto. — Acha que me é indiferente saber que está aqui em nome daquele que me mantém prisioneira?

O rapaz ergueu os braços.

— Eu apenas trouxe uma mensagem do conde que me dava permissão de encontrá-la e...

— E o quê? — O peito de Branca arfou de raiva. — Quer ficar à disposição do conde de Nigredo? Quer entrar num acordo com ele?

Thibaut se agitou entre os lençóis, incapaz de suportar passivamente a fúria da amante.

— Que esperava que eu fizesse? Que saltitasse como um cachorrinho enquanto era espoliado de meus feudos? — Abriu os braços, descobrindo o tórax poderoso. — Você me prometeu mais direitos sobre minhas terras, e o que obtive? Nada! Ao que parece, é preciso falar grosso com você, do mesmo modo que o tal Mauclerc!

Branca rangeu os dentes e enterrou as unhas no travesseiro.

— Ah, então é assim! Por trás dessa história, temos o intrometido do duque de Mauclerc, senhor da Bretanha!

— Não, não! O que está dizendo? Ele não tem nada a ver com o assunto...

Branca jogou o travesseiro para um lado e encarou o amante.

— Quem mais está tramando contra mim? — perguntou agressiva. — Você veio aqui para me chantagear?

— Nada disso, madame. — Thibaut agarrou-a pelos pulsos. — O conde de Nigredo me convocou para conversar a seu respeito. Agora compreende?

A expressão da rainha mudou repentinamente da raiva para a desconfiança.

— Seu tolo, eu já sabia disso! Não percebe que estou fazendo você de bobo? Só o que me irrita é não ter me contado nada até agora. — Cobriu a nudez com o lençol. — Saia de minha cama, Thibaut. Acreditei que me fosse leal. Você disse que me amava e, no entanto...

— Mas eu a amo, já lhe dei provas disso. — Thibaut fitou-a com seus olhos astutos. — Esqueceu-se? Matei seu marido para ajudá-la.

Ao ouvir essas palavras, Frangipane quase caiu para a frente, arriscando-se a denunciar sua presença. Então era verdade! Os boatos ouvidos na corte tinham fundamento, a rainha seduzira Thibaut para obter sua cumplicidade. Luís VIII não morrera de uma doença contraída na guerra, fora envenenado! Por isso, poucos tiveram permissão de examinar seu cadáver, quando chegou a Paris costurado numa pele de boi.

Perturbado com aquela revelação, o cardeal de Sant'Angelo continuou espiando. Teria perdido alguma coisa? Não. A Dame Hersent continuava lá, desviando o olhar com expressão indignada.

— Você não deu, certamente, nenhuma prova de cavalheirismo matando-o — rebateu Branca. — Qualquer um é capaz de envenenar um homem. O veneno é a arma dos covardes. — Ajeitou uma mecha de cabelos rebelde atrás da orelha. — E se o conde de Nigredo lhe pedisse para perpetrar outros delitos?

Thibaut de Champagne deixou escapar um risinho.

— Continua a criticar o conde de Nigredo! Todavia, madame, você não é muito diferente dele.

— Explique-se melhor.

— Você também esconde projetos obscuros. Sei do dinheiro que subtraiu do tesouro da coroa e enviou a Castela para apoiar seu sobrinho Fernando III. — Thibaut se aproximou de Branca, deslizando sobre o leito como um grande réptil. — E, sem dúvida, não ficou contrariada com a morte de seu marido. Queria o poder, o mesmo poder que todos perseguimos, sobretudo o conde de Nigredo, seja ele quem for.

Branca semicerrou os olhos, melíflua, deixando deslizar por entre as coxas o lençol que cobria sua nudez.

— Conde Thibaut, chamam-no o Príncipe Trovador por causa das *chansons d'amour* que entoa, mas poucos sabem que sua língua é mais afiada que um punhal.

O rapaz não repeliu o convite implícito nessas palavras, deitou-se sobre ela e beijou-lhe o pescoço.

— E isso a excita, não é verdade, madame?

— Talvez. — A Dame Hersent suspirou de prazer. — Se atender a um pedido meu...

E enquanto as palavras da rainha se transformavam em sussurros, Romano Frangipane se perguntou se aquela víbora dissoluta não mantinha contatos secretos com o conde de Nigredo. Talvez estivesse mancomunada com ele — ou o conde a chantageasse.

Humbert de Beaujeu procurou se orientar na escuridão, as pupilas dilatadas e a fronte banhada em suor. Se, durante a primeira inspeção dos subterrâneos, deparara-se com um bando de esfarrapados, agora tinha de resolver outro problema. Estava perdido.

Havia explorado as galerias subterrâneas do castelo e chegara a um local atravessado por diversas canaletas nas quais escorria metal fundido; em seguida, descera aos porões, onde o odor e a temperatura eram mais toleráveis.

Calculou que não estava mais abaixo do torreão central do castelo e que havia se deslocado um pouco para o sul; talvez estivesse agora nas imediações das oito torres construídas em torno da muralha. Se assim fosse, as possibilidades de fuga aumentariam, e cedo ou tarde ele encontraria uma passagem direta para a superfície, já fora do castelo. Porém a galeria que ele estava percorrendo tinha inúmeras bifurcações e em breve não conseguiria mais determinar a direção que havia tomado. Estava difícil manter a mente lúcida. A escuridão parecia sugar seus pensamentos.

Para impedir isso, aferrou-se a uma lembrança recente, a conversa que tivera com o rei Luís VIII em seu leito de morte.

— Venha, primo, encoste-se à cabeceira — pedira o rei com voz débil.

— Estou aqui, majestade. Ordene — foi a resposta de Humbert.

— Em nome do parentesco que nos une e da lealdade que conservou por mim, deve prestar-me um juramento...

— Tudo o que quiser, senhor.

O rei lançou-lhe um olhar febril.

— Prometa-me velar por minha esposa.

Humbert deu um passo atrás.

— Mas, senhor...

Luís se agitou embaixo das cobertas.

— Morrerei esta noite, primo, e a ninguém mais confiaria semelhante tarefa.

— Mas há rumores de que sua mulher é infiel...

— Como ousa! — O monarca teve um acesso de tosse e começou a respirar com dificuldade. Cada palavra devia custar-lhe um esforço imenso. — Eu a amo... Que mais importa?

— Nada, majestade. Tem razão. Em nome de São Miguel arcanjo, juro protegê-la.

Luís sorriu, agora mais tranquilo. Ele morreria em paz.

O ruído de um deslocamento de ar trouxe Humbert de volta à realidade. Era um barulho que ele já ouvira, mas que agora ressoava mais forte. Tinha uma cadência regular e possante, parecida rugido do vento durante uma tempestade.

Humbert se deixou guiar por aquele ruído, chegou a uma escadaria e começou a descer, sem saber o que o esperava.

Perplexo, entreviu uma multidão de homens semelhantes àqueles que já havia encontrado. Manobravam enormes foles voltados para a boca de uma grande fornalha.

A cena tinha algo de bizarro. Os aparelhos se contraíam e dilatavam como pulmões monstruosos de couro, absorvendo e expelindo o ar com silvos agudos. A fonte do barulho! Alguns operários, no afã de fazê-los funcionar, caíam ao chão, consumidos pelo calor e pelo esforço; entretanto, um pouco afastados, havia guardas prontos a restabelecer a disciplina nas fileiras, os quais, para evitar que os moribundos morressem ali mesmo, ordenavam que fossem levados embora e substituídos.

O tenente observou longamente a cena, impressionado com o esforço daqueles homens, para ter uma ideia da situação. Os foles regulavam o calor da fornalha e faziam com que as chamas atingissem a temperatura certa para derreter o metal que fluía nas canaletas dos andares superiores.

Humbert estava no interior de uma grande forja, estava claro, mas não conseguia entender o objetivo daquele trabalho. O que fabricava o conde de Nigredo nos subterrâneos do castelo?

Contemplou pela última vez os miseráveis que se consumiam no manejo dos foles. Pareciam murmurar alguma coisa, um lamento ou talvez uma prece. Porém, quando conseguiu distinguir as palavras, lembrou-se de já tê-las ouvido: "*Miscete, coquite, abluite et coagulate!*".

# 11

Às primeiras luzes da manhã, Willalme sentou-se numa pedra na margem do rio Garona, desembainhou a cimitarra e pousou-a sobre os joelhos. Admirou suas nervuras mosqueadas de cor cinza e experimentou seu corte entre o polegar e o indicador. Cada entalhe ou denteado que sentia estava ligado a memórias sangrentas. Enquanto as evocava, ia afiando a lâmina com uma pedra de amolar.

Ignazio estava sentado a certa distância, diante de uma fogueira extinta. Fazia o cálculo dos dias de marcha. Haviam decorrido mais de três semanas. Cruzaram os Pireneus e prosseguiram para o sul até encontrar o curso do rio Garona, que subiram para chegar aos confins da região de Toulouse; no entanto, como não acharam nenhum albergue, foram obrigados a dormir sob a luz das estrelas.

Apesar de o bispo Folco já estar próximo, o moral era baixo. Nas terras francesas, haviam notado inúmeros sinais de destruições provocadas por exércitos. Os danos nem sempre eram os mesmos, parecendo advir de motivos diversos. Até três dias antes, depararam-se com aldeias incendiadas, sem cadáveres nem sobreviventes; porém, viajando pelo condado de Toulouse, perceberam que os agressores poupavam as moradias e devastavam plantações e celeiros. No primeiro caso, parecia que a intenção fosse depredar e talvez sequestrar os habitantes; no segundo, reduzir a população à fome.

O mercador massageou os ombros e a nuca. Embora tivesse uma constituição rija, seu físico de 50 anos não lhe permitia mais sair incólume de uma noite ao relento. Entretanto, o incômodo provocado pela má disposição estava agora em segundo plano. O que Ignazio procurava era algum nexo entre sua missão e o envenenamento de Galib. Pela hipótese mais verossímil, o *magister* descobrira os segredos de algum erudito do *entourage* de Fernando III, como levava a crer o próprio método adotado para assassiná-lo. O responsável não podia ser um soldado comum, mas sim um homem douto, capaz de destilar a *Herba diaboli*. Isso dava o que pensar a Ignazio. Talvez ele também corresse o mesmo perigo. Outro problema, no entanto, o preocupava igualmente. Só agora se dava conta de que deixara Uberto partir para uma terra atormentada pela guerra, expondo-o a riscos imprevistos de todos os tipos. Fora insensatez obedecer a Galib.

Filippo de Lusignano havia, enfim, acabado de recitar as preces matutinas. Recolheu a *carpitte* de lã sobre a qual dormira e aproximou-se de Willalme para observar sua cimitarra.

— Estranho formato de arma para servir a um guerreiro cristão — disse ele. — Talvez fosse mais apropriado vendê-la a um sarraceno.

— Na verdade, foi presente de um sarraceno — respondeu o francês, sem parar de afiar a lâmina. — Um pirata muçulmano, igual aos maiorquinos que você tanto teme.

— Eu não temo ninguém — replicou Filippo com uma ponta de irritação. — Mas, diga-me, por que um infiel lhe daria um presente tão valioso?

Willalme sacudiu os ombros.

— Quando fiquei órfão, embarquei para a Terra Santa, certo de encontrar por lá melhor fortuna... Em vez disso, fui vendido como escravo aos mouros. — Em seus lábios delicados desenhou-se um sorriso amargo. — Meu dono era um pirata, mas não era um selvagem. Instruiu-me nas artes da navegação e do combate. Antes de morrer, deu-me sua cimitarra.

O cavaleiro ficou perplexo.

— Combateu ao lado de piratas sarracenos?

— Sim, e por todo esse tempo liquidei muitos "mata-mouros" do seu tipo.

Filippo olhou-o com desprezo.

— Acho que não há nenhuma absolvição capaz de lavar seu pecado.

Willalme ergueu a cabeça, deixando transparecer uma raiva que mal conseguia controlar.

— Não ligo para suas opiniões, meu senhor. Está tão cheio de si que até se esqueceu dos motivos pelos quais luta. "Amai aos vossos inimigos", reza o Evangelho. Mas você condena à fogueira inimigos *presumíveis*.

— "Derrama sobre eles o teu desdém, Senhor; sufoca-os com tua ira ardente" — salmodiou Lusignano, confrontando o francês com um olhar sombrio. — Os inimigos da Igreja serão subjugados. Assim afirmam Alain de Lille e Anselmo de Lucca!

— Diga isso à minha família, exterminada sem motivo por fanáticos da sua laia! — rugiu Willalme, brandindo a cimitarra no ar.

— Chega! É hora de retomar a viagem — interrompeu Ignazio, pondo-se de pé. Se demorasse a intervir, os dois certamente iniciariam um duelo. Também não gostava de Lusignano, mas tinha consciência de sua importância na corte e não queria desentendimentos.

Filippo, relutando em obedecer, apontou o dedo para o francês.

— Este homem é louco!

— Uma boa razão para deixá-lo em paz — ponderou o mercador, taciturno. Olhou ao longe, para as muralhas de uma grande cidade que se entreviam no horizonte. — Andemos em vez de brigar. Toulouse está próxima, chegaremos lá antes de anoitecer.

Recolheram seus poucos pertences e retomaram a viagem. Durante o trajeto, Willalme conduziu o carro sem dizer palavra, de cabeça baixa e olhos semicerrados. Recordava a morte do pai, revia a mãe e a irmã tragadas pela multidão... E a cena mais assustadora, quando despertara entre cadáveres antes que o fogo devorasse a igreja.

Para chegar a Toulouse, era preciso atravessar o povoado periférico de Saint-Cyprien, estendido sobre a margem sudeste do Garona. O fluxo do rio, descrevendo um ângulo aproximadamente reto, separava esse subúrbio do resto da cidade.

Ignazio lembrou-se de ter passado por ali uns dez anos antes, quando Toulouse estava sob o assédio dos cruzados franceses; e, como se houvesse transcorrido pouco tempo desde a batalha, notou que Saint-Cyprien conservava ainda os sinais da devastação e da miséria. Construções arruinadas, caminhos invadidos pela lama e atravancados de entulho... Soldados inválidos, prostitutas e mendigos surgiam às portas, curiosos como ratos; mas pior ainda eram as crianças, espiando em meio aos destroços com olhos arregalados e famintos.

A situação melhorava um pouco perto da margem do rio. O ar era mais salubre, as ruas mais limpas e, em lugar dos casebres, viam-se oficinas e tabernas. Mais além, ao longo da orla, homens levavam mercadorias para bordo dos navios ancorados. Foi então que, de um pequeno grupo de pessoas acocoradas em volta de uma fogueira, levantou-se um soldado de cerca de 30 anos, robusto, de pele escura, com um casaco de couro e polainas de cavaleiro.

— Comendador! — chamou, correndo ao encontro dos três forasteiros.

Filippo recolheu as rédeas.

— Thiago de Olite! — exclamou. — É você mesmo?

— Sim, comendador — respondeu o soldado. — Espero-o há dois dias. Fiquei aqui para aguardá-lo.

Thiago falava com sotaque navarro. Ignazio e Willalme observaram-no curiosos. Devia fazer parte da escolta encarregada de precedê-los em Toulouse. Era um subordinado de Lusignano e, antes dele, de Gonzalez de Palencia.

— Estou contente em vê-lo, Thiago. — Filippo olhou para a fogueira de onde viera o soldado e notou um grupo de desocupados, mas nenhum rosto conhecido. — Onde deixou seus camaradas?

O navarro hesitou, cerrou os punhos em torno da cintura, onde trazia um punhal comprido chamado *basilarda*, e respondeu:

— Ainda não havíamos entrado no condado de Toulouse quando fomos atacados. Só eu escapei, por puro milagre.

— Eram dez cavaleiros de Calatrava armados até os dentes! Como conseguiram ser surpreendidos?

— Eles eram muitos e estavam bem equipados. Irromperam do mato e nos cercaram. Antes de sacar da espada, três dos nossos já tinham tombado, atingidos por tiros de besta.

— A que exército pertenciam?

— Não sei, comendador. Suas insígnias eram um sol negro num campo amarelo.

Lusignano fez com a cabeça um gesto quase solene e trocou um olhar significativo com Ignazio.

— Os Arcontes, as milícias do conde de Nigredo.

Thiago arregalou os olhos.

— Sim, alguns deles gritaram esse nome!

— Evidentemente, os malditos estão a par de nosso plano e pretendem deter-nos. Devemos encontrar logo o bispo Folco. Ele nos dirá como agir.

— Infelizmente, não será tão simples assim — disse o soldado. — O bispo saiu da cidade.

— Mas o que você está dizendo?

Thiago fitou Lusignano, depois Ignazio e Willalme; todos os três perplexos.

— Ao que parece, não sabem mesmo de nada... — continuou. — Depois de escapar dos Arcontes, refugiei-me em Toulouse para avisar o bispo Folco da chegada iminente de vocês, mas descobri uma triste verdade. O senhor dessas terras, o conde Raimundo VII, é um anticlerical rebelde à coroa e expulsou-o de sua diocese. No momento, Folco está escondido por aí, protegido por um exército de homens muitíssimo fiéis que se dão o nome de "Fraternidade Branca".

— Conheço a Fraternidade Branca — disse Filippo, cruzando os braços ao peito. — Mas resta saber por que nenhum de nós foi informado da situação. É estranho. Foi o próprio Folco quem pediu nossa ajuda para socorrer a rainha Branca. Por que não nos avisou de seu exílio?

— São três as possibilidades — deduziu Ignazio. — Talvez Folco não quisesse que seu esconderijo fosse conhecido, pois então suas cartas endereçadas a Castela cairiam nas mãos de espiões. Uma segunda hipótese é que tenha evitado descrever uma situação crítica, o que dissuadiria o rei Fernando III de intervir. Ou então... — e Ignazio franziu o cenho —, como última hipótese, o padre Gonzalez e sua majestade estavam a par de tudo e nos mantiveram deliberadamente no escuro.

— A última hipótese é inaceitável — assegurou Filippo. — Significaria que fomos traídos por nosso soberano e um de seus subordinados, que é, entre outras coisas, um homem da Igreja.

O mercador de Toledo endireitou os ombros, perguntando-se se Lusignano estaria mesmo alheio aos fatos. Não confiava nele. Já mudara muitas vezes de lado na vida e isso denotava um temperamento instável, dissimulado e talvez propenso à traição.

— Seja como for, precisamos enfrentar o problema — disse o mercador. — Se quisermos descobrir alguma coisa sobre o rapto de Branca, teremos de encontrar Folco. — E, voltando-se para Thiago, disse: — Há um modo de chegar até ele?

— Acho que sim — respondeu o navarro. — Em Toulouse, perto da catedral de Santo Estêvão, há homens que continuam fiéis a ele, membros da Fraternidade Branca. Sem dúvida, sabem onde se esconde. Porém, se quisermos falar com eles, teremos de correr riscos. Na cidade, a nobreza e o exército são aliados de Raimundo VII e dos cátaros. Se descobrirem nossas intenções, acabaremos mal.

Filippo ergueu o queixo com ar arrogante.

— Pois bem, nós nos arriscaremos.

Do cais de Saint-Cyprien, duas pontes conduziam à margem oposta do rio, onde se localizava o centro de Toulouse. O grupo de Ignazio, agora com Thiago, atravessou a que ficava mais ao sul e chegou às portas da cidade. Havia ali soldados de ronda, mas aparentemente combalidos demais pelo calor da tarde para se interessar por eles. Limitaram-se a lançar-lhes um olhar indiferente e não os interrogaram.

Entraram na cidade e seguiram uma rua larga até a catedral de Santo Estêvão, uma construção de tijolos vermelhos de nave única, e procuraram a residência episcopal. Mais adiante, um grupo de frades franciscanos se refrescava numa fonte.

— Aqueles frades estão de olho em nós — murmurou Willalme para Ignazio.

O mercador, que geralmente não deixava escapar nada, ignorou-o. Sua atenção estava em outra parte. Logo que distinguiu, depois da catedral, o palácio do bispo, imponente como uma fortaleza, chamou os companheiros para que o acompanhassem naquela direção. O aspecto marcial do palácio não o impressionou. Parecia resumir, em sua arquitetura, as lutas que dilaceravam a comunidade de Toulouse, no momento dividida em duas facções irreconciliáveis: a Fraternidade Branca do bispo Folco, fiel à Igreja e à corte parisiense, e a Fraternidade Negra, adepta da doutrina cátara e da corrente separatista dos nobres occitanos.

Os guardas os detiveram à porta e, enquanto esperavam, Ignazio se lembrou do filho. Uberto, segundo o combinado, já devia estar no local, mas o mercador receava que lhe houvesse acontecido alguma coisa. Dominou, porém, a apreensão. Aquele não era o momento de mostrar-se vulnerável.

Pouco depois, apresentou-se à entrada uma fila de religiosos conduzida por um velho beneditino.

— Bem-vindos, viajantes — disse ele, avançando ao seu encontro; depois de observá-los bem, estendeu-lhes a mão. — Devo pedir-lhes sua carta de apresentação, caso a tenham.

Filippo mostrou-lhe um pergaminho.

— Viajamos incógnitos — explicou — e temos apenas este salvo--conduto assinado pelo padre Gonzalez de Palencia.

— É o bastante. — O monge examinou o documento rapidamente e convidou os forasteiros a entrar no átrio.

Aquele lugar já vira tempos melhores. Cortinas rotas, afrescos esmaecidos e móveis devorados por cupins confirmavam o que se dizia das reservas minguadas do tesouro episcopal. Folco as esgotara para financiar as expedições contra os cátaros, sem contar o dízimo que os nobres locais lhe exigiam. A cúria de Toulouse, segundo os boatos, estava sendo literalmente assediada pelos credores.

No caminho, o beneditino lançava de vez em quando um olhar à carta, relendo as passagens mais significativas; por fim, ele a devolveu a Lusignano.

— Pelo que deduzi, vieram para ajudar o seu bispo.

— Os senhores devem estar a par do assunto, suponho — disse Filippo.

— Estamos. O bispo Folco os espera. — O monge parou no meio do corredor e fitou os forasteiros com um olhar sério. — No momento, ele está na *Sacra Praedicatio* de Prouille, a um dia de cavalgada de Toulouse, junto ao grosso de suas milícias.

O rosto de Filippo se abriu num sorriso satisfeito.

— Aconselho-os a seguir viagem amanhã mesmo — prosseguiu o religioso, continuando a caminhar. — Passem a noite aqui, se quiserem. O resto da cidade não é seguro, está cheio de inimigos da Igreja e da coroa francesa.

Antes que o beneditino concluísse, Ignazio interrompeu-o:

— Uma palavra, se me permite.

O monge arqueou as sobrancelhas.

— Pode dizer.

— Além de nós, apresentaram-se aqui outros mensageiros de Castela?

O beneditino negou, um pouco desorientado.

O mercador trocou um olhar desconfiado com Lusignano e continuou, voltando-se para o velho:

— Ninguém mais apareceu? Tem certeza?

— Absoluta. Se assim fosse, nós o teríamos convidado a se alojar na hospedaria da catedral. Perguntem lá, se o desejarem. Essa é a praxe.

O mercador franziu o cenho.

— Entendo.

Uberto ainda não havia chegado a Toulouse.

Um manto de nuvem havia acabado de cobrir a lua quando uma figura encapuzada entrou na hospedaria da catedral de Santo Estêvão. Aproximou-se a passo leve de um nicho ao lado da antessala, onde dormitava um porteiro idoso.

— A paz esteja contigo.

— Quem é? — assustou-se o homem.

— Não tenha medo. — O encapuzado descobriu o rosto. — Meu nome é Ignazio Alvarez e vim pedir-lhe um favor.

— Pois diga, bom peregrino. Como posso ajudá-lo?

— Você controla a entrada e a saída dos forasteiros deste lugar, certo?

— Certo, *monsieur*.

— Então — e Ignazio vasculhou no alforje, de onde tirou um bilhete dobrado em quatro, lacrado com cera — entregue isto a uma pessoa, um jovem, tão logo apareça por aqui.

O porteiro pegou o bilhete.

— Nada de arriscado, penso eu.

— Ao contrário — assegurou-lhe o mercador. — Mas peço-lhe que o entregue somente à pessoa que lhe descreverei e não leia o que está escrito aí por nada neste mundo... Espero que compreenda.

— Compreendo.

— Tome cuidado. — Nos olhos de Ignazio, brilhou uma ameaça. — Vou me lembrar de você caso a mensagem não seja entregue ou minha confiança seja traída. Entendeu bem o que quero dizer?

— Perfeitamente, *monsieur*. — Os lábios do velho tremeram ligeiramente. — A quem devo entregar o bilhete?

O mercador passou ao porteiro uma moeda de ouro.

— Chama-se Uberto Alvarez. Um jovem de 25 anos, moreno, de boa aparência. Viaja sozinho.

— Uberto Alvarez. Vou me lembrar, pode ter certeza. — O porteiro guardou a moeda, depois de sopesá-la com expressão avara. — Não precisa se preocupar.

Ignazio, com um aceno de cabeça, perscrutou atentamente o interlocutor, como para lhe avaliar a confiabilidade.

O homem se sentiu incomodado com aquele olhar.

— Pode contar comigo — garantiu.

A essas palavras, o mercador voltou a cobrir o rosto com o capuz e despediu-se:

— Que a paz esteja contigo.

— E contigo também... — respondeu o porteiro; mas a figura já havia desaparecido na escuridão.

A lua, liberta das nuvens, brilhava novamente no céu.

# 12

Kafir cavalgava um animal lerdo, acostumado talvez a puxar arado e não a lançar-se em perseguição por um trajeto muito longo. Uberto e a jovem tomaram a dianteira com facilidade e, depois de uma breve fuga, entraram num bosque que confinava com o território de Toulouse. Cavalgaram por várias horas e, ao cair da noite, decidiram parar numa cabana de caça abandonada.

Uberto se inclinou diante da boca de um fogão e começou a friccionar uma pederneira para fazer fogo, lançando olhares rápidos à desconhecida.

— Como se chama? — perguntou, entre curioso e constrangido.

A jovem hesitou em responder. Encolhera-se a um canto, de onde observava fixamente seu salvador. Não se sentia acuada nem ameaçada. Ia responder àquele rapaz tão gentil quando, ao abrir a boca, veio-lhe à memória o riso escarninho de Blasco de Tortosa. A visão desapareceu logo, mas deixou nela a ardência de uma ferida. Frei Blasco estava morto, morto para sempre, e não mais a atormentaria — no entanto, ainda a aterrorizava. Talvez continuasse a persegui-la em pesadelos. Acariciou o pelo negro do cão, agora estirado a seus pés, e sentiu-se segura.

— Moira — disse. — Chamo-me Moira.

— Eu sou Uberto — apresentou-se o rapaz. — Não precisa ter medo de mim.

Ela assentiu com timidez. Só então se deu conta de que estava encolhida, de cabeça baixa e com os braços em volta dos joelhos dobrados. Estendeu as pernas seminuas, assumindo a posição mais digna possível, e olhou para o fogão. Com vibrações quase táteis, o brilho das chamas iluminou-lhe o rosto.

— Tem um bonito nome, Moira. — Uberto depositou o alforje numa mesa desconjuntada. Não conseguia agir com naturalidade nem fitá-la nos olhos. Olhos belíssimos. Tentando escapar do embaraço, apontou para o cão sonolento. — E ele, como se chama?

— Não sei... Quer dizer, não tem nome. Encontrei-o há dois meses na estrada e desse então me acompanha sempre.

— É triste que um cão deste tamanho não tenha nome. — Uberto observou o animal deitado, com as orelhas apontadas para a frente, e depois se virou para Moira. — Está com fome? Trago um pouco de... Vejamos o que sobrou. — Remexeu no alforje. — Carne seca... Queijo... Pão duro... Receio não ter nada mais.

A jovem não respondeu. Não se recordava da última vez que um desconhecido a tratara com tamanha gentileza, exceto um velho tecelão de Fanjeaux que a hospedara em sua oficina. Já se haviam passado muitos meses desde então. Abismos de terror a separavam daquela lembrança.

Uberto continuou a observá-la, encantado e discreto, e Moira quase não notou que ele lhe estendia uma porção de alimento. Pegou um naco de carne seca e começou a mastigá-lo, primeiro hesitante, depois com avidez cada vez maior. Percebeu então que estava com uma fome terrível. Fazia dias que não comia.

O jovem sentou-se diante dela. Não havia cadeiras na cabana, de modo que se acomodou no chão com as pernas cruzadas e pôs-se a apreciá-la. Era realmente encantadora com aqueles olhos oblíquos e o rosto oval emoldurado por madeixas cor de ébano. O corpo longilíneo, de ombros talvez um pouco angulosos, era no geral bastante gracioso. Apesar das roupas rasgadas que trajava, tinha certo ar aristocrático... Entretanto o que mais o intrigava era seu sotaque oriental.

— Você não é destas terras — concluiu.

— Não — respondeu Moira. — Nasci e cresci em Acre, na Palestina. Meu pai, porém, é de origem genovesa.

— E que faz aqui?

Moira pareceu relutar na resposta. Gostaria de dizer-lhe que, como sua mãe, trazia nas veias sangue georgiano ou falar-lhe das plagas distantes onde nascera, mas conteve-se. Seus olhos desapareceram por baixo de um véu de cabelos.

— *Ele* vai nos encontrar — disse em tom neutro, como se nada mais importasse.

— Não tenha medo — tranquilizou-a Uberto.

Um leve rumor de crinas agitadas ressoou lá fora, lembrando-lhes a presença de Jaloque, que pastava sossegadamente perto da cabana.

Uberto resolveu não confiar muito em Moira, ao menos por enquanto. Era misteriosa demais. Bela demais. Entretanto o mesmo impulso que o levara a salvá-la induziu-o a continuar a conversa.

— Quem era aquele cavaleiro sarraceno? Por que a perseguia?

— Não sei — respondeu ela, insegura. — Mas não descansará até me matar.

— Por qual motivo?

Moira baixou o olhar, os dedos afundados no pelo do cachorro.

— Culpa de seus patrões, os frades de uma aldeia na fronteira com o Armagnac. Julgavam que eu fosse uma feiticeira, uma herege ou algo do gênero... Estavam enganados. Mas isso já não importa.

Uberto se sentiu de novo no dever de tranquilizá-la.

— Não se desespere, agora está a salvo.

— Antes você houvesse me deixado nas mãos de meu destino — disse ela, fitando-o com seus olhos de jade. — Aquele maldito o perseguirá também.

— Que apareça! — Uberto se levantou, cheio de orgulho, e foi reavivar as chamas do fogão. — Se quer que a ajude, deve contar-me mais coisas. Explique-me quem é e de onde vem.

— Fugi de Airagne... — começou Moira, mas logo mordeu os lábios.

— Terei ouvido bem? — Uberto atirou um punhado de gravetos às chamas e voltou para junto dela. — Não posso crer! Sabe então onde se localiza Airagne? A casa do conde de Nigredo?

Ao ouvir esse nome, Moira recuou e olhou seu interlocutor como se ele houvesse ameaçado agredi-la.

— Fale-me daquele lugar — insistiu Uberto. — Saberia me indicar a estrada para lá? Poderia guiar-me?

A jovem recuou ainda mais, até se encostar à parede.

— Prefiro ser entregue ao mouro a voltar àquele antro. Antes morrer!

— Não está entendendo... — justificou-se ele. — Devo ajudar meu pai...

Moira cobriu o rosto.

— Basta, já disse!

O cão levantou as orelhas e começou a rosnar; mas, percebendo que não havia perigo, baixou o focinho e pôs-se a ganir lamentosamente.

Quando a moça tirou as mãos do rosto, sua expressão era de súplica.

— Deixe-me repousar, por favor. Estou tão... cansada.

— Certo, amanhã conversaremos. — Uberto franziu o cenho contrariado e apontou para um embrulho de roupas que colocara sobre a mesa, perto do alforje. — Vista aquilo, não pode andar por aí assim... Há ali uma calça, um casaco e um par de calçados. São meus trajes de viagem e ficarão grandes em você, mas antes isso que os farrapos que está vestindo.

Ela respondeu com um sorriso.

Para que Moira pudesse se vestir, Uberto saiu e foi cuidar de Jaloque. A cabana não tinha estábulo, e Uberto tivera de fechá-no num velho cercado. Tirou-lhe a sela, averiguou se tinha comida e água suficiente e presenteou-o com merecidos afagos. Essas tarefas permitiram-lhe retomar o controle de si e refletir com mais clareza. O fato de ter-se deixado fascinar com tanta facilidade por uma moça preocupava-o. Não era tolo, e as mulheres nunca o haviam intimidado até então. Uma das vantagens da vida errante era que não precisava se casar com a primeira camponesa que estivesse disponível. Uberto tivera oportunidade de se envolver em diversos casos amorosos e aprender muito sobre o belo sexo, mas nunca havia experimentado sensações tão fortes. Entretanto Moira não lhe inspirava confiança.

Suspirou. Primeiro, Corba de Lantar e, agora, aquela estranha jovem! Ultimamente, pensou, só encontrava pela frente mulheres misteriosas.

Quando voltou à cabana, Moira havia vestido suas roupas. As mangas do casaco muito compridas e as pernas das calças muito largas faziam-na parecer um jogral. Eles riram.

A hilaridade se interrompeu de súbito, dando lugar ao embaraço, e, mais para escapar àquela situação, Moira se deitou de lado, junto ao fogo, e adormeceu quase imediatamente.

Uberto, ao contrário, tinha muita coisa na cabeça para conseguir dormir e, embora exausto, tirou do alforje o *Turba Philosophorum* e começou a folheá-lo à luz das chamas. Não sabia exatamente do que falava aquele livro, mas, pelas palavras de Galib e Corba de Lantar, continha os segredos do conde de Nigredo.

O códice era subdividido em sermões atribuídos a um grupo — uma *turba* — de filósofos gregos envolvidos em debates variados, da criação da matéria aos segredos da alquimia. Só seu pai poderia interpretá-los convenientemente, mas Uberto continuou a ler passagens ao acaso, para se distrair dos outros pensamentos que lhe povoavam o cérebro, até se deter na seguinte frase: "*Iubeo posteros facere corpora non corpora, incorporea vero corpora*" — que ele traduziu: "Ordeno aos pósteros transformarem em corpóreo o não corpóreo e em não corpóreo o corpóreo". Devia ser uma referência à sublimação da matéria e ao processo contrário, conforme concluiu poucas linhas adiante: "Sabei que o segredo da Obra áurea deriva do macho e da fêmea".

Uberto não possuía sequer os rudimentos da arte alquímica, mas em diversas ocasiões ouvira o pai discorrer sobre o assunto com eruditos de vários países. Guardava, porém, algumas reminiscências da infância, quando vivia relegado num pequeno mosteiro às margens do Adriático. Na época, conhecera o monge bibliotecário Gualimberto de Prataglia, que era versado nos fundamentos teóricos da alquimia. Dele, ouvira o suficiente para deduzir que "macho" era uma alusão ao chumbo em estado sólido e "fêmea", ao "espírito", isto é, à substância volátil. Leu mais isto: "O macho recebe da fêmea o espírito corante".

Perturbado fechou o livro e, para ocupar a mente com algo mais concreto, contemplou o corpo adormecido de Moira. Sem despregar os olhos dela, adormeceu também.

Perto dele, Moira sonhava com uma extensão de areia batida por ondas insufladas pela borrasca. O céu era cinzento, povoado de nuvens emaranhadas como a crina de um cavalo. Longe da praia, as ondas formavam um gigantesco sorvedouro marinho, que sugava tudo para suas profundezas abissais.

A jovem estremeceu no sono, enquanto o fragor das ondas a ensurdecia, ribombando-lhe nos ouvidos.

Quando Uberto despertou, ela havia partido.

# 13

Para Ignazio, foi como se mal houvesse cerrado os olhos quando a voz de Willalme arrancou-o do sono. Levou alguns instantes para compreender suas palavras, primeiro, de modo confuso, depois, com mais clareza. Eram palavras alarmantes:

— Acorde... Precisamos fugir...

Num gesto instintivo, saltou do leito e olhou em volta. Ainda não havia amanhecido. Abriu uma caixa que estava embaixo da cama, onde na véspera pusera suas roupas, e, depois de vestir a túnica e calçar os sapatos, lançou um olhar inquisitivo ao companheiro.

— Corremos perigo — explicou o francês. — Os soldados do conde Raimundo VII estão prestes a invadir a residência episcopal. Sabem que estamos aqui e nos procuram.

Era compreensível, pensou Ignazio, que a presença de forasteiros na sé episcopal alarmasse o conde de Toulouse. Porém alguma coisa estava errada. Tudo havia acontecido rápido demais. Estavam na cidade havia poucas horas; como será que Raimundo VII já tinha sido informado de sua chegada?

Ignazio, cada vez mais irritado, colocou a capa e debruçou-se na janela para observar a rua lá embaixo. Diante da entrada do palácio, brilhava pelo menos uma dezena de tochas. Um grupo de soldados forçava a porta. Eram os homens de Toulouse.

No meio dos soldados distinguiam-se quatro frades, os franciscanos vistos por Willalme no dia anterior.

O francês apontou-os.

— Se bem me lembro, avisei que aqueles frades estavam de olho em nós, mas você não me ouviu.

— Tem razão — reconheceu Ignazio. — Devem ser espiões de Raimundo VII. Sem dúvida, foram eles que denunciaram nossa presença ao conde de Toulouse.

— E por que fariam isso?

— Alguns religiosos desaprovam a conduta da Igreja, preferindo favorecer os cátaros e aqueles que os protegem. Isso por certo vale também para aqueles franciscanos que, vendo-nos hospedados na residência episcopal, julgaram-nos emissários de Folco ou de sua Fraternidade Branca...

— Chega de conversa. — Willame fez sinal para que Ignazio o seguisse. — Os monges que nos acolheram estão entretendo os soldados diante da entrada principal. Fugiremos pela porta dos fundos do palácio.

Enquanto seguia a figura ágil do companheiro, Ignazio se lembrou do que ouvira sobre as atrocidades cometidas pelos sequazes de Raimundo VII. Dos defensores da Igreja e da coroa, geralmente arrancavam os olhos e a língua. A terminar dessa maneira, era preferível morrer tentando a fuga.

Saíram do palácio e atravessaram um jardim delimitado por uma sebe alta, atentos ao mínimo rumor. Ignazio lançou um olhar esperançoso ao campanário de Santo Estêvão, que se recortava, negro, contra o céu estrelado. Mais abaixo, erguia-se a hospedaria da catedral, onde poucas horas antes ele confiara uma delicada tarefa ao porteiro. Pensou em Uberto e fez votos para que estivesse em segurança.

Filippo e Thiago emergiram das sombras do jardim. Tinham as feições contraídas e os músculos frementes, prontos para entrar em ação.

— Vamos embora daqui — urgiu Lusignano. — Não desejo experimentar a hospitalidade do conde Raimundo. — Adiantou-se para um ponto semioculto entre as sebes, onde estavam seu cavalo, a carroça de Ignazio já atrelada a dois animais e uma montaria para Thiago. Em poucos instantes, estavam prontos para partir.

Os animais relincharam, atirando-se com um estridor de cascos para fora do jardim, e, antes de chegar à rua, atropelaram dois soldados do conde que saíam pela porta dos fundos do prédio.

Fugiram de Toulouse ao abrigo da escuridão da noite.

Seguiram por uma trilha rumo ao sul, por entre um bosque cercado de colinas. Deixaram para trás Lantar, Auriac, Roumens e Vaudreuille sem nenhum contratempo, mas avistaram inúmeros campos destruídos pelo fogo. Os únicos lugares habitados que tinham sobrevivido à devastação eram os mais bem defendidos, como as *sauvetés* apinhadas em volta dos castelos e as *bastides* protegidas por fortificações. Para as aldeias comuns de camponeses, não havia misericórdia. Contudo Ignazio tinha mais coisas com que se preocupar. No caminho, Filippo e Thiago muitas vezes se distanciavam do carro, confabulando, e o mercador começou a desconfiar de que conhecessem detalhes sobre a missão que ele e Willalme ignoravam.

A certa altura, pararam numa pousada de Labécède, um lugar de aparência nada convidativa, mas o melhor que se podia encontrar ao longo do itinerário. Deixaram os cavalos e a carroça num estábulo arruinado, onde o animal mais precioso era um rocim decrépito, e cearam à base de torta, coelho em molho azedo e vinho aguado.

— Mas que porcaria é esta? — reclamou Filippo, depois de beber. — Não estamos em uma das regiões em que se produzem os melhores vinhos da França?

— Em que se produziam, *monsieur* — corrigiu o taberneiro. — Antes de as milícias do bispo Folco destruírem nossos vinhedos... Não notou a miséria que se abateu sobre este condado?

— Então é a Fraternidade Branca a responsável pela carestia na região de Toulouse? — perguntou Ignazio, subitamente atento a essa revelação.

— Sim — confirmou o homem. — Devastam as plantações, dispersam os rebanhos e roubam nosso dinheiro. De onde pensa que vêm os fundos usados por Folco na construção de sua Sacra Praedicatio?

— Não entendo por que o bispo se encoleriza tanto contra estas terras.

— Por causa dos *texerant*.

— E quem são eles?

— Os cátaros — explicou o taberneiro. — Aqui, chamam-nos assim porque, para viver, se dedicam à tecelagem. São grandes trabalhadores e não incomodam ninguém... Mas Folco quer mandar todos para a fogueira, principalmente os *perfeitos*. O conde Raimundo não aprova semelhante conduta e, por isso, expulsou Folco e sua Fraternidade. Aqueles fanáticos não se comportam melhor que os Arcontes.

— Outra vez os Arcontes! — exclamou Filippo, esmurrando a mesa. — O que sabe deles?

— Pouca coisa, *monsieur*. São demônios, não homens. Vagam pelo sul da França incendiando as aldeias e sequestrando os habitantes. Devem ter reparado nisso pelo caminho, provavelmente. Não são daqui e por certo atravessaram o Languedoque.

— Tem razão, mas não sabíamos que era obra dos Arcontes — esclareceu Ignazio. — Por que sequestram os habitantes? Para onde os levam?

— Para o inferno ou um lugar ainda pior, pelo que se diz, mas ninguém sabe exatamente onde. A maldição dos Arcontes se abate sobre todo o Languedoque, exceto este condado. Talvez o conde de Nigredo não queira atrapalhar a fraternidade de Folco.

— Ou vá deixar Toulouse por último.

— Isso eu não sei. — O taberneiro desviou o olhar. — Seja como for, desculpem-me pelo vinho... Perdoem a nossa miséria. — Depois de dizer isso, ele foi servir os outros clientes.

No dia seguinte, após passar por Castelnaudary e Laurac, os quatro viajantes chegaram a Prouille, o refúgio de Folco. O burgo era protegido por uma paliçada, depois da qual uma fileira de casebres cercava a igreja de Santa Maria, a Sacra Praedicatio. O olhar de Ignazio pousou sobre a fachada da construção para admirar não suas proporções arquitetônicas, mas as trepadeiras de cor avermelhada que a recobriam pela metade e davam ao mercador a sensação de ter chegado a uma ilha de paz. Porém, ao notar a presença de soldados em grande número, outras ideias lhe ocorreram.

Diante da igreja, eles foram recebidos pela abadessa, uma mulher vistosa com grossas sobrancelhas que mais pareciam espigas de trigo. Ela averiguou escrupulosamente suas identidades e, após se inteirar do que pretendiam, confirmou as informações que haviam recebido em Toulouse: o bispo Folco se escondia ali mesmo.

No entanto a abadessa não permitiu que os quatro forasteiros se encontrassem imediatamente com o prelado. Vendo-os sujos e cansados da viagem, exigiu que primeiro se lavassem e comessem alguma coisa.

# 14

Folco esperava em sua sala de audiências e, caminhando sobre o piso de ladrilho, folheava a *Vida de Maria de Oignies*, um livreto que Jacques de Vitry lhe havia dedicado. A despeito de sua grande fama, era um homenzinho mirrado, envolto numa túnica sem nenhum ornamento. O labirinto de rugas em seu rosto denunciava sua idade avançada, embora seus olhos ainda tivessem brilho.

Quando os quatro forasteiros entraram na sala, ele deixou o livro numa estante iluminada pela luz que entrava por uma janela e abriu os braços em sinal de boas-vindas.

— Pelo que me informaram, os senhores trazem notícias do padre Gonzalez de Palencia — disse ele num inconfundível sotaque genovês que comprovava sua origem italiana.

— De fato, excelência, mas antes me permita que o reverencie. — Filippo adiantou-se ao grupo, juntou as mãos num gesto de prece e colocou-as entre as mãos do bispo. Depois de trocarem um beijo simbólico, apresentou-se: — Sou Filippo de Lusignano, cavaleiro de Calatrava, ao seu serviço. Este é Thiago de Olite, meu subordinado, e aqueles são Ignazio Alvarez de Toledo e seu companheiro Willalme. — Mostrou o salvo-conduto. — Aqui está uma carta de apresentação escrita pelo padre Gonzalez em pessoa, com o beneplácito de Fernando III de Castela.

Enquanto o bispo examinava o documento, o mercador observou-o com curiosidade. Na juventude, ouvira falar dele, mas não como religioso. Folco fora outrora um trovador famoso por suas composições cavalheirescas. Depois se tornara abade e bispo de Toulouse, mantendo relações de amizade com soberanos do calibre de Ricardo Coração de Leão e Afonso II de Aragão. Em essência, era uma lenda viva.

O bispo ergueu os olhos da carta e disse:

— Pelo que leio aqui, concluo que têm uma ideia um tanto vaga do problema.

— Sabemos apenas do desaparecimento de Branca de Castela, excelência, e do envolvimento do conde de Nigredo — resumiu Filippo.

— E do endemoniado — acrescentou Ignazio em tom cético.

— Ah, o endemoniado! Eu quase me esqueci... — disse o bispo, por sua vez, em tom quase jocoso. Em seguida, franziu a testa. — Segundo as informações de que disponho, além da rainha, desapareceram também o tenente Humbert de Beaujeu e, sobretudo, o legado pontifício Romano Frangipane. A ausência dele, mais até que a de Branca de Castela, nos torna vulneráveis.

Filippo olhou-o intrigado.

— Que quer dizer?

— Frangipane foi encarregado pela Santa Sé de servir à rainha como primeiro-ministro e, no momento, é a espinha dorsal da França. Humbert de Beaujeu detém, de sua parte, o controle do exército real. A ausência desses dois homens deixa a *curia regis* privada de cérebro e de braços.

— O senhor não confia em ninguém mais na França?

— Não é bem isso. — O bispo gesticulou com suas mãos macilentas, como se quisesse desenhar no ar o corpo de um gigante. — Posso confiar em minha milícia, o braço armado da Fraternidade Branca.

— Isso nós já sabíamos — comentou Ignazio com uma ponta de sarcasmo. — Notamos os "sinais" deixados por seus homens na região de Toulouse. É um milagre que ainda cresça nestas terras um talo de erva.

— Por sinal, isso se chama "missão da terra queimada". — Folco mirou seu interlocutor com a típica superioridade dos clérigos em presença de leigos. — Vejo em seus olhos uma sombra de reprovação, mas creia que essas medidas são necessárias. Milhares de cátaros se abrigam em Toulouse e nas aldeias próximas, atraindo o vulgo para a heresia. Preciso recorrer à força para capturar os lobos escondidos na vinha do Senhor. — Em tom mais ameno, voltou-se para Filippo: — O problema não é a fidelidade, mas sim a qualidade dos homens de que disponho; soldados ou vassalos sem nenhum peso político. O que me falta é o apoio da nobreza.

— Isso é possível? — Filippo franziu o cenho. — E a corte parisiense?

Folco simulou um gesto de impotência.

— Depois que a rainha foi raptada, todo contato com Paris foi interrompido. Parece que a corrupção anda solta no âmago da *curia regis*.

Filippo passou a mão por seu longo queixo.

— Começo a entender.

— Pois bem — interveio o mercador —, se vossa graça achar conveniente, este é o momento de nos revelar as informações de que dispõe sobre o conde de Nigredo.

O bispo refletiu um pouco, indeciso sobre o que dizer.

— Será bom que vejam com seus próprios olhos. Assim entenderão melhor a situação.

— A que se refere?

Os olhos de Folco emitiram uma luz até então oculta. E não expressaram nenhum sentimento de compaixão.

— Ao endemoniado, naturalmente. Mantenho-o preso nos calabouços de Prouille.

Os subterrâneos da Sacra Praedicatio eram mais extensos do que se podia imaginar. Ignazio avançava na sombra, entre paredes manchadas de mofo e salitre, relembrando um terrível episódio de infância, quando se perdera com o irmão Leandro num lugar semelhante, porém bem mais antigo. Uma catacumba da qual só ele saíra vivo por puro milagre. Aquela tragédia o assombrava toda vez que descia a um subsolo. Enquanto isso, Folco, acompanhado de um primicério gorducho e dois soldados, dirigia-se para as celas onde estavam detidos os suspeitos de heresia. O conde de Toulouse teria direito a essa ocupação, se não estivesse do lado dos perseguidos pela Igreja. Segundo o mercador, aquele lugar expressava perfeitamente o dualismo da instituição eclesiástica, que escondia sua natureza repressora por trás da máscara da piedade cristã.

Folco seguiu por um corredor estreito, depois parou diante de uma porta fechada e ordenou que a abrissem. Lá dentro, numa cela minúscula e malcheirosa, uma figura humana completamente nua jazia estendida sobre o pavimento. O brilho das tochas revelou sua extrema magreza e a pele recoberta de manchas violáceas. Ignazio lembrou-se, estremecendo violentamente, de que ele próprio havia padecido, anos atrás, os horrores da tortura.

— Este homem foi espancado com brutalidade excessiva — sentenciou em tom áspero.

— Quando o encontramos, já estava assim — respondeu Folco com fingida inocência.

O mercador não teve tempo de replicar porque seus pensamentos foram interrompidos pelo susto. O prisioneiro se levantou e caminhou para a porta, lento e encurvado, com o braço direito erguido e o esquerdo pendente. Esticou a corrente presa aos tornozelos até onde pôde, mas tropeçou e caiu de novo por terra.

Lusignano fez uma careta de repugnância.

— Um opróbrio desses só pode ser obra do diabo.

O bispo confirmou com um aceno de cabeça e entrou na cela, atrás de um soldado munido de uma tocha.

À vista do fogo, o prisioneiro emitiu um grunhido e se encolheu num canto.

— Viram? — zombou Folco. — Foge da luz como uma criatura das trevas. — Lançou um olhar severo ao prisioneiro e fez o sinal da cruz no ar. — Não se deixem enganar por sua aparente loucura. É mais esperto do que parece.

Ignazio estudou aquele homenzinho, antes tão comedido, agora transformado em juiz inflexível do tribunal episcopal. Não era a primeira vez que assistia a metamorfoses desse tipo e, como sempre, não pôde se abster de experimentar uma espécie de fascinação perversa. Afinal também ele, a contragosto, possuía duas naturezas irreconciliáveis, o intelecto e a paixão, como dois corpos celestes que procuravam eclipsar-se um ao outro.

Folco tocou o prisioneiro com a ponta do pé.

— Não tem nada para me dizer hoje, Sébastien? — perguntou. E, voltando-se para os visitantes, disse: — Meus homens o capturaram quando rondava pelas imediações de Labécède, onde muitos cátaros buscam refúgio. Interrogando-o, arrancamos-lhe tudo o que sabia.

O prisioneiro afundou a cabeça entre os ombros esqueléticos e deixou escapar um risinho histérico. Só então o mercador se deu conta de que devia ter mais ou menos a idade de seu filho.

— Parece que não quer falar — constatou Filippo.

O bispo simulou uma expressão de desânimo.

— Os demônios que o possuem distorcem sua percepção da realidade. Às vezes, o tornam feroz e, às vezes, como agora, o deixam estúpido. Mas conheço um exorcismo capaz de lhe devolver o juízo. — Pousou as mãos na fronte do prisioneiro e recitou com voz extraordinariamente poderosa: — *"Omne genus demoniorum cecorum, claudorum sive confusorum, attendite iussum meorum et vocationem verborum!"*. — Inspirou profundamente e prosseguiu: — *"Vos attestor, vos contestor per mandatum Domini, ne zeletis, quem soletis vos vexare, homini, ut compareatis et post discedatis et cum desperatis chaos incolatis!"\**

O corpo de Sébastien foi tomado de convulsões, sua boca se contorceu como se fosse vomitar e ele proferiu estas palavras: "*Miscete, coquite, abluite et coagulate!*".

Ignazio semicerrou os olhos.

— Que quer dizer? — Estava perto o suficiente para sentir o odor fétido, ligeiramente adocicado, de seu hálito.

— *Miscete, coquite, abluite et coagulate!* — repetiu o prisioneiro. — *Miscete, coquite, abluite et coagulate!*

— Diga-me de onde vem, Sébastien — insistiu o bispo, tirando as mãos de sua fronte. — Fale-me daquele lugar perdido entre os montes.

O possuído, mais calmo, pareceu sorrir antes de falar.

— Airaaagne... Venho das teias de Airaaagne.

Folco contraiu o rosto, acentuando ainda mais suas rugas.

— Então foi lá, no lugar que chama de Airagne, que os espíritos malignos se apossaram de você?

Uma centelha de inteligência brilhou nos olhos do prisioneiro, enquanto seu corpo continuava a tremer descontroladamente.

— Siiim...

— E quem foi o causador de todo esse mal?

O esforço para se lembrar pareceu provocar em Sébastien um sofrimento quase físico.

— O conde de Nigreeedo... — murmurou. — Siiim, foi eeele... O conde de Nigredo.

---

\* "Demônios de todo gênero, que cegam, que prejudicam e que confundem, obedeçam às minhas ordens e às minhas palavras. Eu os repreendo e os conjuro, a mando do Senhor, para que não molestem os homens, como é seu costume, mas saiam, partam e com ânimo desesperado habitem o caos." (N. do T.)

— Diga-me, filhinho, quem mais você viu naquele lugar? Quem o manteve prisioneiro?

— Taaanta gente... Taaanta gente no fogo e no metal fuuundido...

— Mas, há dias, me falou de uma pessoa em particular, uma dama muito bonita transportada num carro. Lembra-se?

— Siiim. — De repente, o prisioneiro se tornou eufórico. — Eu a viii antes de fugir. É a rainha Braaanca...

Folco lançou um olhar significativo a Ignazio e retomou o interrogatório:

— Tem certeza? Como a reconheceu?

— Eu a vi deeescer de um carro com as insígnias do rei da Fraaança... Era beeela, muito beeela... Trajava um vestido azuuul coberto de lírios dooourados.

— E você se lembra do lugar que chama de Airagne?

— Nos montes selvaaagens. — O horror se desenhou no rosto do prisioneiro. — Mas eu fugiii! Fugiii, fugiii!

— Muito bem, filhinho. — Havia urgência no tom de voz de Folco. — Fale sobre aquele lugar maldito. Já me disse alguma coisa a respeito, dias atrás. Quer repetir tudo a estes visitantes? Conte-lhes sobre Airagne.

O prisioneiro olhou em volta como um animal assustado e depois cobriu o rosto com as mãos.

— Por que se obstina em calar-se? — perguntou o bispo. — Quer ser chicoteado de novo?

A essas palavras, Sébastien contraiu o rosto emitindo um rosnado feroz.

— Fugiiii! Fugiii... *Miscete, coquite, abluite et coagulate!*

Lusignano deu um passo à frente, visivelmente irritado.

— Fale, maldito! Conte-nos sobre aquele lugar!

— *Miscete, coquite, abluite et coagulate!*

— Onde você se escondeu, Sébastien? — A voz tranquila de Ignazio ressoou inesperadamente. — Onde encontrou refúgio, depois de fugir de Airagne?

O prisioneiro pôs-se a rir.

— No *hospitium* de Saaanta Lucina, perto de Puiveeert. Junto às boas irmãs de hábitos cinzeeentos...

— Boas irmãs uma ova! Todos sabem que aquelas hipócritas simpatizam com os cátaros. — Folco debruçou-se sobre o prisioneiro, sem se importar com o cheiro que ele exalava. — Você também é um deles, Sébastien? Um cátaro, um adorador do Gato. É por isso que Satanás entrou em seu corpo.

O mercador virou-se para o bispo, com uma expressão de dúvida no rosto:

— Vossa graça tem certeza? Em minha opinião, este homem não está possuído por espíritos malignos, mas apenas doente. Talvez tenha sido envenenado.

Folco, que não admitia ser contrariado, descarregou sua ira sobre Ignazio.

— Está delirando? Não reconheceu a obra de Lúcifer, evidente a todos os que se acham aqui?

O mercador preferiu não retrucar e, com um aceno rápido, ordenou a Willalme que disfarçasse sua careta de desprezo.

Aproveitando-se da distração geral, Sébastien arreganhou a boca e precipitou-se contra Folco para mordê-lo, porém o bispo percebeu o movimento a tempo e deu um grito de alarme. Um soldado interpôs-se entre ambos, puxou o possesso pela corrente e começou a dar-lhe pontapés.

Ninguém disse palavra alguma. Ignazio, irritado com tanta brutalidade, teve o bom senso de deter Willalme por um braço, antes que esse interviesse em defesa do pobre-diabo. O primicério gorducho, escondido atrás de Folco, assistia à cena com um risinho sádico nos lábios.

O mais terrível, no entanto, ainda estava para acontecer. Quando o espancamento cessou, o prisioneiro continuou se contorcendo como se o afligissem violentos espasmos no baixo-ventre. A dor não parecia proveniente dos golpes recebidos pouco antes, mas de uma afecção misteriosa, que vinha de dentro de seu corpo.

— *Tres fatae celant crucem!* — bradou de súbito, coleando como uma serpente ferida. — *Tres fatae celant crucem! Tres fatae celant crucem!*

— Olhem! — exclamou Thiago, empalidecendo. — Ele está urinando sangue!

Sébastien deu um grito lancinante e, após vomitar uma substância escura, estatelou-se no chão, sem vida.

Todos ficaram olhando-o por um lapso de tempo que lhes pareceu interminável.

Nos calabouços de Prouille, sobre os quais descera um silêncio sepulcral, reinava o assombro.

Ignazio era o único dos presentes que conservara o sangue-frio e aproveitou a ocasião para examinar o cadáver do endemoniado. O macabro não tinha sobre ele efeito algum, o que o perturbava era coisa bem diferente. Em menos de um mês, via-se diante da segunda morte ocorrida em circunstâncias misteriosas, embora nesse caso não houvesse indícios da *Herba diaboli*. O rosto do cadáver estava deformado por sintomas de um mal desconhecido; mas o que o intrigava eram a cor amarelada da pele e um estranho tom azulado nas gengivas. Não eram sinais deixados pela escrófula, pela peste ou pela lepra, tampouco pelos venenos mais comuns. A solução do dilema devia estar em outro lugar, e de repente o mercador se lembrou de ter ouvido falar em algo semelhante durante suas viagens pelo Oriente.

— Não podemos absolvê-lo — declarou Folco, com os olhos fixos no cadáver. — Morreu em pecado.

— Se vossa graça me permite — e Ignazio desviou o olhar do morto, agora com certeza do que ia dizer —, este prisioneiro não estava possuído pelo demônio. Parecia acometido por uma estranha febre, provocada talvez por...

— E o que é a febre senão um espírito maligno que entra no corpo? — interrompeu-o o bispo.

— Muitos filósofos dão às doenças uma explicação racional.

— Pare com isso, por favor. — Folco estava visivelmente irritado. — As doenças são causadas pelo pecado, que torna o homem fraco e o transforma num receptáculo do mal. — Uma sombra de mau presságio passou pelos olhos do bispo. — E também as teias de Airagne, sem dúvida, são obra de Lúcifer.

— Ao que parece, naquele lugar, acontecem coisas misteriosas. — Ignazio cofiou a barba pensativo. — Este caso me deixa muitíssimo curioso...

Ao ouvir isso, o bispo não pôde conter seu desprezo.

— Controle sua curiosidade, mestre Ignazio! Como ousa? *Curiositas est scientia funesta!*

— A curiosidade exprime a liberdade do intelecto — rebateu o mercador, incisivo. — Até Santo Agostinho a exalta.

Folco lhe dirigiu um risinho compassivo.

— Agostinho admite a curiosidade, é certo, mas subordina-a ao temor de Deus. — Apontou-lhe o dedo. — Você, ao contrário, a idolatra.

Ignazio pensou em retrucar, mas se conteve. Estava diante de um ministro da Igreja. Mais uma palavra e talvez não saísse ileso daquele calabouço. Além disso, lhe era doloroso admitir que a censura do bispo o tocara bem no íntimo. Folco estava certo. Idolatrava a razão e não resistia à curiosidade de desvendar a lógica oculta nos fenômenos, à custa de cometer baixezas e recorrer a subterfúgios.

A voz de Lusignano amenizou a tensão que se estabelecera entre o bispo e o mercador.

— Como daremos continuidade às nossas investigações? O possesso morreu antes de revelar a localização de Airagne.

— Mas forneceu uma pista — ponderou Folco. — Uma pista da qual vocês não dispunham.

— Refere-se ao *hospitium* de Santa Lucina? — perguntou Ignazio, contente por escapar a seu doloroso exame de consciência. — Sébastien revelou ter conseguido asilo naquele lugar depois de fugir de Airagne. É provável que lá encontremos alguns indícios.

— Dessa vez, sua conclusão está correta, mestre Ignazio. — O bispo olhou em volta inquieto; parecia ter começado a se sentir pouco à vontade naquela prisão. — O tal *hospitium* de Santa Lucina localiza-se a leste do castelo de Puivert, no viscondado de Narbonne. Para ser mais exato, é perto da abadia de Fontfroide.

— Está bem informado a respeito — observou o mercador.

— Não foi a primeira vez que o possesso mencionou esse lugar, falou dele durante semanas. Tive tempo suficiente para localizá-lo e infiltrar alguns agentes da Fraternidade Branca entre os convertidos de Fontfroide, em segredo. Investigaram as irmãs de Santa Lucina. O fato de terem acolhido Sébastien não deve ser casual. Creio que estejam ligadas de algum modo a Airagne. Mas até agora nenhum de meus homens descobriu nada. A impressão é de que as irmãs levam uma vida piedosa, aparentemente.

— Aparentemente?

— Sim — suspirou o bispo. — Você deve saber que a fundação de Santa Lucina não é propriamente um *hospitium*, mas um autêntico *béguinage*, isto é, uma comunidade de mulheres piedosas chamadas *béguines*. São leigas que cuidam dos necessitados, trabalham e rezam. Imitam as regras das ordens religiosas, mas não pertencem a nenhuma delas. Eis onde reside o mal: achando-se à margem das instituições eclesiásticas, tornam-se terreno fértil para a heresia.

— Vossa graça me perdoe, mas não entendo uma coisa — disse Ignazio. — Em que lhe poderemos ser úteis se os seus homens já estão fazendo as investigações?

Folco pareceu embaraçado e teve certa dificuldade em responder:

— Não fui eu quem pediu a ajuda de vocês, se é a isso que se refere. Quem quis tomar parte nessa missão a todo custo foi o padre Gonzalez. Ele sempre insistiu para que eu aceitasse seu apoio e pusesse seus enviados no caminho certo. Tive de concordar, mas, como creio ter demonstrado, não preciso de vocês.

Ignazio calou-se. Não era Folco, mas Gonzalez quem ditava as regras do jogo! Lançou um olhar interrogativo a Lusignano, que, em resposta, desviou o olhar. Um gesto que dizia muita coisa. Sem dúvida, aquele patife sabia a verdade desde o início e não a revelara. Que mais estaria ocultando?

— Pois bem — disse Filippo, rompendo o silêncio embaraçoso. — Amanhã mesmo partiremos para Santa Lucina, logo ao nascer do sol.

Ignazio calou suas suspeitas e voltou-se para o bispo:

— Só mais uma coisa, excelência. O possesso, antes de morrer, repetiu uma frase, "*Tres fatae celant crucem*", isto é, "As três *fatae* escondem a cruz". Sabe a que poderia estar se referindo? O que ou quem são as três *fatae*?

— As *fatae* são mulheres diabólicas como as descritas no *Super Apocalypsim* de Godofredo de Auxerre — explicou Folco. — Nos campos franceses e alemães, onde são frequentemente mencionadas, diz-se que pertencem às tradições pagãs... Porém, se eu fosse você, não ligaria muito para os enigmas saídos da boca de um endemoniado. Satanás é astuto e se diverte confundindo-nos.

— Não é com Satanás que devemos nos preocupar — replicou o mercador, andando em direção à saída da cela. Percebeu logo que havia falado de maneira brusca, mas a verdade é que a revelação sobre Gonzalez o deixara claramente nervoso. Como revelara Galib pouco antes de morrer, o jogo era mais complicado e mais extenso do que se podia imaginar. Uma enorme teia de aranha. E ele estava preso nela, bem no meio.

# Terceira Parte
# AS TRÊS *FATAE*

Espírito sublime, luz dos homens, purifica as hórridas trevas de nossa mente.

> Notker, o Gago, *Hymnus in die Pentecostes*

# 15

O grupo do mercador pernoitou em Prouille e, de manhã, despediu-se do bispo Folco para retomar a viagem. Ignazio passara a noite em claro, remoendo pensamentos. Depois das últimas revelações, sentia a sombra de Gonzalez perseguindo-o. Não conseguia atinar com as intenções daquele dominicano e não sabia a que ponto Lusignano estava a par delas. Considerara a alternativa de fugir para procurar Uberto, imaginando que ele estivesse perdido nas estradas do Languedoque e talvez em perigo. No entanto, fazer isso significaria desobedecer às ordens de Fernando III e arcar com as inevitáveis consequências. O mercador estava assim à mercê dos acontecimentos, aguardando a hora propícia para agir. Às voltas com esses pensamentos, punha de lado, propositadamente, outras considerações. De fato, o mistério de Airagne o deixava curioso a ponto de impedi-lo de renunciar à expedição. Queria descobrir o que se escondia naquele lugar de fogo e metal fundido, bem como de onde proviera a loucura do endemoniado de Prouille.

Atravessaram as terras de Lauragais, deixando para trás a aldeia de Fanjeaux, e, após uma parada diante das muralhas de Carcassonne, seguiram em direção ao sul, ao longo do curso do Aude. Para além de Limoux e Espéraza, a paisagem mudou, a vegetação se tornou mais densa e os picos dos montes Corbières apontaram no horizonte.

Quando chegaram perto do castelo de Quillan, desviaram-se para oeste, na direção de Puivert, e seguiram uma estrada que continuava num bosque. Em breve, pelas indicações de Folco, avistariam o *béguinage* de Santa Lucina.

No caminho, Willalme rompeu o silêncio em que mergulhara e perguntou a Ignazio:

— Que pretendia na prisão de Prouille, ao atribuir o comportamento do possesso a uma espécie de febre?

A expressão do mercador, até então absorta, se transformou num sorriso sagaz.

— Aquele homem não estava dominado por nenhum espírito maligno. Pode apostar.

— Acha que foi acometido por uma doença?

— Não por uma doença, mas por uma substância venenosa. As exalações de um metal.

Lusignano aproximou seu cavalo do carro.

— Teoria interessante, mestre Ignazio. Explique-se melhor.

O mercador lançou-lhe um olhar irônico. A suspeita e o desprezo que nutria por aquele homem estavam assumindo as proporções de autêntica aversão.

— Mestre Filippo, eu pensei que partilhasse a opinião de Folco. Não quero contestar o mérito de suas convicções.

— Não seja ingênuo. Apenas não achei oportuno contradizer um dos prelados mais influentes do sul da França. Por outro lado, confesso saber bem pouco sobre possessões demoníacas. Até agora, limitei-me a combater os mouros — justificou-se Filippo. — Mas Sébastien, aquele miserável, não tinha sinais de perversidade no olhar. Só o que notei nele foi o desequilíbrio mental e, digamos, uma espécie de esquisitice física, uma descoordenação de movimentos.

— De fato, mas há outros elementos dignos de nota. — Ignazio começou a contar na ponta dos dedos. — O odor adocicado do hálito. O tremor pelo corpo todo. A paralisia dos membros. A coloração da pele. Enfim, o tom azulado das gengivas. — Pronunciou as últimas palavras com certa ênfase, de modo que sua voz abafasse o barulho do carro. — Depois, as convulsões, o sangue na urina, as ânsias de vômito... São todos sintomas de um distúrbio bastante raro. Não sei muito a respeito disso, mas ouvi dizer que, às vezes, afeta os praticantes de alquimia.

Willalme olhou-o com curiosidade.

— A que se refere?

— A um mal já identificado pelos antigos. Chama-se "saturnismo", isto é, "doença de Saturno".

— Ainda não entendo — admitiu Lusignano. — Dê-me mais detalhes.

— O nome Saturno designa o *plumbum nigrum*, vulgarmente conhecido como "chumbo". As pessoas que o manipulam ou respiram seu pó às vezes enlouquecem. Como Sébastien. O chumbo entra no sangue e provoca alucinações. — Ignazio definiu um conceito: — O *plumbum nigrum* é empregado na primeira fase da obra alquímica, Nigredo. Como veem, outra vez, os indícios nos encaminham para o rumo certo.

— Ah, o conde de Nigredo... Sua ligação com a alquimia... — disse Lusignano. — No entanto parece-me estranho que Sébastien, um mentecapto, tenha sido um alquimista. E se apenas trabalhou numa mina de onde se extrai o chumbo?

— Esquece-se da fórmula latina que repetia o tempo todo: "*Miscete, coquite, abluite et coagulate*". Não falava ao acaso. Descrevia as fases das operações necessárias à transmutação alquímica dos metais, que provavelmente ele próprio realizara.

— O caso vai ficando interessante — declarou Willalme.

— Interessante e misterioso — acrescentou Ignazio. — Por isso os agentes que Folco enviou para investigar o *béguinage* de Santa Lucina não encontraram indício algum. Procuram suspeitos de heresia. Nós, porém, devemos prestar atenção a detalhes bem mais insólitos, fáceis de ser confundidos com outra coisa, como, por exemplo, os efeitos colaterais provocados pelo trabalho de um alquimista.

Filippo concordou satisfeito.

— Agora entendo o motivo pelo qual o rei Fernando o tem em grande consideração. Sua mente é, de fato, iluminada.

A alusão ao monarca provocou em Ignazio uma súbita agitação interior. Não um torvelinho de emoções, mas uma sobreposição de pensamentos que lhe pôs nas pupilas um brilho mais intenso. Sem se dirigir a ninguém em particular, sentenciou:

— Só agora percebo o verdadeiro motivo pelo qual nos confiaram essa missão.

Thiago não deixou escapar nenhuma das palavras do mercador:

— Como assim?

Ignazio fitou o navarro, que sem dúvida era bem mais inteligente do que parecia. E, antes de responder, perguntou-se se aquele homem seria mais fiel a Lusignano ou a Gonzalez. Talvez até servisse a uma terceira pessoa.

— Creio que Fernando III, o padre Gonzalez e o bispo Folco não estão nada interessados em socorrer Branca de Castela. Seu objetivo é outro.

Thiago torceu o nariz numa expressão de dúvida, mas foi Filippo quem rompeu o silêncio:

— Ora, vamos, mestre Ignazio, não há razão para se referir em termos tão ásperos ao nosso monarca...

De repente, um grito de guerra ressoou no cerrado do bosque. Um segundo depois, ouviram-se passos apressados entre os arbustos, de onde irromperam um cavaleiro e cinco infantes armados de lanças e bestas.

Os viajantes não tiveram tempo de organizar-se para reagir ao ataque, e os agressores se aproveitaram disso. O cavaleiro avançou de espada em punho e desferiu um golpe no rosto de Thiago. Em seguida, cruzou a lâmina com a de Lusignano, enquanto os outros soldados cercavam o carro.

Willalme saltou do banco e lançou-se ao confronto. Desembainhou a cimitarra, esquivou-se à estocada de um infante e, com um gesto fluido, decepou-lhe o braço. Enquanto acossava um segundo adversário, não percebeu um besteiro que o trazia na mira. A arma despediu um virote que trespassou seu ombro esquerdo. O mercador viu o amigo cair por terra, deixando escapar a cimitarra, e correu a socorrê-lo, mas um soldado se interpôs, tentando arrancar-lhe as rédeas das mãos. Reagindo por instinto, Ignazio atiçou os cavalos que, assustados, empinaram-se e partiram a galope.

A carroça, sem controle, correu pelo meio dos arbustos, obrigando o mercador a agarrar-se à boleia para não ser atirado longe. Tudo aconteceu numa velocidade vertiginosa. Ele olhou para trás, para ver o que acontecia com seus amigos, e percebeu a figura de Thiago emergir da luta com o rosto e a espada manchados de sangue.

Desconsiderando a dor, Willalme se pôs de joelhos para se esquivar a um novo ataque. Pegou a lança do infante que abatera, apoiou-se na mão esquerda e atirou-a contra um besteiro agachado atrás de um arbusto. O homem se livrou da arma e ergueu o escudo para se proteger, mas a ponta da lança deslizou sobre a borda do escudo e perfurou-lhe a garganta. O francês o viu estatelar-se sobre a grama.

Filippo, entrementes, desmontara o cavaleiro inimigo e corria em auxílio de Thiago. Este, ferido no rosto, se debatia às cegas contra dois infantes.

Willalme lançou um olhar aos companheiros.

— Ajudem o mestre Ignazio! — gritou Lusignano, enquanto desferia um golpe violento na cabeça de um soldado.

Willalme, sem dizer palavra, saltou para a sela do corcel do cavaleiro desmontado e, sacudindo as rédeas, disparou em direção aos arbustos. O ombro, trespassado pelo virote, lhe doía terrivelmente.

Quando Ignazio conseguiu frear os animais, o carro estava à beira de um regato oculto entre as árvores. Na margem oposta, abria-se uma clareira no meio da qual fora erguido um acampamento militar cercado de paliçadas e onde se viam inúmeros soldados com uniformes de cores diferentes.

O mercador concluiu que se tratava de um exército de mercenários. Nas terras do Languedoque, era comum encontrar *soudadiers* pagos. Todavia, quando identificou seus estandartes, mudou de opinião e, atemorizado, recuou com cautela para dentro do bosque.

Um rumor de cascos a galope assustou-o, porém, ao virar-se, percebeu que o homem a cavalo tinha um rosto amigo. O alívio durou pouco porque Willalme perdeu as forças e escorregou da sela.

Ignazio correu a socorrê-lo enquanto o francês, para não despencar, se agarrava a uma bolsa pendente do arção. Entretanto ele e a bolsa, cuja alça se rompeu, caíram por terra. Um instante depois, o mercador estava a seu lado.

— Você está ferido.

— Nada de grave... — minimizou o francês, muito pálido. — Mas você... está salvo!

— Fale baixo, pelo amor de Deus! — exortou-o o mercador, apontando-lhe o acampamento na outra margem.

— Quem são aqueles *soudadiers*? — perguntou Willalme. Logo depois, observando suas insígnias, ele teve um sobressalto. — Um sol negro em campo amarelo... Acha que são os Arcontes?

— Sim. — Ignazio examinou o ferimento do companheiro. — Os homens que nos atacaram devem ter vindo dali. Talvez em missão de patrulha.

— Ou talvez estivessem nos procurando... — sugeriu o francês, levando a mão ao ombro. — Ajude-me a arrancar este virote...

O mercador sacudiu a cabeça.

— Se o arrancasse agora, dilaceraria sua carne e você perderia muito sangue. Devemos encontrar um local seguro para eu medicá-lo convenientemente. Enquanto isso, eu tentarei remediar as coisas... — Tirou o casaco do amigo para descobrir o ferimento, estancou a hemorragia com um chumaço de pano e improvisou umas ataduras.

— Que aconteceu com Filippo e Thiago? — perguntou, enquanto trabalhava.

— São guerreiros valentes... Já devem ter dado conta dos soldados.

— Vamos procurá-los. — Ignazio lançou um último olhar ao acampamento e notou, com surpresa, que alguns soldados trajavam uniformes de cruzados ou mesmo do exército real. — Devemos dar o fora daqui o mais rápido possível.

— Espere... — objetou Willalme. — Se aqueles são mesmo os Arcontes, não seria melhor segui-los?

— Preciso cuidar de você primeiro. E talvez eles não saibam onde Branca de Castela esteja.

O mercador ajudou o companheiro a subir ao carro; mas, antes que pudesse se sentar ao lado dele, um brilho estranho chamou sua atenção e o fez voltar-se para o lugar onde a bolsa se desprendera da sela. Parte do conteúdo havia se espalhado pelo chão. Agachou-se na grama e descobriu, com assombro, que eram moedas de ouro.

— De onde vem este dinheiro?

— Não faço ideia — respondeu o francês, igualmente perplexo. — O cavalo pertencia a um dos soldados inimigos... Talvez seja fruto de um assalto.

Ignazio apanhou uma das moedas e observou-a com espanto crescente. Em seguida, passou-a ao companheiro: trazia a figura de uma aranha com as patas encurvadas.

O francês arregalou os olhos.

— Que significa?

Em vez de responder, Ignazio mostrou-lhe a inscrição gravada no reverso da moeda: AIRAGNE.

— Entende agora? Estes escudos devem ter sido cunhados em Airagne. — Sopesou cuidadosamente a moeda. — Mas é estranho... Há aí alguma coisa de anormal...

— Para mim, é ouro normalíssimo. — Willalme se aproximou para olhar melhor, procurando ignorar a dor da ferida. — No entanto, como estamos sós, faça-me uma confidência... Explique-me a que aludiu dizendo que o objetivo da missão não é socorrer Branca de Castela.

— Primeiro, devo me certificar de algumas coisas. — O mercador olhou em volta atento, recolheu o dinheiro e escondeu-o embaixo do banco do carro. — Peço-lhe que não mencione a ninguém o que descobrimos; nem o acampamento dos Arcontes nem o ouro de Airagne.

Chegaram junto aos companheiros bem a tempo de ver Filippo acabar com o último soldado caído por terra, que fazia menção de se mover.

Thiago embainhou a espada e correu em direção ao mercador.

— Você está bem?

Antes de responder, Ignazio examinou o rosto do navarro. A lâmina do cavaleiro inimigo o deixara desfigurado, abrindo nele um corte transversal. Por sorte, o ferimento não era profundo. A cicatriz permaneceria, mas pelo menos Thiago não havia perdido o nariz e um olho, ou coisa bem mais preciosa.

— Sim, estou bem — respondeu o mercador. — Mas temos dois feridos para tratar.

— Nada que um bom cirurgião não possa remediar — amenizou Filippo, com um gesto rude.

— E os agressores? — continuou Ignazio. Contou seis cadáveres. — Estão todos mortos? Têm ideia de quem fossem?

— Todos mortos — garantiu Thiago. — Não traziam insígnias... Que vão para o diabo! — Com uma careta de dor, levou a mão ao rosto. — Este maldito corte não para de sangrar. Minha vista está escurecendo... Que pretende fazer?

O mercador mostrou um ponto não muito distante, onde a estrada subia até um vale.

— Conforme as indicações de Folco, o *béguinage* de Santa Lucina é naquela direção. Se andarmos rápido, chegaremos antes do anoitecer, com certeza. Lá teremos os cuidados necessários e encontraremos refúgio para a noite.

— E, enquanto isso, procuraremos indícios do conde de Nigredo — acrescentou Lusignano, limpando a espada na roupa de um cadáver.

# 16

Moira tinha fugido durante a noite. Eis o que se ganha confiando nas mulheres, pensou Uberto depois de acordar e se dar conta da ausência da jovem. Ele a salvou, deu-lhe roupas e comida — além de quase se apaixonar por ela... Sem dúvida, não tinha aquela capacidade de avaliar as pessoas que em seu pai havia de sobra.

Ressentido e humilhado, resolveu deixá-la seguir seu destino. Porém, logo mudou de ideia: não podia se permitir isso. Ela lhe seria útil, conhecia o caminho para Airagne. Assim, ele elaborou um plano para encontrá-la e montou na sela. Pelo menos Moira havia sido gentil o bastante para não lhe roubar o cavalo...

Percorreu por metade do dia as estradas próximas até descobrir algumas pegadas recentes. Dirigiam-se para leste, no rumo de uma floresta de carvalhos. A trilha virava para o sul, contornando a mata, mas as pegadas prosseguiam floresta adentro, de modo que a Uberto só restou segui-las.

As copas das árvores eram tão densas que impediam a passagem dos raios do sol. O jovem desceu do cavalo para evitar os ramos baixos e continuou a pé, puxando Jaloque pelas rédeas. Sentia-se envolvido por uma atmosfera de sabor antigo, quase sacro. A floresta parecia uma imensa catedral, com os troncos fazendo as vezes de colunas e as copas de teto abobadado com nervuras.

Era Moira, no entanto, que ocupava seus pensamentos. Perguntou-se qual seria o verdadeiro motivo de estar na pista da fugitiva e concluiu que seu interesse por ela era mais forte do que supunha. Agora não experimentava mais ressentimento, mas sim preocupação. Ansiava reencontrá-la e esperava que nada de ruim lhe houvesse acontecido. De repente, porém, se sentiu um tolo, mais que nunca necessitado de manter-se lúcido. Moira lhe serviria principalmente para o cumprimento de sua missão — o resto não contava.

Continuou avançando por entre as árvores.

Era difícil distinguir as pegadas na penumbra do bosque. Iam se tornando cada vez mais indistintas ou desapareciam totalmente sobre a camada de folhas secas. Mesmo assim, Uberto tinha certeza de que avançava na direção certa.

Estremeceu ao ouvir um rumor de passos e perceber um movimento às suas costas, mas, antes que pudesse virar-se, recebeu uma bastonada na cabeça. Tentou reagir, mas outro golpe, mais violento, atingiu-o na boca do estômago.

Dobrou-se em dois por causa da dor e, desmaiando, viu uma figura esfarrapada inclinar-se sobre ele.

No escuro da floresta, ecoou uma risada brutal.

Moira atravessara incólume a pavorosa floresta de carvalhos e caminhava por uma trilha que a levaria a Toulouse, seguida pelo inseparável cão negro. Exaurida pela jornada e pelo calor, aproximou-se de um poço que avistou ao lado do caminho. Sentou-se sobre a borda de pedra cinzenta e pegou o balde amassado que pendia de uma roldana. Ali, ao ar livre, tudo lhe parecia mais simples, menos hostil; e, involuntariamente, pensou no jovem que a havia ajudado, Uberto. Desagradava-lhe ter fugido dele às escondidas e mais de uma vez estivera a ponto de voltar para junto daquela voz e daquele sorriso que a deixavam tão à vontade. Talvez, na companhia dele, pudesse ser novamente a pessoa gentil que fora antes. Mas, por outro lado, Uberto pretendia ir a Airagne...

O balde voltou cheio de água, e Moira mergulhou suas mãos nele, borrifou o rosto e matou sua sede. Deveria sentir-se revigorada, mas o barulho das gotas e o encrespamento da superfície líquida perturbaram-na. Agigantaram-se em sua mente até lhe despertar a recordação de um navio sacudido pela tempestade. O fragor do mar Tirreno acossava-o, martelando impiedosamente a quilha, enquanto um ranger de madeira prenunciava a queda do mastro principal. A proa se erguia contra as ondas como se quisesse atacá-las.

Lembrou-se então do turbilhão que se erguera no mar, um vórtice de paredes negras, luzidias como metal. Até que o navio foi tragado pelo abismo...

Uberto abriu os olhos. Sua cabeça latejava de dor, e a primeira coisa que fez foi tentar recordar o que havia acontecido. Dois homens estavam de pé a seu lado, discutindo. Falavam com o sotaque de Toulouse, menos correto que o dos habitantes do burgo — na verdade, um vernáculo rústico.

O mais robusto dos dois falava bem alto, tentando levar vantagem na partilha da pilhagem. Queria ficar com o cavalo. O outro, um corcunda, não estava de acordo; a seu ver, o animal valia muito mais que o resto.

Uberto, depois de perceber o que acontecia, estendeu furtivamente a mão direita para o cinto e agarrou o cabo da *jambiya*, preparando-se para agir. Os dois comparsas, enquanto isso, haviam chegado a um acordo: antes de repartir a pilhagem, examinariam o conteúdo do alforje que sua vítima trazia ao ombro.

O bandido mais robusto inclinou-se sobre o jovem e, supondo que ele estivesse desmaiado, começou a revistá-lo. Um segundo depois, porém, gritou de dor e encolheu a mão, tomado de surpresa. Uberto, voltando-se de súbito com a lâmina em punho, havia lhe decepado quatro dedos.

O homem recuou, gemendo e comprimindo contra o peito o membro ferido, enquanto o outro deixava cair um embrulho que havia retirado da sela, indeciso quanto ao que fazer. Uberto aproveitou-se de sua hesitação, levantou-se e apontou-lhes o punhal recurvo.

— Desapareçam! — gritou, ignorando a dor em sua cabeça. — Sumam, seus bastardos, ou eu vou matá-los!

Os bandidos titubearam. O corcunda apanhou uma clava do chão, mas o jovem avançou, de modo algum intimidado. Os dois maltrapilhos trocaram então um olhar e desapareceram entre as sombras do bosque.

Uberto permaneceu imóvel, com a *jambiya* apontada para o vazio. Ele tremia. Uma estranha sensação se apossara dele. Jamais havia agido com tamanha violência. Que estaria acontecendo?

Era culpa daquele bosque, de sua escuridão.

Tinha de sair dali o mais rápido possível.

Moira, ainda perturbada com as recordações, retomou a caminhada. A paisagem à sua frente estendia-se vasta e solitária, um tapete sem fim. Pensou em voltar para junto de Uberto. Talvez, disse para si mesma, pudesse convencê-lo a não ir a Airagne. Seria bom passar mais um tempo ao lado do rapaz. Porém, o encanto logo se desfez: um cavaleiro, surgindo do meio dos arbustos, galopou em sua direção.

O mouro a reencontrara.

Instintivamente, sem pensar, a moça se pôs a correr enquanto o ruído dos cascos ressoava em seu peito. O terror, avolumando-se cada vez mais, deixava-a cega e descontrolada. Tropeçou e caiu de rosto no chão, sobre a relva. Viu em seguida a adaga do mouro cintilar sobre sua cabeça e levou as mãos ao rosto, num gesto de defesa. Ao longe, como num sonho, ecoavam os ganidos impotentes de seu cão.

Um sibilo no ar e as mãos de Moira ficaram tingidas de sangue.

Entreabriu as pálpebras, espantada por ainda estar viva, e avistou o rosto negro de Kafir — com a expressão vazia e a sombra da morte nos olhos. Pouco mais embaixo, o pescoço tinha sido trespassado por uma flecha. Moira virou-se de lado, para que ele não caísse em cima dela.

Em seguida, olhou para longe, para a orla do bosque, e viu um cavaleiro de arco em punho. Montava um esplêndido corcel negro.

Continuou a fitá-lo, cada vez mais incrédula, até que ele se aproximou.

Uberto dependurou o arco na sela e esporeou Jaloque em direção à jovem, incapaz de se livrar de uma excitação incômoda. Havia acabado de matar um homem sem um mínimo de arrependimento. Aquilo não era próprio dele. Jamais fizera uma coisa assim. No entanto esses pensamentos permaneceram suspensos no nada, abrindo espaço a uma emoção mais forte. Havia reencontrado a moça.

Entretanto, quando se aproximou dela, baniu do rosto todo sinal de alívio e lançou-lhe um olhar frio.

— Que mais preciso fazer para conquistar sua confiança?

A jovem, ainda assustada, arregalou seus olhos belíssimos.

— Como... como conseguiu me encontrar? — foi tudo o que conseguiu dizer.

— Seria impossível para mim segui-la. Você se movimenta com muita rapidez e eu decerto não sou um caçador experiente o bastante para distinguir as pegadas de uma lebre no chão do bosque. Por sorte, o mouro que a perseguia deixou marcas visíveis e inconfundíveis. Só precisei rastrear as pegadas do cavalo dele para chegar até você.

Moira levantava e abaixava o olhar, pousando-o ora sobre o rosto de Uberto, ora sobre o corpo de Kafir.

— Por que fugiu? — perguntou Uberto. — Eu não lhe faria mal algum.

Moira estremeceu.

— Você quer ir a um lugar de onde não se volta.

— Tolice. Só não se volta do inferno.

— Pense o que quiser — desabafou a jovem, recuperando aos poucos a coragem. — Mas eu não o guiarei até Airagne, pode estar certo disso.

Uberto sorriu com frieza.

— Se é assim, não me deixa escolha. — Desembainhou a *jambiya* e apontou-a para seu pescoço. — Vou entregá-la ao primeiro tribunal episcopal que aparecer pelo caminho. Então, talvez, sua língua se solte.

# 17

Prosseguiram viagem à sombra dos montes, encontrando apenas rebanhos de cabras que pastavam livremente ao longo da estrada, motivo pelo qual logo se sentiram perdidos. Mas as previsões de Ignazio acabaram se mostrando verdadeiras. Após um breve trajeto, avistaram um punhado de casebres em torno de uma velha igreja. O *béguinage* de Santa Lucina.

Diante da igreja, três mulheres jovens, com hábitos cinzentos, se ocupavam de tosar uma ovelha. A operação parecia mais complicada que de costume, pois o animal se rebelava contra o tratamento e era necessário mantê-lo imóvel. As mulheres trabalhavam com calma, parecendo mesmo se divertir, mas, depois de verem os quatro forasteiros, interromperam a tarefa e correram a refugiar-se na igreja, fechando a porta. Os viajantes, confusos diante daquele comportamento, pararam na frente do edifício.

Ignazio desceu da carroça e aproximou-se, afastando para um lado a ovelha meio tosada.

— Buscamos abrigo para passar a noite — gritou bem alto; e, como ninguém respondeu, ele bateu repetidamente na porta.

— Vão embora, em nome de Deus! — exortou lá de dentro uma voz feminina.

— Temos dois feridos — declarou o mercador. — É preciso medicá-los o mais rápido possível.

Seguiu-se uma pausa e depois, um ruído de fechadura. Os batentes se abriram a meio e na fresta apareceu um rosto de velha.

— Cuidaremos dos feridos. Deixem-nos aqui, trataremos deles de boa vontade — avisou a *béguine*. — Mas os outros não poderão entrar. Não oferecemos hospedagem a desconhecidos.

— Pensávamos que este fosse um *hospitium* — replicou o mercador, simulando decepção.

A velha recuou como um gato que prepara o bote.

— Não é. A casa de Santa Lucina acolhe apenas mulheres. Homens só entram para ser tratados. — Suspirou e prosseguiu, em tom mais suave: — Sobretudo depois do que aconteceu.

— E que acontecimento tão grave foi esse?

Pelos olhos da mulher perpassou uma sombra de compaixão.

— Usaram de violência contra uma de nossas irmãs, pobrezinha.

— Lamento muito, irmã. — Ignazio inclinou a cabeça. — Mas não somos homens desse tipo, eu lhe asseguro.

— Não insista, eu lhe peço. Se digo que não é possível, não é possível e basta. Além disso, a abadessa está ausente. Só ela poderia autorizá-los a ficar.

O mercador apontou para a carroça, onde Willalme jazia semi-inconsciente. Thiago havia descido e estava sentado no chão, a pouca distância, com o rosto enfaixado.

— Teremos então de abandonar aqui nossos companheiros feridos e voltar a Puivert? A estrada é muito longa...

A *béguine* sacudiu a cabeça.

— Não será necessário, *monsieur*. Não longe daqui, encontrará a abadia cisterciense de Fontfroide, no meio do vale, à sombra dos montes. Se se apressarem, chegarão lá antes do pôr do sol. Os monges lhes oferecerão abrigo para esta noite e amanhã poderão voltar para visitar seus feridos.

— Está bem, a senhora me convenceu — Ignazio disse secamente, deixando Lusignano desconcertado. — Confiaremos nossos companheiros aos seus cuidados e partiremos em seguida. Porém, gostaria de fazer uma pergunta.

— Se me for permitido responder...

— A que ordem religiosa pertencem?

A velha teve um acesso nervoso de tosse.

— Somos filhas de Santa Lucina. A ela consagramos nossa obra.

— Santa Lucina?

— Sim, *mater* Lucina, aquela que dá à luz.

Ignazio não replicou. Desviou o olhar e se dirigiu à carroça para ajudar Willalme a descer.

— Estas mulheres o ajudarão, amigo — disse-lhe com ternura, enquanto um pequeno grupo de freiras saía para socorrer os feridos. — Amanhã você estará bem melhor, verá.

Após entregar Willalme e Thiago aos cuidados das *béguines*, Ignazio e Filippo se afastaram daquele lugar misterioso.

Os dois companheiros se puseram em marcha seguindo as indicações da velha religiosa. A paisagem era melancólica, o solo cheirava a terra de cemitério. Foi com grande alívio que, ao entardecer, avistaram uma igreja construída com a pedra rosada das montanhas vizinhas.

O mercador se pôs de pé no banco do carro para ver melhor.

— Deve ser a abadia de Fontfroide. *Fons Frigidus*, o lugar onde se escondem os agentes de Folco.

Lusignano desabafou irritado:

— Achei melhor não participar da conversa, mas você me pareceu um pouco precipitado. Acha que fez bem entregando nossos companheiros àquelas mulheres?

— Pensei que havia entendido — mentiu Ignazio, que na verdade agira deliberadamente de modo misterioso para deixar Filippo na dúvida. — Poderíamos ter trazido Willalme e Thiago para cá, onde os monges de Fontfroide os medicariam da mesma forma. No entanto, desse modo, perderíamos a oportunidade de voltar ao *béguinage* sem despertar suspeitas. Amanhã, a pretexto de visitar nossos companheiros, indagaremos sobre aquele lugar e tentaremos descobrir o que ele esconde. — Sacudiu as rédeas para atiçar os cavalos. — Também eu começo a suspeitar, como o bispo Folco, de que existem vínculos entre a comunidade de Santa Lucina e o local chamado Airagne.

Lusignano emparelhou seu cavalo com a carroça.

— Você parece bastante seguro do que diz. Notou algo de suspeito?

— Uma coisa estranha me chamou a atenção.

— Com relação a quê?

— A Santa Lucina. Nome improvável para uma santa, não acha? Tenho quase certeza de que Lucina não é citada nem mesmo no Martirológio de São Jerônimo. Há pouco, a velha descreveu-a como aquela que dá a luz... Não, que dá à luz. Depois, em vez de chamá-la de santa, usou a palavra "*mater*". Isso não lhe sugere nada?

— Sinceramente, não. *Mater* é um título muito usado nos ambientes religiosos.

— Mesmo assim, me soa estranho. Lembra-me uma divindade romana venerada pelas mulheres, sobretudo as parteiras e as parturientes. Chamava-se *Mater Lucina* porque favorecia o nascimento dos bebês, acompanhando-os da escuridão do ventre materno até a luz do sol.

— Eu não sabia nada disso, mas, se o que diz é verdade, a coincidência de nomes não pode ser fortuita — admitiu Filippo. — Acredita que, por trás desse nome, se esconda alguma ligação com Airagne?

— No momento, seria uma hipótese arriscada, mas temos de levar em conta que estamos às voltas com uma investigação pouco comum.

Procuramos um alquimista. E, raciocinando em termos de alquimia, a passagem da treva para a luz poderia ser tomada por uma referência à superação da fase de Nigredo para se atingir a de Albedo.

— Do preto para o branco... Em termos práticos, o que significa?

— Albedo, o esplendor branco, alude à calcinação. O nome indica a purificação da matéria bruta.

— Então o nome Mater Lucina poderia ser uma referência a Albedo...

— Não se entusiasme muito. — A argumentação de Ignazio se tornou evasiva. — É apenas uma hipótese, por enquanto.

Estavam a poucos passos da abadia quando presenciaram uma cena singular. Justamente naquele momento, uma mulher montada num burro saía do edifício. Era idosa, vestia-se com simplicidade, mas ostentava um porte altaneiro. Um monge jovem seguia-a esbaforido, arriscando-se a tropeçar na barra da sotaina.

— Espere, madre, espere! Não pode ir embora assim! — gritava desesperado. — Aquela menina foi punida por acusação de feitiçaria!

— Como ousaram? — respondeu a mulher. — Minha irmã foi violentada!

Essas palavras bastaram para que Ignazio compreendesse quem era a mulher: sem dúvida, a abadessa de Santa Lucina, que fora a Fontfroide para defender a reputação de sua protegida, a mesma infeliz mencionada pouco antes no *béguinage*. E agora, após uma violenta discussão, ela voltava para casa.

— Mas não entende? — continuava o monge, retardando o passo. — O irmão que se deitou com sua menina contraiu pústulas... Foi vítima de um *maleficium*!

A abadessa fulminou-o com um olhar viperino.

— Seu confrade abusou de uma pobre órfã e vocês ainda a acusam de feitiçaria? Foi o Senhor quem o puniu, não um *maleficium*. E, pelo que me disseram, começou a apodrecer precisamente naquela parte do corpo que os homens têm vergonha de mostrar ou deveriam ter!

O monge estacou, com os pés firmemente plantados no chão.

— Aquela *fata* diabólica é que o contaminou!

A mulher o olhou com desprezo, sem diminuir o passo da cavalgadura.

— Não, a causa foi sua libertinagem. Sabe-se que alguns *fratres* frequentam os prostíbulos das vizinhanças disfarçados de leigos e com os cabelos penteados para a frente para ocultar a tonsura. Não os recrimino, desde que deixem em paz minhas irmãs.

— Cale-se, *fata*! — gritou o monge, enrubescendo. — É o que são todas, *fatae* tecedoras de enganos! E, além disso, hereges! Porém cedo ou tarde serão queimadas vivas na fogueira!

A abadessa não se dignou olhá-lo e continuou conduzindo o burro pela trilha.

— Diga a seu abade que terá notícias minhas.

— *Fata*! — gritou de novo o monge.

Essa palavra lembrou a Ignazio a frase pronunciada pelo endemoniado de Prouille antes de morrer: "*Tres fatae celant crucem*". O significado ainda lhe escapava, mas, fosse qual fosse, as *fatae* deviam estar de algum modo associadas a Airagne. No entanto agora tinha mais em que pensar. Estava diante da fachada do mosteiro; mais tarde, voltaria a indagar sobre essa questão.

Contudo não pôde evitar um calafrio ao recordar que Mater Lucina, segundo algumas lendas, representava Hécate, a deusa dos pesadelos.

Willalme abriu os olhos. Estava estirado num catre, fraco e com o corpo coberto de suor. Haviam tirado suas roupas. A chama de uma lanterna iluminava-lhe o peito. A dor do virote encravado no ombro não lhe dava repouso, sentia-se queimar pela febre.

Virou-se de lado e viu Thiago estendido num catre, a poucos passos, com um pano manchado de sangue cobrindo-lhe o rosto. Não se mexia, parecia morto.

Por um instante, mergulhou de novo na inconsciência e voltou a pensar na mãe e na irmã. Viu seus rostos emergindo das sombras, mas repeliu-as para os meandros do torpor, onde não mais poderiam atormentá-lo. Depois, percebeu que estava só. Por que Ignazio o abandonara nas mãos de mulheres desconhecidas? Estaria morrendo? E que diabo de lugar era aquele? Cerrou os olhos e, de repente, notou algo de novo. Um ruído de engrenagens que vinha de baixo...

A porta se abriu e uma jovem entrou. Era bonita, mas tinha o olhar triste. Uma raiva secreta ardia em suas pupilas.

Willalme tentou dizer alguma coisa, mas não teve forças. A moça, com uma faca na mão, aproximou-se dele. Alarmado, fez menção de reagir, mas ela lhe sorriu e disse que não o machucaria. Cortou-lhe uma mecha de cabelos, alisou-a com os dedos e enrolou-a numa pedra que trazia na outra mão.

— Liguei sua vida a esta pedra, para que não fuja — explicou-lhe, com ar benévolo. Guardou a pedra embaixo do travesseiro, proferiu uma prece curta e cobriu-lhe os olhos com a mão, que ele logo afastou, sacudindo a cabeça. A moça, com um suspiro, empunhou um par de tenazes e aplicou-o à extremidade do virote que se projetava da ferida.

Willalme rugiu de dor.

# 18

Ignazio e Filippo foram acolhidos na abadia de Fontfroide por um monge velho que se apresentou como Gilie de Grandselve. Era o *portarius hospitum*, o encarregado da hospitalidade dos forasteiros. Depois de fazê-los entrar, guiou-os pelo complexo situado ao lado do mosteiro. Atravessaram os jardins do claustro e percorreram um corredor para o qual se abriam diversos cubículos. Mas, antes de chegarem ao dormitório, o mercador deteve o monge e fez-lhe um estranho pedido. Disse que precisava de uma forja.

O padre Gilie pareceu completamente embaraçado.

— Sim — admitiu finalmente, apertando os olhinhos orlados de vermelho —, a abadia possui uma pequena forja... Mas talvez eu tenha entendido mal.

Ignazio sorriu.

— Não, entendeu perfeitamente, padre. Peço permissão para usá-la esta noite — esclareceu, sem se importar com a expressão de espanto de Lusignano. — Naturalmente, pagarei pelo transtorno.

— Nem sei o que dizer — confessou o *portarius hospitum*. — Seu pedido é um tanto incomum, *monsieur*.

— Sei disso, mas é uma necessidade.

— Por que não espera até amanhã? Poderia recorrer ao nosso ferrador. Garanto-lhe que é um mestre em sua arte, não importa o que você pretenda fazer.

— Amanhã seria muito tarde. — Ignazio tirou do alforje uma bolsa cheia de moedas e sopesou-a com movimentos circulares, quase hipnóticos.

O padre Gilie juntou as mãos, mergulhando num silêncio profundo e indecifrável. Certamente não pretendia, para resolver o problema, incomodar o abade, que àquela hora se encontrava no meio da oração da noite.

O mercador se aproveitou daquela aparente indecisão:

— Compreendo seu embaraço, padre, mas em troca farei à casa uma rica oferta. Permita-me também presenteá-lo com uma relíquia. — Tirou do alforje um saquinho que cheirava a incenso. — Um dente de São Vidano, soldado mártir. É muito venerado nestas terras.

O *portarius hospitum* estendeu as mãos para receber o dinheiro e a relíquia.

— Se é assim — admitiu —, poderemos infringir um pouco as regras.

Sem que o monge ouvisse, Filippo murmurou para Ignazio:

— Perdeu o juízo? Que vai fazer numa forja a esta hora?

Ignazio, impassível, fingiu contemplar o céu por uma janela em arco.

— Preciso verificar uma coisa. Não se preocupe, durma tranquilo. — Deu-lhe uns tapinhas amistosos no ombro. — Amanhã bem cedo, nos veremos. E então talvez eu tenha algumas informações a lhe dar.

Tomaram cada qual seu rumo. Lusignano foi encaminhado para a hospedaria, enquanto Ignazio acompanhava o padre Gilie até os aposentos do ferreiro.

A forja era perto das cocheiras, e Ignazio, aproveitando a oportunidade, pediu a ajuda do padre Gilie para transportar até lá um baú pesado que trouxera no carro.

— Muito obrigado — agradeceu o mercador.

— Mas preste atenção — advertiu o *portarius hospitum*, olhando o baú com curiosidade. — Concordei com seu pedido incomum sem pôr objeções, o que não quer dizer que possa fazer o que bem entende. Esta é uma abadia, uma casa do Senhor. Virei visitá-lo a qualquer momento para averiguar que tipo de trabalho está executando.

— Certíssimo, padre. Mas, antes de ir, tenha a bondade de atender a um último pedido...

— Que seja o último — arquejou o padre Gilie, firmemente decidido a não carregar mais nenhum objeto pesado.

Ignazio tranquilizou-o com um gesto.

— Na verdade, é uma pergunta. Há pouco, ouvi um de seus irmãos dirigir-se a uma mulher com uma palavra estranha. Chamou-a de *fata*, se não me engano. Que significa?

A resposta não se fez esperar:

— *Fatae sunt foeminae diabolicae*, as três filhas de Satanás.

— Refere-se às feiticeiras, que em minha terra são conhecidas como bruxas?

O padre Gilie anuiu com um rápido gesto de cabeça e retirou-se. Sua quota de paciência devia estar esgotada.

Uma vez sozinho, o mercador reordenou os pensamentos. A resposta do *portarius hospitum* não o ajudara em nada. Quem eram as *fatae*? Sébastien falara delas ao se referir às *béguines* de Santa Lucina ou a um mistério ainda mais intricado? Que ligações tinham aquelas mulheres com o conde de Nigredo? Enigmas de sobra. Ignazio resolveu enfrentar um de cada vez e, no momento, não tinha tempo para se ocupar das *fatae*. Devia solucionar a dúvida referente aos escudos de Airagne, motivo pelo qual precisava da forja.

Certificou-se de que ninguém o espiava, acendeu uma lanterna e aproximou-se da boca do forno. Como esperava, as brasas ainda estavam acesas, por isso colocou sobre elas um anteparo sustentado por um tripé metálico para iniciar o procedimento. Bem melhor seria um forno de alquimista, mas obviamente, na oficina de Fontfroide, não havia nada semelhante.

Depois de preparar o equipamento, abriu o baú e tirou do fundo dois *al-anbiq*, parecidos com delicadas redomas de vidro bojudas. No primeiro, derramou vitríolo, no segundo, salitre dissolvido numa solução viscosa, e pousou-os sobre o anteparo, ligando-os a dois tubos compridos que iam ter a uma terceira redoma, onde seriam recolhidos os vapores emanados das duas substâncias expostas ao calor.

Reavivou as brasas com uma tenaz e ficou observando os fluidos dentro dos recipientes até que fervessem. Os vapores começaram a subir devagar, primeiro para os tubos, depois para a terceira redoma.

Sorriu. Ninguém poderia suspeitar de que um simples mercador de relíquias conhecesse certas coisas, mas no passado Gerardo de Cremona o iniciara no estudo dos astros e da alquimia. Pedira-lhe para traduzir manuscritos árabes de filosofia oculta, cosmologia e outros temas, que em alguns casos Gerardo preferia não divulgar. Receava sempre ser acusado de necromancia, e Ignazio imaginava por quê. O saber não podia ser inteiramente revelado a qualquer um, dado o tradicionalismo da Igreja. Naquela noite, porém, Ignazio ignorara até o bom senso para descobrir o que queria. Muitas perguntas exigiam respostas. E ele não se contentava com meias verdades nem obedecia a recomendações de prelados como Folco. O valor de um homem — disso tinha certeza — era medido por sua coragem de erguer o véu da ignorância.

À espera de que o misterioso elixir ficasse pronto, tirou do baú um volume encadernado em couro, aproximou-o da chama e começou a folheá-lo. Era o *De Congelatione et Conglutinatione Lapidum*, de Avicena, um livro de alquimia. Queria consultá-lo para esclarecer certas dúvidas que ruminava desde a tarde.

Virou as páginas até se deter numa passagem latina: "As espécies de metal não podem ser transmutadas, embora isso seja possível com outras substâncias. Ainda assim, os alquimistas conseguem tingir o cobre da cor que desejam, fazendo-o assemelhar-se ao ouro, ou então extraem a impureza do chumbo de modo que fique parecendo prata; mas se trata sempre de cobre e chumbo, conforme a substância usada".

Ignazio refletiu profundamente sobre essas palavras. Em seguida, repôs o livro no baú e andou pelo recinto como um animal na jaula. Franzia e desfranzia o cenho, banhado pelos revérberos das brasas, com movimentos inquietos. Estaria Avicena enganado? Seria possível transformar o cobre em ouro? De repente, o ambiente da forja lhe pareceu sufocante e ele precisou de espaço. Apoiou-se à ombreira da porta para respirar a plenos pulmões o ar da noite.

A luz da lua permitiu-lhe entrever alguma coisa perto das cocheiras. Homens a cavalo haviam chegado à abadia. Pareciam soldados, mas a escuridão não lhe permitia distinguir de onde eram. O padre Gilie foi recebê-los.

"Melhor entrar", pensou o mercador. Se o *portarius hospitum* o visse ali, poderia suspeitar de alguma coisa. Por sorte, a chegada dos cavaleiros o manteria a distância, impedindo-o de bisbilhotar na forja.

Voltando ao ambiente sufocante da oficina, esperou que o elixir ficasse pronto.

Os vapores do vitríolo e do salitre se condensaram pouco a pouco na terceira redoma, formando uma substância que Ignazio conhecia pelo nome de *aqua fortis*: um ácido capaz de corroer qualquer metal, exceto o ouro. Findo o processo, separou o recipiente dos dois *al-anbiq* e colocou-o cuidadosamente sobre uma mesa; em seguida, após observar a coloração do ácido obtido, tirou uma moeda dourada do bolso e mergulhou-a no líquido. Era um dos escudos com a marca de Airagne.

Ignazio achara aquelas moedas suspeitas desde o início. Eram estranhas ao tato, talvez brilhantes demais. Uma hipótese lhe acudira então e agora tinha a oportunidade de verificá-la. "Se esta moeda for de ouro puro, a *aqua fortis* não a corroerá", pensou. "Não lhe causará o mínimo dano."

Postou-se a um canto, com os olhos cansados fixos no recipiente; baixou as pálpebras pesadas algumas vezes e, sem mesmo perceber, adormeceu. Seus sonhos foram povoados de recordações de Toledo, do tempo de sua juventude, quando era talvez mais prudente e mais sincero consigo mesmo.

Duas horas antes do amanhecer, não muito longe de Fontfroide, um homem se esgueirou para fora do *béguinage* de Santa Lucina e galopou na direção de Puivert. Deixando a estrada, tomou o rumo do ocidente, por um caminho em que não havia casas, apenas a natureza selvagem. Atravessou o bosque e vadeou um rio, freando o cavalo a poucos passos de um acampamento militar.

Uma lua trêmula iluminava o recinto cercado por paliçadas, onde se viam os estandartes do Sol Negro.

Desceu do cavalo, entrou no acampamento e se dirigiu em passadas largas para a tenda central, montada em forma de taberna. Cumprimentou os presentes com um gesto rápido e sentou-se diante de uma figura mal-encarada, escondida por trás de uma fileira de garrafas vazias.

— Thiago de Olite, velho camarada de armas! Finalmente apareceu — resmungou o homem. Tinha olhos claros, quase azuis, que se diriam inverossímeis naquele rosto. — Com esse corte na cara, quase não o reconheci. — Riu. — Quem o enviou aqui? O templário?

— Sempre falando tolices, Jean-Bevon — retrucou Thiago. — Sabe muito bem que o mestre não é mais templário.

Jean-Bevon inclinou-se para a frente, o olhar torvo.

— Ah, sim, agora é um cavaleiro de Calatrava. Um comendador! — Seu hálito de vinho incomodou Thiago. — Título impressionante, sem dúvida. Deve atrair muito as mulheres. — Inflou as bochechas e emitiu uma risada vulgar.

— Mais respeito! Lembre-se de que é um subordinado dele, como todos aqui.

— Não se irrite, meu amigo. — O feioso alisou os bigodes, arreganhando os lábios. — Tudo culpa do vinho, perdoe-me... — E apontou para uma garrafa quase vazia. — A propósito, a escolta de cavaleiros que você trouxe de Castela se deu bem no acampamento. Nove homenzarrões de valor.

— Que não saiam por aí exibindo as insígnias de Calatrava. Segundo a versão dada por mim e pelo mestre, foram todos mortos durante um ataque. Ninguém deve suspeitar de que os trouxemos para reforçar as milícias dos Arcontes, nem mesmo o padre Gonzalez.

— Esses ótimos soldados nos serão muito úteis. — Jean-Bevon esboçou um gesto vago. — Mas diga-me, por que veio? Não ficou combinado que nos juntaríamos a você mais tarde, para não despertar suspeitas?

— Tive boas razões para vir. — Thiago tentava controlar o nervosismo com dificuldade. — Hoje à tarde, alguns de seus soldados nos atacaram. Um cavaleiro e cinco infantes. Por pouco não nos matavam.

— Mas o que está dizendo?

O navarro, num gesto brusco, inclinou-se e atirou ao chão as garrafas que enchiam a mesa.

— Olhe para mim, desgraçado! — Apontou o corte que lhe atravessava o rosto. Apesar das compressas das *béguines*, a pele em volta da ferida inchara desmesuradamente. — Acha que estou brincando? Reconheci perfeitamente seus esbirros! Quem deu a ordem de nos atacar?

— Não estou entendendo nada do que diz, palavra alguma, sabia? O que você está dizendo? — Com a rudeza digna de um urso, coçou a barriga por cima da camisa imunda. — Não devíamos eliminar o tal Ignazio de Toledo?

— Sim, maldito idiota — rugiu Thiago, incapaz de conter a irritação. — Mas não desse modo e não ainda! Você sabe que o moçárabe pode nos ser bastante útil vivo; do contrário, já estaria morto há muito tempo. Como se atreveu a pôr em risco a vida de nosso mestre?

O feioso se limitou a dar de ombros.

— Evidentemente, o seu mestre não é mais o meu. Estou agora a serviço de outro, como todos aqui dentro. — Apontou-lhe um dedo. — Todos, menos você.

— Seu... traidor! — Thiago recuou para sacar o punhal, mas não teve tempo. Dois homens o imobilizaram, surpreendendo-o por trás.

— Seu mestre ficou ausente por muito tempo — continuou Jean-Bevon. — E nós temos fome de ouro, do ouro de Airagne.

— Como é possível? — gritou o navarro, enquanto o dobravam à força sobre a mesa. — Ouro! Quem produz o ouro?

— O ouro? Os *texerant*, naturalmente. Você também sabe que esse tipo de mão de obra não falta por aqui.

— Maldito! O mestre o fará pagar bem caro por isso...

Foi só o que Thiago pôde dizer. Jean-Bevon sacou uma faca da bota e mergulhou-a em seu ventre.

— Nunca gostei de você, navarro. Nem de você nem de seu mestre.

Já havia terminado a função da manhã quando Ignazio despertou arquejante, imerso na penumbra da forja. Respirava com dificuldade, emitindo um silvo asmático; um calor opressivo irritava-lhe o rosto e o peito. Quis refrescar-se com um pouco de água, mas deteve-se.

Percebeu que tinha companhia. Um homem encapuzado e de sotaina escura. Talvez fosse o padre Gilie que, como prometera, viera sondar o trabalho de Ignazio na forja antes do amanhecer. Entretanto, parecia mais alto e, além de tudo, estava em silêncio, olhando para a boca do forno. O reflexo das brasas ressaltava o contorno de sua figura.

O mercador ignorou um leve formigamento nos membros e lançou um olhar ao recipiente de *aqua fortis* para verificar o estado da moeda nela imersa. O ácido a atacara e a deixara mais delgada. Avicena tinha razão.

O encapuzado pareceu adivinhar o objeto de seu interesse e falou, sem se virar:

— Você poderia ter a quantidade que quisesses desse ouro. A oferta lhe interessa?

Apesar de estar bastante entorpecido, Ignazio reconheceu aquela voz.

— Não é ouro, embora pareça — declarou enfaticamente. — Está vendo? A *aqua fortis* corroeu a moeda. É um metal comum, talvez chumbo, submetido a um processo de *tinctura* por um alquimista.

O homem da sotaina respondeu com voz entrecortada:

— Acho que não entendi.

— Não, entendeu muitíssimo bem, senhor Filippo. — O mercador pronunciou esse nome como se lançasse uma punhalada, mas uma forte vertigem obrigou-o a interromper a frase. Que estava acontecendo? Sentia-se tonto. Uma sensação de viscosidade na orelha esquerda o fez estremecer. Levou a mão à cavidade do tímpano e retirou-a molhada por uma substância oleosa. *Herba diaboli*! O medo enregelou-lhe o ventre.

— Brincou comigo desde o início. Pratica a alquimia, não?

O encapuzado, sempre olhando para a boca do forno, abriu os braços.

— Não percebo como uma moeda corroída dentro de uma redoma possa confirmar o que diz.

Ignazio dominou a tensão.

— Acaba de me oferecer esse ouro alquímico. Significa que pode dispor dele à vontade ou mesmo fabricá-lo. Está envolvido no mistério de Airagne! O simples fato de você se achar aqui já prova isso. — Uma onda de calor subiu-lhe ao peito, toldando sua percepção da realidade. Viu as sombras no pavimento rastejar como vermes, mas procurou manter o sangue-frio.

— Você não está bem, senhor. Está delirando.

— Você nunca me enganou, eu já suspeitava de suas intenções. Aquelas perguntas o tempo todo sobre alquimia e saturnismo não provinham da curiosidade, mas sim do propósito de descobrir quanto eu sabia sobre o assunto. Desejava avaliar até que ponto eu poderia estorvá-lo ou ser-lhe útil...

— Astuto e teimoso. Digno discípulo de Gerardo de Cremona — disse por fim Lusignano, com certa impaciência. — Mas talvez não tenha ainda descoberto quem sou realmente.

As vertigens aumentaram, fazendo Ignazio ranger os dentes.

— É um assassino, e isso me basta. Envenenou o mestre Galib com a *Herba diaboli*. Vai me matar da mesma maneira, imagino... Aliás, já está fazendo isso.

Filippo continuou de olhos fixos nas brasas.

— Por ora, essa eventualidade pode ser posta de lado. A dose que lhe ministrei não é fatal, serve apenas para torná-lo mais... dócil. Sua vida depende do que irá me responder. Onde está seu filho Uberto? Que missão Galib lhe confiou?

— Você deve estar desesperado, pois vem perguntar isso a mim. — Ignazio se esforçou para dar às suas palavras um tom sarcástico, mas as alucinações o atormentavam. As luzes do recinto se prolongavam como lanças rumo ao teto. — Ainda que eu soubesse, não lhe diria — acrescentou.

— Fale mais alto, senhor. Não o ouço bem — zombou o encapuzado. E em seguida, em tom sério, disse: — Permita-me explicar-lhe a situação. Há anos, uma mulher me roubou um livro muito precioso, o *Turba Philosophorum*. Eu nunca soube que fim levou, mas suspeito que Galib sabia de tudo e contou a você antes de morrer. Esse é um dos motivos pelos quais permiti que chegasse aqui são e salvo.

— Por que dá tanto valor a esse livro?

— Não é da sua conta — respondeu Lusignano, com rudeza. — Apenas responda: onde está Uberto? E o livro?

— Está perdendo seu tempo. Não sei as respostas.

— Então morrerá!

A figura se virou de repente para encarar Ignazio.

O mercador esperava ver o rosto de Filippo, mas, por efeito da *Herba diaboli*, o que lhe apareceu sob o capuz foi um emaranhado de serpentes. O susto o fez recuar.

— Maldito moçárabe! Não tem utilidade alguma para mim! — Lusignano desembainhou um punhal. — Não me custa nada matá--lo! Direi a Fernando III que foi trucidado pelos Arcontes. Ou melhor, que era um deles!

Ignazio esquivou-se ao golpe e caiu diante do pequeno recipiente da *aqua fortis*, que agarrou e atirou contra o agressor.

Ouviu-se um barulho de vidro despedaçado e um grito de raiva, logo seguido por outro de dor. Lusignano levou as mãos ao rosto, enquanto um chiado anunciava que o ácido estava lhe queimando a pele. Num último assomo de lucidez, o mercador notou uma medalha dourada pendente de seu pescoço. Tinha a forma de uma aranha.

Ignazio se valeu da vantagem momentânea, levantou-se do chão e, embora dominado pela vertigem, brandiu uma tenaz e golpeou o inimigo com toda a força de que dispunha. Filippo se defendeu como pôde e repeliu o adversário, fazendo-o cair novamente.

— Que está acontecendo aqui dentro?

A voz, do outro lado da porta, era do *portarius hospitum*. Por fim, viera espiar, conforme prometera, ou então o barulho da luta chamara sua atenção.

— Querem matar-me! — gritou o mercador. — Chame socorro!

— Cale-se, maldito! — rugiu o agressor.

— Chame os arqueiros da abadia! — continuou a gritar Ignazio, em voz cada vez mais fraca.

Proferindo uma praga raivosa, Filippo correu para a saída da oficina e abriu a porta com violência, derrubando ao chão o pobre Gilie de Grandselve, que se postara do outro lado. O monge não representava decerto nenhuma ameaça, mas talvez outros tivessem ouvido os brados de Ignazio. Filippo não esperou nem mais um segundo e fugiu desesperadamente.

O mercador perseguiu-o, quase a ponto de perder os sentidos, mas quando chegou do lado de fora, Lusignano já se distanciava a galope. Arregalou os olhos petrificado. A *Herba diaboli* provocou-lhe uma espantosa alucinação, que reapareceria durante anos em seus piores pesadelos. Viu Filippo na forma de um demônio montado num grifo.

Depois dessa visão infernal, o silêncio.

# 19

O Castelo de Airagne
*Terceira carta* — Citrinitas

*Mãe luminosa, trabalhar sem compreensão é um grave delito. Quando cruzei o segundo portal, o branco resplendor de Albedo fez-se glacial e quase esquálido, por isso recorri à arte da brasa e da forja. O aquecimento da matéria produziu uma mutação de cor, mas só saberei explicar esse fenômeno por meio de metáforas. Enrolei o fio no fuso, mas o fio, escorregando entre meus dedos, perdeu sua alvura. Esse esforço é o terceiro da Obra: Citrinitas, o amarelo que se torna vermelho. Para quem tem bom entendimento, eis aí o limite entre ciência verdadeira e falsa.*

Uma voz de mulher rompeu o silêncio:
— Eminência, ultimamente tem se mostrado mais esquivo que um eremita.

O cardeal Frangipane, sentado à escrivaninha e ainda absorto na leitura, ergueu os olhos e observou a Dame Hersent, que surgia diante dele como um demônio diurno. Parecia fitá-lo divertida, com aquele rostinho gracioso que ele de muito boa vontade esmagaria como uma noz.

Sorriso zombeteiro.

— Dadas as circunstâncias, acho que posso servi-la melhor ficando sozinho, majestade.

Branca examinou-o perplexa.

— Quer dizer que está me evitando deliberadamente?

— Ao contrário, minha senhora. — O prelado puxou para si uma caneca de metal da borda da escrivaninha e encheu-a de água. — É a senhora que prefere outro gênero de companhia.

— A que se refere?

Romano Frangipane bebeu em poucos goles o conteúdo da caneca indiferente à expressão surpresa da rainha, que parecia abalada. Ela estaria chateada? Tanto melhor.

— Encontrou-se com Thibaut de Champagne — disse o cardeal, incisivo. — Percebi qual gênero de atenção espera de seu vassalo cantador.

— O conde de Champagne? Tem certeza disso?

— Há outros, então? — O prelado mirou-a com a maior insolência. — Quantos homens recebe em seu leito, minha senhora?

Branca cerrou os punhos.

— Como se atreve?

O cardeal de Sant'Angelo pousou violentamente a caneca na escrivaninha, com o rosto vermelho, os olhos quase saltando das órbitas.

— Como me atrevo? Como a senhora se atreve, isso, sim, desonrando a memória de seu marido! Atirou-se aos braços de um rapazola!

Apesar de sua aparente fragilidade, Branca retrucou com voz firme:

— Não pode me julgar com tamanha frieza. Não sabe como realmente as coisas estão.

— Ah, não é preciso muito esforço para imaginar — ironizou Frangipane.

— O senhor é mesquinho.

Essa frase da rainha rompeu o fio da tensão. Alguma coisa de físico havia acompanhado suas palavras.

O cardeal de Sant'Angelo caminhou pela sala a passos nervosos, respirando com dificuldade. Não conseguia concatenar os fatos. Suas reflexões eram intermitentes, tomavam rumos diversos. Era difícil segui-las com igual lucidez. A rainha lhe escondia algo e ele queria por força obrigá-la a falar. Enquanto isso, não conseguia deixar de pensar na carta que acabara de ler, sobre o enigma da Mãe Luminosa. Ao que parecia, era o único a mostrar interesse por aqueles escritos. Mostrara-os aos companheiros de prisão, mas tanto Branca quanto Humbert os acharam inúteis e pueris.

Manter-se ocupado em duas frentes era para ele um exercício costumeiro, que punha em prática quando era ameaçado pelo fascínio de sua interlocutora. Tentava ignorá-la, para não sucumbir aos seus encantos. Caso se concentrasse em sua beleza, na visão daquela boca aveludada, todo raciocínio lógico ruiria e Branca o teria em seu poder.

Porém, havia outra coisa. O quebra-cabeça da Mãe Luminosa o atormentava de verdade. Todas as cartas guardadas na gaveta da escrivaninha descreviam complicadas operações secretas referentes à alquimia e à tecelagem. Quem as teria escrito? Teriam algo a ver com o conde de Nigredo? Lendo a quarta carta, a última restante, talvez conseguisse ter uma ideia mais clara do assunto.

De repente, o prelado rompeu a trégua:

— A conduta moral que segue é problema seu. Estou preocupado com outras questões.

A dama entrecerrou as pálpebras e lançou-lhe um olhar venenoso.

Frangipane acolheu aquela manifestação de ódio com tranquilidade. Enfrentara outras piores, de gente mais temível, no entanto ficou indefeso sem quase o perceber. Aquele olhar não expressava os sentimentos comuns dos acusados, mas ardia de paixão. E essa paixão o encontrara despreparado, embora se lembrasse muito bem dela: era só o que restava do arrebatamento vivido pela rainha nos braços do amante. Agora, porém, parecia voltada para ele. Sentia-a na pele como uma roupa usada, como um hábito que rescendia ao cheiro de outro homem. Sensação roubada, disse para si mesmo, que, entretanto, não tardaria muito a tornar-se sua, com aquele ardor se agigantando a ponto de anulá-lo.

Quando percebeu que estava sendo subjugado, já era tarde. Apertou os lábios e se inflamou de cólera. Fora contaminado pela luxúria de uma fêmea! Fora vítima de um ataque sem sequer se aperceber disso! Sentindo-se à mercê de um torvelinho de emoções, reagiu da única maneira que julgou adequada. Perguntou:

— Obviamente, você esconde segredos sobre nossa prisão. Quem deu a Thibaut de Champagne licença para encontrá-la? Ele está de conluio com o conde de Nigredo? Como conseguiu entrar nesta rocha? Por qual vertente do castelo teve acesso?

Branca cruzou os braços:

— Poupe-me o interrogatório, não responderei a nenhuma pergunta.

Frangipane avançou contra ela para intimidá-la. "No fundo, é só uma mulher", pensou, comparando seu corpo avantajado com a figura esguia da rainha. Porém não ousou continuar encarando-a.

— Você então protege o conde de Nigredo para satisfazer a sua libertinagem?

— Não sabe de nada. — Branca sorriu ironicamente. — Não passa de um homem vulgar.

— Pelo que sei — replicou rispidamente o prelado —, a única pessoa a ter cometido vulgaridades aqui dentro está agora diante de mim.

— Gostaria, talvez, que as cometesse também com você? — foi o que ouviu.

Frangipane fitou espantado a rainha, que parecia nem ter aberto a boca. Continuava a olhá-lo indignada, como se o assunto não lhe dissesse respeito. Sim, fora aquela maldita mulher que pronunciara as tais palavras! Quem mais poderia ser?

Suas têmporas começaram a latejar. Uma dor repentina, feroz, encravada entre os ossos e a carne. Precisou fechar os olhos e levar as mãos ao rosto, enquanto sentia perder o controle da expressão facial.

— Ameaçam fazer mal aos meus filhos — balbuciou Branca, quase como se rezasse. — Durante o tempo em que eu estiver prisioneira, terei de ceder a todas as exigências para defendê-los. Thibaut pode ser um aliado útil: sustentará a minha causa na corte e diante do conde de Nigredo.

Frangipane tremeu ao som daquela voz, que a dor de cabeça tornava estridente e desagradável. Recuou, apertando a testa com as mãos.

— Mas você não está me ouvindo... — observou Branca. — Que acontece? Não se sente bem?

O cardeal cambaleava, com a vista turva. Sentiu as mãos de Branca tocá-lo e tentou esquivar-se, mas caiu ao chão. A mulher lhe dizia alguma coisa que ele não conseguia entender. Uma frase martelava sua mente, abafando todo o resto: "Gostaria, talvez, que as cometesse também com você?".

A rainha tentou erguê-lo, mas ele a repeliu com um gesto rude.

Assustada com aquela agressividade, Branca viu-o encolher-se no chão como uma criança aterrorizada. Em seus olhos, brilhava uma luz sinistra, uma doença sem nome. Não ousou dar um passo na direção dele e pensou mesmo em fugir dali.

O cardeal, porém, viu-a se aproximar sorrindo abjetamente, inclinar-se e correr os dedos de loba por suas costas.

Enquanto gritava como um possesso, a rainha atravessava às pressas os corredores da torre, com o pensamento fixo em Humbert de Beaujeu. Se ele houvesse presenciado a cena, teria tomado sua defesa, mas devia estar de novo às voltas com a inspeção dos subterrâneos do castelo.

O labirinto ia ficando cada vez mais escuro e intrincado. Humbert prosseguia na esperança de encontrar uma tocha que lhe permitisse ver onde estava.

Não foi, porém, a luz que o surpreendeu, mas sim um rumor metálico que aumentou pouco a pouco até se transformar em centenas de batidas a cada instante mais nítidas. O barulho parecia o de ferramentas vibradas contra a rocha.

O tenente avançou com cautela e viu diante de si milhares de pontinhos que faiscavam nas trevas. Logo suas pupilas se acomodaram e ele percebeu que eram apenas tochas dispostas nas paredes.

Aquelas luzes não eram o suficiente para amenizar a escuridão. Foi necessário mais um esforço dos olhos para captar as silhuetas dos homens que se moviam dentro da pedreira.

Mineiros.

Estavam abatidos, com as faces cobertas por barbas hirsutas e os cabelos desgrenhados. Alguns brandiam picaretas e enxadas, enquanto outros recolhiam os detritos, abrindo muito os olhos de toupeira para distinguir o material bom do refugo. Humbert contou cerca de cinquenta, mas achou que devia haver muitos outros espalhados pelas cavidades.

Havia um único guarda vigiando-os, um soldado hercúleo armado com um *bec de corbin*, um martelo em forma de marreta com as extremidades recurvas. Só sua aparência bastava para convencer os mineiros a continuar trabalhando. As cicatrizes nas costas de alguns diziam bem como o vigia lograva impor a disciplina.

O tenente não sentiu nenhuma pena daqueles operários. Era homem de guerra e ainda por cima aristocrata, educado para desprezar qualquer coisa que parecesse impura e abjeta. Doença e miséria eram os dons comuns da gentalha que não tinha lugar na pirâmide social.

O próprio Deus queria que assim fosse. Se existia uma hierarquia no Céu, devia haver uma também na Terra. Aos *laboratores* cumpria se sacrificar e estourar de cansaço para que outros — a nobreza e o clero — se erguessem acima deles e transformassem seu suor em magnificência. Era a ordem natural das coisas, a única possível.

Se aqueles escravos estavam naquelas condições, tinha de haver um motivo. Entretanto os pensamentos que ocupavam a mente de Humbert eram outros: quem dispunha de tamanho poder a ponto de sujeitar tanta gente? E para quê?

Antes de tudo, precisava descobrir o que estava sendo extraído da pedreira. Observando o brilho azulado que emanava das pedras, concluiu que eram cristais de galena.

# 20

A luz brilhou sob seus cílios e Willalme reabriu os olhos. A moça que havia cuidado dele estava sentada junto à cabeceira.

— Foi você que me medicou? — quis saber.

Ela desviou o olhar.

— Devo-lhe a vida...

A jovem continuava muda, por isso Willalme evitou encará-la. Sabia como pode ser importuno o olhar das pessoas, principalmente as estranhas. Não queria agravar uma atitude que supunha originada do embaraço e por isso também olhou para outro lado.

Ele estava num quarto pequeno. As paredes nuas testemunhavam uma vida baseada nas regras de uma pobreza digna. O francês procurou Thiago, mas ele já não estava mais ali. Que fim teria levado?

A voz da moça distraiu-o de seus pensamentos:

— Quem são Julienne e Esclarmonde?

Willalme estremeceu.

— Como sabe desses nomes?

— Você chamou por elas a noite inteira, em sonhos — revelou a moça. — Estava delirando.

Willalme se sentou à beira do catre e examinou a ferida no ombro. Latejava, mas sem dúvida ele se recuperaria em breve. Fitou a jovem. Seu comportamento não se devia à timidez. Parecia ruminar uma cólera contida, uma misteriosa repugnância.

— São os nomes de minha mãe e minha irmã — respondeu ele por fim. — Perdi-as há muitos anos, juntamente com meu pai.

— Eu também perdi meus entes queridos — confessou ela. Parecia sincera, mas continuava cautelosa.

— Lamento. Quem cuida de você agora?

— As irmãs de Santa Lucina. Muitas são viúvas ou enjeitadas, como eu. — Suspirou. — A guerra em nossa região destrói a felicidade de muitas famílias.

Fez-lhe um sinal para que esperasse e atravessou o quarto. O francês não conseguia tirar os olhos dela. A jovem lhe lembrava Esclarmonde, sua irmã, que teria mais ou menos a mesma idade se ainda estivesse viva... Afugentou as lembranças e voltou a observar a moça. Devia ter sofrido muito, sobretudo ultimamente. Tentava com todas as forças parecer natural, mas a tensão nervosa enrijecia seu peito e seus ombros, como acontece a um animal selvagem ameaçado.

Aquela, porém, não era a hora para conversas embaraçosas, então Willalme mudou de assunto:

— Para onde foi o navarro ferido no rosto que estava deitado naquela cama?

A jovem apanhou uma bandeja de terracota com pedaços de pão de centeio e aproximou-se novamente do ferido.

— Foi embora durante a noite, às pressas. Não deu ouvidos a ninguém — respondeu ela, oferecendo-lhe o alimento.

Willalme sorriu, estendeu a mão para pegar a bandeja e, sem querer, roçou-lhe o pulso.

A jovem estremeceu.

— Não toque em mim! — gritou, enquanto a bandeja se espatifava no chão. — Ninguém deve me tocar! Nunca mais!

O francês inclinou-se para a frente, tentando tranquilizá-la, mas só conseguiu piorar a situação.

Um instante depois, a porta se abriu e entrou uma velha *béguine*, com expressão alarmada no rosto. Ao vê-la, a jovem se agachou no chão e começou a chorar.

A velha, aproximando-se, consolou-a com palavras e afagos.

— Não chore, Juette — disse-lhe. — Está tudo bem. Acalme-se. — Em seguida, virou-se para o atônito Willalme: — Fique sossegado, filhinho, não é por sua causa que ela se comporta assim — explicou com amargura. — Você nem imagina o que aconteceu a esta pobre criatura...

O francês cerrou as mandíbulas, perturbado. Um violento calor espalhou-se por seu peito, como sempre lhe acontecia quando presenciava uma injustiça.

A velha não poupou palavras:

— Foi um homem, um monge de Fontfroide... Frenerius de Gignac é o seu nome...

# 21

Ignazio, fatigado da viagem noturna, desceu da carroça em frente ao *béguinage* de Santa Lucina. Ofuscado pela luz da manhã avançada, escondia sob o capuz as olheiras de uma longa noite de insônia.

Ao nascer do sol, o efeito da *Herba diaboli* se desvanecera quase por completo, deixando como lembrança uma leve confusão mental e um pouco de vertigem. Antes de partir de Fontfroide, o mercador fora obrigado a dar explicações ao padre Gilie de Grandselve sobre o ocorrido na noite anterior. Havia mentido, afirmando não saber o motivo da agressão de Lusignano. Sem dúvida, a intervenção do monge salvara sua vida, embora o padre Gilie não houvesse alertado a tempo os arqueiros, preferindo socorrê-lo e verificar seu estado de saúde. "Melhor assim", concluíra o mercador, "não incomodemos o abade ou quem quer que seja por causa de um incidente tão banal." Como Lusignano se afastara de Fontfroide sem se fazer notar, o monge concordara em calar sobre o ocorrido. Depois, superado o problema, começara a perguntar sobre o trabalho de Ignazio na forja. "Nada de importante. Eu estava mais cansado do que imaginava e dormi até me ver diante do senhor Filippo, que queria matar-me", fora a resposta do mercador. Mas essa segunda mentira não satisfizera o *portarius hospitum*, de modo que Ignazio teve de comprar seu silêncio dando-lhe um saco cheio de moedas. Uma rica oferta para a abadia, ele insistira em dizer. Eram na verdade escudos de Airagne, de ouro falso, mas Gilie de Grandselve certamente não podia saber disso e encerrara a questão com um risinho de cumplicidade.

Ignazio caminhou em direção à paróquia de Santa Lucina e, observando a fachada, ficou intrigado com um detalhe que lhe escapara no dia anterior. Sobre a luneta que encimava o portal, via-se um baixo-relevo representando três mulheres nuas, com os seios em forma de serpente e o púbis coberto por um sapo. Imagens monstruosas, embora familiares. Havia outras semelhantes na igreja de Moissac.

A poucos passos da fachada, uma mulher de hábito cinza tomava sol sentada numa cadeira de vime. Uma *béguine*, sem dúvida. Enrolava um fio de lã num fuso de madeira, acompanhando esse gesto com uma litania semelhante a uma cantiga infantil. Nesse caso, porém, as palavras eram latinas:

*Involvere filum tres fatae se tradunt*
*Vitas mortales sic fato ipsae obstringunt.*
*Et ut octo fusis Airagne texere possit*
*Auream suam telam nigredini infodit.*

Mal deu pela presença do forasteiro, a mulher parou de cantar e fez-lhe uma saudação cortês.

"Esta pelo menos não foge", pensou Ignazio, disfarçando o cansaço com uma expressão jovial.

— Bom dia, sóror. O que cantava com tanta alegria?

— Uma musiquinha de criança — respondeu ela, pousando o fuso no colo. — Nossa abadessa às vezes a entoa.

— Parece muito peculiar. — O mercador ardia de curiosidade, mas não deixou que ela o percebesse. Ouvira bem: a litania falava exatamente das *tres fatae* citadas pelo endemoniado de Prouille. — Sabe o que significa a letra?

— Não exatamente, *monsieur*. A melodia e as palavras ficaram impressas em minha mente, mas ignoro seu significado. Não sei latim.

Ignazio se aproximou ansioso. Não podia perder aquela oportunidade.

— Façamos um acordo. Eu traduzirei as palavras e você me ajudará a desvendar o significado de algumas delas, se o souber.

A mulher aceitou sorridente e, enquanto repetia a canção, o mercador ia traduzindo de um só fôlego:

A fiar as três *fatae* se lançam
E a vida dos mortais ao destino entrelaçam.
Para que com oito fusos Airagne possa tecer
Sua teia dourada no escuro vai esconder.

A *béguine* pareceu decepcionada.

— Eu jamais imaginaria que essas palavras tivessem esse significado. Entretanto continuo não entendendo nada.

— Minha tradução está correta, sóror. Não há dúvida. — E, para demonstrá-lo, Ignazio esclareceu o sentido da estrofe: — As *fatae* fiam e Airagne tece... Tenha paciência e pague o favor: o que significa a palavra "*fatae*"?

— Até as crianças saberiam responder. As *fatae* são as três irmãs fiandeiras que povoam as lendas. Conta-se que, após o crepúsculo, saem dos bosques e vão de casa em casa visitando os mortais. Se não são recebidas com o devido respeito, podem espalhar tremendos malefícios.

— Nunca ouvi nada semelhante. É provável, no entanto, que se confundam as *fatae* com as Parcas veneradas pelos antigos romanos. Seu nome soa quase igual.

— As Parcas? Não sabia. — A mulher pareceu um pouco confusa. — Mas às vezes, nesta região, nossa Mater Lucina é chamada de um modo parecido: Pártula.

Ignazio teve uma intuição e formulou a segunda pergunta:

— E o que tem a me dizer de Airagne, citada no terceiro verso da litania?

— Airagne? — A interlocutora escandiu as sílabas e em seguida voltou a fiar a lã, de olhos baixos. — "Ariane" é o que quer dizer. É fácil confundir. Por aqui, pronuncia-se mais ou menos da mesma maneira, por causa do "n" estropiado à maneira dos espanhóis.

— Ariane? — O rosto do homem se iluminou. — Então, pelo que diz, a canção faz referência a Ariadne, que ajudou Teseu a se orientar no labirinto graças a um fio enrolado num fuso... Mas por que, na litania, se fala não de um, mas de oito fusos?

— Ariane é a aranha antiga — limitou-se a explicar a *béguine*, em voz baixa. Sua expressão mudara. Só os olhos continuavam a cintilar, mas não de inteligência, e sim de astúcia.

Ignazio compreendeu que não arrancaria mais nada dela, por isso mudou de tom e de assunto:

— Vim visitar dois companheiros feridos. Trouxe-os aqui ontem à noite. A senhora poderia me dizer como eles estão?

— Um partiu antes do amanhecer — respondeu a mulher num tom agora distante. — Saltou para a sela e afastou-se a galope apressado e furioso.

— Qual dos dois? O jovem de cabelos loiros ou...

— Não, o outro. O navarro com o rosto cortado.

O mercador já contava com essa notícia. Depois do desmascaramento de Filippo, nada mais o surpreendia.

— E quanto ao loiro? O occitano, quero dizer. Como ele está?

— Bem melhor. — A *béguine* arqueou os lábios num sorriso fugidio. — Foi devidamente medicado. Não sei se convém perturbá-lo neste momento; deve estar repousando.

— Então aproveitarei para solicitar audiência com sua abadessa.

A mulher pareceu contrariada:

— Não é possível...

— Por quê? Ela saiu?

— Não. Está no jardim, atrás da igreja. Mas...

O mercador contemplou o prédio, como se pudesse enxergar além das paredes e do cerrado escuro.

— Então ela certamente me receberá, irmã.

Quando o forasteiro se afastou, a mulher voltou a enrolar a lã no fuso. E recomeçou a cantar, entoando a litania desde o começo:

— *Involvere filum tres fatae se tradunt...*

Fixou seu olhar na luneta do portal, onde se viam as três mulheres monstruosas.

— *Vitas mortales sic fato ipsae obstringunt...*

Como um rebanho espalhado pelo prado, uma dezena de *béguines* trabalhava entre as sebes do jardim, as costas curvas expostas ao sol e os rostos atentos, cobertos por véus. A única que estava de pé, a abadessa, caminhava devagar entre elas, observando-as uma a uma enquanto revolviam a terra ou podavam os brotos com as foices e parando de vez em quando para lhes dar instruções. Então as *béguines* erguiam o rosto para ela respeitosas, fazendo-lhe sempre a mesma súplica: "*Benedicite, bona mater*". A abadessa então as abençoava e voltava a caminhar a passo mais lento.

A quietude foi perturbada pela aparição de um desconhecido no jardim. As mulheres lançaram-lhe olhadelas furtivas e cochicharam entre si, mas sem suspender o trabalho com as plantas medicinais, aparentando indiferença.

A abadessa, vendo o estranho caminhar em sua direção, tentou descobrir que tipo de pessoa ele era. De início, julgou que fosse um monge, mas depois mudou de ideia. Aqueles olhos verdes e o porte descontraído revelavam uma insólita conjunção do mundano e do filosófico. Ela estava certa de nunca ter visto pessoa igual e ao primeiro olhar concluiu que a inspeção de um agente do bispo a preocuparia muito menos.

— A senhora deve ser a madre abadessa — disse o forasteiro, inclinando-se. — Os meus respeitos.

— Também o saúdo — respondeu a mulher. — Quem vem nos honrar com sua presença?

— Ignazio Alvarez de Castela, a seu dispor.

— O senhor Ignazio é um espanhol, então — observou a abadessa, dirigindo-se a ele na terceira pessoa para erguer entre ambos uma barreira de formalidade. — O que o traz de tão longe?

— Um dilema, reverenda madre.

— E espera encontrar respostas aqui?

Ignazio apressou-se a mudar de tom:

— Na verdade, estou aqui de passagem. Um amigo meu, ferido por um tiro de besta, recebeu cuidados de suas piedosas irmãs. Está repousando dentro destes muros.

— Ah, o jovem occitano. Estou a par do ocorrido. Está em boas mãos e se recuperará.

— Isso me alegra. Porém, enquanto espero para visitá-lo, gostaria de trocar duas palavras com a senhora.

— Não vejo sobre que assunto nós poderíamos conversar. — Os olhos da abadessa passearam pelos arbustos de peônias. — Nós, filhas de santa Lucina, evitamos assuntos mundanos.

O mercador semicerrou os olhos, ainda pesados pelo efeito da *Herba diaboli*. Sem dúvida, naquele lugar, escondiam-se segredos sobre Airagne, mas ele não podia fazer perguntas diretas. Devia envolver a interlocutora aos poucos, convencê-la com sutileza; e, para alcançar seu intento, insistir em temas que conhecia suficientemente, de modo a parecer mais bem informado do que de fato estava. Deu o primeiro passo:

— Fique tranquila. É mesmo sobre Mater Lucina que gostaria de lhe falar. Na verdade, ocupo-me de relíquias e interesso-me por todas as formas de culto, principalmente as desconhecidas.

A mulher tentou esquivar-se:

— Santa Lucina não é desconhecida. Nós a festejamos no dia 30 de junho e os fiéis se lembram dela como discípula dos apóstolos.

Essa resposta vinha com a intenção de calar em definitivo as perguntas dos curiosos. Mas o mercador não se deixou abater.

— Não me refiro à Lucina "discípula dos apóstolos", mas sim à definida como "*mater*", que não aparece em nenhum *legendarium* cristão. E justamente esta, a deusa Mater Lucina, é que vocês veneram aqui.

A abadessa sentiu-se sufocar.

— O senhor fala de coisas que não é capaz de entender, *monsieur*.

As irmãs, alarmadas por aquela brusca mudança de tom, ergueram a cabeça para ver o que estava acontecendo. Ignazio, notando que a interlocutora pusera a terceira pessoa de lado, preparou-se para enfrentar uma conversa difícil.

— Entendo perfeitamente, reverenda madre. A "sua" Lucina é chamada de Pártula, conforme me explicou uma irmã do *béguinage*, e isso bastou para que tudo ficasse claro para mim. Pártula é um espírito feminino que socorre as parturientes, assim como Mater Lucina. É uma divindade do paganismo, e não uma santa cristã. Não adianta mentir a respeito disso.

— Não pretendo mentir — declarou a mulher, acusando o golpe. — Porém, peço-lhe que pare por aqui.

— Não posso. Como já disse, busco respostas e preciso de algumas provas. Pártula é uma referência às Parcas? E estas se identificam com as três *fatae*?

— E se fosse assim?

— Sem evasivas, madre — advertiu o mercador. — Ouvi a litania sobre as três *fatae*... a *sua* litania. É cheia de alusões pagãs. Não sei o que aconteceria se os agentes do bispo Folco também a ouvissem.

Diante dessa ameaça, a mulher juntou as mãos. Só não caiu de joelhos para não assustar as irmãs que a observavam.

— Se essas palavras transpirarem, nós todas acabaremos na fogueira! Não somos bruxas. Nosso *béguinage* acolhe viúvas e órfãs que sobreviveram à cruzada contra os cátaros. Por que o senhor quer nos fazer mal?

Ignazio suavizou a expressão; não tinha a intenção de humilhar a abadessa.

— Fique tranquila, reverenda madre. Eu a estimo e respeito. Meu único interesse é pelo vínculo oculto entre as *fatae* e Airagne. Essa é a razão de minhas perguntas.

— Airagne? — A mulher arregalou os olhos. — Conhece aquele lugar?

— Não pessoalmente, mas faço uma ideia do que seja. — O mercador não pôde conter a curiosidade. — Sabe onde se localiza? Já esteve lá?

— Nunca fui prisioneira em Airagne.

Ignazio, apesar do propósito que o movia, achou que havia feito perguntas diretas demais. Viu-se obrigado a recuar:

— E as *fatae*? Suspeito que haja uma ligação entre elas e Airagne. A senhora confirma isso?

A abadessa fez um gesto que demonstrou que gostaria de falar. Talvez porque houvesse percebido que não tinha escolha ou talvez, mais simplesmente, porque começasse a confiar no forasteiro. O mercador optou por uma terceira hipótese: em troca de suas revelações, ela lhe pediria alguma coisa.

— Como bem concluiu, Pártula se refere às três Parcas. Com o tempo, seu nome se transformou em "*fatae*", mas o significado é o mesmo — explicou. — As Parcas enrolam o fio do destino em volta de uma coluna de luz, dentro da qual está suspenso o fuso da necessidade...

Ignazio franziu a testa.

— Está citando uma passagem da *República* de Platão...

— Deixe-me concluir — interrompeu-o a mulher. — Essa coluna de luz, para nós, representa Mater Lucina, *Mère Lusine*, aquela que liberta das trevas da matéria. — Ela o olhou diretamente nos olhos. — Aquela que dissipa a escuridão de Nigredo.

— Lucina representa, portanto, Ariadne, o fio luminoso que ajuda a sair do labirinto. O labirinto da Obra alquímica. O labirinto de Airagne.

— Ariane também é a aranha que se enreda na própria teia. O anagrama correto, porém, é "Ariagne", que deriva do grego. — A mulher fez uma pausa. — Mas o que o senhor quer saber é outra coisa, não?

Ignazio assentiu.

— Interessa-me desvendar o significado de uma frase: "*Tres fatae celant crucem*".

A abadessa pareceu perplexa.

— Onde a ouviu?

— Há alguns dias, um homem fugido de Airagne pronunciou essa frase, um suposto endemoniado chamado Sébastien, que afirmava haver encontrado abrigo neste *béguinage*. Por isso viemos aqui. A tradução da frase é: "As três *fatae* escondem a cruz". Agora sei a respeito das *fatae* e de seu vínculo com Airagne, mas continuo ignorando o significado da palavra "cruz".

— Por "cruz" não se entende o símbolo religioso — esclareceu a mulher —, mas a obra alquímica. A cruz é o cadinho, onde se derrete a matéria bruta. Os quatro braços da cruz indicam as fases da transmutação dos metais: Nigredo, Albedo, Citrinitas e Rubedo. Porém, como sabe, o cadinho alude também ao sofrimento.

— O sofrimento do metal ao passar pela transformação...

— Mas também o sofrimento dos homens que se expõem aos processos alquímicos: as altas temperaturas, as exalações dos ácidos, dos vapores e dos materiais incandescentes.

— A senhora fala dos segredos de Airagne como se os conhecesse de perto... Sem dúvida, Sébastien não foi o único a se refugiar aqui. A senhora ofereceu hospitalidade a muitos outros homens fugidos daquele lugar?

A abadessa abriu os braços num gesto não de rendição ao inimigo, mas de certeza de ter agido segundo sua consciência.

— E como não o faria? Quando os habitantes das aldeias vizinhas os encontram vagando pelos bosques e campos, trazem-nos aqui, pois não sabem como curá-los. De outra forma, os monges os queimariam vivos, confundindo-os com possessos ou cátaros.

— E eles são? Cátaros, quero dizer...

— A maior parte, sim.

— É o que eu pensava. Até as irmãs deste *béguinage* são cátaras. E a senhora, em especial, é uma *perfeita*.

A abadessa estremeceu.

— Como pode dizer isso com tanta certeza?

— Eu o percebi logo que entrei neste jardim. As *béguines* a chamaram de "*bona mater*". Além do mais, durante toda a nossa conversa, não se dispôs a mentir, apenas a esquivar-se, mesmo ao custo de correr riscos. Quem conhece a doutrina dos cátaros sabe que os *perfeitos* não mentem nunca. Afinal, "cátaro" significa "puro".

— É um homem muito perspicaz, Ignazio Alvarez. Devo admitir.

O mercador cruzou os braços sobre o peito e inclinou a cabeça, reordenando as ideias.

— Agora lhe pedirei para confirmar minha reconstituição dos fatos. Os habitantes destas terras estão sendo raptados pelos Arcontes e levados para um lugar de nome Airagne, onde são coagidos a fabricar ouro segundo os processos da alquimia. A produção deve ser grande, se é necessária tanta mão de obra. Na maior parte dos casos, os Arcontes atacam os povoados cátaros, pois o desaparecimento de hereges não interessa a ninguém. Pelo menos, não à Igreja nem à corte parisiense. E, no fundo, sequer aos nobres locais, que no catarismo só vislumbram um pretexto político para se opor à monarquia católica. Assim, os Arcontes arranjam escravos agindo à vontade, sem incomodar os poderosos. Eis o motivo pelo qual poupam o condado de Toulouse, onde já atua a Fraternidade Branca de Folco.

— Descobriu muita coisa, *monsieur*, mas não tudo — admitiu a abadessa.

— Sei disso. Ignoro, por exemplo, quem é o artífice dessas atividades, ou melhor, quem se esconde por trás do nome do conde de Nigredo. E também a localização de Airagne.

— Poderei dar-lhe indicações sobre o itinerário que deve seguir, mas você deve merecê-las.

— Já esperava por isso — disse o mercador, que, no entanto, pareceu um pouco decepcionado. Por um instante, julgara falar a uma pessoa que não agia em interesse próprio. "Nenhuma informação é de graça", disse para si mesmo. — Que devo fazer?

— Está enganado — disse a mulher, adivinhando-lhe os pensamentos. — Deve apenas responder a algumas perguntas. Primeiro, confesse de que natureza é o seu interesse neste caso.

Ignazio estava a ponto de replicar quando gritos de alarme o interromperam. Uma irmã saiu de uma casinhola que fazia ângulo com a parte de trás da igreja e atravessou correndo o jardim na direção da abadessa, com o rosto vermelho e as mãos agarradas ao hábito.

— *Bona mater! Bona mater!* — gaguejava assustada. — Aconteceu uma coisa terrível!

— Calma, filhinha. — A abadessa se aprumou e assumiu um ar destemido. — Que aconteceu?

— O jovem occitano! O jovem occitano!

## 22

O sino do campanário de Fontfroide havia soado a nona hora, e os monges entoavam os salmos na abadia. De repente, a porta de entrada se abriu e uma luz irrompeu, dissipando a penumbra da nave. Os irmãos pararam de cantar e viraram-se na direção do vestíbulo, onde logo surgiu a silhueta de um homem de cabelos loiros recortada contra a luz. Avançava decidido, de punhos fechados, fendendo o silêncio com olhares de ódio. Nem mesmo o sábio abade Guarin ousou dizer uma palavra.

O estranho postou-se no meio da nave principal e olhou em volta como um felino acuado. Depois de fitar um a um os monges apinhados entre os bancos, gritou com voz retumbante:

— Frenerius de Gignac, apareça!

Um calafrio percorreu a multidão de religiosos. Ninguém respondeu.

O intruso esperou alguns instantes e quebrou de novo o silêncio:

— Frenerius de Gignac, assuma com dignidade as consequências de seus atos. Dê um passo à frente!

Assim que o eco dessas palavras se dissipou, ouviu-se um som bem mais baixo. Um sussurro. O estranho, como muitos outros presentes, voltou-se na direção do rumor e surpreendeu um monge no ato de cochichar ao ouvido de um confrade. De um salto, aproximou-se dele e agarrou-o pela sotaina.

— Você é Frenerius? — rosnou em sua cara.

— Não, não... — balbuciou o infeliz, tremendo. — É ele, ele... — E apontou para um companheiro no banco.

O homem de cabelos loiros soltou a presa e lançou um olhar sombrio ao monge denunciado.

— Então Frenerius de Gignac é você.

O monge era um homenzinho insignificante, de rosto pálido, com a tonsura monacal apenas esboçada e quase escondida por uma grenha castanha. Contra toda expectativa, pôs-se de pé com ar de desafio.

— Sim, sou eu. Agradeceria, porém, se me chamasse de "padre", já que não se dirige a um aldeão qualquer, mas sim a um religioso.

— Para mim você é apenas um homem ou menos do que isso — sentenciou o estranho, devorando-o com o olhar. — Terá de responder por uma ação muito grave.

Frenerius enrubesceu, confirmando ter a consciência pesada, mas enfrentou o embaraço com voz retumbante:

— Não pode me acusar de nada. Meus atos são todos em nome do Senhor.

— Serpente mentirosa, você abusou de uma jovem! E, em nome de Deus ou do Demônio, agora pagará por isso!

Com um único gesto, o loiro agarrou-o pelos cabelos e, embora tivesse o ombro ferido, atirou-o por terra.

Os monges, que haviam se reunido em torno da cena, recuaram apressadamente para junto das colunas. O estranho não se preocupou com eles, desembainhou a cimitarra que trazia à cintura e encostou a lâmina ao pescoço de sua vítima.

— Em nome do Senhor... — gemeu Frenerius.

— Confesse sua culpa! — rugiu Willalme.

— Foi ela que me seduziu com um malefício — recitou o monge. — "*Diabolica mulier, magistra mendaciorum, homines seducit libidini carnis...*"\*

— Cale-se! — O francês obrigou-o a ajoelhar-se e bateu-lhe nas costas com a folha da espada. — Diga a verdade! Você a convenceu a seguir em sua companhia para receber o sacramento da confissão, ameaçou-a em seguida caso reagisse e, quando não tinha mais meios de persuadi-la, espancou-a e violentou-a!

— Foi culpa dela! De sua beleza!

Willalme derrubou-o e ergueu a cimitarra com ambas as mãos. A abóbada, no alto, pareceu tremer.

— Homenzinhos hipócritas! Enchem a boca de orações e preceitos, mas tiranizam o mundo!

O abade Guarin se precipitou da grade do altar e entreabriu os lábios para advertir o intruso. Porém, não foi ele quem deteve a marcha dos acontecimentos: foi Ignazio.

— Não resolverá nada matando-o — exclamou o mercador, cruzando a soleira do mosteiro acompanhado de duas mulheres.

— Ele não merece viver — sentenciou Willalme como resposta, sem saber como o companheiro conseguira encontrá-lo. — Deve pagar pelo que fez.

— Mas não por sua mão. — Ignazio estacou a poucos passos dele, com a respiração suspensa. — Se o matar, você é que pagará por isso mil vezes.

Fez-se silêncio. A tensão era palpável no ar.

Ouviu-se então uma voz feminina, uma voz jovem que revelava sofrimento:

— Matar é pecado! — Era Juette, que em companhia da abadessa seguira Ignazio até aquele lugar.

---

\* "Mulher diabólica, mestra dos mentirosos, seduz os homens com a libidinagem da carne." Em latim no original. (N. do T.)

Essas palavras, em vez de deter a fúria de Willalme, encheram-no de um ressentimento ainda maior:

— Ele deve pagar! Quem faz o mal deve pagar!

O mercador se aproximou do francês, mas não ousou tocá-lo. Conhecia a tormenta que se agitava em seu interior. Ela nascera de uma dor profunda, nunca serenada, sempre pronta a explodir.

— Compartilho a sua indignação, meu amigo. Mas não é necessário matar este homem para puni-lo.

— Se o matar, padecerá a danação eterna — advertiu o abade Guarin, que assistia inquieto à cena.

Willalme, com uma careta de desprezo, empunhou ainda mais firmemente a espada.

— Já estou danado. Minha vida é uma maldição.

Ao ouvir essas palavras, Ignazio esbofeteou-o.

A multidão de religiosos proferiu uma exclamação de assombro.

O francês devolveu ao companheiro um olhar incrédulo, o rosto congestionado de ira e estupor.

— Sua vida conta muito, seu tolo! E seus atos geram consequências para as pessoas que lhe querem bem — recriminou-o o mercador. — Se quer dar asas à cólera matando um homem sem valor, faça isso. Porém, não reparará o mal que ele cometeu. Deseja repará-lo realmente? — Apontou Juette com um gesto brusco. — Pense nela, que precisa de ajuda, não de sangue.

Willalme contemplou a jovem, agachada no chão e oprimida pelo peso do mundo. Gostaria de abraçá-la e garantir-lhe que não precisava recear nada. A mesma promessa feita à sua irmã pouco antes de ela morrer... Então, com um suspiro profundo, baixou a arma e permitiu que o monge se fosse.

Frenerius agarrou-se ao hábito do abade, mas esse o repeliu com um pontapé.

"Estes homens estão dizendo a verdade?", era a interrogação com que seus olhos o fulminavam.

Ignazio pousou as mãos nos ombros de Willalme. Ele o teria abraçado se sua repugnância a externar sentimentos lhe permitisse isso. Entretanto aquele gesto simples bastou para demonstrar o que ele sentia, coisa que o francês percebeu muito bem.

Ninguém teve tempo de acrescentar mais nada porque uma companhia de arqueiros irrompeu no mosteiro e cercou os intrusos.

O mercador ergueu as mãos para aplacar quaisquer intenções belicosas.

— Esperem! Hospedei-me nesta abadia ontem à noite — esclareceu. — Perguntem a Gilie de Grandselve, o *portarius hospitum* daqui. Ele me conhece e esta manhã mesmo o presenteei com uma rica oferta.

— Gilie de Grandselve? — murmurou o abade, intrigado. — Não me lembro de nenhum monge com este nome em nosso mosteiro. E nosso *portarius hospitum* certamente não se chama assim.

Colhido de surpresa, Ignazio lançou-lhe um olhar perplexo. Como era possível? Quem seria então o monge com quem falara na noite anterior? De onde vinha Gilie de Grandselve, se não residia no mosteiro de Fontfroide? Evocou o ar dissimulado daquele velho e seus traços nem um pouco agradáveis.

Filippo de Lusignano saiu da mata e freou seu cavalo branco diante do acampamento dos Arcontes. Como Thiago antes dele, não tivera dificuldade em encontrá-lo, embora o lugar fosse distante dos centros habitados e das trilhas mais frequentadas do bosque.

Aproximara-se cautelosamente. Um amplo manto negro escondia seus trajes de cavaleiro, tornando-o parecido a um peregrino. Para não se deixar reconhecer, renunciara até mesmo a seu armamento.

Desmontou e puxou o cavalo pela brida até a margem do bosque.

Avançou a passos nervosos, quase bruscos, sob os arabescos da luz que se filtrava pelas copas das árvores. Já não tinha o ar arrogante, mas sim preocupado. As queimaduras provocadas pela *aqua fortis* enrugavam sua testa, seu nariz e o pescoço. Por sorte, conseguira proteger os olhos com as mãos.

O confronto com Ignazio de Toledo terminara muito mal para ele. Não podia mais contar com a colaboração do moçárabe e, pior ainda, transformara-o em inimigo. Inimigo temível, que conhecia o segredo do ouro de Airagne e alimentava perigosas suspeitas.

Deixou o cavalo sob uma árvore frondosa e baixou o capuz sobre o rosto até o nariz, dirigindo-se em seguida para o acampamento dos Arcontes sem se fazer notar. Caminhava a passos leves, com a mão direita no cabo do punhal, seguindo o fosso que delimitava o perímetro do acampamento, onde a vegetação era suficientemente alta para ocultá-lo.

Queria espiar.

Diante das tendas, um pequeno grupo de soldados se reunira em torno de um velho monge. Reconheceu-o à primeira vista: era o *portarius hospitum* de Fontfroide! Seria possível? O que fazia ali? Devia estar explicando alguma coisa ou, talvez, transmitindo ordens, pois os milicianos acatavam respeitosamente suas palavras. Sem dúvida, aquele Gilie de Grandselve não era um simples religioso, como quisera parecer. Que significaria então sua presença no acampamento dos Arcontes?

Entre os presentes, destacava-se o rosto vulgar de Jean-Bevon, velho conhecido de Lusignano. Vendo-o no meio dos outros esbirros, Filippo se lembrou dos bons tempos, quando os recrutara pessoalmente um a um. Vinham de diversos lugares e tinham experiências de vida diferentes — antigos milicianos, mercenários, assassinos, saqueadores. Durante anos, haviam lhe jurado fidelidade. Perguntou-se o que poderia tê-los induzido à traição.

Na tentativa de se aproximar mais para ver melhor, percorreu agachado outro trecho do fosso, até chegar ao ponto para o qual convergiam os esgotos do acampamento. Continuou ladeando os canais de água fétida, cuidando para não sujar os sapatos, mas de repente precisou parar: na lama, boiava um cadáver.

Este apresentava uma ferida no ventre e um corte no rosto. Filippo prosseguiu inquieto, com a sensação de que aquele homem não lhe era estranho; quando chegou perto, reconheceu-o. Era o corpo de Thiago de Olite.

Um zumbido irritante se elevou do cadáver e Filippo foi atacado por um enxame de moscas. Por pouco não escorregou no lodo, mas conseguiu manter o equilíbrio agarrando-se a um arbusto. Recompôs-se. Aqueles movimentos bruscos poderiam ter chamado atenção de alguém. Olhou em volta para se certificar. Um guarda com ar distraído caminhava em sua direção. Se continuasse naquele lugar, seria descoberto. Precisava se afastar logo.

No entanto, antes, lançou um olhar de desprezo ao acampamento. O assassinato de Thiago confirmava, uma vez mais, suas suspeitas. Fora traído.

— Miseráveis — disse, rilhando os dentes. — Todos me pagarão caro.

Deslizou pelo meio dos arbustos, chegou até o cavalo e fugiu pelo bosque.

# 23

Uma leve pressão no peito despertou-o.

Uberto se estendera à sombra de um olmo porque a viagem o esgotara e era necessário um descanso. Porém, abrindo os olhos, deu-se conta de que a tarde ia avançada. Dormira mais do que devia.

O torpor do despertar durou só um instante, pois logo viu, à sua frente, dois olhos verdes cercados por uma cascata de cabelos negros.

Moira se inclinara sobre ele, comprimindo-lhe o peito com ambas as mãos e encarando-o de tão perto que o jovem podia sentir sua respiração. O fato de ter sido ela a se aproximar lhe deu uma intensa sensação de intimidade, mas também de vulnerabilidade. Censurou-se por experimentar as duas emoções.

— Já ultrapassamos Toulouse e você ainda não me entregou a nenhum tribunal — disse Moira, quase em tom de desafio. — Por que não fez isso?

Resposta nada fácil. Seria como ceder a uma provocação, e esse gosto Uberto resolveu não lhe dar.

— E você, por que não tentou fugir de novo?

Ela não respondeu, apenas esboçou um sorriso.

Uberto percebeu em seu rosto uma firmeza inesperada, como se a moça houvesse tomado uma decisão importante. Talvez fosse uma mudança positiva, disse para si mesmo; no entanto aquele sorriso o enervava. O que ela escondia com seu silêncio? Por que o abordara daquele modo? A proximidade de seu rosto e a pressão de seu corpo o inebriavam.

Não se tratava de mera atração física... E Moira devia saber disso. Via-se claramente. Brincava com ele lançando-lhe olhares fugidios, enredando-o com laços invisíveis. Uberto disfarçou os impulsos da melhor maneira possível para resistir àquele assédio sutil e descobriu-se outra vez incapaz de raciocinar.

— Não responde? — pressionou-a com voz firme, muito mais para dar ânimo a si mesmo.

Essas palavras ressoaram mais duras que o previsto; e Moira se retraiu. Então Uberto cedeu de novo ao instinto, segurou-a com força e aproximou o rosto do dela. Acariciou-a com os lábios e beijou-a. Beijou-a várias vezes, enquanto o estupor de ambos se submergia dentro de algo maior.

"Você não sabe nada sobre mim", advertiam-no aqueles olhos cor do mar, banhados de prazer. "Não sabe quem sou nem de onde venho."

No entanto, ele agora tinha uma certeza. Para continuar apertando-a contra si, enfrentaria qualquer dúvida.

Permaneceram abraçados sob a copa do olmo e Uberto concluiu que Moira não era tão misteriosa quanto lhe parecera. Jamais experimentara emoções semelhantes com uma mulher e, todavia, não se sentia tranquilo. Sua parte racional, herdada do pai, não parava de afligi-lo com milhares de objeções, impedindo-o de se abandonar ao encantamento. Esse não era, porém, o único motivo de sua inquietude. Não conseguia sufocar o remorso por ter matado um homem. O rosto do mouro perseguia-o nos sonhos e às vezes até na vigília. "Você me trucidou como a um cão", recriminavam aqueles olhos negros como o inferno.

Moira, na doçura do abraço, acalmou-o e contou-lhe sua história. Era filha de um mercador genovês estabelecido em Acre, na Palestina, onde tentava fazer fortuna no comércio com a Geórgia. As relações com os intermediários do Mar Negro se haviam estreitado de tal maneira que chegara a desposar uma georgiana de família nobre. Ao lembrar-se da mãe, a jovem interrompeu o relato e verteu lágrimas amargas.

Moira vivera uma infância feliz em Acre, amada e protegida pelos pais, crescendo no burgo genovês entre a Fonda e a igreja de São Saba. org Mas os acontecimentos tomaram de repente outro rumo. A rainha georgiana Russunda decidira participar da quinta cruzada para libertar Damieta dos aiúbidas; a pressão mongólica empurrava populações asiáticas para leste; e, finalmente, os cristãos sofriam os ataques da cavalaria de Jalal al-Din, que irrompia do Khorezm. Muitas caravanas destinadas ao Mar Negro se perdiam no deserto sírio e nos altiplanos turcos, sem jamais retornar a Acre; e quem sobrevivia espalhava a notícia da chegada iminente dos seljúcidas da Anatólia.

O pai de Moira temia pela família e, como acumulara ao longo dos anos fortuna suficiente para garantir-lhe uma vida folgada em outras terras, embarcara com a mulher e a filha numa galera com destino a Ligúria. A viagem decorrera sem percalços e as escalas em Creta, no Peloponeso e em Messina haviam assegurado o reabastecimento de água e comida, permitindo até a compra de finas mercadorias para comercialização. Depois, acontecera o inesperado: perto da costa lígure, uma tempestade varrera a superfície do mar.

Era como se o diabo houvesse tomado o controle dos ventos e das ondas, tornando-os furiosos como animais selvagens. Sacudida pelo temporal, a nau resistira com coragem, mas acabou esmagada pelas ondas como uma casca de ovo.

Quando Moira abriu os olhos, ela estava sozinha na praia de uma terra desconhecida, o Languedoque. O mar a atirara ali como um refugo. Sua família lhe fora roubada, afastada dela pelo que parecia um pesadelo confuso e intangível. Chamara longamente pelo pai e pela mãe, perscrutando as ondas. Porém foi em vão. Haviam desaparecido para sempre, e a dor da perda foi tão intensa que ela pensou que iria enlouquecer.

Guiada por um instinto de sobrevivência que nunca julgara possuir, vagou dias a fio, mendigando ajuda e hospitalidade, até encontrar abrigo na casa de um tecelão de Fanjeux. Entretanto, pouco tempo depois, outra desgraça se abateu sobre ela. Um contingente de soldados atacou a aldeia. Arcontes — eram como se diziam chamar. Capturaram-na juntamente com muitas outras pessoas, inclusive velhos e crianças.

No princípio, Moira achara que os Arcontes queriam vendê-los como escravos, mas depois percebeu que as coisas seriam muito diferentes. Foram conduzidos por entre os montes, por uma trilha selvagem, até um enorme rochedo: o castelo de Airagne. Jamais imaginara que pudesse existir um lugar tão terrível. Jamais previra tamanho sofrimento, nem mesmo quando, em Acre, chegavam-lhe aos ouvidos boatos sobre as devastações perpetradas pelos soldados mongóis e sarracenos.

Entretanto, após alguns dias de cativeiro, conseguiu fugir e rumou para o ocidente. Queria alcançar a Catalunha, onde viviam alguns parentes de seu pai.

No caminho, encontrou um grupo de religiosos, confiou neles e contou-lhes suas desventuras. Falou do naufrágio, dos Arcontes e do conde de Nigredo, esperando que aquela gente piedosa a compreendesse e ajudasse. A única coisa que fizeram foi levá-la à presença de Blasco de Tortosa.

"Aquele bom frade a ajudará", tinham-lhe assegurado...

Uberto notou uma sombra nos olhos de Moira.

— Procure ficar tranquila — disse-lhe, para trazê-la de volta à realidade. — Agora não tem mais nada a temer.

O olhar que ela lhe devolveu não era nem um pouco conciliador.

— Ao contrário, tenho muito a temer, até você parar de falar de Airagne. Nem imagina o que acontece naquele rochedo. Está certo de que quer mesmo ir para lá?

Como se quisesse reforçar a pergunta, o cão negro, deitado perto deles, levantou as orelhas.

Uberto pôs-se de pé, olhando em torno com ar perplexo. A jovem mudara de expressão e tom de voz tão rapidamente que voltou a lhe parecer uma estranha. Tinha muito medo daquele lugar, e talvez ele próprio devesse partilhar esse sentimento, mas não conseguia. Agora, como Ignazio, ansiava por chegar a Airagne, embora por motivos diversos; e quanto mais Moira o instava a ficar longe daquele castelo, mais ele sentia vontade de encontrá-lo. Era sua missão, disse para si mesmo, e faria de tudo para honrar a palavra dada a Galib e a Corba de Lantar. Se realmente se considerava um homem de princípios, deveria se esforçar ao máximo para concluir a tarefa que lhe haviam confiado. E isso mais por si mesmo que pelos outros, caso pretendesse preservar a autoestima. Com esses pensamentos na mente, voltou a atenção para dois cavalos que pastavam a pouca distância. Um era o elegante Jaloque; o outro, o malhado, antes pertencente a Kafir e agora, à Moira. Com duas cavalgaduras, podiam viajar velozmente sem sobrecarregar nenhuma.

Inconscientemente, pousou a mão direita sobre o alforje, onde estava guardado o *Turba Philosophorum*, e, perdido em seus pensamentos, não percebeu o olhar curioso que Moira lhe lançou. Aquele livro ajudaria Uberto em sua missão. Mas como? O que o esperava em Airagne?

Só havia uma coisa a fazer.

— Devemos, sem falta, encontrar meu pai — disse por fim, desanuviando a expressão do rosto.

# 24

— Repito: ninguém neste mosteiro se chama Gilie de Grandselve — insistiu o abade Guarin, observando de cenho franzido o mercador de Toledo. — Sua mentira é evidente.

Após a irrupção dos arqueiros de Fontfroide, Ignazio não encontrara meio de explicar-se. Fora escoltado, juntamente com seus companheiros, até a sala capitular, contígua ao jardim e longe de olhares indiscretos. O abade decidira assim para que não se criasse mais confusão na comunidade monástica. Era inadmissível que, numa abadia, ocorressem cenas de brutalidade e acusações infundadas.

O mercador ouviu as duras palavras a ele dirigidas por Guarin sem expressar emoção alguma. Seu olhar vagava pelas ogivas do teto imperturbável, enquanto Willalme, a abadessa e Juette aguardavam junto aos bancos de pedra encostados às paredes, olhando ora para os guardas de pé na porta, ora para a figura autoritária do abade de Fontfroide.

— O *portarius hospitum* que me acolheu ontem à noite nesta abadia disse chamar-se Gilie de Grandselve — repetiu o mercador, tranquilo. Gostaria bem de estar tão seguro de si quanto parecia. — Posso provar o que afirmo.

O abade Guarin não se deu por vencido.

— Tenha a bondade de explicar-se.

— Sua hospedaria abriga um grupo de cavaleiros que chegaram esta noite, certo?

— Sim, fui informado da presença deles. São cruzados a caminho de Narbonne, de onde pretendem embarcar o mais depressa possível para Sídon.

Ignazio pareceu satisfeito com a resposta.

— Pois bem, eu os vi dirigindo-se às cocheiras. Foram recebidos pelo mesmo monge de quem falo: Gilie de Grandselve. Convoque um deles. Confirmará sem problemas minha versão.

O abade acenou para um dos guardas postados à porta que, obedecendo, saiu imediatamente do recinto.

Guarin, sempre sério, voltou a encarar o interlocutor.

— Não confie muito nesses expedientes, *monsieur*. Sua situação continua precária. O tal Willalme, seu protegido, agrediu um monge por causa de uma jovem suspeita de feitiçaria. Compreende o alcance do delito? — Apontou para os acusados. — Como ontem já expliquei à abadessa de Santa Lucina, a feitiçaria é um crime de lesa-majestade e uma abominação contra a fé.

Willalme colocou-se à frente de Juette e ia dizer alguma coisa quando Ignazio o deteve com o olhar. Esse olhar dizia: "Confie em mim".

O mercador voltou a encarar o abade, com as pupilas cintilantes de astúcia.

— Compreendo suas razões, reverendo padre, mas não pode nos deter aqui em virtude de um simples incidente, por mais desagradável que tenha sido.

— Pretende acaso desafiar minha autoridade?

— Não ousaria. — O mercador baixou a cabeça para disfarçar o orgulho; não queria medir-se com o interlocutor, apenas pô-lo à prova. E fez isso com uma mentira: — Permita-me explicar, estou aqui a mando do bispo Folco de Toulouse. Falo em nome dele.

— Admitindo-se que diz a verdade, nem por isso sua situação melhora. Ao contrário, fica ainda pior. — Guarin deixou escapar um risinho nervoso. — A abadia de Fontfroide pertence à diocese de Narbonne, portanto não está sujeita aos caprichos dos prelados de Toulouse. Além disso, pelo que sei, Folco não consegue se impor nem mesmo em sua própria casa. Foi expulso da sé episcopal pelos protetores dos hereges. Um insulto vergonhoso à autoridade eclesiástica.

Ignazio estava seguro de que conseguiria desviar a conversa em seu favor, mas para isso devia apegar-se a um argumento válido. Lembrou-se então dos espiões de Folco infiltrados entre os convertidos de Fontfroide, certamente sem o conhecimento de Guarin. Essa informação devia ter certo peso, mas no momento Ignazio se limitou a despertar sua curiosidade:

— Embora tenha uma aparência frágil, o bispo Folco exerce grande influência em muitas regiões do Languedoque e mesmo nesta abadia. Sua sombra se estende sobre os feudos locais.

Guarin empertigou-se.

— Cuidado com o que diz, *monsieur*. Sua situação pode agravar-se ainda mais.

— Não está curioso por saber como Folco consegue controlá-los, reverendo padre? — provocou Ignazio. — Ele se serve de espiões. E eu sei onde se escondem.

— Trairia a confiança de seu senhor? — As feições do abade se contraíram numa expressão estranha. — Está mesmo disposto a falar sobre o assunto?

"Xeque-mate" — pensou Ignazio. Talvez Guarin já suspeitasse da presença de espiões de Toulouse em sua abadia ou talvez até tivesse provas disso, mas não sabia como desmascará-los. O mercador só precisava ajudá-lo em sua investigação.

— Dada a minha posição atual, vejo-me obrigado a consentir — disse, fingindo relutância.

— Suponho que essas informações tenham um preço. O que quer em troca?

— Minha liberdade e a de meus companheiros. E mais: a suspensão das acusações de feitiçaria.

Antes que o abade pudesse se pronunciar, ressoou na entrada a voz de um soldado:

— O cavaleiro que convocou está aqui, reverendo padre.

— Faça-o entrar — ordenou Guarin, esfregando as mãos. Como que animado de novas energias, virou-se para Ignazio: — Agora teremos a prova de sua sinceridade, *monsieur*. Está em meu poder.

O cavaleiro entrou na sala capitular de cabeça erguida. Tinha uma longa barba loira que caía sobre seu peitoral de couro recoberto de escamas metálicas. Lançou um olhar rápido aos presentes e inclinou-se diante do abade. Rollant d'Auxerre era seu nome.

Guarin pôs de lado as formalidades e foi logo interpelando o cavaleiro sobre o que acontecera na noite anterior.

Rollant pareceu desgostoso com aquela quebra de cerimônia.

— Convocou-me para saber quem nos recebeu ontem na abadia? Só isso?

— Por enquanto.

O cavaleiro hesitou um instante e respondeu:

— Um monge velho, esquisito. Grandselve... Gilie de Grandselve, creio eu. Não havia ninguém mais à vista quando nós chegamos, por isso nos dirigimos a ele.

O abade aquiesceu, apontando Ignazio com um gesto distraído.

— Conhece este homem?

— Nunca o vi em minha vida — assegurou Rollant. — Quando vejo um rosto, não o esqueço mais.

Guarin caminhou meditativo até uma janela.

— Está bem, senhor D'Auxerre. Pode ir.

— Mas como? Já? — protestou o cavaleiro.

Guarin replicou com ar irritado:

— Que há, Rollant? Porventura cometeu más ações, atos de banditismo ou outra patifaria qualquer que deseje confessar?

O cavaleiro recuou um passo.

— Oh, não! Por favor!

— Pois então lhe dou minha bênção. E agora vá.

Depois que Auxerre finalmente deixou a sala capitular, os olhos do abade pousaram de novo no mercador.

— Parece estar agindo de boa-fé, *monsieur*. Sem dúvida, o fugidio Gilie de Grandselve é um dos espiões dos quais me falou: um agente de Toulouse que conseguiu se passar pelo *portarius hospitum*.

Ignazio confirmou com um aceno de cabeça, embora ainda não estivesse convencido do fato. A identidade de Gilie de Grandselve era mais um dos inúmeros mistérios que complicavam o caso. Não sabia se voltaria a encontrá-lo em seu caminho, mas por ora devia completar o trabalho de persuasão junto ao abade. Se quisesse ficar livre, teria de lhe dar o prometido: os homens de Folco infiltrados em sua abadia. Guarin não podia saber que os espiões mencionados por Ignazio estavam de olho no *béguinage* de Santa Lucina e não no mosteiro de Fontfroide. Bastaria, pois, denunciá-los para satisfazer as suas exigências.

A voz do abade interrompeu os pensamentos do mercador:

— Onde estão esses espiões?

O mercador apontou para Juette:

— E a acusação de feitiçaria?

O abade deu de ombros.

— Não foi formalizada, portanto não existe.

— Estamos, pois, todos livres para partir?

— Ninguém os deterá.

Ignazio trocou um olhar de cumplicidade com Willalme.

— Ótimo.

— Agora me fale dos espiões de Folco — insistiu Guarin.

— Pois bem, reverendo padre — disse o mercador, simulando um tom confidencial —, há pouco tempo, o senhor recebeu em seu mosteiro novos convertidos?

— Sim, alguns.

— Procure os espiões entre eles. — Ignazio semicerrou as pálpebras, insinuante. — Entre os convertidos...

Após liberar o grupo de Ignazio, Guarin mandou chamar o padre Frenerius de Gignac, que fora acusado e agredido por Willalme. O religioso não se fez esperar, atravessou os corredores da abadia a passos rápidos, agitado, enquanto preparava o discurso que pronunciaria diante de seu superior. No fim das contas, era ele, Frenerius, a vítima daquele incidente.

Decerto os culpados já tinham recebido o justo castigo, pensou. E sido sumariamente entregues ao braço secular, como convinha em tais casos. Não era, com efeito, admissível que um monge cisterciense e a própria abadia se curvassem diante do hábito de uma simples órfã! Seria o mesmo que um feudatário deixar-se humilhar por um servo da gleba.

O padre Frenerius encheu de coragem seu coração soberbo, levantou o queixo e continuou andando a passos decididos... Ou, pelo menos, imaginou fazê-lo. Quando entrou na sala capitular, parecia ainda tomado pelo assombro que o invadira uma hora antes, sob a cimitarra de Willalme encostada ao pescoço.

Guarin o esperava imóvel no meio da sala e, logo que o viu, seu olhar o golpeou como uma flecha.

Frenerius começou a tremer. O silêncio do abade lhe pesava como o jugo de um boi. Percebeu que não conseguiria manter a posição ereta e, portanto, atirou-se a seus pés.

Guarin recuou enojado e, em vez de interpelá-lo, pôs as mãos na cintura. Seus punhos estavam cerrados a ponto de embranquecer-lhe os nós dos dedos.

— Então é verdade? — perguntou por fim.

Frenerius continuou de cabeça baixa.

— Padre reverendíssimo... Eu... Aquela mulher...

— Fique de pé, meu filho. Fale olhando-me no rosto.

O monge obedeceu, mas esse gesto lhe custou um esforço enorme.

— Foi ela...

Antes que pudesse concluir a frase, o abate esbofeteou-o.

Frenerius quase caiu ao chão. Levou a mão à face, os olhos esbugalhados.

— Mas pai...

— Chega de mentiras! — sentenciou Guarin. Embora conservasse uma aparência de gravidade, suas pupilas estavam encolhidas de raiva, quase se transformando em duas cabeças de alfinete. — Confesse seu pecado! Usou de violência para com aquela moça?

O monge apertou a cabeça com as mãos e começou a soluçar como uma criança.

Se havia uma coisa que o abade de Fons Frigidus não tolerava era o pranto de um homem perverso.

O carro do mercador se distanciou de Fontfroide, sacolejando.

Ignazio o conduzia, sentado no banco, e apesar do acontecido parecia tranquilo, quase satisfeito. A abadessa, acomodada a seu lado junto a Juette, observava-o perplexa, sem saber se devia temer aquele homem ou mostrar-se agradecida por sua intervenção. As palavras que pronunciara na sala capitular seriam falsas ou verdadeiras?

Willalme, pensativo, seguia o carro a cavalo. Depois de um silencioso exame de consciência, dirigiu-se ao mercador:

— Eu não pretendia colocá-lo em perigo com meu gesto, e muito menos as mulheres.

Ignazio se limitou a responder com um dar de ombros.

O francês franziu o cenho.

— Deveria ter ficado de fora e me deixado matar aquele homem.

— Desafogando sua raiva, você apenas antecipariа o inevitável, pagando, além disso, um preço muito alto. — O mercador piscou-lhe um olho. — Se isto servir de consolo, Frenerius de Gignac já recebeu o que merece: contraiu o mal gálico. Sofrerá muito antes de dar o último suspiro. O inferno pode esperar um pouco, não acha?

— E como você sabe de seu estado de saúde?

Foi a abadessa que respondeu:

— Aquele monge pegou a doença por causa de seus vícios. Nós, *béguines*, conhecemos a natureza de sua corrupção. Frenerius tem vergonha de se submeter aos cuidados dos irmãos e vem sempre ao *béguinage* para buscar medicamentos que aliviem suas dores. Durante a última visita, como já deve saber, atacou nossa pobre Juette.

A essas palavras, a jovem se encolheu toda sob o hábito cinzento.

— Creio que esse Frenerius não aparecerá mais por aqui — disse o mercador.

Willalme inclinou a cabeça.

— Queira perdoar minha impetuosidade, reverenda madre. Por pouco, não piorei sua situação.

— Há males que vêm para bem — interrompeu-o Ignazio. — Nossa "conversinha" com o abade nos foi útil por vários motivos.

O francês ergueu os olhos para o companheiro.

— Explique-se.

— Desmascarei Gilie de Grandselve, o *portarius hospitum* que me recebeu na abadia. Ignoro sua identidade, mas provavelmente é um espião encarregado por alguém de nos vigiar. Talvez pelo próprio conde de Nigredo. — O mercador franziu a testa. — No entanto não foi ele quem tentou me matar antes do amanhecer...

— Tentaram matá-lo? Quem... Como?

— Filippo de Lusignano não é a pessoa que julgávamos ser — limitou-se a responder Ignazio. — Conto-lhe tudo mais tarde, amigo, a sós. Agora, deixe-me concluir meu raciocínio. Alimentando as suspeitas do abade Guarin, prestei um serviço à comunidade de Santa Lucina.

— Foi o que pensei — admitiu a abadessa —, embora não tenha compreendido inteiramente.

Ignazio rompeu a impassibilidade com um sorriso sincero. Afinal, simpatizava com aquela monja.

— Saiba, madre, que o que eu disse a Guarin é verdadeiro só pela metade. O bispo Folco de fato infiltrou alguns espiões entre os convertidos de Fontfroide, mas com a intenção de investigar o *béguinage* de Santa Lucina, não o abade. — Apontou-lhe o dedo, mas sem intenção de ameaça. — Folco suspeita, com bons motivos, de que vocês possuem informações sobre Airagne e por isso as mantém sob vigilância.

A mulher empalideceu.

— Por sorte — continuou o mercador —, os espiões de Folco ainda não descobriram nada de concreto. Desconhecem a relação entre Airagne e a alquimia. Além disso, agora o abade Guarin os desmascarará, acreditando que o investigado é ele próprio. E irá devolvê-los ao remetente.

— Não entendo uma coisa — disse a abadessa, que não parecia disposta a acalmar-se. — Apesar de saber de tudo isso, você está também a serviço do bispo Folco. Por que o traiu?

— Não estou a serviço de Folco, mas sim do rei de Castela — esclareceu Ignazio. — Neste caso, o bispo de Toulouse é um simples intermediário e seus interesses não me dizem respeito. Não bastasse isso, desaprovo seus métodos. — Esboçou um risinho de satisfação. — Sabotar aquele fanático, além de uma necessidade do momento, foi um verdadeiro prazer.

— Por um instante, pensei que apenas interesses pessoais o tivessem levado a se envolver nesse assunto — confessou a mulher.

— Num certo sentido, tem razão. Não costumo agir por conta de terceiros sem obter alguma vantagem. E não darei desconto nem mesmo ao rei Fernando.

— Que pretende fazer?

— Pretendo desempenhar a missão a meu modo, satisfazendo a minha curiosidade.

— E pode-se saber o que o deixa tão curioso?

— A alquimia — respondeu Ignazio. A expressão inquisitiva dos presentes era um claro convite para que se explicasse melhor. — Segundo uma opinião muito difundida, há métodos que permitem transformar em ouro metais "vis", como sustenta Teófilo, o Presbítero, nas páginas de seu *De Diversis Artibus*.

Willalme arregalou os olhos incrédulo.

O mercador prosseguiu:

— No entanto, com todos os procedimentos conhecidos, só se obtêm imitações vulgares de ouro, quase sempre produtos derivados do latão. Pelo que afirma Avicena, parece que os metais não se transformam. — Suspirou um tanto decepcionado. — Mas o ouro de Airagne é diferente. Pode enganar um olho experiente e só se consegue desmascará-lo mergulhando-o em ácido. Sem dúvida, o conde de Nigredo adota um método aperfeiçoado, talvez da escola oriental. Quero descobri-lo.

A abadessa assumiu um ar de reprovação.

— Por quê? Pretende também fabricar ouro alquímico?

— A mim não interessam as coisas em si, reverenda madre, mas o modo como acontecem. — Ignazio lançou-lhe um olhar de cumplicidade. — E a senhora me ajudará, em troca do serviço que lhe prestei.

— Farei isso, não duvide. Quando chegarmos ao *béguinage*, vou apresentá-lo a um homem que fugiu de Airagne. Mas já vou lhe avisar: sua vida não será mais a mesma depois de descobrir quais são os horrores da cruz que as três *fatae* escondem.

## 25

A abadessa cumpriu a palavra. Tão logo chegaram ao *béguinage* de Santa Lucina, convidou Ignazio a segui-la até a velha igreja. Queria mostrar-lhe alguma coisa nos subterrâneos da construção: o segredo ali escondido.

O mercador concordou de bom grado. Entardecia, e o sol, já se pondo, se estendia sobre os montes como um manto de veludo.

Willalme desceu do cavalo e postou-se ao lado de Ignazio, que se dirigia para a porta da igreja. Voltou-lhe à memória o barulho misterioso que ouvira na noite anterior. Parecia vir do subsolo, agudo e insistente. O que seria?

A abadessa olhou para o francês e deteve-o com um gesto firme.

— Você não — ela lhe disse decidida. — Você espera aqui fora.

Willalme, embora contrariado, não replicou. Já causara problemas suficientes àquela mulher. Voltou para o carro e ajudou Juette a descer, porém, ao encará-la, sentiu-se acanhado. Não achava as palavras certas para entrar naquele poço de silêncio, ainda mais profundo que o seu próprio. "Ninguém deve me tocar", gritara ela poucas horas antes. Talvez, pensou o francês, ele a estivesse ofendendo com sua atitude. Entretanto, ao contrário, a moça estendeu-lhe as mãos. Willalme ensaiou um sorriso e ajudou-a a pôr os pés no chão, recuando logo.

Enquanto isso, a abadessa guiava Ignazio pelo interior da igreja. Willalme viu-os desaparecer pela arcada da porta, sem dúvida em direção à abside, imersa num silêncio de preces antigas.

O mercador seguiu a abadessa ao longo da nave, bem modesta em comparação com a de Fontfroide, e quando chegaram perto do coro notou à luz dos círios que, na parede de tijolos, abria-se uma pequena porta pouco visível.

A mulher inclinou a cabeça e preparou-se para entrar, mas antes esclareceu:

— Saiba que não o estou ajudando para pagar o favor.

Ignazio interrogou-a com o olhar e a abadessa encarou-o, como se quisesse ler sua alma.

— Eu o ajudo porque, sob o manto de cinismo que enverga, percebo o rosto de um homem bom. Quaisquer que sejam seus motivos, eu espero que no momento oportuno você faça a escolha certa.

O mercador, erguendo os ombros, envolveu-se na capa, pois naquele lugar a atmosfera era particularmente fria e úmida.

— Receio não entender, madre.

— Quando vir o que está escondido lá embaixo, você entenderá.

A porta dava acesso a uma escada de degraus angulosos.

Iniciaram a descida. Para não tropeçar, precisaram apoiar-se às paredes.

Intrigado com os estranhos rumores que vinham do subsolo, o mercador lançou um olhar desconfiado à mulher. Ela o ignorou e continuou a precedê-lo em silêncio.

Lá embaixo, uma porta se abriu e Ignazio arregalou os olhos, incrédulo.

A escada terminava num recinto espaçoso, saturado de ar pestilento e iluminado por poucas candeias. Talvez fosse uma antiga cripta, mas tudo ficava em segundo plano diante do barulho que ressoava entre aquelas paredes.

Antes de perceber a origem do barulho, Ignazio avistou uma dezena de homens debruçados sobre estranhas mesas de madeira. Pareciam escreventes sentados num *scriptorium*, mas seu aspecto era grotesco. Estavam todos em pele e ossos, iguais aos condenados que se veem nas pinturas do inferno. Repetiam sem cessar gestos trêmulos e frenéticos.

O mercador procurou não se deixar impressionar. E aos gritos, para que o barulho não encobrisse sua voz, perguntou:

— São estes os fugitivos de Airagne?

— Uma parte mínima — explicou a abadessa, também ela aos gritos. — Os que sobreviveram.

— Quer dizer que muitos deles...

— Morreram. — O tom da mulher expressava amargura, mas também certa raiva. — Por causa de uma doença desconhecida que os contaminou na prisão de Airagne.

— Deixe-me adivinhar: hálito adocicado, histeria, paralisia dos membros e coloração anômala das gengivas.

— Sim, você mencionou os sintomas principais. — A abadessa olhou-o de lado. — Como sabe?

— Saturnismo — limitou-se a responder o mercador. De repente, perdera a vontade de falar. Seu estado de espírito estava muito além de qualquer emoção exprimível. Asco, piedade e estupor formavam um emaranhado sem forma. Ainda assim continuava a perscrutar nas sombras, tentando descobrir em que trabalhavam aqueles infelizes com tanta dedicação, ou loucura, e como conseguiam fazer tamanho barulho.

— Posso saber de que se ocupam?

— Tecem.

O mercador dirigiu-lhe um olhar incrédulo.

A mulher explicou:

— Nós os mantemos ocupados aqui. Suas mentes estão perturbadas pela doença que você tão bem descreveu. Se ficassem inativos, manifestariam reações violentas, semelhantes ao comportamento dos endemoniados.

— Então, trabalhando, eles sossegam?

A abadessa assentiu.

— Muitos desses homens, antes de caírem nas garras dos Arcontes, desempenhavam tarefas de artesanato, de modo que tentamos empregá-los em algo que conhecessem. A tecelagem mecânica.

Ignazio buscou, com os olhos, a confirmação do que ouvira. Era verdade. A maior parte dos reclusos lidava com teares mecânicos. Essa era a fonte de todo aquele barulho.

O mecanismo possuía dois cilindros: no de cima, enrolava-se o fio; do de baixo saía o tecido pronto. Os fios de lã passavam por hastes de madeira providas de furos que, acionadas por pedais, levantavam o aparelho para permitir a passagem da lançadeira. A cada movimento correspondia um golpe, um disparo e um chiado.

Ignazio já ouvira falar da tecelagem mecânica, que lhe pareceu funcional, mas barulhenta a um ponto quase insuportável. Sabia também que aquela arte era considerada uma atividade vergonhosa pelo clero, por causa dos ruídos do mecanismo e dos lugares subterrâneos em que era praticada. O verdadeiro motivo da condenação, porém, era outro: ambientes escuros muitas vezes davam abrigo a cátaros.

Quando considerou ter visto o bastante, o mercador virou-se novamente para a abadessa e disse:

— Por que vocês mantêm estes homens no escuro?

— Depois de passar muito tempo nas trevas de Airagne, seus olhos não suportam mais a luz intensa do dia. Além disso, não podemos deixar que circulem livremente por aí. Alguém, cedo ou tarde, repararia em seu comportamento anormal.

Ignazio lembrou-se de como Sébastien, o possesso de Prouille, fugia da luz e foi invadido por uma imensa piedade.

— Devem ter vivido uma experiência horrível.

— Desumana. É a palavra justa. — A *béguine* examinou-o, para adivinhar seus sentimentos, mas viu-se diante de um escudo impenetrável. — Não vamos perder tempo — suspirou. — Você queria conversar com um deles, e creio que não deve ter mudado de ideia.

— De fato.

— Espere aqui — recomendou-lhe a mulher, dirigindo-se para o centro da sala.

Ignazio perdeu-a de vista por um instante e depois a descobriu num canto, conversando com alguém oculto na sombra.

A espera foi curta. A abadessa voltou na companhia de um homem alto e musculoso. Não tinha o olhar perdido da maior parte dos reclusos, andava ereto, sem movimentos descontrolados; no entanto, quando o mercador pôde observá-lo de perto, notou que exibia uma deformidade pavorosa. Recuou instintivamente, ensaiando um cumprimento.

O homem o encarou sem cerimônias, indiferente à terrível impressão que causava. O lado esquerdo de seu rosto tinha uma cicatriz enorme. A pele parecia ter sido desfeita e refeita como cera derretida. Também o braço esquerdo, que saía do hábito sem mangas, fora reduzido às mesmas condições.

— Saudações, estrangeiro. Chamo-me Droün — exclamou ele. — A reverenda madre disse que você queria conversar comigo.

Ignazio assentiu.

— Procuro informações sobre Airagne.

— Com que finalidade?

— Quero ir até lá.

O homem arregalou o olho intacto.

— É louco.

— Talvez, mas isso não lhe diz respeito. Poderia me conduzir até aquele lugar?

— Antes morrer. — Droün levou as mãos ao peito, como se estivesse se oferecendo em sacrifício. — Torture-me, se quiser, mas minha resposta continuará sendo a mesma.

— Por que Airagne o assusta tanto?

— Porque representa o *draco*, a morada dos Arcontes descrita no livro *Pistis Sophia*. — O homem parecia seguro de suas palavras. Sem dúvida, seus conhecimentos derivavam do convívio com ambientes heréticos, pois recitou de memória: — "Como disse Jesus a Maria, quando o Sol desce para as entranhas da Terra, o bafo do dragão vela a luz e o hálito das trevas recobre o mundo, assumindo o aspecto de fumaça noturna".

— Por respeito ao seu medo, não lhe pedirei que me acompanhe. Mas pode me indicar o trajeto que devo seguir?

Droün ficou calado por um bom tempo, incerto quanto ao que responder. Olhou várias vezes para a abadessa e finalmente superou a hesitação:

— Se quer isso...

— Muito bem. Descreva então Airagne. Que acontece lá dentro?

Droün inspirou profundamente nervoso.

— Não sei muita coisa, como todos os aqui presentes. E por uma boa razão: quando os prisioneiros chegam ao castelo de Airagne, são divididos em grupos e encaminhados para locais separados. Grande parte da mão de obra se destina às cavernas subterrâneas.

— E os outros?

— Os outros são distribuídos pelos ambientes de fusão e sublimação. Nenhum dos prisioneiros sabe para que serve a estrutura toda. Trabalha-se e basta; sem perguntas. Quem para é morto pelos guardiões. Muitos, aliás, se submetem sem discutir. O lugar é tão horrível que os prisioneiros pensam ter sido precipitados no inferno.

Ignazio se aproximou do interlocutor já insensível a seu aspecto. A curiosidade falava mais alto.

— E você, o que fazia? Que função desempenhava?

Droün esfregou o lado esquerdo do rosto.

— Eu trabalhava com outros no subsolo, onde um vapor desconhecido era canalizado para um caldeirão de metal. Não me pergunte por que, pois não saberia dizer-lhe.

— O que disse já é o suficiente. Mas como conseguiu fugir?

— A vigilância é rígida, e ainda assim permaneci prisioneiro só por alguns meses. Foi possível graças a isto. — Droün apontou com orgulho as cicatrizes no rosto e no braço esquerdo. — Enquanto trabalhava, fui atingido por um escapamento de vapor fervente e desmaiei. Os guardas pensaram que eu estava morto e se desvencilharam de mim. Coisas desse tipo acontecem frequentemente em Airagne... Quando recuperei os sentidos, eu estava na beira do fosso externo do castelo, para onde vão os despejos. As feridas não eram fatais, felizmente, então eu fugi.

— Despejos?

— Sim. No subsolo de Airagne, duas coisas não faltam: cristais de galena e fontes de água. A água é usada para resfriar os metais e para outros processos, sendo em seguida lançada fora, no fosso.

Ignazio examinou com atenção o interlocutor.

— Poucos meses de permanência, você disse... Por isso, ainda raciocina com lucidez. Não contraiu o mal de Saturno. Escapou a tempo do envenenamento pelo chumbo.

— Não compreendo suas palavras, estrangeiro, mas é verdade. Sou um dos poucos, aqui dentro, que conservaram o uso da razão.

— Ótimo. — O mercador parecia satisfeito. — Então não terá dificuldade em indicar-me o caminho certo a seguir.

— Você é louco — resmungou Droün. Mas, embora incomodado, atendeu ao pedido de seu interlocutor.

Não muito longe do *béguinage* de Santa Lucina, Filippo de Lusignano entrou numa aldeia rural sem nome, percorreu a trote a rua empoeirada e parou o cavalo diante de uma taberna de aspecto nada respeitável. Após desmontar, ajustou o hábito e, cobrindo o rosto com o capuz, entrou.

Mal fechara a porta e uma mulher caiu em seus braços, roçando-lhe o peito e o rosto. Ela era velha e descabelada, seu hálito cheirava a vinho e a algo ainda mais repugnante. Sem sequer olhá-la, Filippo agarrou-a pelos cabelos e empurrou-a, derrubando-a ao chão.

— Ei, forasteiro, deixe essa puta em paz! — resmungou alguém na penumbra.

Filippo não respondeu. Atravessou o recinto com ar altaneiro, por entre odores indefinidos e olhares turvados pelo álcool. Parou junto a uma mesa onde soldados bebiam e jogavam dados.

— São mercenários? — perguntou com arrogância.

Um dos homens ergueu os olhos embaciados do copo.

— Suma daqui, padre — grunhiu. — Volte para o mosteiro de onde veio.

— Não sou padre — replicou Lusignano —, mas, mesmo que fosse, não receberia ordens de um idiota bêbado.

Ao ouvir isso, o soldado proferiu um palavrão e levou a mão ao cinto, onde se via o cabo de uma faca. Filippo, mais ágil, sacou de sob o hábito um punhal e cravou-o na mesa, bem diante do rosto do homem.

O *soldadier* ficou paralisado na cadeira. Seus companheiros, porém, levantaram-se de um salto, como se seus assentos tivessem se incendiado. O rubor da embriaguês desapareceu do rosto deles.

— Quem é você? — perguntou um dos soldados.

O forasteiro embainhou o punhal e ergueu o capuz, pondo à mostra uma expressão feroz.

— Chamo-me Filippo de Lusignano — disse.

Como nenhum dos homens se atrevia sequer a respirar, ele continuou:

— Procuro mercenários dispostos a me seguir. Estão disponíveis?

Os soldados se consultaram com um olhar rápido e o mais velho do grupo tomou a palavra:

— No momento, estamos desempregados. Pretendíamos nos integrar a algum exército por estas paragens. A questão é a escolha. Mas se você pagar bem, nós o seguiremos.

— Dinheiro não é problema. — Lusignano acenou aos interlocutores para que se sentassem. Ele mesmo se acomodou num banco e pôs-se a examinar as garrafas de vinho espalhadas pela mesa. — Quantos são vocês? — Encheu um copo e levou-o à boca com um gesto desconfiado.

— Alguns cavaleiros e cerca de quarenta soldados de infantaria.

— Acho que é suficiente — continuou o recém-chegado, fazendo uma careta ao provar o vinho.

— Que missão pretende nos confiar?

Filippo bebeu um trago, engolindo-o a custo, e respondeu com ar sério:

— Preciso recuperar uma coisa muito preciosa. Uma coisa que me foi roubada. — Permitiu-se um risinho malévolo. — Antes, porém, quero acertar contas com um moçárabe, um homem chamado Ignazio de Toledo.

— Matar, destruir, combater... Para nós não faz diferença, senhor. Saiba, no entanto, que nossos serviços custarão caro.

— Já disse que dinheiro não é problema. O pagamento será feito com escudos de ouro — enfatizou Filippo, enquanto pensava: "Sua recompensa não será nada perto do sacrifício que vou exigir-lhes em troca!".

# 26

No refúgio subterrâneo da igreja de Santa Lucina, os olhos de Ignazio, bem como seu estado de espírito, se haviam acostumado por completo ao ambiente. O disforme Droün lhe traçara o itinerário que deveria seguir para alcançar Airagne e, com frases diretas, quase brutais, mencionara um caminho difícil entre os montes selvagens das Cevenas. Aquela região era conhecida pela hostilidade dos habitantes, pastores rudes e esquivos, descendentes dos povos gauleses e guardiões de lendas que remontavam a um passado sem nome. Embora se declarassem cristãos, professavam ainda os cultos pagãos de seus antepassados.

A narrativa de Droün, longe de intimidar o mercador, atiçara sua curiosidade. Ignazio estava agora convencido de que a escuridão de Airagne escondia os segredos da alquimia oriental: a filosofia dos metais, que o Ocidente cristão só conhecia em parte e de modo muito imperfeito. O manuseio de caldeiras, do chumbo e de certos tipos de vapor devia obedecer a um método preciso, a uma escola da qual se ignorava a origem e a designação. Além disso, não era uma ciência teórica, mas sim empírica — o que representava, para o mercador, um atrativo irresistível. Assim, logo que voltou ao ar livre, manifestou a intenção de retomar a viagem o mais breve possível.

Porém anoitecia e a abadessa aconselhou-o a esperar até a manhã seguinte. Ofereceu a ele e a Willalme um alojamento no interior do *béguinage*, para não dormirem ao relento.

Ignazio olhou em direção ao poente, onde os últimos raios de sol já se dissolviam nas sombras, e aceitou o convite com um sorriso amável.

# Quarta Parte
# ESPIRAIS DE TREVAS

Baixou uma treva assustadora e ao mesmo tempo raivosa, que se desdobrou em espirais como uma serpente. Depois, transformou-se numa substância úmida e turbulenta, indescritível, que emitia fumaça como a de uma fogueira e espalhava um som lamurioso, ininteligível. Por fim, saiu dela um grito desarticulado, parecido a uma voz de fogo.

*Corpus Hermeticum, I, 4*

# 27

Os dois companheiros partiram do *béguinage* de Santa Lucina às primeiras horas do amanhecer. Despediram-se das irmãs e rumaram para o leste. Juette permaneceu por longo tempo à janela, com os olhos fixos no carro, que ia ficando cada vez menor a distância.

Willalme o conduzia, sentado no banco, enquanto Ignazio ruminava os fatos acontecidos. Nas últimas horas, muita coisa havia mudado. A traição de Filippo abalara uma situação já por si incerta, o que, porém, o mercador não encarava com medo, e sim com objetividade, quase com distanciamento. A reação de Lusignano representava, a seus olhos, apenas um lance do jogo e também uma oportunidade que lhe permitiria, finalmente, agir por conta própria, sem dar satisfações a ninguém.

Naquela noite, sonhara com Uberto, uma visão nítida, quase real. Porém, como não costumava atribuir aos sonhos significados premonitórios, aquilo lhe pareceu um fato natural. Antes de adormecer, ficara pensando no filho e analisando se seria melhor voltar para procurá-lo ou deixar que continuasse o seu caminho. O problema era que não sabia onde ele poderia estar naquele momento; além disso, os feudos e itinerários da região eram vastos demais para alimentar a esperança de encontrá-lo. A única solução seria deixar-lhe pistas ao longo do trajeto, para que ele as seguisse. Com esse objetivo, antes de partir de Santa Lucina, Ignazio confiara à abadessa uma mensagem para ele, caso aparecesse por lá. Escrevera poucas palavras, suficientes apenas para que ele ficasse alerta: "Muito arriscado ir adiante. Espere-me aqui".

A estrada serpenteava para nordeste, na direção das Cevenas, e a certa altura desembocou da mata para atravessar uma campina recortada por muretas de pedras desconjuntadas.

De súbito, Willalme colheu as rédeas, parando bruscamente o carro. Ignazio, que quase foi lançado por terra, olhou em volta alarmado.

Um grupo de soldados bloqueava o caminho.

O francês indicou ao companheiro outro esquadrão que saíra do bosque e se postara às suas costas, formando fileiras para impedi-los de voltar.

— Eles nos acharam — exclamou Willalme.

O mercador franziu o cenho e examinou a tropa. Mercenários, sem sombra de dúvida. O instinto lhe dizia que não tinham nada a ver com os Arcontes, mas evitou tirar conclusões precipitadas.

A fila de infantes se abriu, deixando passar um homem montado num cavalo branco. Estava de batina, mas sua postura não era de modo algum a de um monge. Willalme rangeu os dentes:

— Filippo de Lusignano!

O homem ergueu o capuz, revelando as marcas do rosto. Ao pescoço, trazia a medalha em forma de aranha.

O mercador controlou a tensão.

— Mestre Filippo — brincou —, eu noto que a *aqua fortis* modificou um pouco seu rosto.

— Nada de grave, mestre Ignazio. Uma simples escoriação. — Lusignano lançou-lhe um olhar ameaçador. — Quando eu acabar com você, estará bem pior, pode acreditar.

O mercador se conteve. Os soldados cercavam o carro e, à falta de uma rota de fuga, ele deveria recorrer à improvisação.

— Essa gentalha não será suficiente para tomar Airagne. Pois é para lá que vai, não?

— Tem razão, como sempre — respondeu Filippo.

— Está agindo por ordem do padre Gonzalez?

— Continua a me surpreender. — Lusignano abriu os braços, quase jovial. — Nem numa situação perigosa consegue refrear a sua curiosidade. Mas, dessa vez, se enganou. Fui eu quem induziu Gonzalez a se meter nesta aventura, não o contrário. Assim que ele soube do rapto da rainha Branca, eu lhe sugeri promover uma investigação sobre o acontecido. Gonzalez entreviu em meu plano a oportunidade para espalhar sua influência do outro lado dos Pireneus e aceitou. Depois disso, foi fácil obter o beneplácito de Fernando III.

— Bem mais que uma missão de resgate! Um embrólio diplomático, isso, sim. Nem o bispo Folco deve estar a par do que acontece. E suspeito que, a você e a Gonzalez, pouco importa a segurança de Branca de Castela.

— Não seja hipócrita — repreendeu Filippo. — A você, a segurança dela importa menos ainda. Só aceitou fazer esta viagem para saciar sua sede herética de conhecimento.

O mercador desafiou-o com o olhar.

— E suas motivações, quais são?

— Reclamar aquilo que já foi meu. Airagne.

— Quer dizer que... — Ignazio interrompeu-se, para pôr em ordem seus pensamentos. — Você é o conde de Nigredo?

— Sim. — Filippo esboçou um sorriso glacial. — Ou melhor, *fui*. Alguém se apossou de Airagne enquanto eu residia em Castela, usurpou o título de conde de Nigredo e, como descobri há pouco, assumiu o comando dos Arcontes.

— Portanto, inventou essa missão no Languedoque como pretexto para vir até aqui. E faz alguma ideia de quem o espoliou?

— Sobre isso, sei tanto quanto você. Ignoro a identidade do atual conde de Nigredo e o motivo que o levou a raptar Branca. Mas, seja quem for, ele logo sentirá o gume de minha espada.

— Então você conhece o segredo de Airagne. — Ignazio não via outra saída a não ser ganhar tempo prolongando o discurso. Confiava no egocentrismo do interlocutor. — Agora que estou em seu poder, pode me revelar esse segredo. Que há naquele lugar?

O cavalo branco relinchou. Filippo olhou para trás, como se esperasse um sinal. Uma leve impaciência bailava em seu rosto. Em seguida, fitou novamente o mercador e respondeu:

— Descobri Airagne há muito tempo, enquanto trilhava os caminhos desertos das Cevenas. Na época, era um cavaleiro andante, descendente de um ramo da nobreza do Poitou em decadência. Achei por acaso aquele lugar, abandonado havia séculos, talvez um refúgio dos povos gauleses, uma catacumba ou um templo dedicado a seus cultos. De qualquer maneira, era bastante espaçoso e fácil de defender, motivo pelo qual resolvi transformá-lo em meu esconderijo. Lá, servindo-me da alquimia, comecei a produzir ouro e formei o exército dos Arcontes. Era o primeiro passo rumo a ambições maiores.

— Os segredos da alquimia são inacessíveis até mesmo aos sábios. Como chegou a conhecê-los, você, um simples cavaleiro?

— Fui instruído por um círculo de sábios oriundos de Chartres, que encontrei no curso de minhas viagens. Explicaram-me que, segundo certas doutrinas baseadas no platonismo e na alquimia, era possível transformar chumbo em ouro.

— Filósofos chartrianos... — murmurou Ignazio.

— A sabedoria deles não era a dos filósofos comuns, fundava-se no empirismo. Entretanto, não tinham meios de colocá-la em prática, por isso lhes ofereci um local adequado: o refúgio que descobrira entre os montes. Em troca, pedi que me ensinassem a obter o ouro filosofal. Aceitaram e se estabeleceram no lugar, onde havia abundância de jazidas de galena, transformando-o em uma enorme oficina subterrânea. Assim nasceu Airagne.

— Que fim levou esse círculo de sábios?

— Depois que me ensinaram seus segredos, livrei-me deles. — Filippo assumiu uma expressão de enfado. — Não aceitavam meus métodos de obter o ouro alquímico. Achavam-nos brutais.

— Ou seja — disse Ignazio em tom de acusação —, opuseram-se ao seu intento de escravizar seres humanos.

Filippo fez uma careta de desdém.

— Seres humanos? O que propus foi utilizar hereges! Nenhum católico se oporia a isso. Mas aqueles sabichões, em vez de desprezá--los, viam-nos com simpatia.

— Por isso se desvencilhou deles — atalhou Ignazio. — Mas alguma coisa deu errado.

— Sim. — As feições de Lusignano se contraíram. — Depois de concluída a Obra, uma pessoa do grupo dos sábios conseguiu fugir. Uma mulher. E levou consigo um livro, o *Turba Philosophorum*.

— Por que dá tanto valor a esse livro?

— Entre os livros utilizados pelos sábios chartrianos, o *Turba Philosophorum* era o mais importante. Em suas páginas estão os princípios do funcionamento de Airagne, mas também muitos outros segredos que me permitiriam melhorar a fabricação do ouro e talvez até torná-lo verdadeiro. Entende agora por que eu deveria a todo custo encontrar aquela mulher? Confiei aos meus subordinados o controle de Airagne, me fingi de templário e segui aquela maldita até a Espanha. Eu me estabeleci em Toledo, onde fiz indagações durante anos, conquistando favores na corte... Mas a bruxa parecia ter desaparecido no nada. Depois, nos últimos meses, descobri que o mestre Galib tinha conhecimento do *Turba Philosophorum*...

— E matou-o tentando descobrir onde estava o livro — completou Ignazio. — Muito inábil de sua parte.

— O tempo urgia — explicou Filippo. — Eu havia acabado de saber que alguém tinha tomado o controle de Airagne e, ainda por cima, raptado a rainha Branca. Não podia ficar ocioso em Castela, precisava intervir. Assim, fingindo querer socorrer Branca, convenci Gonzalez a organizar esta missão no Languedoque.

Ignazio ergueu a sobrancelha.

— Quem mais está a par desta história?

— Como assim?

— Quer me fazer crer que Fernando III e o padre Gonzalez não sabem de nada? E Folco, aquela velha raposa? Não receia que ele se meta no negócio?

— Estão completamente alheios a tudo. Nem Folco, apesar de seu ódio à heresia, suspeita que por trás de Airagne se esconda o segredo do ouro e da alquimia. — Lusignano notou um movimento súbito entre os soldados. Só de ouvir a palavra "ouro" os mercenários já se agitavam. Ordenou que se calassem com um gesto autoritário e em seguida lançou um olhar astuto ao mercador. — Mas o que você diz não é de todo infundado. Talvez eu tenha agido bem não o matando ainda, pois pode me ser mais útil vivo. — Sorriu. — Além disso, para mostrar que não sou imprudente, devo informar-lhe que, no tocante ao bispo Folco, eu já estou tomando providências.

Ignazio ia pedir mais explicações, porém foi interrompido por um rumor de ferraduras a distância. Um cavaleiro chegava.

Filippo desviou o olhar para a estrada, já desinteressado da conversa. Parecia impaciente de novo, como se aguardasse notícias importantes.

O cavaleiro se aproximou a trote largo. Envergava uma cota de malha e montava um corcel baio. Saudou os mercenários, parou e desmontou.

Do alto de seu cavalo branco, Lusignano interrogou-o:

— E então?

— Tudo feito conforme suas ordens, *monsieur*. — O mensageiro descobriu-se. Era loiro e muito jovem, mas tinha o olhar de um carrasco. — Fechamos as *béguines* na igreja e ateamos fogo.

— E a abadessa?

— Desapareceu. Estão à sua procura.

— Maldita bruxa! — rugiu Lusignano. — Volte e diga a seus camaradas que continuem em seu encalço. Quero-a viva.

Ignazio arregalou os olhos, incrédulo.

— Está falando das irmãs de Santa Lucina? — perguntou trêmulo.

— Exatamente — respondeu Filippo, observando-o com ar de sarcasmo. — Ao que parece, existe algo capaz de perturbar sua impassibilidade.

— O que aquelas pobres mulheres tinham a ver com isto? E o que quer da abadessa?

— Segundo o bispo Folco, possuíam informações sobre Airagne e talvez até sobre mim. — O cavaleiro simulou um gesto de desinteresse. — Não posso permitir que essas notícias se espalhem. Ninguém deve saber a verdade. Quando eu retomar o controle de Airagne, o conde de Nigredo voltará a ser uma lenda.

Willalme, que escutava em silêncio, sentiu o peito encher-se de angústia e, embora longe, pareceu-lhe estar assistindo ao incêndio e ouvindo os gritos de agonia das mulheres... Emitindo um grito furioso, saltou da carroça e desembainhou a cimitarra. Avançou velozmente, abrindo uma brecha na fileira de soldados de infantaria, em direção a Lusignano, como um demônio ensandecido contra uma dezena de soldados. Girou a espada como se fosse um malho, golpeando de gume, de ponta e até de chapa. Os mercenários rodearam-no, impressionados com aquele acesso de fúria, e tentaram detê-lo sem se ferir.

— Pare! — bradou Ignazio, temendo o pior para seu companheiro. Fez menção de correr em seu socorro, mas dois soldados o impediram.

Enquanto isso, o francês continuava combatendo — alheio a golpes e insultos. Avançou contra Filippo, com a intenção de matá-lo, arrastando atrás de si um grupo de homens que o seguravam. Gritou de novo, ameaçador, e alguns soldados soltaram a presa. Outros, porém, permaneceram firmes.

Willalme foi atirado ao chão pela tropa, que o moeu de socos e pontapés. Procurou defender-se com raivosas tentativas de libertar-se, mas os inimigos eram muitos.

Ergueu do chão o rosto vermelho, as mandíbulas contraídas; havia um ódio indescritível em seus olhos. Toda aquela cólera se voltava para um só homem.

Lusignano desmontou e aproximou-se dele, ciente de estar sendo seguido pelo olhar atônito de Ignazio. Um soldado pegou do chão a cimitarra e entregou-a ao chefe.

O francês rangeu os dentes e tentou levantar-se, mas os mercenários mantiveram-no imobilizado. Filippo estacou à sua frente, levantou um pé e calcou seu ombro esquerdo no ponto em que fora atravessado pelo virote.

Os traços delicados do rosto de Willalme se contraíram, mas o jovem, apesar da dor lancinante, não quis dar espetáculo pondo-se a gritar. Sentiu que a ferida se abria e sangrava novamente, enquanto o pé de Lusignano continuava a pressionar com força. Suportou o sofrimento contraindo violentamente os músculos e canalizando para os olhos todo o ódio que fermentava em seu corpo. Se fosse possível, ele o teria matado com o olhar.

Sem tirar o pé da ferida, Filippo brandiu a cimitarra e ameaçou golpeá-lo. Mas, antes, voltou-se para Ignazio, que assistia a tudo impotente:

— Que sabe do *Turba Philosophorum*? Galib lhe revelou alguma coisa?

— Não sei nada. É a pura verdade — respondeu o mercador.

— Esperemos então que seu filho descubra alguma coisa e que eu o encontre, ou aquele livro maldito. — Apontou a espada para o pescoço de Willalme. — A vida deste valentão depende de você, mestre Ignazio. Ou resolve colaborar ou o faço em pedaços diante de seus olhos.

O moçárabe agarrou-se às bordas da carroça com tanta força que algumas farpas penetraram-lhe na carne.

— Farei o que quer — sibilou, rilhando os dentes.

No mesmo dia, já tarde, um mensageiro chegou ao povoado de Prouille. Desceu do cavalo exausto e levou-o para junto de um bebedouro. O animal meteu o focinho na água, saciando-se com avidez. O cavaleiro também mergulhou a cabeça na água, refrescando-se com estardalhaço. Não era dado a elegâncias e, além disso, cavalgara por mais de um dia; estava cansado ao extremo. Mas não podia repousar ainda. Tinha de levar a cabo uma missão importante.

Afastou o cabelo da testa e olhou em volta para ver se havia alguém por perto. Avistou um soldado de ronda, parado a pouca distância, dirigiu-se a ele a passos rápidos e pediu-lhe, sem muita cerimônia, que o conduzisse ao bispo Folco.

O guarda examinou-o desconfiado.

— Contenha-se, cavaleiro — resmungou. — Em primeiro lugar, como sabe que o bispo está escondido aqui?

— Sei, e isso basta — respondeu o mensageiro, agressivo. — Leve-me até ele.

O soldado retorceu os lábios, ignorando totalmente quem poderia ser o forasteiro. No entanto, fosse quem fosse, era um homem exausto, que viajara muito e estava quase sem forças. Se causasse problemas, não seria difícil reduzi-lo à impotência.

— Neste momento, sua graça está repousando. Não pode ser perturbado até amanhã.

— Abrirá uma exceção para mim, pode acreditar. — Com um ar confidencial, o mensageiro pôs-lhe uma mão no ombro e fitou-o diretamente nos olhos. — Tenho uma notícia muito importante para ele.

— Que tipo de notícia?

— Ouro, meu amigo — sussurrou-lhe ao ouvido. — Um castelo cheio de ouro.

O soldado não hesitou mais e escoltou-o ao interior da Sacra Praedicatio.

Depois de uma longa conversa, o bispo Folco despediu o mensageiro com um sorriso satisfeito. Após ordenar que fosse alimentado e alojado durante a noite, sentou-se num banco de madeira no canto mais escuro do gabinete. "O ouro de Airagne", pensou extasiado, quase como se vislumbrasse seu brilho. Ouro suficiente para que retomasse o controle da diocese de Toulouse.

Levou os dedos ossudos ao rosto e massageou as pálpebras destituídas de cílios. Era velho, mas ainda se sentia cheio de energia. Tinha força suficiente para montar num cavalo e combater. E, após meses passados em privação, aquela noite lhe trouxera um estímulo insólito. Um novo alento. Filippo de Lusignano, homem imprevisível e ambicioso, lhe pedia ajuda. Poderia confiar nele? A aposta era alta. Mas por que não arriscar?

"Não tenho escolha. Por isso mestre Filippo recorre a mim", pensou com uma ponta de amargura. E estava tão absorto que quase não notou a entrada de um soldado na sala.

— Sua graça me chamou? — perguntou o homem, rompendo o silêncio.

Folco voltou os olhos míopes em sua direção.

— Sim.

— Ordens?

— Mande preparar a cavalaria para a batalha. Partiremos amanhã bem cedo.

O soldado concordou sem expressar nenhuma emoção.

— Destino?

— Cavalgaremos em direção ao castelo de Airagne. O mensageiro de Lusignano acaba de me informar sua localização.

O soldado observou o bispo por um instante, sem replicar, inclinou-se e saiu. O escuro da noite envolveu-o como um manto.

Folco continuou imóvel, esparramado no banco, inexpressivo. Fixava alguma coisa na penumbra. Um elmo cilíndrico com viseira de aberturas estreitas, que se afilava em direção ao queixo. Seu elmo de combate. Um símbolo do poder que representava. Nunca o usara.

Mas naquela noite, pela primeira vez, desejou usá-lo.

# 28

Uberto chegou a um vale que se abria como uma garganta entre os montes, guiou Jaloque ao longo do regato e parou sobre um outeiro, a poucos passos de um moinho de água. Dali, tinha uma ampla visão da paisagem.

Apertou os olhos por causa da claridade e, na esperança de avistar um carro bem conhecido, perscrutou a rede de caminhos que recortava os campos e as colinas. Não havia o que fazer; nenhum sinal do pai. Desmontou e desceu até a margem do rio. Nesse meio-tempo, Moira o alcançara. Vinha montada num cavalo mais lento, seguida pelo fiel cão negro. Acompanhavam com dificuldade o ritmo de Jaloque, embora tivessem avançado com calma durante o último trecho da estrada.

— Viu alguma coisa interessante? — perguntou a jovem.

— Nada — respondeu Uberto, afundando até os joelhos na grama da colina.

O calor aumentava. Ainda que a paisagem fosse até certo ponto fascinante, ele não conseguia apreciá-la. Estava nervoso e desanimado. Seguira os passos do pai até ali, com base na mensagem que Ignazio lhe deixara na hospedaria de Toulouse. Uma tarefa simples. O mercador, na carta, aconselhara-o a procurar o bispo Folco em Prouille e pedir-lhe informações sobre o rumo a seguir. Uberto se sentiu invadido por uma onda de indignação ao lembrar-se de como fora tratado. Folco não só se recusara a recebê-lo como pouco faltou para que soltasse seus cães contra ele. O jovem tivera de sair correndo, sem entender o motivo daquela reação.

Só o que pudera fazer fora vaguear pelas trilhas da região em busca de Ignazio. Tarefa difícil, considerando-se o grande número de peregrinos que percorriam aquelas terras. Nas imediações de Carcassonne, porém, tivera sorte. Alguém tinha avistado uma pequena comitiva que caminhava na direção da abadia de Fontfroide. Eram três pessoas, e não uma, mas quanto ao resto o grupo correspondia à descrição: um mercador de aparência distinta, um homem taciturno de cabelos loiros e um soldado que bem podia ser Lusignano. Uberto tinha boas chances de alcançá-los.

O jovem mergulhou as mãos na água do rio e sentiu que suas preocupações diminuíam um pouco. Cavalgara durante metade do dia pelos feudos de Fontfroide. Logo reencontraria o pai, disse para si mesmo. Não devia ceder ao desânimo.

Olhou à frente, atraído pelo rumor das pás do moinho que se afundavam na água, e estranhou o fato de não haver ninguém por ali. Tanta quietude não era normal.

— Que estão fazendo aqueles homens? — perguntou Moira de repente, de pé no alto do morro.

Uberto olhou-a interrogativamente e a jovem apontou para um cortejo que avançava pelo vale, às margens de um campo não cultivado. "Lá estão todos eles", pensou, aguçando o olhar. Deviam ser os habitantes de várias aldeias ali reunidos, inclusive mulheres e crianças. Marchavam empunhando cruzes e estandartes, ao som de preces. Diante do cortejo se agitava o fantoche de um dragão em forma de serpente.

Uberto se aproximou de Moira.

— É um ritual para exorcizar a miséria destas terras — explicou. — Está vendo o dragão que abre a procissão?

— Sim.

— Representa o diabo. Isso se repetirá por dois dias do mesmo modo. No fim, o dragão será esvaziado da palha e irá para trás da cruz, simbolizando a derrota do mal.

— E os camponeses continuarão a morrer de fome...

Uberto suspirou.

— Para acabar com seu sofrimento, eles deveriam matar outros dragões. Aqueles que engordam à custa deles no aconchego dos castelos.

Depois de observar a procissão, deram de beber aos cavalos e montaram.

— E se pedíssemos informações na abadia de Fontfroide? — sugeriu Uberto. — Deve estar perto. Talvez meu pai tenha se hospedado lá.

A jovem concordou.

Seguiram por uma trilha que levava ao centro do vale. A vegetação tornou-se densa e o céu surgiu acima da trama de folhas lobulosas.

A certa altura, Uberto freou Jaloque, acenando a Moira para que fizesse silêncio. Logo adiante, um javali escavava entre as raízes de um castanheiro em busca de alimento. Estava com o focinho metido na terra e parecia não ter notado a aproximação dos dois.

Fazia tempo que Uberto não comia carne fresca. Com os olhos fixos no animal, empunhou o arco e tirou uma flecha da aljava; mas, enquanto mirava, veio-lhe à mente a última vez que usara aquela arma... Entreviu o vulto do mouro e suas mãos tremeram.

Disparou apressadamente, e a flecha, sibilando no ar, cravou-se no chão, a um palmo da cauda do animal. Este ergueu a cabeça, grunhiu assustado e fugiu, balançando-se sobre as patas gordas.

Uberto esfregou a testa para expulsar aqueles pensamentos, tirou outra flecha e ajustou a mira. Agora as mãos não tremiam e o olhar era decidido; mas o javali se metera pelo meio dos arbustos e sumira de vista.

— Meus parabéns — zombou Moira, quase contente ao ver que o animal se salvara. — Como caçador, você não vale grande coisa, sabia disso? — continuou, rindo. Mesmo naquele momento, achava o rapaz belo e fascinante; só de olhá-lo sentia uma alegria intensa que a fazia enrubescer. Entretanto, de repente, percebeu que o semblante de Uberto era de preocupação. — Que foi? — perguntou.

Ele apontou para alguma coisa a distância, subindo ao céu. Uma coluna de fumaça negra.

— Um incêndio nas imediações. — Franziu o cenho. — Vamos ver isso.

— Tem certeza de que é a coisa certa a fazer? — indagou a jovem. — Não seria melhor ficarmos longe?

Uberto não respondeu. Já esporeara o cavalo naquela direção. Receosa, Moira notou que ele ainda empunhava o arco.

A coluna de fumaça erguia-se de um amontoado de cabanas em volta de uma igreja, das quais pouco mais restava que uma massa de tábuas carbonizadas, tijolos enegrecidos e terra queimada. Por todos os lados viam-se pegadas recentes de cavalos. Tudo havia acontecido pouco tempo antes.

Uberto percorreu as ruínas perguntando-se que motivos poderiam ter levado à devastação daquele lugar. Não era um castelo; não era sequer uma aldeia. Apenas um sítio solitário, sem riqueza nem importância estratégica. Nem mesmo um saque justificaria tamanha ferocidade. Contemplou o esqueleto da igreja. O teto havia desabado, arrastando consigo parte das paredes. Dentro, a nave devia estar atulhada de escombros. Só a fachada continuava intacta e, embora escurecida pelas chamas, deixava ver ainda a decoração talhada sobre o portal: três mulheres monstruosas com os seios em forma de serpente.

Na frente da igreja, jaziam cadáveres amontoados como farrapos. Cadáveres de mulheres. Moira desceu da sela e disparou naquela direção, precedida pelo cachorro que farejava o ar.

— Não se aproxime. Não olhe — intimou-a Uberto.

Ela respondeu com um sorriso glacial, quase de desafio.

— Que está pensando? Em Airagne, vi coisa muito pior.

Contido por aquele olhar, o rapaz deixou-a ir e continuou a percorrer as ruínas. Contornou a construção e encontrou uma horta de ervas medicinais, que o fogo não alcançara, mas que as patas dos cavalos haviam pisoteado em sua maior parte. De novo se perguntou quem seria o autor daquela destruição. Somente homens extremamente perversos ousariam massacrar religiosas.

"Mas e eu? Serei melhor?", perguntou a si mesmo melancolicamente. "Matei um homem sem hesitar, sem sequer olhá-lo no rosto."

Os latidos do cão levaram para longe aqueles pensamentos e o guiaram até os restos de uma capela repleta de destroços. O animal, bem no centro, arranhava as bordas de uma grande placa de mármore. Uberto acalmou-o com um afago e agachou-se para examinar aquele bloco quadrado, mais parecido com a tampa de um alçapão do que com um ladrilho do piso. Essa impressão levou-o a bater na superfície para ver se o chão era oco... Um segundo depois, ouviram-se gritos lá embaixo.

Um tanto surpreso pela descoberta, o jovem encostou o ouvido à placa para tentar escutar alguma coisa... Sim, eram vozes de mulheres! Sem mais hesitar, agarrou as bordas da placa e tentou levantá-la, mas não teve êxito; virou-se então para chamar a companheira.

— Moira — gritou —, preciso de sua ajuda!

A jovem, irrompendo do lado da frente da igreja, correu em sua direção. Ela logo percebeu o que estava acontecendo, então ajoelhou-se a seu lado e auxiliou-o na tarefa. A placa se destacou um palmo e depois outro, enquanto o cachorro, excitadíssimo, metia o focinho na abertura, que ia se alargando cada vez mais. Com um último esforço, conseguiram erguer a placa o suficiente para deslocá-la de lado.

Tinham descoberto a entrada de um subterrâneo.

Algo se moveu em meio às sombras, e logo, timidamente, uma mulher apareceu envolta num hábito cinzento. Atrás dela vinham outras — todas vestidas do mesmo modo, com o terror estampado no rosto. Estavam sujas de cinzas e traziam os olhos cheios de lágrimas, as pupilas dilatadas por terem permanecido durante muito tempo no escuro.

Por último, saiu uma senhora de porte venerável. Não era a mais velha, mas parecia a mais sábia. Não se notava nenhum sinal de medo em seu rosto, apenas um profundo pesar, como se ela suportasse nos ombros as dores da comunidade inteira. Olhou em volta confusa, quase não reconhecendo o lugar onde estava. Então, avistou a silhueta da igreja destruída e levou as mãos à boca para sufocar um grito.

Quando conseguiu controlar a emoção, voltou-se para Uberto:

— Devemos-lhe a vida, *monsieur*. Não tenho palavras para expressar minha gratidão.

— Fico contente por ver que estão salvas, senhora.

Depois de sacudir sumariamente as cinzas do hábito, a mulher juntou as mãos ao regaço e assumiu uma postura mais contida.

— Como posso pagar minha dívida?

— Pagar? — Uberto fitou-a incrédulo. Nunca vira exemplo de tamanho autocontrole. Exceto em seu pai, naturalmente. — A senhora não me deve nada. Só lamento o que aconteceu à sua igreja. — Perguntou-se então se aquela mulher ainda conservaria a serenidade ao ver o monte de cadáveres diante da fachada.

A monja tentou esboçar um sorriso, mas não conseguiu. Seu rosto era uma máscara de amargura.

— A igreja será reconstruída. Não passa de um edifício inanimado. O importante é não deixarmos desmoronar aquilo que reside dentro de nós.

— É uma mulher muito sábia. Mas diga-me, o que aconteceu aqui?

— Um bando de soldados chegou ao amanhecer e ateou o incêndio. Fecharam-nos dentro da igreja e queimaram tudo. — Suspirou. — Estaríamos todas mortas se não nos refugiássemos no subterrâneo. A entrada principal desse abrigo é no interior da igreja, num ponto bem escondido.

O jovem percebeu que Moira, ao seu lado, empalidecia. As palavras da mulher deviam ter despertado nela recordações terríveis. Abraçou-a para acalmá-la, percebendo que aquele gesto o tranquilizava também.

— Quem eram os soldados? Por que queriam lhes fazer mal?

— A crueldade e a violência não precisam de motivos — limitou-se a responder a monja.

— Contudo este não é um caso isolado. Venho de Castela e, desde que estou no Languedoque, só o que vejo são perversidades. Não fosse pela morte de suas irmãs, atribuiria esta devastação às milícias do conde de Nigredo...

— Não pronuncie esse nome com leviandade, *monsieur.* Um forasteiro não pode saber o que significa exatamente.

— Ao contrário, madre. Eu sei. Ouvi falar tanto dele quanto de Airagne.

A abadessa mudou de expressão e ficou mais atenta.

— Não o bastante, ao que parece, pois não o mencionou com o devido temor.

O que Uberto vislumbrou no olhar da mulher induziu-o a ir mais fundo na conversa.

— Estou procurando esse lugar, Airagne — disse, sem meias palavras. — Pode ajudar-me?

Ao ouvir isso, a mulher pareceu lembrar-se subitamente de alguma coisa.

— Você também... — Estendeu o braço em sua direção incrédula, mas logo o recolheu, olhando-o com desconfiança. — Outro homem, que chegou aqui há pouco, me perguntou a mesma coisa... Um castelhano como você. Não pode ser coincidência...

Uberto arregalou os olhos, já esperançoso.

— Teria então encontrado meu pai? Ignazio Alvarez de Toledo?

— Sim, sim... — balbuciou a abadessa, surpresa com a descoberta. — Partiu de nosso *béguinage* pouco antes de ocorrer esta desgraça.

— Talvez esteja em perigo. — O jovem cerrou os punhos, olhando em volta. — Que rumo tomou? A senhora o encaminhou para Airagne?

— Sim, mas ele recomendou que você não o seguisse — advertiu a abadessa. — É muito arriscado.

— Pelo contrário, devo alcançá-lo o mais rápido possível — rebateu Uberto. E, voltando-se para Moira, disse: — Esta senhora me indicará o caminho a seguir. Você ficará aqui, é mais seguro. Não quero expô-la a novos riscos.

— Não. — A jovem agarrou-lhe o braço, com os olhos chamejantes. — Eu o acompanho.

Ele a fitou surpreso.

— Você está louca? Até agora, você admitiu o tempo todo que temia aquele lugar.

— Eu temo, é verdade, mas não quero me separar de você.

— Voltarei, eu prometo.

— Não suporto a ideia de esperá-lo — insistiu ela, com os olhos úmidos. — Não quero mais ficar sozinha. Não entende? Depois de tanta solidão, de tantas desgraças, transformei-me em pedra... Mas agora, ao seu lado, redescobri meu coração.

Uberto baixou a cabeça indeciso. Seu pai — tinha certeza — jamais se deixaria levar pelos sentimentos. Ele, porém, era diferente, aprendera à própria custa que raciocinar com frieza nem sempre significava a decisão melhor. Só Deus sabia quanto sofrera, desde criança, por causa da ausência de afeto.

A mulher, enternecida por aquela mudança de tom, sentiu-se no dever de intervir:

— Fiquem aqui os dois. — Olhou esperançosa para Uberto. — Você também, filho. Por que arriscar a vida? Que utilidade teria isso para seu pai?

— Uma enorme utilidade — explicou o rapaz. — Trago comigo o livro que poderá aniquilar o conde de Nigredo. A senhora não sabe, mas...

A mulher fitou-o espantada:

— Encontrou o *Turba Philosophorum*?

Uberto olhou-a intrigado, e perguntou, cada vez mais desconfiado:

— Como sabe disso? Quem é a senhora?

Pela primeira vez, a abadessa cedeu à emoção. Sem mais se preocupar com as aparências, inclinou a cabeça e caiu de joelhos.

— Uma idiota, é o que sou... — As lágrimas regaram-lhe o rosto. — Uma idiota que não contou a seu pai toda a verdade... Cabe a mim a culpa por terem incendiado a igreja. Os soldados estavam atrás de mim...

O rapaz se ajoelhou também à sua frente. Suavizou a expressão, mas falou em tom decidido:

— Conte-a então para mim.

A mulher ergueu o olhar.

— Sim, eu o farei. — Enxugou o rosto. — Mas, primeiro, pegue isto.

Uberto viu-a remexer entre as dobras do hábito e tirar dali um envelope.

— Que é isto?

A mulher estendeu-lhe o envelope com um gesto solene.

— Faz parte da verdade que escondi de seu pai.

## 29

"Por que ele não me matou?", resmungava Ignazio sem cessar. Havia se passado uma semana desde que os homens de Lusignano o capturaram e, depois disso, o cavaleiro não se dignara mais a falar com ele.

Filippo poupara Willalme, ordenando que fosse mantido em estreita vigilância ao lado do mercador. Depois, decidira que os prisioneiros o acompanhariam, com o grupo de mercenários, até Airagne. Não dera satisfações de seu comportamento e muito menos esclarecera a tática que pretendia adotar assim que chegasse a seu destino. Isso irritava o já inquieto Ignazio, receoso, sobretudo, de que Lusignano encontrasse Uberto e lhe fizesse mal.

Aos dois companheiros foi permitido seguir em seu próprio carro, escoltados pelos mercenários. Filippo, no entanto, determinou que durante as paradas fossem amarrados a uma árvore para evitar que fugissem.

Após a humilhação sofrida, o francês mergulhara num silêncio sombrio. O mercador percebia suas emoções — desprezo e revolta —, embora Willalme procurasse escondê-las. Cedo ou tarde, aquelas sementes dariam frutos.

Prosseguiram em direção ao leste e, chegando às montanhas, iniciaram a escalada das Cevenas. A paisagem oferecia cenários imprevisíveis. Picos e penhascos se alternavam com campinas de relevo suave, ótimas para o gado.

Durante todo o trajeto, encontraram apenas uma aldeia. Casas pequenas, equilibradas na encosta, com tetos e paredes de pedra cinzenta. Os habitantes eram de natureza hostil, por isso continuaram avançando sem se deter, em meio a um bosque de castanheiros povoado por cervos e tordos.

O clima passava por variações repentinas. Nas horas quentes do dia, o ar se tornava denso, pesando como um manto espesso sobre os homens, aumentando-lhes a fadiga e o mau humor; depois, ficava subitamente seco. Esses estranhos fenômenos se deviam aos ventos que sopravam para cima, deixando no vale a umidade estagnada.

Filippo guiou os homens por um desfiladeiro de pedra calcária, ao longo de uma trilha oculta. Os cavaleiros precisaram desmontar e puxar os cavalos pelas rédeas, evitando assim que caíssem no abismo forrado de pedras. A visibilidade piorara, uma névoa imprevista se erguera furtiva em meio aos rochedos.

O desfiladeiro era estreito demais para permitir a passagem de carroças, razão pela qual Ignazio e Willalme tiveram de abandonar a sua e prosseguir a pé. Mais que pelo incômodo, o mercador sofria por ter de deixar seu baú no veículo. Guardava ali instrumentos e livros preciosos, pesados demais para levá-los consigo.

O chefe da expedição não deu sinal de parada. Sempre envolto no manto negro, continuou a marchar em meio à neblina até o anoitecer, montado em seu cavalo branco. Após atravessar o desfiladeiro, deteve-se à borda de uma escarpa.

Ignazio, esgotado pela caminhada, apoiou-se a uma rocha e observou a paisagem. A névoa não permitia uma visão muito nítida, mas ele percebeu que haviam chegado a uma depressão montanhosa. De um lado era a escarpa, do outro, um relevo em forma de cúpula, coberto de matas. Contudo, além da névoa, pairava ali uma estranha obscuridade. Não se devia ao anoitecer, mas a nuvens de fuligem tão espessas que escondiam o céu.

Em seguida, notou algo ainda mais inquietante. No alto da encosta, erguia-se um castelo enorme, cercado por torres. Estas, mais que baluartes defensivos, pareciam grandes chaminés de onde escapavam densas colunas de fumaça negra. Era dali que provinha a fuligem!

Ao notar que a atmosfera estava saturada de exalações estranhas, Ignazio sentiu a pele pegajosa, mas preferiu concentrar a atenção nas torres. Apesar da pouca visibilidade, podiam ser percebidas graças às colunas negras de fumaça, bastante distintas. Na vertente sudoeste, entreviu quatro, mas provavelmente deveria ter outras tantas do outro lado.

Oito. Oito torres, edificadas a igual distância uma da outra...

De repente, a percepção de uma determinada combinação o fez estremecer. A forma do castelo reproduzia a figura da aranha impressa nas moedas de ouro alquímico. As espirais das patas indicavam a posição exata das torres perimetrais. E o símbolo central da aranha era representado pelo torreão, no meio...

Até mesmo a obscuridade pouco natural daquele lugar, se bem observada, confirmava suas intuições. Alguém já lhe falara dela: *"O hálito das trevas recobre a terra, assumindo o aspecto de fumaça noturna"*. Palavras do disforme Droün no subterrâneo de Santa Lucina. Seria possível? Estaria então no local que tanto procurara?

Para confirmar essas suspeitas, Lusignano se aproximou, sussurrando-lhe ao ouvido:

— Airagne.

Ignazio lançou-lhe um olhar inquisitivo, mas o cavaleiro já estava longe, convocando os *soudadiers* para planejar o ataque. Quais seriam seus planos? Filippo contava com pouquíssimos homens. Aproveitando a má visibilidade, poderia talvez avançar na sombra da floresta até a base das muralhas. Mas de que isso serviria? As defesas de Airagne pareciam sólidas e estavam sem dúvida bem guarnecidas. Os sapadores seriam crivados de flechas antes de transpor o fosso e os sobreviventes se veriam acossados pelos cavaleiros que seguramente aguardavam no interior das muralhas.

Ignazio notou que até Willalme avaliava a situação e fazia, também ele, suas considerações, embora muito distintas. O francês seguia cada movimento de Lusignano com um olhar tão intenso que qualquer um logo perceberia seu ódio. Filippo, porém, não parecia se importar com isso e continuava imperturbável. Estava firmemente decidido a transmitir segurança aos homens, que em tudo dependiam dele. Caso necessário, conduziria aqueles mercenários ao massacre e nenhum ousaria replicar. Afinal, as circunstâncias mostravam bem o homem que era: astuto, agressivo e versado em estratégia.

Lusignano mostrou aos *soudadiers* a vertente ocidental do castelo. Talvez, daquele ponto, fosse possível abrir uma brecha ou infiltrar-se nas defesas de Airagne; mas Ignazio, para descobrir isso, precisaria esperar a manhã seguinte. Segundo as poucas palavras que conseguiu captar, o ataque seria desferido antes da aurora, protegido pela neblina.

O mercador não conseguiu descobrir mais nada. Conforme as disposições tomadas para a noite, foi conduzido por um grupo de mercenários até um tronco de árvore e amarrado juntamente com Willalme. Tentou protestar, alegando que naquele dia não haviam recebido nem comida nem bebida.

— Comerão amanhã, no inferno — gritou-lhe no rosto um soldado, apertando a corda que o atava ao tronco.

Filippo ordenou que os homens acampassem embaixo das árvores adjacentes, recomendando que não acendessem fogo nem fizessem barulho. Depois de marcados os turnos de guarda, os *soudadiers* comeram uma refeição fria e se estenderam ao relento, expostos à umidade da névoa.

Após dias de fadiga e cativeiro, Ignazio tinha as costas doloridas. Sentia-se contente pelo fato de a ferida no ombro de Willalme estar quase cicatrizada, mas isso agora contava pouco. Logo a sorte de ambos seria decidida e ele nada poderia fazer para evitá-la.

Se conseguisse fugir... Moveu os braços para testar a resistência das cordas, mas achou-as apertadas e impossíveis de desatar. Do outro lado do tronco, o francês fez um gesto de cabeça dando a entender que tudo seria inútil. Também ele havia tentado se soltar.

Ignazio suspirou com amargura, pensando na mulher e no filho, esperando que os dois estivessem os dois em segurança. Em seguida, lembrou-se de sua casa com teto de ardósia, situada num tranquilo vale castelhano, e da paz que agora poderia estar desfrutando caso não houvesse desejado ver e saber demais.

Fechou os olhos e procurou imaginar o que teria mudado se, na juventude, escolhesse outro caminho ou se fosse um homem diferente... No fundo, porém, não pudera escolher nada. O destino o conduzira como uma folha ao vento, tangendo-o com força e capricho para os quatro cantos do mundo. Não lhe restara mais que apegar-se às ideias e aos sentimentos, deixando-se arrebatar pela fúria da tormenta. E isso não cessaria até o fim de sua vida ou a turbação de sua mente...

Depois de algum tempo, esgotado pela fome e pelo cansaço, ele adormeceu.

— Acordem! — gritou um soldado.

Ignazio abriu os olhos e fitou o homem que estava à sua frente, o rosto tenso e os braços hirtos. Percebeu que acabara de ser esbofeteado. Por trás, outro homem desatava as cordas e o mandava levantar-se, com modos mais indulgentes.

Murmurou alguma coisa para dar a entender que compreendera e, estando livre, massageou os braços e as mãos. Piscou várias vezes, mas, por mais que se esforçasse, não conseguia enxergar direito. Via tudo indistintamente, não por causa da sonolência, mas da neblina que a tudo envolvia num manto cinzento. Distinguiu apenas o clarão da alvorada que coloria o sudeste, distante e muito fraco.

Apoiou-se no tronco, forçou os joelhos e se levantou. Suas costelas doíam em vários pontos e sua cabeça latejava num ritmo constante.

O mercador aguardou ainda um instante, encostado à árvore, mas o soldado se irritou com a demora e gritou-lhe de novo no rosto:

— Mexa-se, moçárabe! — e fez menção de esbofeteá-lo. Ignazio, porém, reagiu prontamente e agarrou-lhe o pulso antes de ser golpeado.

O homem deu um grito de dor, surpreso com a velocidade e a força do prisioneiro. Puxou o braço para se livrar, mas o mercador torceu-lhe o pulso, obrigando-o a ajoelhar-se no chão. Em seguida, disfarçadamente, tirou-lhe o punhal da cinta e escondeu-o sob o manto.

— Percebo que se recuperou muito bem da fadiga da viagem, senhor.

Ignazio ergueu os olhos e viu-se diante de um hábito negro. Lusignano. Não percebera sua aproximação e perguntou-se se ele por acaso o teria visto escondendo o punhal. Enfrentou-o com tom decidido:

— Caso este aqui seja o melhor de seus soldados, aconselho-o a renunciar à empreitada — zombou, torcendo novamente o pulso do mercenário, que grunhia de dor e de vergonha.

Filippo deu de ombros.

— Apesar de sua situação, você conserva uma boa dose de orgulho. — Sentia-se no ar a ansiedade pela batalha iminente, mas ele parecia sereno e imperturbável como na noite anterior. — Solte este pobre-diabo e prepare-se. Chegou a hora decisiva. — Lançou um olhar autoritário a dois soldados próximos. — Vocês aí, aproximem-se. Não percam mais de vista este prisioneiro. Doravante, assegurem-se de que esteja sempre ao meu lado.

Os homens anuíram e prepararam-se para levar embora o refém.

— Um instante — solicitou o mercador, apontando para Willalme, ainda amarrado à árvore. — E ele?

O francês abriu os olhos e encarou Lusignano com desprezo. Ele o desafiava.

— O valentão? — Filippo sorriu com sarcasmo. — Só nos atrapalharia. Vamos deixá-lo aqui. — Aproximou-se do francês, mostrou-lhe a cimitarra e em seguida atirou-a a seus pés. — Essa arma de sarraceno não me serve. Fique com ela.

Willalme fez um esforço para se libertar. A cimitarra estava ali, à sua frente. Quase conseguia tocá-la com a ponta do pé, mas não podia apanhá-la.

Lusignano inclinou-se sobre ele e agarrou-o pelos cabelos.

— O castigo maior, para você, será ficar aqui olhando sua espada sem poder usá-la. Conforme-se. Você perdeu.

As íris azuis de Willalme brilharam de fúria. Nem naquela situação aceitava submeter-se.

Filippo parecia deleitar-se com o ódio do prisioneiro.

— Continue a me fitar com esses olhos cheios de raiva! Espero que os corvos os arranquem de sua cara enquanto você ainda estiver vivo.

Um pequeno grupo de mercenários que assistira à cena rompeu numa gargalhada espalhafatosa.

Lusignano largou a presa e se afastou, fazendo sinal aos homens para que se preparassem.

Em poucos segundos, levantaram acampamento. Selados os cavalos e sobraçadas as armas, os *soudadiers* se puseram em marcha rumo ao castelo de Airagne. Ignazio foi obrigado a seguir atrás. Teve tempo apenas de lançar um olhar de despedida ao companheiro.

Willalme ficou só, envolto pela neblina, com estranhos pensamentos se agitando em sua mente. Um eco de fantasmagorias, vultos e palavras. Talvez, depois de morto, se transformasse numa imagem semelhante — rosto sem traços, corpo insensível...

De repente, empertigou-se. Ouvira um barulho... Um som que não provinha de sua cabeça, mas de *fora*. Logo avistou duas sombras que saíam da névoa e caminhavam em sua direção. Dirigiram-lhe a palavra, mas ele não conseguiu entender. Eram vozes masculinas, quase brutais.

Sorriu. A morte viera buscá-lo.

Os *soudadiers* deslizaram em meio à neblina como um bando de lobos e, contornando as árvores, chegaram à vertente oeste do castelo. Ali, Lusignano ordenou que parassem e dividiu-os em dois grupos: cavalaria e infantaria.

Os cavaleiros não eram muitos, uns vinte no máximo, mas Filippo julgou-os suficientes para seus desígnios. Mandou que prosseguissem junto à muralha até que alcançassem os portões fechados. Deviam postar-se nas imediações, escondidos no bosque, à espera que os portões se abrissem por dentro.

Os cavaleiros obedeceram e, em formação livre, desapareceram na névoa.

Lusignano assumiu o comando da infantaria e guiou-a em outra direção.

— Há uma passagem oculta — explicou a Ignazio, que seguia aflito a seu lado.

O mercador percebeu sua estratégia. Não pretendia empreender um assédio em teoria, mas penetrar no castelo por meio de uma entrada secreta. Talvez, pela lógica, a única medida viável. No entanto, concluiu que Lusignano dispunha de poucos homens que poderiam ser úteis no momento da batalha inevitável. Seria possível que não houvesse pensado nisso? Quanto mais refletia sobre esse detalhe, mais tinha a sensação de que alguma coisa importante lhe escapava.

O ar em torno do castelo era desagradável por causa do mau cheiro que subia dos fossos até o pé da muralha; e, à medida que avançavam, mais intenso se tornava esse cheiro. Os *soudadiers*, enojados, prosseguiam tapando a boca e o nariz.

— Silêncio! — advertiu Lusignano, indicando as ameias veladas pela fumaça negra. Parecia inacreditável, mas de repente tinham surgido lá no alto arqueiros e sentinelas.

As paredes do castelo assomavam em meio a golfadas de fumaça e neblina. Destacavam-se de improviso, como miragens, e logo se desvaneciam. Os mercenários, assustados com aquelas visões fugidias, quase não se lembravam da batalha iminente.

"Tudo isso faz parte da fantasmagoria de Airagne", pensou Ignazio. Notou então que estava caminhando à beira do fosso. Inclinou-se para tentar ver o fundo e percebeu que estava cheio de um líquido turvo. Devia ser a água usada para resfriar os metais fundidos no interior do castelo; e, a julgar pelo cheiro, continha também os ácidos que geralmente se empregam para purificar as substâncias brutas.

Filippo ladeou o fosso por algum tempo, em busca de pontos de referência, e a seguir conduziu os homens novamente para o bosque. Não era fácil acompanhá-lo naquela vegetação emaranhada, desprovida de veredas, e os soldados tinham de manobrar suas lanças para que elas não ficassem presas aos galhos e arbustos.

Lusignano avançou por um bom trecho até se deter diante de uma laje de pedra estendida no chão. Parecia a tampa de um túmulo. Chamou quatro soldados e ordenou-lhes que a erguessem.

A laje deslizou sem opor resistência e, diante do estupor geral, surgiu embaixo uma grade de ferro forjado que tinha no centro uma fechadura com uma fenda octogonal. Filippo inseriu nela o medalhão em forma de aranha e acionou um mecanismo interno, abrindo-a e revelando a entrada de um subterrâneo.

— Iremos por aqui.

— Não haverá nenhuma sentinela a postos? — perguntou Ignazio.

— Eu mesmo mandei escavar esta passagem, há anos — disse Lusignano, começando a descer. — Provavelmente, quem agora ocupa Airagne não a conhece.

Um depois do outro, os *soudadiers* entraram no subterrâneo, precedidos por Filippo. Ignazio o acompanhava de perto, sempre vigiado por dois guardas. Perguntava-se de que serviria sua presença ali. Sem dúvida, Lusignano lhe reservava algo de muito especial.

Seguiram por uma galeria escavada na rocha até ouvir, de repente, um som de pingos. Filippo fez sinal para que tomassem cuidado. De um ponto no teto, escorria um líquido.

— Infiltrações lá de cima — explicou. — Significa que estamos embaixo do fosso. — Deslizou cuidadosamente encostado à parede e passou adiante sem se molhar.

Ignazio, entre os primeiros a segui-lo, imitou-o, soerguendo o manto. Se aquele líquido provinha do fosso, era preferível evitar contato.

Prosseguiram, sem se deparar com novos obstáculos, até um ponto em que a galeria se bifurcava, assumindo a forma de Y. Lusignano ordenou então que Ignazio e os dois guardas o acompanhassem pelo caminho da esquerda, enquanto o resto da infantaria tomaria o da direita, que levava até o pátio interno do castelo. Ao chegar lá, os soldados saberiam o que fazer.

Todos se embrenharam na galeria. Quando ficou sozinho com Lusignano e os dois guardas, Ignazio não mais se conteve:

— Por que nos separamos dos outros?

— Você logo verá — respondeu Filippo, imperscrutável. — Andem. Sigam-me sem mais perguntas.

A galeria da esquerda levou-os a uma escada em caracol. Galgaram os degraus até uma guarita instalada já dentro dos muros, de cujas seteiras se podiam ver os espaços internos do castelo. Filippo espiou por uma delas, convidando Ignazio a fazer o mesmo.

O mercador se aproximou e, apesar da neblina, avistou um pátio dominado por um torreão e circundado por torres perimetrais, ao longo das quais se abriam largos portões que ostentavam as insígnias do Sol Negro. Sem dúvida, os alojamentos das milícias.

Em seguida, percebeu algo se movendo sorrateiramente no pátio. Quatro homens corriam rente aos muros em direção à porta principal do castelo. Deviam pertencer à infantaria de Lusignano. Tentariam abrir os portões da fortaleza para permitir a irrupção da cavalaria postada do lado de fora, seguindo-se o ataque simultâneo dos dois grupos, infantes e cavaleiros.

Os quatro infiltrados deslizaram em meio à névoa até a entrada, um grande portal em arco talhado nas muralhas. Esse portal era bloqueado por uma sólida grade de ferro e, na parte externa, por uma ponte levadiça erguida. Os quatro *soudadiers* teriam de manejar duas rodas de madeira posicionadas nas extremidades opostas do portal. A primeira acionaria os cabrestantes atados à grade, a segunda baixaria a ponte levadiça.

Dois guardas estavam de vigia nas imediações, mas os infiltrados se aproximaram sem ser percebidos, cercaram os homens e degolaram-nos sem fazer o mínimo ruído. "Profissionais", pensou Ignazio. Em seguida, estenderam os cadáveres por terra e começaram a manobrar a primeira roda.

O ranger dos cabrestantes quebrou o silêncio do castelo.

Após erguer a grade, os quatro *soudadiers* correram para a segunda roda. Foi então que ouviram o sibilar da primeira flecha. Um deles tombou, atingido nos rins; outro, vendo o companheiro caído, largou tudo e fugiu.

Restaram dois para girar a roda. Não eram mais corajosos e sim mais prudentes. Mesmo fugindo, não escapariam às setas. Sua única esperança consistia em deixar entrar os cavaleiros. Ignazio observava-os de sua posição, esperando que de um momento para outro aqueles dois homens fossem alvejados. Se continuavam vivos, deviam isso à neblina, que impedia os arqueiros de fazer boa mira e os obrigava a disparar às cegas na direção da roda.

Ouviu-se um súbito ranger de mecanismos e a ponte levadiça baixou com estrondo. Bateu contra a borda do fosso e saltou várias vezes, levantando nuvens de neblina, mas, antes que descesse, o barulho foi sufocado por outro mais alto: um tropel de cavalos de guerra vindos do bosque.

Ignazio afastou-se da seteira e viu a cavalaria dos *soudadiers* irromper no interior do castelo, varrendo em formação cerrada todo o perímetro do pátio. Imediatamente a infantaria tomou posição em campo aberto, procurando se proteger da chuva de flechas.

O plano de assalto ia às mil maravilhas. Porém, conforme o mercador previra, o inimigo não se limitou a observar: as portas na base das oito torres se escancararam, expulsando uma torrente de soldados, a pé ou a cavalo.

— Os Arcontes contra-atacaram — confirmou Lusignano, que acompanhava a cena a poucos passos de Ignazio. Seu tom de voz era tranquilo, quase como se confirmasse uma expectativa. — Utilizarão todas as forças disponíveis para repelir a invasão.

Os mercenários de Lusignano foram cercados pela multidão. A cavalaria dos Arcontes se arremessava contra eles, empurrando-os para a porta. No entanto, a tarefa maior cabia a um batalhão que acorrera a pé: homens gigantescos que se atiravam à peleja brandindo enormes maças de ponta recurva. Essas armas terríveis não davam trégua; destruíam e dilaceravam o que encontravam pela frente.

— Os guerreiros com o *bec de corbin* vigiam as grutas de galena — disse Filippo, mostrando os colossos que vibravam as maças. — Se saíram de lá, quer dizer que o interior de Airagne está desguarnecido.

Ignazio olhou-o de lado.

— Agora entendo o seu plano. Criou uma distração para se infiltrar no castelo sem ser notado nem impedido.

— Exato — confirmou Lusignano. — Agora, nas torres, não há mais ninguém, exceto o conde de Nigredo.

— O conde de Nigredo e Branca de Castela — corrigiu o mercador.

— É claro. Sem dúvida, os dois se refugiaram no torreão.

— Seus *soudadiers* não resistirão — observou Ignazio. — Logo a luta terminará e os Arcontes voltarão para o castelo. Você não terá tempo suficiente para agir.

— Espere para ver. Ignora um detalhe importante. — Filippo convidou-o a olhar por uma seteira voltada para o sul, para a vertente externa das muralhas.

Ignazio notou um riso escarninho no rosto dos dois guardas que o escoltavam. Evidentemente, sabiam a que o cavaleiro se referia. Aproximou-se então da seteira e olhou para fora. Viu, além do fosso, um grupo de cavaleiros que acabava de sair do bosque e se dirigia para a ponte. Eram pelo menos cinquenta. Não eram mercenários, mas pertenciam a um exército regular. As cores dos estandartes e dos uniformes despertaram no mercador um pressentimento que se traduziu em certeza ao reconhecer o homem que encabeçava a formação: um bispo de manto branco, montado a cavalo. Embora vestido da cabeça aos pés, aquele homem de mitra e báculo parecia um velho decrépito. Ignazio observou-o incrédulo. Era ninguém menos que Folco de Toulouse.

O bispo ergueu o báculo, e o escudeiro a seu lado soou a trombeta, o sinal de ataque, a que se seguiram os gritos de guerra, os relinchos e o tropel de cascos. A cavalaria da Confraria Branca lançou-se à carga, galopando compacta em direção à entrada do castelo.

Enquanto isso, no interior das muralhas, os *soudadiers* de Lusignano se viam em apuros: já dizimados, recuavam para o grande portão, impelidos pela fúria inimiga. Tudo parecia perdido quando, da ponte levadiça, ressoou um brado marcial e os homens de Folco apareceram. Vendo isso, os mercenários recobraram o ânimo. Romperam a formação, abrindo alas para deixar passar a cavalaria aliada.

Os Brancos atravessaram o corredor humano e mergulharam no âmago da peleja, pressionando as linhas inimigas para desbaratá-las. O impacto foi devastador. Colhida de surpresa, a formação dos Arcontes cedeu. A cavalaria de Folco abriu uma brecha em seu centro e separou-a em duas partes, quebrando com suas lanças e maças qualquer tentativa de resistência.

Filippo sorriu vitorioso, afastou-se da seteira e ordenou aos dois guardas que se preparassem para a ação. Virando-se para Ignazio, falou-lhe em tom impaciente:

— Chega de olhar. Vamos.

Contendo um frêmito, o mercador assentiu. Seu estado de espírito era um misto de sensações vagas. O sucesso momentâneo de Filippo o deixava frustrado, embora estivesse consciente de que sua vida dependia daquele homem. Se Lusignano fosse descoberto, ele passaria por cúmplice e seria tratado assim por consequência. Essa certeza não atenuava, porém, uma euforia íntima: não importava como tudo aquilo acabasse, em breve, conheceria os segredos de Airagne e a identidade do conde de Nigredo.

Antes de seguir Lusignano, lançou um derradeiro olhar pela seteira à parte externa do castelo: pensou ter avistado alguns cavaleiros nas margens do bosque. Estes não participavam do combate e haviam permanecido lá mesmo, entre as árvores. Ignazio atentou bem para o homem que encabeçava a formação, protegido por uma pequena escolta. Sua imagem, apesar de distante, despertara no mercador uma sensação de familiaridade que o obrigou a forçar a vista até reconhecer Folco.

O bispo observava a entrada do castelo, à espera do desfecho da luta. E, não obstante a escuridão e a névoa, Ignazio percebeu nele uma ânsia febril de conquista.

As duas sombras saíram da névoa e Willalme constatou finalmente que não eram espectros, e sim soldados muito mal equipados. Um era baixo e corpulento; o outro, alto e com a cabeça semelhante à de um alfinete.

— Este aí, quem será? — perguntou o primeiro.

— Um morto — retrucou o segundo.

— Não, pois está mexendo os olhos. — O gordo se abaixou para recolher a cimitarra e apontou-a para o rosto do francês. — Quer falar, vilão? Quem o amarrou a esta árvore?

Antes de responder, Willalme examinou os dois soldados. Falavam com sotaque occitânico, mas não pareciam integrantes da milícia de Lusignano. E como não fosse possível determinar a que exército pertenciam, decidiu mentir:

— Salteadores... — começou. Sentia a garganta seca e muita dificuldade para engolir. — Roubaram-me tudo e deixaram-me aqui para morrer.

— Está mentindo — replicou o soldado gordo, mostrando-lhe a espada recurva. — Se fosse assim, teriam levado esta também.

— Deixaram-na comigo porque é amaldiçoada. Traz desgraça.

O magricela riu com gosto.

— De fato, a você ela não fez bem algum.

Willalme concordou, acompanhando-os no riso.

— Se vocês são salteadores também, esta arma não lhes deu sorte. — Fez uma careta entre cômica e resignada. — Não me restou nada para lhes dar.

Outra gargalhada do magricela.

— Não somos bandidos, mas soldados da Confraria Branca.

— Pertencemos à retaguarda — especificou o outro.

— Combatem pelo bispo Folco? — perguntou Willalme.

— Ele mesmo — respondeu o magricela. — Estamos cercando o castelo do ouro.

— Cale-se, imbecil! — ralhou o companheiro. — Isso deve permanecer em segredo.

Entretanto o francês já tinha ouvido o bastante.

— Sei onde se oculta o tesouro. — Os dois se voltaram vivamente para ele. Willalme, fingindo preocupação, continuou: — Os ladrões me amarraram aqui para que eu soltasse a língua. Voltarão logo e me matarão, se eu não falar. Nada revelei até agora porque pensava que vocês pertencessem ao bando. Mas, como pertencem ao exército do bispo, a coisa muda de figura. Se me soltarem, poderei levá-los ao lugar que procuram...

O soldado gordo passou-lhe a ponta da lâmina recurva no pescoço.

— Se estiver mentindo, eu o degolo.

— Conheço um caminho escondido que leva diretamente ao ouro — garantiu Willalme, tentando parecer convincente. Estava cansado de falar e com muita sede. — Pensem no reconhecimento de Folco quando vocês lhe mostrarem o que descobriram.

— Somos dois e ele é um só. Vale a pena arriscar — ponderou o magricela, postando-se às costas do francês e cortando as cordas com um punhal. — Não corremos risco algum.

— Pensou bem, amigo. — Willalme se pôs de pé, estirando os membros para afugentar o torpor. Bateu os pés no chão e massageou os braços, sempre ladeado pelos dois homens. — Posso beber água?

O gordo sacudiu a cabeça.

— Antes, deve merecê-la. — E apontou-lhe a cimitarra, incitando-o a andar.

— Certo. Sigam-me — disse o francês, metendo-se pelo meio dos arbustos. — Não é longe.

Com o canto do olho, observou-os enquanto o acompanhavam confiantes.

Mal readquiriu o pleno controle dos movimentos, voltou-se de súbito, arrancou a cimitarra das mãos do soldado gordo e desferiu uma estocada direta no ventre de seu companheiro. O magricela deu um grito desesperado e tentou segurar as vísceras que escapavam da ferida, enquanto o outro sacava apressadamente da própria espada. Mas era lento e inábil. Willalme deteve com facilidade seu ataque e golpeou-o fundo.

Após constatar que ambos estavam mortos, tirou de um deles um cantil de água e bebeu até se saciar. Em seguida, embainhou a cimitarra.

— Eu lhes disse que ela trazia desgraça — murmurou, estampando no rosto um sorriso frio como o aço.

Dirigiu-se por entre as árvores ao ponto de partida e avançou na direção tomada pelos homens de Lusignano. Ele não fazia ideia de como agiria quando encontrasse Ignazio. Improvisaria, pensou. Antes de tudo, era necessário recuperar o tempo perdido.

Ele havia só começado a caminhar quando ouviu um rumor de passos às suas costas. Desembainhou a espada e escondeu-se atrás de um tronco, receando encontrar mais soldados. Porém, para sua surpresa, o que ouviu foi um rosnado vindo dos arbustos.

— Um lobo — concluiu, pronto a defender-se. Na expectativa de ver a fera saltar do mato para atacá-lo, percebeu muito tarde a presença de um homem que se aproximara por trás.

Girou o corpo, veloz como uma serpente, vibrando no ar a cimitarra, mas uma mão travou-lhe com força o pulso e bloqueou a descida da lâmina.

Willalme rilhou os dentes, no esforço para se soltar, e um instante depois se viu face a face com o recém-chegado. Quando seus olhares se cruzaram, não pôde conter uma exclamação de espanto.

# 30

Uberto afrouxou o punho e sorriu; em seguida, estreitou o amigo num abraço.

— Como conseguiu me encontrar? — perguntou-lhe Willalme.

Uberto pôs-se a descrever suas andanças:

— Cheguei a Toulouse e recebi a mensagem deixada por meu pai na hospedaria da catedral. Pedia que eu fosse a Prouille para solicitar audiência a Folco. Fiz isso, mas o bispo não quis me receber, parecia mais interessado em organizar uma expedição de guerra. Não sabendo que caminho tomar, segui vocês até o *béguinage* de Santa Lucina. Foi sorte, pois ali me ensinaram como chegar a Airagne.

Willalme assentiu, examinando a jovem que acompanhava o amigo. Era bem bonita, fascinante mesmo, mas tinha um olhar agressivo e retraído. Contudo, apesar disso, parecia confiar em Uberto.

— No caminho — prosseguiu o recém-chegado —, avistei um contingente de mercenários. Permaneci a distância, até reconhecer nosso carro. Mas então desconfiei de alguma coisa, observei-os bem e concluí que eram prisioneiros do bando. Por isso, segui-os e fiquei à espera do momento propício.

Willalme interrompeu-o, assaltado por uma dúvida.

— Mencionou o *béguinage* de Santa Lucina... Como é possível que...

Uberto pousou-lhe a mão no ombro.

— Algumas *béguines* se salvaram.

— Juette, a moça que cuidou de você — interveio Moira —, está viva e passa bem.

Essas palavras, mais que qualquer outra coisa, levantaram o ânimo do francês. Agora, até a penumbra daquela floresta perdida lhe parecia menos ameaçadora.

Uberto aproveitou então para lhe devolver a *jambiya*.

— Aqui está ela, amigo. Trouxe-me sorte e numa ocasião chegou a me salvar a vida.

O francês guardou o punhal no cinto e fitou os companheiros com ar resoluto.

— Devemos nos apressar. Ignazio está em perigo.

Uberto mostrou-se preocupado.

— Sabe para onde meu pai foi levado?

Willalme respondeu apontando para o castelo em cima do monte.

A fortaleza mal podia ser entrevista na névoa, mas dominava ameaçadora a floresta. Parecia uma enorme criatura de granito que expelia fumo pelo alto. Ao ver aquilo, Moira foi assaltada pela imagem assustadora de homens descarnados, exaustos, destruídos pela fome e pelo sofrimento. Por trás daquelas muralhas, sabia-o bem, estendiam-se galerias pelas quais se arrastara durante muito tempo antes de encontrar uma via de fuga. Estremeceu. Uberto, ao perceber isso, abraçou-a com força para tranquilizá-la.

— Airagne! — exclamou a jovem. — Aquilo lá é Airagne.

— Foi o que afirmou também Lusignano — acrescentou Willalme. — Ignazio está lá dentro.

Uberto observou o castelo. O que quer que se escondesse por trás daqueles muros deveria deixar de ser um mal para os outros. Isso ele prometera não só a Corba de Lantar, mas também à abadessa de Santa Lucina. Contudo, diante da imponência de Airagne, sua coragem vacilou. Fora fácil para ele empenhar sua palavra quando ignorava a enormidade da prova que teria de vencer. Aceitando, agira de maneira precipitada e superficial. Mas assim tinham agido também as pessoas que confiaram nele. Como puderam pensar que um jovem inexperiente estivesse à altura de cumprir semelhante missão? Se ele fora ingênuo, Galib e Corba haviam se comportado, no mínimo, levianamente. Que conseguiriam mandando-o diante daquelas torres? Como poderia um homem só desmantelar algo tão imenso?

Foi então que Uberto, após superar toda sorte de obstáculos para chegar até ali, duvidou pela primeira vez do sucesso do empreendimento. Primeiro, não lhe seria fácil infiltrar-se e mover-se à vontade entre os muros de Airagne. Depois, jamais encontraria um modo de orientar-se no interior de uma estrutura tão vasta. Isso se conseguisse, antes, ludibriar a vigilância dos guardas, que eram muitos. Apenas por milagre salvaria Ignazio e fugiria sem se deixar deter.

No entanto, devia tentar... Sentia o peso da responsabilidade.

Uberto, por outro lado, tinha plena consciência de que não poderia errar. Se fosse capturado em Airagne, ninguém acorreria para libertá-lo, como acontecera em Montségur. A sorte já o ajudara bastante. Era necessário refletir bem sobre o modo de agir e examinar atentamente a situação. Entretanto, para fazer isso, devia antes livrar-se do remorso que o perseguia nos últimos dias, levando-o a duvidar de sua bondade. Antes de retomar o caminho, decidiu, então, consultar Willalme. Era o único amigo com quem podia trocar confidências. Só de pensar em falar sobre aquilo com Moira, sentia-se embaraçado. Ainda não estava pronto para lhe revelar suas fraquezas.

Não sabendo como iniciar a conversa, o jovem se limitou a murmurar para Willalme:

— Matei um homem.

O francês indicou discretamente a jovem.

— Fez isso por ela?

Uberto assentiu. Sim, tinha agido por paixão. Ao amigo, bastara um olhar para compreender tudo. Afinal, ele e Willalme se conheciam havia anos, estavam ligados por sentimentos fraternos. O francês o ensinara a lutar, a atirar com o arco e a montar. Os laços entre ambos eram diferentes daqueles que Uberto estreitara com o pai, a quem achava difícil confessar coisas íntimas.

— Está arrependido? — perguntou o francês, pousando-lhe a mão no ombro.

— Não. E é exatamente isso que me aflige.

— Acontece quando agimos por instinto. Quando não temos tempo de refletir sobre nossos atos intempestivos. — Willalme brindou-o com um sorriso cheio de compreensão. — Todavia monstros matam por cobiça, não para defender a criatura amada.

Uberto concordou. O amigo estava certo. Graças à paixão, agira com presteza, não com leviandade. Fizera o que era justo, sem precisar de tempo para pensar. Aquele arroubo emotivo é que o desorientara, aquela perda momentânea de controle. Compreender isso tornou sua consciência bem mais leve.

Precisavam seguir o caminho.

Atravessaram a pé o terreno coberto de árvores. Willalme e Uberto iam lado a lado, um com a mão no cabo da espada, o outro com uma flecha na corda do arco. Moira seguia-os, levando os cavalos pelas rédeas.

A certa altura, o cão negro esticou as orelhas e começou a latir. Uberto, já acostumado a interpretar as reações do animal, olhou em volta alerta. Talvez estivesse enganado, mas parecera-lhe ouvir um cavalo relinchar. Com efeito, pouco depois, desenhou-se na neblina um corcel branco, amarrado a um tronco. Estava sem sela e pastava tranquilamente.

— É o cavalo de Lusignano — disse Willalme, com o coração acelerado. Se aquele animal estava ali, também Filippo não devia estar longe. E, dessa vez, corda nenhuma o impediria de matá-lo. Agarrou com mais força o cabo da cimitarra e começou a procurar entre as árvores.

Mas aquele lugar estava deserto. O que teria acontecido com Ignazio, Lusignano e os *soudadiers*? Em busca de respostas, o francês vasculhou entre os ramos e arbustos, na direção do castelo. A névoa ofuscava sua visão, mas, apurando o ouvido, pensou ter escutado gritos e o som do entrechoque de armas. Lá dentro se desenrolava um combate.

De repente, a voz de Uberto lhe despertou a atenção com seu tom ao mesmo tempo eufórico e surpreso:

— Achei a entrada de uma galeria! — Um instante depois, o jovem apareceu entre as árvores, de olhos arregalados, convidando os companheiros a segui-lo. — Creio que sei por onde entraram no castelo!

Conduziu Willalme e Moira até uma laje de pedra, junto à qual se via uma grade de ferro erguida.

# 31

Lusignano levara Ignazio novamente para os subterrâneos. Caminharam por um bom trecho, iluminando o percurso com tochas. As galerias se emaranhavam num labirinto sem fim, onde só com dificuldade era possível orientar-se. O mercador se perguntava qual seria sua extensão e quem as construíra, mas julgava que em breve obteria as respostas.

A temperatura aumentava aos poucos e o ar logo ficou empestado de um cheiro de substâncias acres.

Após percorrer o último trecho, Lusignano entrou primeiro num ambiente espaçoso e convidou os companheiros a segui-lo com um gesto seguro, como se estivesse em sua própria casa. Ignazio e os soldados, porém, não deixaram de olhar em volta antes de obedecer. Aquela não era uma gruta natural, mas uma espécie de cripta coberta por um teto em cúpula, inteiramente escavada no granito. Ao longo das paredes, destacavam-se oito portas imponentes em sucessão, talhadas na pedra, todas iguais e equidistantes.

— As portas do inferno! — exclamou um soldado.

O mercador resolveu raciocinar com frieza. Cada uma daquelas portas devia conduzir a uma das oito torres que se erguiam na muralha. Eram seus acessos. Portanto, eles se encontravam agora no ventre de Airagne, embaixo do torreão.

As oito portas, porém, não eram as únicas passagens de acesso às torres. Havia inúmeras saídas bem pequenas nas paredes, ocultas pela sombra.

Obedecendo a Filippo, os dois soldados retiraram tochas de seus suportes e acenderam-nas. Espalhou-se imediatamente um cheiro de resina queimada e a luz fumarenta subiu até o teto. Isso permitiu a Ignazio ver um pequeno lago no meio do qual se erguia uma estátua. Era uma escultura em pedra negra com veios de galena, meio tosca, mas muito expressiva. Representava uma mulher em tamanho natural.

— Essa estátua simboliza Airagne? — perguntou o mercador de repente.

— Não sei — respondeu Lusignano. — Deve ser obra dos primeiros moradores deste lugar, como boa parte das galerias. Mas representa perfeitamente o mistério de Airagne.

Ignazio percebeu que havia uma palavra gravada na base da estátua: MELUSINA. Pareceu-lhe familiar, mas no momento ele não captou seu significado.

— Já imaginava que, por trás de Airagne, se escondesse uma entidade feminina — prosseguiu. — Percebi isso ao ver os escudos de ouro alquímico. Sua efígie, a aranha, compõe-se de símbolos femininos. Oito espirais e, no centro, um espelho de Vênus. As espirais aludem ao ato de fiar e ao mito de Ariadne, mas também à alquimia.

A imagem que tinha em mente era bastante clara.

— A efígie da aranha é um mapa simbólico do castelo — continuou Ignazio. — As torres são os oito fusos que Airagne usa para "tecer" o ouro.

— Não as torres, mas os porões subterrâneos — corrigiu Filippo. — Airagne é a senhora do labirinto escuro, a *Dea Draco*. Em seu ventre palpita o mistério de Nigredo.

O mercador concordou e voltou a refletir sobre a inscrição ao pé da estátua. Aquela palavra, "Melusina", intrigava-o. Seu som e a pronúncia das sílabas tinham algo de familiar que teimava em escapar-lhe. A voz de Lusignano arrancou-o de seus pensamentos:

— Parece muito pensativo, mestre Ignazio. Está tentando descobrir por que eu o trouxe aqui?

— Acho que pretende me usar como refém, mas não sei ao certo. Talvez esteja preocupado com o que meu filho possa ter encontrado seguindo as indicações de Galib.

Lusignano pareceu contrariado.

— Mais tarde, me ocuparei de seu filho, depois de retomar o controle de Airagne. Aliás, não faço a mínima ideia de onde ele possa estar. Mas para você tenho planos bem interessantes.

— Explique-se.

— Nos andares superiores, num quarto secreto do torreão, estão guardados os livros dos sábios que organizaram a Obra de Airagne. Alguns manuscritos, porém, são em língua árabe, e você tem fama de ser um ótimo tradutor, pois conhece o idioma mourisco e as ciências herméticas. Se traduzir esses textos, poderá me ajudar a melhorar a produção do ouro alquímico. Sem falar que aprenderá muita coisa... — Esboçou um sorriso melífluo. — Acho que o próprio Gerardo de Cremona se sentiria tentado por essa proposta. Aceita?

— Se recusasse, me mataria como fez com seus filósofos de Chartres?

— A cada recusa, terá um membro amputado — ameaçou Lusignano. — Estou certo de que, cedo ou tarde, você colaborará.

O mercador resolveu contemporizar. Desejava descobrir os segredos daqueles livros, mas não se colocaria jamais a serviço do desleal Filippo. Aproximou-se da estátua de mulher.

— Antes de decidir, quero falar mais sobre esta escultura. A inscrição na base me deixa curioso: Melusina. — Apontou para a palavra gravada. — Ao contrário da estátua, ela parece recente. Quem a escreveu aí?

— Os sábios de quem me servi para fundar a Obra — respondeu Lusignano.

— Melusina... É esse o nome de sua Dea Draco?

— Melusina, ou Melusine, está ligada à minha estirpe há gerações. Representa a mulher serpente que dá poder a quem tiver a coragem de amá-la. Parece que o nome deriva de "Mère Lusine".

— E Lusine vem de *lux*, a luz da sabedoria... — Ignazio teve uma súbita intuição. Melusine, Mère Lusine... Cerrou os punhos. Como não percebera antes? Era Mater Lucina! O *béguinage*! Tudo, de repente, ficou claro.

— Mère Lusine é muito mais que isso — continuou Lusignano. — Refere-se a Lúcifer, o elemento divino que os platônicos chamam de *anima mundi*, a "alma do mundo". Os alquimistas, ao contrário, identificam-no com a pureza de Albedo.

Ignazio, agora seguro da conclusão de seu raciocínio, apontou-lhe um dedo.

— É o que lhe ensinou a abadessa de Santa Lucina antes de fundar o *béguinage*, não? Ela fazia parte de seu círculo de sábios! E foi ela que, anos atrás, lhe roubou o *Turba Philosophorum*, fugindo incólume deste lugar.

— Sua intuição é correta — disse Filippo, como se as palavras de Ignazio o divertissem. — Após anos de busca, encontrei-a casualmente. Você bem pode imaginar minha decepção.

O mercador continuou reconstituindo os fatos.

— Deve tê-la reconhecido quando a vimos sair da abadia de Fontfroide montada num burro. Mas talvez esperasse encontrá-la antes, quando Folco nos falou do *béguinage* de Santa Lucina... Sim, Lucina, como sua Mère Lusine. A coincidência dos nomes sem dúvida despertou suas suspeitas, motivo pelo qual tentou me matar. Não queria que eu conhecesse aquela mulher. Receava que ela me revelasse os segredos de Airagne. Depois, ordenou a seus mercenários que incendiassem o *béguinage* e a localizassem.

— Mas a bruxa conseguiu me escapar outra vez — rosnou Filippo, socando a própria palma. — Foi ela que me indispôs contra o círculo de sábios. Maldita! Nunca entendi por que fez isso.

Ignazio franziu a testa, numa expressão severa. Debaixo das sobrancelhas, brilhavam dois olhos de falcão.

— Fez porque você desnaturou sua Mater Lucina, sua fada benfazeja, transformando-a na Dea Draco, um monstro capaz de gerar os sofrimentos de Airagne e a devastação dos Arcontes.

— E você pensa mesmo que aqueles sábios conceberam Airagne como um lugar destinado ao bem? Por que acha isso?

— Por causa do próprio nome de Airagne. Quando o mencionei à abadessa, identifiquei-o com Ariadne. Ela concordou, mas citou o anagrama correto, Ariagne, referência a uma palavra grega. Na ocasião, não entendi nada, mas agora entendo. A palavra grega é *agnós*, que designa a castidade e a pureza, qualidades condizentes com Mater Lucina. Airagne, na origem, foi um local concebido para o progresso do homem, não para sua ruína.

Lusignano apertou os lábios, reprimindo a irritação. Resmungou alguma coisa e abanou a cabeça várias vezes, como para refutar aquelas palavras, mas antes que pudesse fazê-lo assustou-se com um acontecimento inesperado: um movimento na sombra.

Uma flecha sibilou no ar e um soldado tombou trespassado.

Seguiu-se uma espera enervante e momentos depois três figuras se destacaram da penumbra: Uberto, Willalme e Moira, acompanhados pelo cão negro. Filippo viu-os aproximar-se com uma expressão de estupor colérico. "Inadmissível!", pensou. Airagne era um labirinto! Mesmo considerando que os três o houvessem seguido no bosque até a entrada da galeria, como tinham conseguido alcançá-lo?

— O faro do cachorro nos guiou até aqui — explicou Uberto, em resposta ao olhar interrogativo de Lusignano. Fitava ora este, ora Ignazio. — Solte meu pai, é o que tem de melhor a fazer! — Mais maduro e decidido, nem parecia o jovem inseguro que partira de Castela apenas um mês antes. Para dar maior ênfase às suas palavras, preparou-se para disparar uma segunda flecha.

O único soldado que ainda estava em pé viu-se sob sua mira. Desembainhou a adaga e puxou Ignazio para usá-lo como escudo, mas o mercador sacou o punhal que escondera nas dobras do manto e, com um movimento rápido, golpeou-o na axila, por uma fresta do gibão. O *soudadier* caiu de joelhos, dobrado em dois, e antes de expirar emitiu um som semelhante a um lamento.

Lusignano rilhou os dentes e avançou contra Ignazio, mas, antes de alcançá-lo, viu-se face a face com o indômito Willalme.

Filippo desembainhou a espada.

— Maldito, como ousa? — rugiu em seu rosto. — Devia estar amarrado àquela árvore, onde o deixei. Agora ficará em pedaços! — e atacou-o.

Empunhando a cimitarra e a *jambiya*, o francês repeliu uma série de golpes furiosos. Na obscuridade subterrânea, as centelhas que saíam das lâminas brilhavam como vaga-lumes. O duelo se prenunciava difícil. Filippo era um guerreiro formidável; esquivava-se com uma habilidade raramente vista e desferia golpes que revelavam uma experiência conquistada em anos de batalhas. Uberto seguia-o com o olhar, mantendo-o na mira do arco. O remorso se fora, agora não tremia mais.

— Não atire! — gritou-lhe o francês. — Este traidor é meu!

Na mente de Willalme, atropelavam-se os muitos males sofridos por causa daquele homem: o engano, a humilhação, a prisão e o incêndio da igreja. Sentimentos incontroláveis deixavam-no furioso. Defendeu-se numa luta sanguinária até que, deslocando-se para um ângulo cego do adversário, pôde organizar a ofensiva. Brandiu a cimitarra no ar e desferiu um violento golpe transversal de baixo para cima. Lusignano aparou-o, mas Willalme, girando sobre si mesmo, dirigiu uma segunda estocada na direção do abdome.

Filippo bloqueou o golpe com a espada, torcendo o braço de um modo antinatural. Sentiu uma dor no pulso e compreendeu que subestimara o adversário. Endireitou-se para evitar novo ataque. Willalme o pressionava, alternando cutiladas com a cimitarra e estocadas com a *jambiya*. Encostou-o à parede e diminuiu a distância, pronto a golpear. Lusignano, porém, foi mais rápido: com a mão esquerda, agarrou uma tocha presa à parede e apontou-a contra o rosto do francês.

Willalme gritou de dor e levou a mão aos olhos, subitamente cego pelo relâmpago escarlate. Recuou, cambaleando e baixando a espada. Aquele amaldiçoado o ferira! Suas pálpebras ardiam e, quando conseguiu abri-las novamente, mal conseguiu enxergar. Mas distinguiu a silhueta do inimigo que corria em direção a uma das saídas e lançou-se em seu encalço.

Lusignano abriu apressadamente uma porta e fechou-a às suas costas, bloqueando-a com uma barra de ferro. Willalme empurrou com força o batente, que tremeu, mas não cedeu: era de madeira maciça, reforçada com fitas metálicas. Só um aríete conseguiria derrubá-la.

O francês continuou a forçar a porta com raiva. De repente, sentiu uma mão no ombro. Virou-se, transtornado de raiva. Era Ignazio.

Com um suspiro profundo, procurou se acalmar.

— Sim, amigo, acalme-se. Logo o pegaremos de novo — disse o mercador. — O importante é que estamos todos salvos. — Voltou-se para Uberto e a seguir para a jovem que o acompanhava. — Todos salvos.

— Pai, enfim! — exclamou Uberto, sorrindo. Por um instante, sentiu-se novamente menino e dominado por tanto amor pelo pai que se esqueceu de todos os defeitos de caráter que costumava atribuir-lhe. Apontou a jovem a seu lado. — Esta é Moira. Conheci-a na estrada, não longe de Montségur. Desde então, não nos separamos. Ajudou-me a encontrar o caminho para Airagne.

Ignazio saudou-a com um gesto de cabeça.

— A abadessa de Santa Lucina manda-lhe saudações — prosseguiu o jovem.

O mercador arqueou a sobrancelha.

— Ela está viva?

— Escapou ao incêndio refugiando-se nos subterrâneos da igreja — explicou brevemente Uberto. E acrescentou: — Vi o que se esconde lá embaixo. Aquela mulher me mostrou os teares e...

— ... lhe contou que fez parte do grupo de sábios fundadores de Airagne — antecipou-se o pai.

Uberto arregalou os olhos espantado.

— Como sabe disso? A abadessa me garantiu que não lhe disse nada!

— Não me olhe como se eu fosse um adivinho — retorquiu Ignazio.

— Espere um pouco — interveio Willalme, voltando-se para o mercador. — Você me disse que a abadessa afirmou nunca ter estado em Airagne.

— E não mentiu — respondeu Ignazio. — Disse-me que nunca fora prisioneira em Airagne, e isso é verdade, pois os sábios que fundaram este lugar seguiram Lusignano espontaneamente, não foram forçados. Mas logo o senhor Filippo começou a agir por conta própria, mandou sequestrar os cátaros para obrigá-los a produzir enormes quantidades de ouro alquímico e criou assim a lenda do conde de Nigredo. Lenda à qual os sábios se opuseram, o que custou a vida a todos.

— Todos, menos a abadessa — corrigiu Uberto. — Ela conseguiu fugir de Airagne levando consigo o *Turba Philosophorum*, que escondeu em Montségur. Depois se refugiou por algum tempo na Espanha e, quando decidiu voltar ao Languedoque, fundou o *béguinage* de Santa Lucina. Ao se deparar com os primeiros fugitivos de Airagne, decidiu acolhê-los e ajudá-los.

— Agora que sabemos de tudo, fale-me do *Turba Philosophorum* — pediu Ignazio. — Se é que tem alguma informação a respeito.

— Posso fazer melhor — respondeu o jovem, vasculhando em sua mochila. — Posso mostrá-lo.

O mercador lançou-lhe um olhar incrédulo, enquanto o rapaz tirava um pequeno códice e o estendia com certa pressa. Se era mesmo o manuscrito de que ouvira falar, Ignazio estava diante de um dos textos mais importantes não só da cristandade, mas do mundo inteiro. Mal o teve nas mãos, respirou fundo para dominar a euforia e começou a folheá-lo, devorando com os olhos cada linha para verificar se era o autêntico *Turba Philosophorum*.

— Tirei-o da Pedra de Luz, nos subterrâneos de Montségur. — Uberto piscou-lhe um olho. — O mestre Galib me encarregou de recuperá-lo para você. Em suas páginas estão os segredos da alquimia de Airagne.

— O mestre Galib morreu por causa deste livro — suspirou Ignazio. Aprendera uma lição havia muito tempo, em Toledo: o saber mais precioso, só revelado a poucos, exigia muitas vezes o maior dos sacrifícios. Talvez ele próprio, um belo dia, tivesse de pagar tributo semelhante. Agora, porém, devia pensar em outra coisa.

— Graças a este livro, poderemos entender o funcionamento de Airagne. Como temos pouco tempo, vou consultá-lo rapidamente. Espero que isso nos dê alguma vantagem sobre Lusignano.

— Assim poderemos detê-lo — sentenciou Willalme. A queimadura no rosto lhe conferia um aspecto feroz. Felizmente, não lhe prejudicara a vista.

O mercador sacudiu a cabeça.

— Filippo de Lusignano não é a única pessoa que precisa ser detida nem a mais perigosa. Entre estas paredes mora o conde de Nigredo, o homem que tomou o seu lugar e mantém prisioneira Branca de Castela. Não será fácil elaborar um plano de ação.

Moira se sentiu no dever de intervir.

— Teremos de nos ocupar também da gente presa no subsolo. Os escravos de Airagne. Não podemos permitir que morram lá embaixo.

Os olhares de todos convergiram para ela. E todos concordaram.

Depois de fechar a porta atrás de si, Lusignano suspirou aliviado. Faltou pouco para que aquele demônio incontrolável levasse a melhor sobre ele.

Uma pontada no pulso direito trouxe-o de volta à realidade. Alguns momentos antes, quando fugia ao duelo, não percebera como a dor era intensa. Agora, ela chegava até o cotovelo, como acontecia sempre no final das lutas, quando o corpo relaxava.

Apalpou o braço em vários lugares. Nada de grave, mas teria problemas caso precisasse empunhar de novo a espada. Por sorte, não corria riscos imediatos: o moçárabe e seus companheiros não podiam alcançá-lo. Aqueles amaldiçoados perderiam muito tempo para se orientar no labirinto de Airagne. Quanto a ele, não escolhera uma porta ao acaso. Diante de seus olhos estendia-se o corredor por onde chegaria mais fácil e mais rápido ao torreão.

As coisas não iam tão mal assim...

Organizou as ideias. Antes de tudo, devia encontrar o conde de Nigredo e tirá-lo do caminho. Uma vez de novo no controle de Airagne, acharia meios de livrar-se dos intrusos. Ignazio de Toledo, seu filho Uberto e o maldito Willalme haviam brincado com ele, haviam ousado desafiá-lo. Pior para eles.

Não tinha um minuto a perder.

Avançou a passos rápidos pelo corredor. Devia chegar ao torreão antes que a guarda fosse reforçada. Uma vez eliminado seu misterioso usurpador, seria fácil reduzir os Arcontes à obediência. Se quisessem o ouro de Airagne, precisariam se submeter a ele. Quanto a Folco e aos *soudadiers*, não representavam uma ameaça séria, mas um simples contratempo.

"Pobre Folco, quase tenho pena dele", riu Lusignano. "Seus cavaleiros serão dispersados. Sua sede de ouro é tão grande que nem se deu conta de ter sido usado."

Cruzou uma arcada de pedra e chegou ao pé do torreão. Já não estava em uma galeria, e sim entre paredes perpendiculares, bem alinhadas. Ia tão eufórico que nem percebeu uma figura na sombra, à sua frente.

Era um velho monge.

Mal o avistou, o homenzinho teve um sobressalto e fugiu.

Um lampejo cruzou a memória de Filippo. Conhecia aquele velho. Vira-o pelo menos duas vezes. A primeira, na abadia de Fontfroide; a segunda, no acampamento dos Arcontes. Era Gilie de Grandselve! Na verdade, um emissário do conde de Nigredo, enviado a Fontfroide para espioná-lo. Não havia outra explicação!

Lusignano perseguiu-o. Tinha de deter aquele monge.

Gilie de Grandselve corria como um rato assustado, saltitando sobre as pernas magras. Filippo estava certo de que iria alcançá-lo em poucas passadas, quando então o faria confessar tudo. Animado por essa expectativa, atravessou velozmente um corredor que parecia cada vez mais comprido.

Lusignano estava a poucos passos do monge quando percebeu um movimento às suas costas. Uma porta lateral se abrira. Com o canto do olho, viu um possesso que brandia uma maça e, antes de poder reagir, recebeu um golpe na cabeça.

Uma luz branca e depois a escuridão. Porém, ainda teve consciência suficiente para ver Gilie de Grandselve voltar e contemplá-lo com um riso maligno.

# 32

Castelo de Airagne
*Quarta carta* — Rubedo

**Mater Luminosa,** *a virtude e o intelecto me bastaram para concluir a Obra. As fadigas de Nigredo, Albedo e Citrinitas me serviram de guia no jardim da alquimia e consegui chegar ao vermelho de Rubedo. Entretanto, o modo como realizei esse milagre é um mistério que manterei oculto, dele falando apenas por símbolos. Trabalhei o fio da lã como se faz na tecelagem e obtive uma trama dourada semelhante ao velocino de Jasão. Porém agora que admiro essa maravilha sinto a nostalgia de meu antigo claustro, refúgio da prece e do silêncio que me deram paz de espírito. Mater Luminosa, eu me pergunto se voltarei para lá algum dia.*

Frangipane guardou a carta no cofre e apertou as pálpebras com as pontas dos dedos. Tinha os olhos inchados e sentia uma forte pulsação no interior das órbitas.

A que aludia aquela carta? Quem a teria escrito? Inútil forçar o cérebro, os pensamentos se abismavam no nada. Sua cabeça estava vazia e escura como uma cova aberta a golpes de enxada. Não bastasse isso, sentia-se pouco à vontade, como se houvesse cometido uma infração grave da qual não se lembrasse. Devia ser um evento recente.

Esforçou-se para recordar o acontecido e apegou-se a uma lembrança. De início, não teve certeza de que era real, mas logo concluiu que sim. Era uma lembrança sua!

Reconstituiu os fatos. Havia se comportado como um louco, perdera o controle. E, pior ainda, tudo acontecera diante dela, da Dame Hersent. Fizera um papel ridículo a seus olhos, dera um espetáculo.

O que estaria acontecendo com ele? Desde quando se tornara prisioneiro, uma vontade desconhecida o dominara, obrigando-o a praticar atos incompreensíveis. E se, além desse episódio agora lembrado, houvesse outros de que não conservava memória? Essa ideia o assustou. Sentiu-se impotente, incapaz de compreender a si mesmo. Fora sempre um homem inflexível e comedido, jamais dera ocasião para que alguém se condoesse dele, principalmente as mulheres. Todos temiam seu caráter decidido e autoritário. Era o cardeal de Sant'Angelo, legado pontifício, uma pessoa poderosa que só se ajoelhava para orar.

Devia ser culpa de Branca, não havia outra explicação. A rainha o enfeitiçara, insinuando-se como uma serpente em suas fantasias. Desafiara-o, indo além do que o permitiam os limites de seu relacionamento. Enquanto concatenava essas ideias, surpreendeu-se a rir como um tolo e sentiu-se desgostoso consigo mesmo.

Saltou do banco e pôs-se a percorrer o quarto a passos largos. A ansiedade oscilava dentro dele como o badalo de um sino. O que o exasperava não era a prisão, e sim a proximidade daquela mulher. Sua imagem o perseguia nos pensamentos e até nos sonhos. Ele a odiava. Sim, odiava Branca de Castela! Agarrou-se com todo o seu ser a esse sentimento, pois, do contrário, teria de admitir coisas que temia até mesmo pronunciar.

"O ódio é um sentimento puro e inflexível", pensou, experimentando um alívio momentâneo. "É uma fortaleza sólida. E, se devidamente controlado, pode se deixar guiar pela razão."

Pressionou novamente as pálpebras, mas a dor de cabeça não cedeu. Era um padecimento provocado pelo nervosismo, agora o percebia, e quanto mais tentava aliviá-lo, mais ele se intensificava, afundando os tentáculos dentro de sua cabeça. O cardeal, no entanto, preferia sofrer a encarar sua própria realidade. Decidira punir-se daquela maneira, para extirpar o feitiço de que fora vítima. Devia livrar-se da fraqueza da vaidade, bani-la de seu íntimo. Desejar uma mulher, saciar nela a virilidade, ansiar por submetê-la: isso era natural, quase plausível, talvez mesmo perdoável.

"Eu não... a amo..."

Para expelir o veneno da alma, começou a pensar em voz alta. Mordeu a língua antes que pudessem ouvi-lo. Mas justamente naquele instante alguém entrou.

A rainha.

O cardeal assumiu a expressão de uma criança apanhada em plena travessura.

Branca se aproximou a passo leve, como se andasse sobre a água. Seus movimentos lembravam a flutuação das algas.

— Eminência, finalmente se recuperou. Receei por sua saúde.

Parecia sincera, até preocupada.

Romano Frangipane não teve como responder, pois a rainha passou por ele e foi olhar pela janela. Só então o cardeal ouviu, vindo lá de fora, o barulho da luta e, com uma careta de desgosto, perguntou-se como pudera ignorar por tanto tempo aquele burburinho.

— Eminência, veja só o que está acontecendo! — Branca se debruçou no parapeito entusiasmada e apontou para a batalha que se travava ao pé da torre. — Já era tempo de alguém me socorrer! Ah, que ímpeto! Aqueles homens estão se batendo como leões. — Voltou-se perplexa. — Mas o que faz aí parado? Venha, venha apreciar. Por acaso tem medo de ser visto ao meu lado?

O cardeal avançou relutante e olhou, encostado à rainha. E o que viu deixou-o sem fôlego. Assistira a muitas batalhas nos últimos anos, mas sempre experimentava o mesmo horror e o mesmo desconforto. Diante da guerra, a vida lhe parecia uma sequência de fenômenos grotescos e sem sentido. Uma borrasca que a tudo arrebata, uma orgia de corpos e emoções sem nenhum objetivo, exceto o de transformar homens em bestas.

Dois exércitos se enfrentavam no recinto das muralhas. A névoa não permitia distinguir as cores dos uniformes, mas a situação parecia bastante clara. Os invasores estavam em nítida desvantagem.

Frangipane percebeu que Branca, a seu lado, vibrava de excitação. O embate dos dois esquadrões, longe de perturbá-la, exercia sobre ela um fascínio secreto. Brilhava em seus olhos uma chama selvagem. Parecia querer, ela própria, participar da luta. Se fosse homem, pensou Frangipane, seria um grande comandante.

A certa altura, Branca se afastou da janela e se aproximou de uma mesa de madeira, onde havia uma jarra de terracota. Encheu um cálice e levou-o aos lábios.

— Ainda está pálido, eminência — observou. — Um gole de vinho lhe faria bem. Prove esta *aygue* ardente.

— Vossa majestade sabe que não bebo vinho. Pioraria minha dor de cabeça. — O cardeal indicou uma jarra metálica sobre a escrivaninha. — Prefiro água.

A rainha ia replicar, mas conteve-se. Bebeu um gole de vinho e deglutiu-o lentamente, saboreando-o. Um leve rubor subiu às suas faces.

Quase sem perceber, Humbert de Beaujeu atravessou uma passagem estreita e chegou à superfície. Finalmente, depois de inúmeras tentativas inúteis, havia encontrado uma saída dos subterrâneos!

Não saberia dizer que hora seria, pois a passagem estava envolta numa névoa escura, mas reparou que estava ainda dentro das muralhas. E, embora estivesse disposto a enfrentar qualquer situação, permaneceu imóvel, contemplando uma cena no mínimo incrível. Jamais esperaria ver o castelo invadido por um bando de soldados agora em plena luta. Suas silhuetas se agitavam em meio à neblina, mais semelhantes a sombras que a corpos tangíveis, não fosse pelo choque das armas e pelos gritos de guerra.

Humbert deu alguns passos à frente. No fim das contas, para ele, a situação não mudava em nada: devia ainda sair escondido do castelo e conceber um plano para libertar a rainha. Olhou em volta. Se um exército havia entrado, significava que a porta da muralha estava aberta. Tinha de encontrá-la e, depois de sair, avaliaria melhor a situação.

O tenente ia se mover quando um cavalo de guerra cruzou à sua frente emitindo um relincho estridente. O animal empinou-se, agitando os cascos sujos de barro sobre sua cabeça.

Quando recolocou as patas no chão, ele viu o cavaleiro. As cores de seu uniforme eram inconfundíveis: pertencia ao exército do bispo de Toulouse. Humbert, que trazia ao peito as insígnias do rei da França, sentiu-se seguro: estava diante de um provável aliado.

No entanto, contrariamente ao previsto, o cavaleiro ergueu a espada manchada de sangue e avançou.

— Mais um! — gritou. — Malditos Arcontes! Antes de morrer, mandarei para o inferno quantos eu puder!

Humbert procurou, instintivamente, o cabo de sua espada, mas, lembrando-se de que estava desarmado, lançou-se ao chão para evitar o ataque. Rolou no pó e levantou-se rapidamente, enquanto o agressor virava o cavalo para desferir outro golpe. O cavaleiro, porém, não parecia representar uma verdadeira ameaça. Estava exausto e seus movimentos eram lentos e pouco eficazes. Provavelmente já fazia muito tempo que estava lutando e talvez estivesse ferido. O tenente esquivou-se com um movimento hábil, postou-se a seu lado e, agarrando-o por uma perna, o fez cair por terra. O impacto contra o chão deixou-o desmaiado.

Sem mais se preocupar com o agressor, Humbert tomou as rédeas do animal, montou e saiu a galope, atravessando o campo de batalha de cabeça baixa. Queria alcançar a saída e afastar-se do castelo, mas enquanto isso não deixava de se perguntar o que estava acontecendo e por que o cavaleiro o atacara.

Galopou em direção à porta, onde a luta era cerrada, e por pouco não se deixou envolver no combate entre soldados de infantaria e cavaleiros, que se engalfinhavam numa confusão de escudos, espadas e lanças. O cavalo estava exausto, espumava pela boca e mordia o freio aterrorizado. Porém Humbert tinha de exigir dele o máximo, não podia permitir que diminuísse a velocidade.

O último trecho antes da porta foi o mais difícil. O que se via ali era uma mistura de corpos impossível de atravessar sem perigo de morte, por isso Humbert brandiu a maça que encontrara presa à sela e investiu com audácia, abrindo caminho a poder de golpes e lançando por terra quem lhe aparecia pela frente, sem levar em conta o exército a que pertencia. Avançou de dentes cerrados, erguendo e baixando a maça diversas vezes, com o braço direito agora dolorido pelo esforço; quando chegou à ponte sobre o fosso, empinou o cavalo para se livrar do último grupo de soldados de infantaria que lhe impedia o caminho. E partiu a galope, finalmente livre.

Na orla da floresta, um grupo de homens montados emergiu da névoa e avançou ao seu encontro.

— Eu o conheço — disse um deles, um velho de modos aristocráticos.

— Eu também — retrucou Humbert, observando-o com atenção. O homem trazia, sobre a couraça, uma casula e um pálio, e empunhava um báculo. Não podia haver engano. — O senhor é o bispo Folco, expulso de Toulouse.

— E você é o primo do finado rei Luís — completou o religioso.

— Mas onde se sujou assim? Seu rosto e suas roupas estão manchados de fuligem. Parece que acabou de sair de uma forja!

— Em certo sentido, vossa graça tem razão. — O tenente apontou para o rochedo às suas costas. — Pertencem ao seu exército os soldados que invadiram o castelo?

— Em grande parte, sim, ajudados por um bando de mercenários.

— Deve ordenar a retirada. Em breve, não sobrarão muitos deles.

— Incrível! — Folco pareceu desagradavelmente surpreso. — Garantiram-me que as defesas do conde de Nigredo eram frágeis.

— Ao contrário, excelência. — Humbert percebeu que o prelado acabava de se dar conta de ter cometido um erro de avaliação. Provavelmente, fora vítima de um logro. Quem poderia tê-lo manipulado com tanta habilidade?

O bispo ficou em silêncio por um instante e logo mudou de expressão; em seu rosto abatido brilhou a fagulha de uma esperança.

— Pois bem, senhor de Beaujeu, como propõe remediar a situação? — Desembainhou a espada presa à parte posterior da sela: um símbolo, não uma arma para ser usada em combate. E, estendendo-a para o recém-chegado, disse: — Luís, o Leão, confiava em você, tanto que lhe deu o comando de suas milícias quando estava para morrer. Nestas circunstâncias, eu farei o mesmo.

Humbert esboçou um sorriso triunfal. Aquelas eram justamente as palavras que desejava ouvir. Porém não bastavam.

— Há uma possibilidade. Todavia, antes que eu entre em detalhes, vossa graça deve explicar-me exatamente o que está acontecendo. Vi lá dentro coisas de que não consigo ter uma ideia clara.

— Fala do ouro de Airagne? — perguntou Folco, após um segundo de hesitação. Um brilho de cobiça animou o traçado de suas rugas.

— Não, excelência. Falo dos soldados que estão defendendo o castelo.

# 33

As sombras subterrâneas tremiam ao crepitar das tochas. Depois de folhear longamente o livro, talvez mais que o necessário, Ignazio pousou o olhar sobre uma página do *Turba Philosophorum* e viu-se diante da verdade. Todas as perguntas que se fizera no curso da vida sobre a natureza das coisas e a transmutação da matéria pareciam encontrar resposta naquelas linhas. Aprendeu segredos só acessíveis a uns poucos eleitos. Isso, porém, não lhe deu nenhum alívio, ao contrário, intensificou nele uma sensação de vazio, como se um abismo houvesse se escancarado em sua alma. Precisou de um esforço de concentração para se controlar antes de olhar o filho, que depois de tantas peripécias estava novamente a seu lado. Esse pensamento lhe deu forças.

Começou então a ler em voz alta, pondo fim à expectativa dos companheiros:

— "*Huius operis clavis est nummorum ars…*"

— Explique em palavras claras — pediu Willalme.

O mercador ergueu os olhos do livro e assentiu.

— O conteúdo da obra se subdivide em vários sermões de difícil compreensão. Naturalmente, não temos tempo para ler todos, mas selecionei um, apenas um, com comentários escritos nas margens. Alguém deve tê-lo estudado a fundo, de modo que proponho começarmos por ele. É o décimo sermão e trata justamente da fabricação do ouro. Não pode ser uma coincidência. Se Galib tinha razão e este livro pertenceu mesmo ao conde de Nigredo, talvez estejamos a um passo de descobrir o mistério de Airagne. — Todos assentiram e o mercador prosseguiu: — O texto recomenda fundir o chumbo e resfriá-lo com um vapor chamado *ethelie*. Assim, o chumbo se transforma no "ímã" que atrairá a coloração do ouro no momento da tintura. O procedimento é descrito nos seguintes termos: "Tomai a prata viva e aplicai-a ao corpo do ímã para que não queime; obtereis a natureza branca, à qual acrescentareis o bronze, que se tornará branco; se o tornardes vermelho e o submeterdes ao cozimento, virará ouro".

— Essas palavras não nos servirão para nada — objetou Willalme, que ficara observando os cadáveres dos dois soldados estendidos no solo.

— Você está enganado — replicou Moira. — Eu as compreendo. Nós descobriremos como funciona Airagne.

— E, depois de descobrir seu funcionamento — acrescentou Uberto —, poderemos interrompê-lo.

— Exato — confirmou Ignazio. — Desse modo, teremos duas vantagens: criaremos uma distração para permitir a fuga dos prisioneiros e inutilizaremos toda a sua estrutura. O conde de Nigredo, seja ele quem for, ficará em maus lençóis.

— Pelo modo como fala, parece que sabe como agir — ponderou Uberto.

— Ainda não. — O mercador voltou a consultar o *Turba Philosophorum* na esperança de encontrar uma solução prática e rápida. Conceber um plano era uma coisa; concretizá-lo, outra. Virando a página, exatamente no fim do décimo sermão, notou um pequeno desenho geométrico à margem do texto. A princípio, não lhe deu importância, tomando-o por uma miniatura rabiscada pelo copista; depois, observando-o melhor, percebeu que era mais que isso

Ignazio teve uma súbita intuição e concluiu finalmente que manuseava o livro certo. Chamou de novo a atenção dos companheiros e mostrou-lhes o desenho.

— Olhem! Este é o esquema adotado pelos filósofos do conde de Nigredo para criar Airagne. — Sua voz tremia de entusiasmo. — Se observarem bem, notarão que reproduz exatamente a planta do castelo, mas não só isso: sobrepõe a ela as oito fases da Obra, quatro fundamentais (*ignis, aqua, aer, terra*) e quatro secundárias (*calidus, frigidus, siccus, humidus*). Cada uma está diante de seu oposto, a fim de criar equilíbrio. Ao fogo se contrapõe a água, à terra se contrapõe o ar, e assim por diante. Esse princípio deve presidir a transmutação dos metais.

— Oito fases, como as torres de Airagne — comentou Uberto.

— Não como as torres, mas como os subterrâneos. São os oito fusos de Ariadne. No desenho, a senhora do labirinto aparece no centro do espelho de Vênus, entre quatro setores intermediários: Nigredo, Albedo, Citrinitas e Rubedo. É nos subterrâneos que se dão os procedimentos alquímicos. As torres servem apenas para canalizar o escapamento da fumaça e para defender o castelo.

Willalme mantinha-se cético.

— Como sabotaremos uma estrutura tão grande e complexa?

Agora convencido de estar no caminho certo, Ignazio respondeu prontamente:

— Segundo o décimo sermão do *Turba Philosophorum*, a transformação e o resfriamento dos metais dependem em grande parte do *ethelie*. Esse vapor é empregado em diversas fases da Obra. Por isso, se encontrarmos o ponto de onde ele sai e o bloquearmos, interromperemos o processo todo.

— Então, vamos tentar — disse o francês, impaciente para entrar em ação.

— Um instante. — Uberto mostrou um dos oito portais que rodeavam o ambiente. — Primeiro, teremos de descobrir qual dessas entradas conduz ao ponto de emissão do *ethelie*. Se escolhermos uma ao acaso, correremos o risco de nos perdermos no subsolo de Airagne.

— Se o desenho reproduz fielmente a estrutura de Airagne, o acesso ao subterrâneo é designado pela palavra "*calidus*", onde o fogo encontra as substâncias voláteis.

Ao ouvir essa palavra, Moira estremeceu.

— Eu sei onde é — disse de repente. — Conheço esse subterrâneo.

Ignazio observou-a incrédulo.

— Como é possível?

— Já estive aqui. — A jovem tirou uma tocha fixada numa cavidade da parede e caminhou resoluta em direção a uma das oito portas. — O caminho certo é este.

Não houve objeção. Os três homens a seguiram. Andando atrás dela, nenhum deles via seu rosto. Nenhum via as lágrimas que ela derramava.

Eram lágrimas de terror.

Além da porta, encontraram uma escada que se desdobrava em voltas cada vez menores. Sua forma lembrou a Ignazio uma passagem de Hermes Trismegisto, na qual as trevas eram comparadas às espirais de uma serpente. As espirais da Mãe Terra e de Nigredo. As espirais de Melusina, a Dea Draco... Afastou da mente toda sugestão, antes que os pensamentos se transformassem em delírio. No fundo, pensou, aquilo era um simples subterrâneo; e se, por um lado, parecia-lhe estranho, por outro, lembrava a catacumba onde perdera seu irmão Leandro. Talvez, no passado, Airagne fosse também uma necrópole ou algo do gênero.

Percorreram vários lances de escada cavados no granito, com a luz das tochas extraindo reflexos azulados dos veios de galena. Quanto mais desciam, mais o ar se tornava quente e irrespirável.

Moira seguia impassível na frente; a angústia havia desaparecido de seu rosto. Agora estava calma, quase ansiosa para chegar a seu destino. Conseguira isolar as lembranças horríveis num canto da memória e, para ficar tranquila, começara a pensar em seus pais, em sua infância e na felicidade que gozara antes do naufrágio. Até que Uberto lhe tocasse o pulso e lhe segurasse a mão. Uma parte dela quase o censurou por tê-la trazido de volta ao mundo real com aquele simples gesto; mas, ao mesmo tempo, tirou forças do contato com o jovem. No fundo, fora por ele que decidira voltar àquele local.

— Atenção! — advertiu Ignazio.

Todos pararam. A poucos passos deles, flutuava no ar um pó prateado, iridescente à luz das tochas, que escapava de uma fenda na parede.

— Parece neblina — observou Uberto. — Não tem aspecto perigoso.

— Não é neblina, a consistência é diferente — disse o mercador, examinando um pouco daquela substância na ponta dos dedos. Em seguida, cobriu o rosto com o capuz para proteger o nariz e a boca e convidou os outros a fazer o mesmo. — Passem adiante sem respirar! Pode ser venenoso.

A descida continuou sem mais inconvenientes. Faltavam ainda duas rampas quando, por fim, apareceu a estrutura no fundo. Era um cilindro de metal com a altura de mais ou menos cinco homens, coroado por uma cúpula de pedra refratária. A base ficava sobre uma fornalha, nuvens de fumaça e vapor escapavam de aberturas por toda a sua volta.

Na base, perto da boca da fornalha, via-se um canal por onde corria metal fundido. Talvez chumbo. Saía de uma fresta na parede e deslizava luminoso num leito de pedra em direção a um desaguadouro no piso.

Ignazio, fascinado, perguntou-se para que serviria semelhante instalação, mas não obteria logo a resposta. Estavam prestes a descer a última rampa quando Moira fez sinal para que parassem. Apontou para baixo: um enxame de homens trabalhava perto do enorme cilindro. Alguns controlavam a estrutura em vários pontos, subindo até o alto por escadas de mão, outros alimentavam a fornalha.

Willalme observou com atenção aqueles operários. Estavam extremamente magros, curvados, e vestiam-se com farrapos. Alguns gesticulavam como loucos, outros caminhavam com as mãos estendidas ou apoiando-se nos companheiros. Pareciam tão afeitos à submissão a ponto de não reparar que agora ninguém os vigiava. Poderiam fugir, mas o hábito e o medo mantinham-nos presos aos labores de Airagne.

Os olhares dos quatro se fixaram então na grande estrutura cilíndrica.

— É um *athanor*, um forno alquímico — explicou Ignazio.

Uberto olhou-o surpreso.

— Tem certeza?

— Um *athanor* — repetiu Ignazio. — Bem maior que qualquer outro, isso é certo, mas acho que não estou enganado. O princípio de seu funcionamento é simples. Contém um recipiente interno em que se deposita uma mistura que é exposta ao calor e às substâncias voláteis.

— Substâncias voláteis... Refere-se ao vapor de *ethelie*? Aquele que estamos procurando?

— Creio que sim.

Naquele exato instante, um grupo de operários subiu ao alto da estrutura e levantou a cobertura hemisférica, deixando escapar um jato de vapor sulfuroso. O jato foi tão violento que os homens tiveram de afastar-se e esperar que diminuísse de intensidade. Depois que ele achou sua via de escape, aproximaram-se com cautela, tiraram de dentro um recipiente cheio de fragmentos metálicos e substituíram-no por outro, que continha metal fundido. Feito isso, repuseram a calota e desceram do cilindro.

— Viu a fumaça que saiu do *athanor*? — perguntou Ignazio ao filho. — Deve ser *ethelie*. Estamos no lugar certo.

Uberto concordou e, apontando para o recipiente tirado de dentro do cilindro, disse:

— E aquilo, o que é?

— Acho que é o "ímã" obtido pelo chumbo. Os fragmentos logo receberão a tintura e assumirão a cor do ouro.

— Bem. Então já sabemos o suficiente. — Uberto parecia determinado a agir. — Vamos libertar essa gente e, em seguida, nos ocuparemos do *athanor*.

— Na ausência de guardas, não será difícil. — Ignazio mostrou o alto do cilindro. — Observou uma coisa? Quando os operários ergueram a calota, a saída do vapor foi a princípio violenta, mas depois cessou quase por completo. Nesse momento, o *athanor* não continha mais *ethelie*. Estava vazio, portanto inútil.

— Entendo o que quer dizer. Se a calota ficasse erguida, o *ethelie* continuaria se evaporando para o alto e o processo de transformação seria afetado.

— Exato. E, para completar o trabalho, a fornalha precisaria deixar de ser alimentada.

— Bastará evacuar os operários para obter esse resultado. — Uberto refletiu, cruzou os braços e olhou para seu pai furtivamente.

— Mas, se fizermos isso, não provocaremos danos permanentes na estrutura. Qualquer pessoa, a qualquer momento, poderia retomar o controle de Airagne e pôr o mecanismo para funcionar de novo.

— Isso não acontecerá se detivermos o conde de Nigredo — tranquilizou-o o mercador.

Uberto não se deixou convencer. Conhecia demais o pai para saber que ele não danificaria nunca um aparelho capaz de aprimorar seus conhecimentos. Não antes de tê-lo estudado minuciosamente, pelo menos. Calculou o drama que Ignazio estaria vivendo naquele instante, dividido entre a necessidade de destruir Airagne e o desejo de descobrir seus segredos. Embora ostentasse a costumeira máscara impassível, em cada traço de seu rosto lia-se a vontade incontida de saber.

Ele colocou a mão em seu ombro e disse:

— Deixe comigo, pai.

O mercador pareceu contrariado.

— Que pretende fazer?

— Seguindo seus conselhos, bloquear o *athanor* e libertar os prisioneiros. — Com um gesto eloquente, o jovem apontou para o alto. — Enquanto isso, você tem outra tarefa a cumprir.

— O conde de Nigredo... — murmurou Ignazio, quase como se houvesse se esquecido dele.

— Sim, o conde de Nigredo. E não se esqueça de Branca de Castela. A situação é propícia para libertá-la.

— Tem certeza de que conseguirá fazer tudo sozinho, aqui embaixo?

— Não terei problemas.

— Certo. — O mercador se virou para Moira. — Depois de subir a escada, sabe por acaso que direção devo tomar para chegar ao torreão?

— Se bem me lembro, há uma pequena porta diante da estátua da mulher — respondeu a jovem. — É uma saída, o caminho mais rápido que conheço para a base do torreão.

— Obrigado. — O mercador olhou o filho com ar sério. — Obrigado a você também por me salvar de mim mesmo. — E, com um aceno a Willalme, pediu-lhe que o seguisse.

— Espere — deteve-o Uberto. — Antes que você vá, devo entregar-lhe uma coisa.

— O que é? — perguntou Ignazio, voltando-se.

— Uma carta. — O jovem tirou um pergaminho do alforje e entregou-o ao pai. — É para você, enviada pela abadessa de Santa Lucina.

O mercador apanhou o pergaminho. Continha um breve texto em bela caligrafia, com o título de *Quinta Carta*.

— Não entendo...

— E não entenderá até achar as quatro cartas que a precedem — explicou o filho, enigmático. — Foi, pelo menos, o que me disse a abadessa.

— Ela é a autora desta mensagem?

Uberto assentiu.

— Definiu-a como o testamento de outra vida, quando estava tão obcecada pela sede de conhecimento que contribuiu para a criação de Airagne. Ela disse que essa carta o ajudará a compreender muitas coisas... sobre você mesmo.

O mercador sorriu. A abadessa de Santa Lucina nunca deixava de surpreendê-lo. Com um suspiro profundo, colocou a carta no alforje e caminhou com Willalme em direção à saída tortuosa.

— Nós nos encontraremos lá fora — disse. — E fiquem alerta.

Enquanto Uberto o via afastar-se pela escada de granito, Moira se deu conta de repente de que estava em Airagne e, por um instante, sentiu-se invadida pelo conhecido horror.

— Que faremos agora? — perguntou, tentando afastar aquela sensação de medo.

— Vamos destruir o que pudermos.

— Mas seu pai disse...

— Se dependesse dele, este lugar continuaria existindo para sempre. — O jovem ergueu os braços, demonstrando que estava farto de mencionar as fraquezas do pai. Uma coisa era conhecê-las e tentar remediá-las, outra era admitir sua existência diante de terceiros. Mas com Moira era diferente. — Não pense mal dele. Tem muita ânsia de conhecimento para raciocinar objetivamente numa situação como esta. Os segredos de Airagne e da alquimia o enfeitiçam como um canto de sereia.

A moça pareceu compreender.

— Por isso quis que ele se afastasse.

— Sim.

— E o que você vai fazer?

Uberto não pôde conter um sorriso matreiro.

— Exatamente o contrário do que ele me recomendou.

# 34

Os dois jovens desceram o último lance de escada discutindo sobre como destruiriam o *athanor*, mas, no exato instante em que colocaram o pé no patamar, viram-se diante de um homem. Uberto, que precedia Moira, recuou instintivamente, impressionado com o aspecto daquele homem. Ele era pele e ossos, estava completamente calvo, e continuava a avançar, curvado, com as mãos sujas estendidas para a frente.

Uberto empurrou-o, nauseado com o cheiro que se desprendia dele.

— Saia! — ele ordenou, movido por um misto de piedade e repulsa. — Todos devem fugir!

O homenzinho fitou-o, emitiu um soluço e se atirou a seus pés.

— *Benedicite, bone homme* — grunhiu com abjeta devoção. — *Benedicite, benedicite*.

Um segundo homem emergiu da sombra. Era alto e musculoso, trazia no rosto uma expressão apática. Uberto achou que sua condição era melhor que a do primeiro e virou-se para ele:

— Não faz muito tempo que é prisioneiro aqui, certo?

— Mais ou menos, um mês — respondeu o outro. Apontou para o homenzinho raquítico ajoelhado no chão. — Depois de um ano, ficamos assim, se não morremos antes.

— Devem fugir daqui. Vão embora todos, e rápido. — O jovem fitou-o com expressão grave. — Entende o que digo?

O homem hesitou. Estava em Airagne havia apenas um mês e já mostrava dificuldade em organizar os pensamentos mais elementares.

— Os guardas... — balbuciou, olhando em volta. — Os guardas não...

— Os guardas estão ocupados lá fora. Ninguém irá impedi-los.

Teve como resposta um olhar incrédulo.

Aquilo não funcionava, pensou Uberto. Estava perdendo muito tempo. Pegou o homem pelo ombro e levou-o até o centro do subterrâneo. De repente, uma multidão de operários se reuniu em torno dele.

Vendo-os se aproximar, Moira foi tomada de pânico. Uberto tranquilizou-a com o olhar. Previra a reação dos operários e esperava usá-la em seu favor. Ergueu os braços para chamar a atenção, sentindo o peso de dezenas de olhares sobre si: era aquilo mesmo que ele queria.

— Os guardas não estão mais aqui! — gritou. — Aproveitem! Vão embora! Fujam todos!

Entre a multidão, levantaram-se vozes obsessivas:

— *Miscete, coquite, abluite et coagulate! Miscete, coquite, abluite et coagulate!*

O jovem continuou a gritar:

— A Obra terminou! Vão embora! Estão livres!

Os operários começaram a falar compreender entre si, gesticulando com entusiasmo. Alguns pareciam a situação e se dispunham a agir. Quem conservava um mínimo de bom senso incentivava os companheiros de desventura a fugir. O grupo fremia, animado e foi se dispersando aos poucos. Cada vez em maior número, os homens se lançavam em direção à escada; outros seguiram pelas passagens situadas ao rés do chão, que provavelmente se comunicavam com os subterrâneos contíguos.

Um velho mirrado abriu caminho até Uberto e agarrou-o por um braço. Seus olhos revelavam alarme, mas também lucidez.

— E os outros prisioneiros? — perguntou. — Não podemos abandoná-los! Há mais sete ambientes iguais a este sob o castelo, incluindo as minas de galena. Temos de pensar também nos prisioneiros que estão lá.

— Alguém sabe como encontrá-los? — perguntou o jovem.

— Sim. Alguns aqui conseguem se orientar nos subterrâneos.

— Muito bem. Então formem grupos e procurem chegar a todos os ambientes possíveis. Mas depressa, não temos muito tempo.

O velho assentiu, dirigiu-se para um punhado de homens que o esperavam e explicou-lhes a situação. Muitos, provavelmente os menos atingidos pelo saturnismo, trocaram olhares de compreensão e correram para as saídas.

Sentindo-se finalmente livre para agir, Uberto disse a Moira:

— Venha comigo. Temos uma tarefa a cumprir.

Não havia mais ninguém no centro do subterrâneo. Os dois jovens aproximaram-se do *athanor* e subiram até o alto usando uma escada de madeira encostada à sua parte superior.

Lá em cima estava a calota de pedra. Parecia a cúpula de uma mesquita, mas bem menor. Por baixo, ouvia-se algo como um resfolegar de substâncias voláteis. Ignazio recomendara erguê-la para que o vapor de *ethelie* escapasse. Mas Uberto queria fazer exatamente o contrário, ou seja, selá-la de modo que, dentro, se acumulasse uma pressão capaz de danificar todo o aparelho.

Ao lado da calota havia diversas correntes grossas que terminavam em garras de ferro. Estavam presas às paredes do cilindro por anéis metálicos. Provavelmente serviam para que se pendurassem nelas as ferramentas dos operários. Uberto, segurando-se a uma dessas correntes, subiu até o alto da cúpula. A superfície de pedra estava mais quente do que previra, o risco de queimar as mãos e escorregar era grande. Moveu-se com cautela até conseguir ficar em pé.

— Está louco! — gritou-lhe Moira, segurando a escada de madeira. — Que pretende fazer aí em cima? Desça imediatamente!

— Vou descer, não se preocupe — respondeu ele, mantendo um equilíbrio precário. — Mas, antes, passe-me as correntes que pendem dos lados do cilindro.

— Que vai fazer com elas?

Uberto dirigiu-lhe um sorriso astuto.

— Que acontece quando selamos a tampa de uma panela em ebulição?

— A panela explode... — respondeu Moira, hesitante.

— Exatamente.

A jovem não fez mais perguntas e começou a colaborar, mas a operação se revelou menos simples que o esperado. As correntes eram pesadas. Ela precisou de todas as suas forças para erguê-las até onde estava Uberto, que as pegou uma por vez e fixou-as à calota por meio dos ganchos de ferro.

Após numerosas tentativas, o jovem conseguiu bloquear a tampa do *athanor*. E, depois de verificar que as correntes estavam bem presas umas às outras, resolveu descer, enquanto a estrutura começava a sacudir-se. O *ethelie* se acumulava embaixo da cúpula e pressionava para sair, fazendo as válvulas assobiarem furiosamente.

Antes de abandonar o recinto, Uberto achou melhor tomar mais uma precaução: desviar o fluxo do metal fundido que escorria por uma canaleta e caía num depósito regulado por uma eclusa movida por uma alavanca.

Lacrado o depósito, o metal fundido se encaminharia para o *athanor*, derramando-se em parte dentro da fornalha. Isso aumentaria espantosamente a emissão de vapor. Uberto ignorou as consequências e acionou a alavanca, ansioso para provocar o maior dano possível àquele complexo. Imediatamente uma placa de pedra vedou a entrada do depósito, impedindo o acesso do metal fundido e fazendo-o transbordar da canaleta. O fluido incandescente invadiu o pavimento na direção da fornalha, onde havia uma ligeira depressão.

— O cachorro! — gritou Moira de repente, olhando em volta. — Onde foi parar?

— Deve ter fugido — respondeu Uberto.

— Temos de procurá-lo.

— Não há tempo — disse ele, pegando-a por um braço. — Precisamos ir!

Nesse instante, o *athanor* começou a rugir, como se dentro de suas paredes metálicas houvesse acordado um espírito furioso. O assobio das válvulas se tornou ensurdecedor. Os jatos de vapor, que no início eram cinzentos, tornaram-se brancos, depois amarelos e enfim vermelhos.

Um dos últimos fugitivos notou aquela mudança de cor e gritou aterrorizado:

— *Cauda pavonis!*

— O que será essa "cauda de pavão"? — perguntou Moira, ofegante.

— Não sei — respondeu Uberto. — Mas não parece coisa boa.

O metal fundido invadiu o pavimento, alastrando-se como uma mancha de óleo até as escadas, obrigando os dois jovens a se dirigirem à única saída existente ao rés do chão. Moira cruzou-a correndo, e Uberto, antes de segui-la, lançou um último olhar ao *athanor*. O enorme cilindro vibrava movido por uma energia incontida, enquanto golfadas de vapor escapavam, sibilando, das bordas da calota.

Mais adiante, o caminho se bifurcava, então resolveram subir, seguindo por um corredor claustrofóbico, ensurdecidos pelo ribombo que vinha de baixo. O estrondo emitido pelo *athanor* fazia tremer o ar e as paredes.

Após uma subida extenuante, chegaram a uma saída. Uberto tomou a dianteira cuidadoso, enquanto uma leve corrente de ar lhe acariciava o rosto suado. Finalmente estava ao ar livre.

— Onde estamos? — perguntou Moira.

Uberto olhou para baixo, atraído pelo rumor de uma batalha.

— Nas muralhas do castelo — respondeu ele, debruçando-se na ameia de granito.

No pátio, prosseguia a tentativa de invasão, mas o jovem não conseguiu reconhecer os combatentes. A visibilidade era escassa, com a névoa envolvendo tudo.

Uberto olhou à frente e distinguiu, por entre a neblina, o perfil do torreão. Parecia que, no alto, erguia-se uma pira encimada por um poste. Nada mais viu, porém o pensamento de que Ignazio pudesse estar lá o aterrorizou.

As muralhas não pareciam sólidas, mas em péssimo estado, como se houvessem sido edificadas às pressas ou por operários inexperientes. A poucos passos via-se uma torre de onde escapava um penacho de vapor. O subterrâneo de onde acabavam de sair devia se localizar exatamente embaixo dela.

Não teve tempo de concluir seu pensamento porque um abalo, como se fosse um terremoto, sacudiu a estrutura inteira. Uberto abraçou Moira, certo de não poder fazer mais nada para protegê-la, e ouviu uma espécie de mugido que vinha do fundo da torre vizinha. Soube então que o abalo não fora de um terremoto... O *athanor* havia explodido!

Depois, tudo se aquietou.

Com o coração aos saltos, Uberto olhou incrédulo para a torre: deixara de tremer, ao menos por enquanto. Baixou o olhar e viu uma escada de pedra que descia para o pátio. Sem hesitar, tomou Moira pela mão e correu em direção aos degraus.

— Vamos sair logo daqui! — gritou. — As paredes não são mais seguras.

# 35

Filippo de Lusignano sentia-se dominado pelo desejo voluptuoso de saborear um cálice de vinho. Um malvasia aromático iria muito bem. Imaginou-o descendo pela garganta, forte e macio, o que lhe aumentava a sede ainda mais.

Um gole de vinho o livraria das dores na nuca e nos membros, o deixaria até ligeiramente embriagado, melhorando seu estado de espírito.

Quando se deu conta da situação em que estava, concluiu que devia renunciar àquele cálice, talvez para sempre. Tinha sido amarrado a um poste, sobre um monte de lenha impregnada de piche. Devia estar no terraço do torreão. Aquele era o único ponto do castelo de onde, apesar da névoa, dava para ver as oito torres perimetrais.

Junto ao monte de lenha, dois homens aguardavam taciturnos que ele recobrasse os sentidos. O mais alto era um jovem corpulento, sem dúvida nobre, com roupas elegantes. Empunhava ainda a maça com a qual lhe havia golpeado a cabeça. O segundo homem era Gilie de Grandselve.

— Que está acontecendo? — perguntou Lusignano, depois de se recuperar.

— Você tem a honra de estar na presença de Thibaut IV, conde de Champanhe — respondeu o monge, indicando o rapagão ao seu lado.

— E você, quem é? — Filippo examinou-o colérico. — A última vez que o vi, se bem me recordo, disse-me que seu nome era Gilie de Grandselve. Fez-se passar por monge.

O velho parecia estar se divertindo. Seu rosto quase desaparecia em volta dos olhinhos perversos, avermelhados.

— Não seja por isso. Sou monge mesmo, embora nos últimos anos tenha mudado de título. Pode chamar-me de "alquimista".

— Um alquimista. — O prisioneiro pronunciou essa palavra com desprezo. — Muitos dizem ser, mas poucos são realmente. — A seguir, em tom mais alto, para desabafar a raiva, disse: — Que estou fazendo neste lugar? Soltem-me.

— De jeito algum! — exclamou o monge. — Depois de tanto esforço para capturá-lo e trazê-lo aqui em cima...

Ruminando imprecações, Lusignano percebeu que estava numa posição tão elevada que podia ver além das muralhas do torreão. Via, pois, a batalha que se travava lá embaixo. Para os *soudadiers*, ela havia terminado; e o que restava da cavalaria de Folco empreendia a retirada.

A derrota dos atacantes era certa, mas, entre as fileiras dos Arcontes, a situação estava mudando: os soldados pareciam indecisos, abandonavam a luta e rompiam a formação. Muitos baixavam as insígnias do Sol Negro e se reuniam em torno de um homem a cavalo. Quem seria ele?

Não sabendo o que pensar, Filippo se concentrou em seus interlocutores. O conde Thibaut se mantinha calado. Já o monge parecia ansioso por falar. Era, pois, com ele que o prisioneiro devia entender-se.

— Posso saber quais são suas intenções?

— Eliminá-lo, naturalmente — riu o velho. — Depois de introduzir no castelo todos aqueles soldados inimigos, esperava receber um tratamento melhor?

Do alto da pira, Lusignano rosnou para o monge:

— Você não sabe com quem está falando. Este castelo é meu!

— Ao contrário, sabemos perfeitamente, mestre Filippo. Sabemos *tudo* a seu respeito. — O monge mostrou-lhe um pingente em forma de aranha. — Enquanto estava desacordado, achamos isto com você. — Atirou o pingente ao chão, a poucos passos da pira, para que o prisioneiro o visse bem. — Só um homem poderia exibir esse símbolo, o primeiro conde de Nigredo, que deu início à Obra de Airagne.

Filippo contemplou por um instante o pingente e prosseguiu:

— Como estamos dispostos a fazer revelações, alquimista, diga-me o que estava fazendo na abadia de Fontfroide.

— Fui lá especialmente para espioná-lo. Sabia de sua chegada iminente desde que saiu de Castela. Você fez contato com alguns Arcontes que considerava fiéis, como aquele brutamonte do Jean-Bevon. — O velho se permitiu algumas palavras de reprovação. — Agiu com imprudência ao confiar nessas pessoas. Foi fácil, *para nós*, aliciá-las.

Aquele "nós" era eloquente demais. Aludia a uma sombra que ostentava o nome de conde de Nigredo. Lusignano, porém, não estava em condições de descobrir sua identidade ou perguntar quem era ele.

— A soldadesca está sempre pronta a trair — comentou com amargura. — Todavia uma coisa me escapa: como conseguiu se passar pelo *portarius hospitum* de Fontfroide? Estava acaso mancomunado com o abade?

— Não foi preciso. Naquela abadia, como em qualquer outra, os clérigos odeiam os cátaros e veem de bom grado as operações de limpeza dos Arcontes. Embora secretamente, alguns deles apoiem meu senhor, o conde de Nigredo.

Filippo respondeu com uma expressão de rancor no rosto.

— Sim, fui ajudado — continuou o velho, mostrando as gengivas desdentadas. — Coisa que não aconteceu com você...

— Tudo culpa de Ignazio de Toledo! — desabafou Lusignano, dominado por um acesso de cólera incontida. — Aquele maldito moçárabe escapou de minhas mãos como uma enguia. Conseguiu me enganar.

— Não se preocupe com ele, você logo estará acabado — replicou o monge. — Vamos ao que interessa. Se você está vivo ainda é porque quero que me revele os segredos de Airagne.

— Que segredos? Pelo que pude constatar, eles de nada lhe servirão.

O monge sacudiu a cabeça.

— Posso fazer funcionar os mecanismos instalados nas galerias, é verdade, mas não compreendo seus princípios. Se quebrarem, não saberia consertá-los. — Empunhou uma tocha acesa e aproximou-a da base da pira. — Fale logo, se não quiser ter um fim lamentável.

Filippo suava frio. As cordas o sufocavam. Sentia-se humilhado e assustado. Ao mesmo tempo, ele sentia um desejo incontrolável de matar aquele velho.

— Está bem, farei isso. Desde que me solte. — Estabelecer tais condições era pueril, sabia disso, mas no momento não havia outra esperança de sobrevivência.

— Prove então que pode me ser útil.

O prisioneiro não sabia o que responder. Não era versado no empirismo aplicado por seus sábios de Chartres. Se ao menos pudesse consultar a abadessa... As palavras escaparam-lhe dos lábios em turbilhão:

— O ouro de Airagne não é autêntico, só para começar. Não é produto de uma transformação real, mas de uma tintura vil.

Ao ouvir isso, Thibaut meteu a mão na bolsa que trazia presa ao cinto e tirou de lá um escudo de Airagne. Examinou-o em silêncio, girando-o entre os dedos.

— Mentira! — O velho agitou a tocha. — É ouro autêntico, sim! Tem o mesmo peso, a mesma cor e o mesmo brilho do ouro. Os Arcontes o trocam sem problemas nas casas de penhor. E os banqueiros o revendem para as casas onde se cunham moedas. Ao que parece, você prefere mentir a revelar os segredos de Airagne. Não pensa na própria salvação? Dou-lhe uma última chance.

Lusignano não conseguia afastar os olhos da chama. Bastaria uma centelha para que a pira se transformasse num inferno ardente.

— Não fui eu quem fundou a Obra — disse por fim. — Recorri a um grupo de sábios. Quer saber mesmo como se faz ouro de verdade? Encontre o *Turba Philosophorum*!

— O *Turba Philosophorum*? — O monge olhou-o desconfiado. — Que é isso?

— Um livro.

— Nunca ouvi falar dele. Onde está?

Filippo rangeu os dentes.

— Pergunte ao moçárabe. Ele sabe.

— Perguntarei, não duvide. — O monge afastou a tocha, mas não muito. — Você, no entanto, deve saber alguma coisa... Observei-o no subsolo, conversando com Ignazio de Toledo perto da estátua de Melusina. Falavam de uma coisa... Um nome... Ah, sim, Lúcifer! Falavam de Lúcifer. Que vem a ser isso?

— Lúcifer é o espírito aprisionado na matéria. — O rosto de Filippo era uma máscara de insanidade, ódio e terror. Certo de que não conseguiria salvar-se, invocava o delírio. — Lúcifer se liberta da corrupção de Nigredo, revelando-se ao alquimista na fase de Albedo.

— Não entendo. Está falando de alquimia, de platonismo ou de heresia cátara?

— Que diferença faz? — esbravejou o prisioneiro. — Tudo não é a mesma coisa? Não sabe que os filósofos são todos hereges?

Thibaut interveio então:

— Devemos esperar por muito tempo ainda? Estou farto de ouvir os disparates deste louco.

O monge lançou-lhe um olhar de súplica.

— Meu senhor, um pouco mais de paciência... Este aí foi o primeiro conde de Nigredo... O fundador de Airagne... Podemos aprender muito com ele.

— Aprender o quê? — resmungou Thibaut, agitando no ar a moeda que segurava entre os dedos. — Este ouro é autêntico, vê-se ao primeiro olhar! O resto não me interessa. Faça-o calar-se de uma vez por todas e não falemos mais no assunto!

Lusignano emitiu um grito de horror. Posto na fogueira como um herege! Aquilo não podia ser verdade. Devia ser um pesadelo. Um pesadelo monstruoso.

A tocha foi atirada sobre a pira. Cada vez mais aterrorizado, Filippo sentiu as chamas sibilarem para o alto e lamberem-lhe os pés. Gritou de dor, contorcendo-se, enquanto o fogo penetrava em sua carne e a devorava. Ainda consciente, fitou as muralhas do castelo e viu uma cena absurda: uma das oito torres perimetrais tremia na base, como se fosse sacudida por um terremoto; mas, quando a queda parecia iminente, imobilizou-se.

O condenado arregalou os olhos, julgando-se vítima de uma alucinação. A tensão a que estava sujeito, de resto, era inaudita.

Logo a torre voltou a tremer, dessa vez com mais violência. Não era uma alucinação! Ouviu-se um estrondo e, do alto, escapou uma nuvem de fumaça avermelhada. Uma cena assustadora.

Apesar de martirizado pelas chamas, Lusignano compreendeu que o *athenor* oculto no subsolo havia acabado de ser destruído.

Os jatos de *ethelie* sibilaram no ar, rasgando o véu de neblina, e a torre ruiu sobre si mesma, dissolvendo-se numa chuva de fragmentos. As construções próximas receberam o impacto. Ameias, passadiços e muros desmoronaram, abalando a estabilidade das torres vizinhas.

De Airagne, logo restaria bem pouco.

Dominado por essa certeza, Filippo de Lusignano sentiu as chamas devorarem-lhe o peito, o rosto e os cabelos.

Humbert de Beaujeu, dando mostras de coragem e lealdade, regressara ao castelo. Com os pés firmes nos estribos e de espada em punho, atravessara a massa de combatentes e parara junto à base sobre a qual se erguia o torreão. Dali, ele podia ver e ser visto. Em volta, a luta prosseguia sem quartel.

Seguindo o plano que traçara, chamou a atenção de alguns soldados que combatiam nas fileiras dos Arcontes e intimou-os a ouvi-lo. Os homens se aproximaram cautelosos.

— Combatam pela rainha da França! — gritou o tenente a plenos pulmões. — Combatam por Branca de Castela, a rainha-mãe!

Os soldados o olharam espantados, enquanto outros saíam das fileiras dos Arcontes e se aproximavam para ouvi-lo.

— O *lieutenant*! — exclamaram alguns entre si, apontando para ele. — O sobrinho do rei Luís, o Leão! Que faz aqui?

— Sigam-me! — insistiu Humbert, erguendo a espada. — Em nome da rainha! Em nome da França!

Logo depois, um terço do exército dos Arcontes abandonava o combate e se reunia em torno do tenente. A presença dele não passava despercebida a ninguém e parecia atrair os soldados de maneira irresistível. Os homens lançaram fora as insígnias do Sol Negro e prestaram atenção às suas palavras. Agora, pareciam absolutamente desinteressados da defesa do castelo.

— Sirvam à coroa! — conclamou-os o tenente, cada vez mais ousado e confiante. — Sirvam à rainha!

A situação era dramática, mas Humbert tinha certeza de que lhe obedeceriam. Sabia como ganhar o respeito daquela gente. Não lidava com milicianos comuns: a maior parte se compunha de soldados do exército real. Não sabia como descobrira, mas era isso que havia acontecido. Compreendera tudo assim que saíra dos subterrâneos, quando um cavaleiro de Folco o tomara por um dos Arcontes. Humbert, olhando em volta, percebera que boa parte das milícias de Airagne envergava, como ele, uniforme do exército real.

Aqueles homens tinham sido afastados de sua obediência à coroa e induzidos a servir ao conde de Nigredo. Mas quem os guiara até Airagne? Que estratagemas diabólicos haviam sido empregados para iludi-los? E, sobretudo, por quê? Folco não lhe dera explicações.

Humbert nunca fora muito sagaz. Era corajoso, sempre pronto a combater por questões de lealdade; porém, embora fosse dotado de grande carisma, não se orientava por raciocínios, mas sim pela presteza a dar e receber ordens. Foi, pois, com grande alívio que notou como sua simpatia lhe granjeava o favor dos soldados. Eram-lhe fiéis! Mas por que haviam traído a causa do rei? Não conseguia entender isso, era coisa que escapava à sua compreensão. Não importava, pensou, pediria explicações depois; no momento, tinha de agir.

O desfecho da batalha agora era duvidoso. Os Arcontes, que ainda teimavam em combater, estavam dizimados. Não percebiam o que estava acontecendo. A cavalaria de Folco, enfraquecida e exausta, aproveitou-se disso para bater em retirada.

Humbert examinou o campo de batalha e pensou num modo de se aproveitar da situação. Mas não teve tempo: pelas portas na base das oito torres desembocou uma turba esfarrapada, de cabelos desgrenhados e barbas hirsutas. Homens, mulheres e velhos, aos gritos e desorientados. Os prisioneiros de Airagne haviam escapado dos subterrâneos.

O bando invadiu o pátio, em grupos ensandecidos, a correr para todos os lados sem perceber a batalha que se travava à sua volta.

Humbert, atônito, não chegou a entender o que se passava porque um segundo imprevisto o deixou petrificado: a torre mais próxima do leste começou a tremer assustadoramente, sem causas visíveis. A enorme estrutura foi abalada desde a base, ameaçando desprender-se da muralha. As vibrações atravessavam o solo, fazendo-o estremecer como o couro de um tambor.

Todos interromperam o que estavam fazendo, deixando de combater ou fugir, de golpear ou praguejar. Muitos caíram de joelhos, outros gritaram de susto. Olhavam em volta aterrorizados, de armas em punho, as pupilas dilatadas de espanto.

O terremoto cessou por cerca de um minuto. Todos continuaram imóveis.

Em seguida, um estrondo violento ressoou nas profundezas e o tremor recomeçou mais forte. Um jato de fumaça cor de sangue escapou do alto da torre. Aquele fenômeno — mais ainda que o terremoto — atiçou o pânico geral.

Sem que nada pudesse detê-los, os soldados romperam as fileiras e, misturando-se aos prisioneiros fugitivos, puseram-se a correr sob a chuva de detritos. Era impossível controlá-los. Alguns foram derrubados; outros, arremessados da sela, estatelaram-se no chão, ali ficando feridos ou simplesmente sem forças para se levantar. Os caídos eram pisoteados sem misericórdia.

Semelhante a uma manada enlouquecida, a onda enorme disparou em direção à saída do castelo. Essa não permitia a passagem de todos ao mesmo tempo e os corpos se comprimiam, empurrando-se em movimentos desesperados. Alguns morreram ali mesmo, esmagados, a um passo da salvação.

A massa prosseguiu desabalada pela ponte, em direção à floresta. Muitos escorregaram pelas bordas do fosso, caindo em suas águas fétidas. As muralhas do leste, enquanto isso, ruíam com um estrondo espetacular.

Humbert, parado ao pé do torreão, olhou em volta, contendo o fôlego. Airagne caía aos pedaços. O plano de conquista elaborado por Folco era agora inviável. Mas, no fundo, que importava isso?

Vendo-se novamente só, o impávido tenente compreendeu que só havia uma coisa a fazer. Salvar a rainha.

Ignazio, inquieto, afastou-se da janela do torreão onde se debruçara. Havia acabado de assistir ao desmoronamento da torre oriental e das estruturas contíguas. Ao lado, o ansioso Willalme tentava decifrar os traços mutáveis de seu rosto.

O francês o observava em silêncio, perguntando-se quem seria de fato o mercador de Toledo. Estava ali, a poucos passos dele, mas o homem lhe parecia vago e inconsistente. Outrora, já experimentara sensações semelhantes, que agora, entretanto, eram bem mais intensas. Percebia em Ignazio a obsessão pelo saber, uma agitação contínua do espírito. Mas notava nele, também, um tormento mais profundo, mais humano: o instinto que o forçava a reprimir a emotividade temida, sufocada ou esquecida.

— Temos de prosseguir — disse o mercador.

— Entrar no torreão foi fácil. — Willalme olhou atentamente em volta. O local parecia deserto. — Acha que será fácil também subir até o topo?

Sem responder, o mercador se dirigiu para uma escada em caracol. O alto do torreão lembrava uma goela negra, sem fundo.

Enquanto galgava os degraus de dois em dois, Ignazio pensou nos soldados que vira combater no pátio. Observando-os da janela, encontrara a resposta que procurava.

— Notou os uniformes dos Arcontes? — perguntou a Willalme, para confirmar as próprias suspeitas.

— Sim. Muitos se parecem com os dos soldados do rei da França, como os daqueles milicianos que vimos há alguns dias, antes de chegarmos ao *béguinage* de Santa Lucina.

— Exatamente. Mas não creio que apenas se pareçam... Aqueles uniformes, para mim, são autênticos.

— Acha que esses soldados pertencem ao exército real?

— Sem dúvida.

— Mas o que fazem aqui?

Ignazio hesitou por um instante, depois respondeu:

— É o que logo vamos descobrir.

Ao final da escada, encontraram uma sala escura e relativamente espaçosa. A única luz provinha de uma vela colocada sobre uma escrivaninha, junto a um pequeno cofre de madeira com incrustações. Pairava no recinto um silêncio hostil.

Ignazio se aproximou da escrivaninha, guiado pela chama da vela. Não devia fazer muito tempo que aquela vela havia sido acesa, pois a cera mal começara a se derreter.

— Alguém esteve aqui há pouco — deduziu. — E deve ter ouvido nossos passos.

Estendeu a mão em direção ao cofre, à procura de indícios, e ao abri-lo encontrou quatro folhas de pergaminho. Leu-as em silêncio. Willalme teve a impressão de que sua pessoa perdia o ar vago e se tornava de novo tangível.

— São cartas — explicou Ignazio. — Falam da Mãe Luminosa. Talvez uma referência à Mater Lucina.

Além do conteúdo, o mercador examinou a caligrafia das cartas.

— São sem dúvida obra da abadessa de Santa Lucina. Reconheço a letra. — Enfiou a mão no alforje e tirou o pergaminho que pouco antes Uberto lhe entregara. Mostrou-o ao companheiro. — Esta é a última carta escrita pela abadessa, a quinta, no qual revela o segredo da alquimia de Airagne.

Arqueou então as espessas sobrancelhas e mergulhou na leitura.

# Quinta Parte
# A CAUDA DO PAVÃO

Esta pedra, de onde nasce a Obra, concentra em si todas as cores.

Khalid ibn Yazd, *Liber Trium Verborum, I*

# 36

Castelo de Airagne
*Quinta carta* — Cauda Pavonis

*Mãe luminosa, a trama que teci com tanto cuidado se desfez entre as minhas mãos e somente quando não podia mais admirar sua beleza descobri o erro que cometera. Os quatro trabalhos da alquimia não são — como eu pensava — os degraus de uma escada, mas fazem parte de uma roda em moto-perpétuo. Essa roda é o fuso de* Necessitas, *que gira eternamente diante das Parcas. A mudança contínua de cores, que chamo de* Cauda Pavonis, *constitui o princípio e o fim da Obra. Você,* Mater bona, *foi meu guia nesse labirinto. É* Lux, *a Luz, mas também* Laus, *a Recompensa. Você,* Mater Lucina, *é Airagne, o fio da Sabedoria.*

Ignazio guardou a última carta no cofre, junto às outras quatro que já lera. Aqueles escritos não continham uma exposição orgânica da alquimia, eram antes um guia para a compreensão dos procedimentos descritos no *Turba Philosophorum*. Segundo as palavras da abadessa, o segredo não residia tanto na obtenção do resultado, mas na perpetuação das fases alquímicas, isto é, no caráter cíclico da chamada "*Cauda Pavonis*"... Todavia as regras de Airagne não representavam apenas um método para transmutar metais, mas também, e principalmente, uma chave para entender a contingência do mundo e o coração dos homens. Quem quisesse fugir ao abismo de Nigredo precisava libertar-se da ânsia de obter um resultado, compreendendo que cada instante da vida era uma parte única e insubstituível do Todo.

Um rumor de passos interrompeu os pensamentos de Ignazio. Alguém havia entrado na sala.

O mercador ergueu a vela e iluminou duas silhuetas em pé na porta. A primeira era um prelado de meia-idade, provavelmente um cardeal. Apesar da imponência do porte, parecia encurvado, o olhar sombrio. A segunda pessoa era uma dama de ar aristocrático — elegantemente vestida.

Pondo de lado quaisquer reservas, voltou-se para a mulher, que logo reconhecera como a rainha da França:

— Majestade, finalmente. — Fez uma profunda mesura, intimando Willalme a imitá-lo. — Estamos à sua procura há muito tempo.

A orgulhosa Branca lançou-lhe um olhar de soslaio.

— Quem o enviou?

— Fernando III de Castela, seu sobrinho. Tenho ordens de conduzi-la em segurança à sua presença.

A rainha se limitou a levar uma mão ao peito. Estava ainda assustada por conta do recente terremoto e pelo barulho do desmoronamento. Mesmo assim, parecia segura. Em seu olhar havia um brilho cheio de vida e ousadia.

O prelado que a acompanhava respondeu por ela:

— Não creio que isso seja possível. O conde de Nigredo irá se opor.

Ignazio observou bem aquele homem, que parecia movido por uma agressividade fleumática. Reconheceu nele o cardeal de Sant'Angelo, o italiano Frangipane. Comentava-se que tinha grande influência sobre a rainha. Porém, considerando sua atitude submissa, Ignazio concluiu que devia ser o contrário.

— O conde de Nigredo? — repetiu o mercador. — Onde ele está neste momento?

O rosto do prelado se contraiu numa máscara brutal. Ele ia responder quando uma voz estridente se fez ouvir na sombra:

— O conde de Nigredo está mais perto do que imagina, *monsieur*.

O mercador tentou localizar a proveniência daquela voz e avistou um monge velho que saía da sombra.

— Gilie de Grandselve — disse, nem um pouco surpreso. — Só faltava você. Eu me perguntava quando o encontraria de novo. Certamente, não seria em Fontfroide. Melhor aqui, em Airagne, onde você me parece bem mais à vontade.

O velho avançou cauteloso, arrastando no chão os sapatos pontiagudos. De suas roupas emanava um cheiro de fumaça.

— Estava conversando com um conhecido seu — riu ele. — Um cavaleiro muito altivo, mas pouco loquaz.

— Refere-se a Filippo de Lusignano? Que fez com ele?

— Eliminei-o. Queimei-o vivo, para ser mais exato. — Os olhinhos do monge brilharam de perversidade. — A notícia, pelo que vejo, não o perturbou.

Ignazio fingiu um gesto de desinteresse para que tivesse tempo de pensar. Aquele velhote não poderia ter se livrado sozinho de um guerreiro valente como Lusignano. Alguém devia tê-lo ajudado, uma pessoa forte e ousada, que certamente não seria Frangipane e muito menos a rainha. Isso significava que um quarto indivíduo se escondia no torreão, talvez até naquele recinto, de onde poderia estar espiando-os.

O monge franziu o cenho.

— Espero não ter de recorrer aos mesmos métodos com você também, *monsieur*.

Ignazio sorriu cinicamente, procurando controlar a ansiedade. Willalme, a seu lado, fremia de impaciência, mas o mercador o deteve com um gesto autoritário: ainda não era o momento de agir. Fitou o interlocutor:

— É uma ameaça? — perguntou.

— Isso você logo descobrirá, a menos que me fale do *Turba Philosophorum*. Segundo mestre Filippo, você é um especialista na matéria.

O mercador ia levar a mão ao alforje, onde estava guardado o livro, mas se conteve. Devia ter cuidado. Agora que sabia das intenções do velho, tinha de avaliar o perigo que corria.

— Se me pede isso é porque, no momento, é o alquimista que preside à Obra de Airagne.

— De fato.

— Suponho, porém, que não é o conde de Nigredo, e sim um de seus serviçais.

— Que quer dizer com isso?

— Acha que sou tolo? — O mercador enfatizou a frase com um gesto teatral. — O ouro não basta para garantir a obediência de um grande exército. É necessário ter carisma e autoridade, dons que você evidentemente não possui.

— Estamos divagando. Voltemos à questão que lhe apresentei. O *Turba Philosophorum*.

— Assunto espinhoso. — Ignazio fingiu refletir, enquanto perscrutava as sombras. Sentia a presença de um observador escondido. Quanto tempo ainda esperaria para intervir? Para que ele se mostrasse, Ignazio deveria provocar uma reação entre os presentes.

— Façamos um pacto. Eu lhe revelarei o mistério, mas você me deixará levar embora a rainha.

O velho mordeu os lábios. Não teve tempo de responder porque Frangipane saltou como um cão de guarda.

— Eu já disse! — gritou. — Vossa majestade não vai a lugar nenhum!

Tremendo em toda a sua corpulência, o cardeal de Sant'Angelo parecia quase fora de si. Ameaçou avançar contra o mercador, mas Branca o segurou por um braço.

O prelado rangeu os dentes, revelando gengivas manchadas de negro.

— Quem são vocês? Vocês todos? — esbravejou frenético. — Sumam, malditos! Ela é minha! Minha!

— Perdeu o juízo — disse a rainha, segurando-o com uma força surpreendente. — Desde que está em Airagne, é vítima de alucinações. E tende a piorar.

O mercador concordou.

— Sem dúvida, devido ao contato com o *plumbum nigrum* ou com a galena extraída das cavernas subterrâneas.

— Não. A água da fonte... — disse Branca. — Ele bebeu da água que brota do subsolo.

— Aconselho vossa majestade a levá-lo daqui enquanto é tempo, para que ele se recupere. Antes que adoeça seriamente de saturnismo, quero dizer. — O tom da voz de Ignazio era grave. — Você também, minha senhora, corre o mesmo risco. Sem contar que agora as torres de Airagne estão desmoronando.

O velho monge postou-se diante da rainha.

— Ninguém sairá daqui — grunhiu. — Não até que me revelem o segredo de Airagne! Onde está aquele maldito livro?

— Cale a boca! — exclamou Willalme, após receber do companheiro o sinal para agir. — Você não está em posição de dar ordens. Afaste-se ou se arrependerá.

O velho recuou assustado, com a cabeça entre as mãos.

— Conde, conde! — choramingou, ainda com os olhos expelindo faíscas de ódio. — Acuda-nos! Estes intrusos nos ameaçam!

Intensificando a dramaticidade da situação, Ignazio agarrou-o por um braço e empurrou-o, fazendo-o cair de costas no chão. Não conseguia sentir um mínimo de piedade por aquele homenzinho desagradável.

— Não existe nenhum conde de Nigredo, certo? Nenhum conde de Nigredo mora nesta torre amaldiçoada. — Observou todos os presentes. — O responsável está aqui, nesta sala.

Ninguém ousou contestá-lo. Até a orgulhosa Branca se mostrou impressionada por trás do véu de seu hábito. Nunca se dignara demonstrar reverência a um plebeu. Aquele espanhol, porém, não era um homem comum: era diferente, fascinante, carismático. Envolvente, num certo sentido. Por um instante, chegou quase a temê-lo.

— Venha, majestade — convidou o mercador. — Vamos sair daqui. Está tudo acabado.

— Ao contrário, o jogo mal começou — disse alguém.

O olhar de Ignazio passou de Frangipane ao velho Gilie, caído por terra, ambos inofensivos demais para constituir uma ameaça séria. E a voz que acabara de soar era firme e agressiva. O homem oculto na sombra ia se revelar!

Alguém se moveu.

Pronto para reagir, Ignazio se esquivou de um golpe de maça vibrado contra suas costas. Voltou-se atento, sentindo um suor frio correr-lhe pela espinha. Havia se arriscado muito.

À sua frente estava um jovem imponente.

— Thibaut! — exclamou Branca, atônita. — O que faz aqui?

— Vim defendê-la, majestade — respondeu o recém-chegado.

O conde de Champanhe olhou em volta, fremente como um animal prestes a atacar. Entre Ignazio e Willalme, este deve ter lhe parecido mais perigoso, pois, após um segundo de indecisão, avançou contra ele de maça em punho. O francês, porém, foi mais rápido: travando-lhe os pulsos, jogou-o ao chão. Thibaut viu-se prontamente desarmado.

Aproveitando-se da confusão, o padre Gilie levantou-se e arremeteu contra Ignazio como um sapo. Saltou-lhe às costas, tentando imobilizar seu rosto e enfiar as unhas em seus olhos.

— Conte-me o segredo de Airagne! — gritava. — Onde está o *Turba Philosophorum*? Diga-me, diga-me!

O mercador protegeu o rosto com suas mãos ásperas e, girando bruscamente, livrou-se do atacante.

O velho caiu de lado, com a boca aberta, e bateu a cabeça contra uma aresta. Não se levantaria mais.

Diante dessa cena, a rainha emitiu um grito estrangulado. Levou as mãos às têmporas e sua máscara de soberba se desfez. Ignazio observou bem aquela reação: não parecia fruto do terror, mas da dignidade ofendida.

Enquanto isso, Willalme e Thibaut lutavam com socos e cotoveladas. O francês levava facilmente a melhor e, de um salto, golpeou o outro em pleno rosto.

— Parem! — gritou Branca. — Basta! Basta, eu já disse!

Ignazio correu a separá-los. O cardeal de Sant'Angelo, ao contrário, permaneceu imóvel como se nada estivesse acontecendo no recinto. Tinha o olhar distante, seus olhos estavam opacos.

Instado pelo mercador, Willalme interrompeu a luta e pôs-se de pé, contemplando o adversário agachado, ofegante. Então era aquele o famoso conde de Nigredo? Fora ele quem submetera Airagne ao controle de Lusignano? Quem havia sequestrado Branca? Quem espalhara os Arcontes pelo sul da França? Thibaut fitava-o com ódio, o rosto intumescido e avermelhado, praticamente irreconhecível.

Naquele exato instante, entrou na sala Humbert de Beaujeu, com a espada em uma das mãos e uma tocha na outra. Contemplou a cena perplexo, depois se aproximou da rainha e do cardeal.

— Você é o tenente do rei? — perguntou-lhe Ignazio, indo ao seu encontro a passos largos.

— Eu... Sim — respondeu Humbert.

— Muito bem. Encarregue-se da rainha. Ninguém o impedirá.

A urgência da situação não admitia réplica.

Ignazio voltou as costas a Humbert e dirigiu-se a Willalme:

— Vá com eles.

O francês olhou-o intrigado.

— E você?

— Irei logo depois. Antes de deixar este torreão, pretendo investigar uma coisa.

— Eu o espero.

— Não. — Ignazio o chamou de lado e sussurrou-lhe alguma coisa ao ouvido. — Não tire os olhos da rainha.

— Mas ela já está fora de perigo... — objetou Willalme. — O conde de Champanhe não poderá mais ameaçá-la.

— Não entende? — O mercador lançou um olhar desconfiado a Branca. — *O verdadeiro perigo é ela.*

Assombrado com a gravidade da afirmação, o francês fitou-o incrédulo.

— Explique-se melhor. Como sabe disso?

— Não é o momento para discutir. Explicarei tudo mais tarde, quando me reunir a vocês. Agora vá! — Ignazio pôs-lhe a mão no ombro e afastou-o de si. — Saia desta torre maldita e procure meu filho! Assegure-se de que esteja são e salvo.

— Mas você...

— Preciso saber... Esta torre esconde segredos, não entende?

Willalme olhou-o com amargura.

— Não, não entendo — suspirou. — Jamais o entenderei, meu amigo.

Ignazio baixou a cabeça zangado. Seu olhar era impenetrável, quase febril. Mais uma vez, sua atitude fugia à compreensão de todos, até dele mesmo.

Não havia mais o que dizer. O francês se afastou a passos largos, evitando virar-se, atrás do quarteto que descia as escadas: a rainha Branca, o estropiado Thibaut e o vacilante cardeal de Sant'Angelo, amparado com desvelo por Humbert. Frangipane era o mais afetado pelo acontecimento; o *plumbum nigrum* contido na água praticamente havia turvado sua razão.

Já fora do castelo, Willalme se viu diante de um quadro bem diferente do que esperava.

# 37

Quando Ignazio ficou só, permitiu-se um rápido exame de consciência. A luta interior que achou que houvesse terminado se reacendera com força ainda maior. Sem poder mais refrear a curiosidade, deixou-se levar como um barco na tempestade. Agora que havia cuidado da rainha, podia resolver uma questão que era somente sua.

Saltou sobre o cadáver do padre Gilie e dirigiu-se apressadamente para os andares superiores. Subindo a escada, relembrava o que lhe contara Lusignano: no torreão havia um quarto onde se guardavam livros raros de alquimia. O mercador não iria deixar aquele local sem primeiro tentar recuperá-los.

Procurou por todos os lados, mas chegou ao alto sem ter visto nada. Não descobriu nenhum cubículo parecido com uma biblioteca. Talvez, porém, os livros estivessem escondidos atrás de uma passagem secreta! Ignazio achou melhor descer e procurar novamente.

Ia refazer o caminho quando alguma coisa o deteve. Um cheiro de queimado. Virou-se, e o que viu arrancou-lhe um grito sufocado.

À beira do terraço erguia-se um monte de lenha carbonizada sobre o qual, amarrado a um poste, havia uma espécie de casulo negro e fumegante: os restos de um ser humano. Os membros inferiores tinham sido reduzidos a apêndices macabros. No rosto, em parte reconhecível, destacavam-se os orifícios dos olhos e da boca, distorcida num riso lamentoso.

O cadáver não estava inteiramente deteriorado, e isso o tornava ainda mais assustador. Ignazio ouvira falar de fenômenos semelhantes, que ocorriam quando os condenados eram queimados na chuva. Nesse caso, seu sofrimento se prolongava além do imaginável, com os membros padecendo uma combustão lenta e parcial. O mesmo destino teve Lusignano. Provavelmente a neblina e as misteriosas exalações das torres se haviam depositado sobre seu corpo, retardando a corrosão.

O mercador, nauseado, baixou o olhar. Foi então que notou, no pavimento, um pequeno objeto brilhante, a poucos passos da pira: um pingente de aspecto familiar. Representava uma aranha de patas recurvas, que ele vira no pescoço de Lusignano. Instintivamente, inclinou-se e pegou-o.

Olhou de novo o cadáver. Embora já tivesse visto cenas piores, aquela visão o perturbava. Ou melhor, o aterrorizava, pois temia que, cedo ou tarde, caso continuasse cedendo à curiosidade, aquele fosse também o seu fim.

Sufocado pelo cheiro de queimado, encostou-se a um parapeito da torre e respirou a plenos pulmões. O frescor da noite acariciou-lhe o rosto, acalmando-o. Percebeu que podia ver as estrelas. A obscuridade de Airagne começava a se diluir, deixando entrever nesgas de céu sereno. Após o desabamento, as emissões de fumaça pelas torres haviam cessado.

Os picos das Cevenas se alteavam ao clarão da lua, ásperos e sinuosos ao mesmo tempo, e uma quietude profunda banhava os vales.

O encanto durou apenas um instante e logo a razão retomou o controle. O mercador olhou para baixo, onde estava acontecendo algo inesperado. A batalha havia terminado e o pátio ficara quase deserto. Todos os combatentes e a maior parte dos prisioneiros haviam fugido. Mas alguns, em vez de partir, tinham se reunido aos pés do torreão. Que faziam ali? Empunhavam tochas acesas, com as quais tentavam incendiar a torre.

Ignazio sentiu um aperto no coração. A atitude daqueles homens era compreensível. Queriam destruir o símbolo daquilo que provocara seus sofrimentos. Mas para ele, que estava em cima, a perspectiva era dramática.

Em sua maior parte, as paredes do torreão tinham sido edificadas com blocos de pedra. As chamas não as atingiriam facilmente. Mas as vigas, os pavimentos e o teto eram de madeira. O incêndio se propagaria para dentro e para cima. E uma vez consumidos os sustentáculos, o castelo ruiria.

Aterrorizado com a ideia de ser queimado vivo, Ignazio apressou-se a abandonar o local. Antes, porém, olhou pela última vez: no meio do pátio, afastadas do grupo de incendiários, havia três pessoas. Reconheceu Uberto, Moira e Willalme, que pareciam gritar em sua direção, talvez intimando-o a descer. De repente, Uberto se pôs a correr em direção à base do torreão, seguido dos outros dois. Tentavam socorrê-lo.

— Que estão fazendo? — gritou Ignazio, a plenos pulmões. — Parem!

Mas eles não obedeceram. Provavelmente nem sequer tinham ouvido.

Loucos! Por que não fugiam? Que pensavam fazer?

Ignazio, com o rosto congestionado, precipitou-se para os andares inferiores. Era a única opção razoável. Não conseguiria deter seus companheiros. Encontrando-os no meio do caminho, pelo menos evitaria mais riscos.

Desceu aos saltos, enquanto uma fumaça cada vez mais espessa vinha de baixo. Seus olhos começaram a arder e uma intensa crepitação se fazia ouvir em volta. Por toda parte a madeira ardia e as chamas sibilavam.

No meio da descida, avistou o fogo. Ia devorando tudo, recobrindo o teto como festões ululantes. Ao redor, multiplicavam-se os estalidos e o rumor de desabamentos. Descer ficara difícil, mas não havia outra via de escape. Ignazio estava cada vez mais convencido de que Airagne seria seu túmulo. Só esperava que Uberto e Willalme, cientes dos riscos, houvessem desistido de socorrê-lo.

Caminhou rente às paredes na direção das escadarias inferiores até chegar ao térreo. Parecia ainda muito longe da saída, mas só lhe restava prosseguir. O fragor do incêndio o ensurdecia e o calor se tornara insuportável.

Então, ouviu uma voz. Reconheceu-a: era a de Uberto, que o chamava em altos brados. Viu-o destacar-se de uma nuvem de fumaça, poucos passos à frente e num plano inferior.

Correu ao seu encontro, mas de repente os degraus de madeira cederam e a escada desabou.

Colhido de surpresa, Ignazio despencou por uma brecha que se abrira a seus pés. Bateu várias vezes a cabeça, as costas e os braços. Conseguiu agarrar-se a uma trave, depois escorregou e caiu ao chão. Salvara-se. Ergueu-se lentamente, dolorido, mas ileso.

Estava no vão de uma escada, um lugar que antes não notara. O incêndio ainda não chegara até ali, mas a fumaça já entrava pelas frestas das tábuas sobre sua cabeça.

Olhou em volta. O lugar era uma espécie de laboratório, no centro do qual havia uma mesa redonda coberta de frascos e tubos de ensaio; junto às paredes, viam-se estantes cheias de livros.

Deviam ser os livros mencionados por Lusignano! Aproximou-se, percorrendo com olhar ávido os volumes. Tirou alguns, lendo rapidamente o título nas lombadas e nos frontispícios. Quase todos estavam escritos em latim, alguns em árabe. Começou por esses últimos, folheando com avidez e entusiasmo as obras do príncipe dos alquimistas, Khalid ibn Yazd al-Shaybani, as traduções do grego de Hunain ibn Ishaq, *Os Setenta Livros* de Abu Musa Jabir ibn Hayyan, conhecido como Geber. Viu em seguida o *Livro dos Segredos* e o *Livro dos*

*Alumes e dos Sais* de Abu Bekr Muhammad ibn Zakariya, conhecido como Rhazes ou Rasis, *A Epístola do Sol à Lua Crescente* e a *Tábua Química* de Muhammed ibn Umail al-Tamini, apelidado de Senior Zadith. Reconheceu *O Caminho do Sábio* de Maslama ibn Ahmad al-Magriti e *A Lantejoula de Ouro* de Abul Hasan ibn Musa Arfa Ra'a. E havia muitos outros. Ignazio estava diante de um tesouro inestimável.

Indiferente às fortes dores provocadas pela queda, começou a retirar das estantes quantos livros podia, amontoando-os ao acaso na tentativa desesperada de salvá-los das chamas. Sobrecarregado com mais volumes do que conseguiria transportar, ouviu abrir-se uma porta lateral. Era Uberto! Encontrara-o finalmente.

— Pai, que está fazendo? — perguntou o jovem, fora de si de tanta preocupação. — Acha que este é o momento para pensar em livros?

— Já vou — respondeu Ignazio, mantendo a imensa pilha de volumes em equilíbrio precário. — Estou quase terminando...

Entraram então Willalme e Moira.

— Rápido, temos de sair daqui! — apressou o francês. — Fora desta sala está tudo em chamas!

O mercador assentiu de novo, caminhando devagar para não deixar cair seu precioso espólio. Parecia enfeitiçado, incapaz de compreender a gravidade da situação. Uberto pegou-o por um braço e sacudiu-o com força, derrubando alguns livros. Ignazio despertou finalmente daquela espécie de sonambulismo e se deixou conduzir, mas sem desviar os olhos dos volumes caídos no chão. Quando se viu fora do compartimento, de novo entre as chamas, recuperou o controle de si.

Chegaram sãos e salvos ao pavimento térreo. No chão, pilhas de escombros fumegantes obstruíam a saída. Um ranger de vigas anunciava que logo a estrutura inteira desabaria. Era necessário encontrar logo uma via de fuga.

— Vamos passar pelos subterrâneos! — sugeriu Moira.

— Por ali — disse o mercador, mostrando um alçapão.

Entraram por aquela abertura e desceram ao subsolo de Airagne. Percorreram em sentido inverso a galeria que antes levara Ignazio e Willalme ao interior do torreão, até chegar ao local onde se erguia a estátua de Melusina. Ali, felizmente, as emissões de *ethelie* e a queda das torres ainda não haviam provocado danos, mas estalidos no alto prenunciavam um desabamento iminente.

Moira indicou-lhes a saída e pouco depois chegaram à superfície. Estavam fora do castelo, na floresta.

Ali perto, pastavam três cavalos: Jaloque, o ruão e o corcel branco de Filippo.

Sem dizer palavra alguma, contemplaram de longe a silhueta do torreão devorado pelas chamas. A escuridão da noite envolvia-o profunda e impiedosa. O segredo de Airagne se perderia para sempre.

— Vamos nos afastar daqui — recomendou Ignazio com uma ponta de desilusão.

# 38

Saíram da floresta e percorreram a pé a trilha acidentada até onde já era possível cavalgar. Ignazio montou o ruão, em cuja sela pendurou o saco com os livros que conseguira salvar. Uberto e Moira se acomodaram em Jaloque, e Willalme ficou com o cavalo branco de Filippo, agora sem dono. Antes de partir a galope, ouviram um latido a distância. Um grande cão negro, coberto de fuligem, saiu dos arbustos e correu na direção deles, com a língua solta ao vento. Moira deixou escapar uma exclamação de alegria, desmontou e acariciou-o. O animal ganiu satisfeito e pôs-se a trotar alegremente em volta de Uberto.

O jovem sorriu.

— Está bem, está bem. Vamos levá-lo conosco, cachorrão.

Rumaram em direção ao poente. Estavam exaustos, famintos e cansados por causa das privações; precisavam encontrar logo uma hospedaria onde pudessem recuperar as forças.

Às primeiras luzes da aurora, quando a encosta já se suavizava, eles avistaram uma tropa de soldados que marchava atrás de uma carroça. Ao lado cavalgava Humbert de Beaujeu.

Seguido pelos companheiros, Ignazio esporeou o cavalo na direção daquele homem. O tenente saudou-o com um gesto amistoso.

— Perguntava-me aonde você teria ido parar, *monsieur* — disse-lhe Humbert.

— Os caminhos destes montes são complicados — justificou-se o mercador. — Devemos ter chegado ao vale por estradas diferentes.

— Estou satisfeito por revê-los. — Humbert esboçou um sorriso amigável. — Ainda não entendi algumas coisas, mas creio que, de um modo ou de outro, todos nós devemos muito a você.

— Muito bem, senhor. O que, exatamente, não entendeu?

Humbert hesitou um instante e por fim respondeu:

— Uma dúvida atroz me atormenta. Não sei por que uma parte do exército do rei decidiu servir o conde de Nigredo.

— Mistério de fácil solução, eu diria. Basta interrogar os soldados. — O mercador fitou-o com um leve ar de astúcia. — Não sabe quem é na verdade o conde de Nigredo, certo?

— Não — reconheceu Humbert, franzindo o cenho. — Aliás, nem o bispo Folco sabia.

— O bispo Folco... — murmurou Ignazio. — Quase me esquecia dele. Que fim levou sua graça?

O tenente expressou um gesto de desinteresse.

— Depois do desabamento das torres, ele bateu em retirada com o rabo entre as pernas, junto ao que restou de sua cavalaria. Enganei-me a respeito dele. Pensei que tivesse vindo em auxílio da rainha, mas na realidade tinha um interesse inconfessável por Airagne. Falou de uns escudos de ouro e nada mais.

— Sabe como são os prelados, nunca revelam os objetivos de suas maquinações...

— Concordo. Mas você não é menos esquivo, *monsieur*. Para início de conversa, ignoro seu nome. Dirigiu-me a palavra sem se apresentar.

Ignazio sorriu.

— Na verdade, foi você quem me dirigiu a palavra primeiro.

— Está vendo? Continua se esquivando. Ainda não sei se sua atitude me diverte ou me irrita... Mas vamos, diga-me seu nome e explique o que fazia em Airagne.

Ignazio ia responder quando uma voz de mulher ressoou dentro do carro:

— Humbert, com quem está falando? — A lona que cobria o veículo foi levantada e surgiu o rosto da rainha. — Ah, o espanhol! — acrescentou ela, sem grande entusiasmo.

— Comentávamos os últimos acontecimentos, majestade — explicou o tenente.

— Peça que este homem venha aqui — ordenou Branca. — Tenho perguntas a fazer-lhe.

— Como queira, majestade. — Humbert acenou para que Ignazio tomasse lugar na viatura.

O mercador desmontou e obedeceu. A rainha descansava sobre um assento forrado de veludo vermelho, mas não estava sozinha. O cardeal de Sant'Angelo, enroscado a um canto, parecia uma criança sonolenta. A julgar por sua expressão, havia se acalmado.

— Pensei que iria encontrá-la na companhia do conde de Champanhe, majestade — insinuou o mercador, sem receio de parecer petulante.

— Ele desapareceu logo que pôde — suspirou Branca.

Ignazio franziu o cenho numa expressão sombria, acentuada pelas escoriações recebidas no rosto durante a fuga do torreão.

Branca examinou-o com frieza.

— Sei muito bem quem você é, Ignazio Alvarez — disse por fim. — Recebi informações a seu respeito antes mesmo que você chegasse a Airagne.

O mercador fingiu-se lisonjeado.

— E eu sei quem a senhora é.

Pela segunda vez em poucas horas, Branca experimentou um temor reverente por aquele homem.

— Que quer dizer?

A conversa foi subitamente interrompida por um solavanco do carro na estrada acidentada. Os viajantes se sobressaltaram e Frangipane resmungou alguma coisa, como se fosse despertar, depois se virou de lado e mergulhou novamente na inconsciência.

Mal a situação voltou à normalidade, Ignazio respondeu:

— Comecei a nutrir algumas suspeitas há duas semanas, depois de encontrar um acampamento dos Arcontes. Entre suas milícias, notei a presença de soldados do exército real. Trajavam seus uniformes regulares e eram numerosos demais para serem todos desertores. — Semicerrou os olhos, preparando-se para o golpe final. — Os soldados do rei da França não são mercenários e não é fácil corrompê-los: obedecem apenas ao monarca, aos seus superiores e, naturalmente... à rainha.

Branca estremeceu.

— Está insinuando coisas absurdas. Mas, mesmo que fossem verdadeiras, você não tem provas nem testemunhas para confirmá-las.

— Para tudo há uma explicação. As aldeias atacadas pelos Arcontes eram destruídas, e seus habitantes, raptados ou mortos. Os poucos sobreviventes se calavam, uns por medo, outros porque poderiam tirar vantagem disso. O extermínio dos cátaros favorece muita gente, a começar pelos religiosos católicos.

— E como você explica a deserção dos soldados do rei? — perguntou a rainha, piscando nervosamente os olhos.

Ignazio abriu um sorriso sombrio. Diante daquele semblante de rigidez, a rainha estremeceu. Certamente não por medo, mas por raiva. A trama de suas intrigas ia se desfazendo e ela já não conseguia mantê-la intacta.

— Não houve deserção alguma, majestade — revelou o mercador. — Aqueles soldados continuaram servindo a coroa, representada pela senhora. Você os convenceu a marchar com os estandartes do Sol Negro e a defender o castelo de Airagne. Eles o fizeram cegamente porque era essa a sua vontade. A quem mais eles obedeceriam? — Cruzou os braços extasiado. — Enfim, tudo aconteceu de maneira "indolor". A história do sequestro é uma farsa. Seus soldados acreditaram que dariam prosseguimento à cruzada contra os hereges empreendida por seu finado marido. Tudo se resumiu a mudar a sede de seus quartéis e induzi-los a colaborar com outros milicianos.

Branca aguçou o olhar viperino.

— Avisaram-me que era um homem sagaz, Ignazio Alvarez. Eu devia ter mandado matá-lo.

Ignazio recostou-se no assento.

— Ah, mas saiba que tentaram fazer isso, majestade. E mais de uma vez.

— E como com tão poucos indícios conseguiu desvendar a fraude?

— Alguns detalhes me puseram no caminho certo. Em primeiro lugar, a presença do velho monge, Gilie de Grandselve. Ele a serviu de muitas maneiras, como mensageiro e como espião, mas, sobretudo, como alquimista. Quando morreu, notei em seu rosto, minha senhora, uma ponta de desgosto, mas também de raiva. Estava claro que havia perdido o apoio de um servidor valioso. Isso confirmou minhas suspeitas: o velhote não era seu carcereiro, e sim seu cúmplice. Como Thibaut de Champanhe.

— Thibaut, no começo, não sabia de nada — esclareceu Branca. — Eu mesma o convoquei quando já me encontrava em Airagne. Só depois de concluir que podia recorrer a seus préstimos é que o pus a par da situação. Mais valia obter sua cumplicidade do que deixá-lo conspirar com os barões rebeldes à coroa.

— Ao contrário, deixou no escuro o cardeal de Sant'Angelo.

— Pobre Romano Frangipane... — A rainha encenou um risinho de piedade. — Foi preciso. Ele é fiel a Roma, não a mim. Sua eminência acreditava mesmo que tivéssemos sido raptados pelo conde de Nigredo. Como Humbert de Beaujeu, de resto.

— Sim, como Humbert de Beaujeu. Estava convencido disso a ponto de planejar uma fuga para salvá-la.

— Muito cavalheiresco da parte dele, mas pouco inteligente — observou Branca. — Romano e Humbert não sabiam coisa alguma de meus projetos. Viajei com eles, fingindo-me interessada em participar do concílio de Narbonne, e no caminho ministrei-lhes um poderoso sonífero. Em seguida, ordenei uma mudança de itinerário e enviei instruções para que o grosso de minhas tropas se reunisse a mim nas proximidades das Cevenas, num lugar previamente combinado. Dali, eu guiei o exército até Airagne. Quando despertaram, meus dois companheiros já estavam trancafiados no castelo; não sabiam o que havia acontecido. Eu lhes disse que havíamos sido sequestrados pelo conde de Nigredo e éramos prisioneiros num lugar desconhecido. Naturalmente, acreditaram em minha palavra.

— Nada tenho a acrescentar, majestade — concluiu Ignazio. — A senhora é, sem dúvida, uma grande estrategista. Herdou a energia de seu pai, Afonso VIII de Castela, e a astúcia dos Plantagenetas, de quem descendia sua mãe. A senhora honra essas duas famílias, se assim se pode dizer. — Fitou-a diretamente nos olhos. — Se me permite, gostaria de lhe fazer uma pergunta.

— Depois de tamanha demonstração de perspicácia, permissão concedida.

— Pois bem: por que fez isso?

A pergunta lançou uma sombra sobre o rosto da rainha.

— Acha que é fácil, para mim, sozinha, manter unido o reino da França? Apoiando-se nos hereges, os condes do Sul formaram uma liga religiosa para combater a coroa. Como se isso não bastasse, após a morte de meu marido, os barões franceses se rebelaram contra mim, unindo-se ao duque Mauclerc. Não imagina os esforços que precisei fazer para assegurar a neutralidade da Inglaterra nessa questão.

— Então recorreu a Airagne para tentar resolver seus problemas. Mas como ficou sabendo desse lugar?

— Mantenho-me sempre informada sobre meus inimigos, ou possíveis inimigos. Entre estes, conta-se a família de Lusignano. Indagando sobre seus membros, descobri o segredo do senhor Filippo: Airagne. E, aproveitando-me de sua ausência, apossei-me do castelo. Graças aos Arcontes, teria dominado o Languedoque; e, com o ouro alquímico, subornaria os exércitos dos barões rebeldes. Além disso, simulando o sequestro, deixaria desorientados todos os meus inimigos.

— Por que agiu sozinha?

— Não podia confiar em ninguém, nem mesmo no valoroso Humbert de Beaujeu — suspirou a dama. — Ele me defende só por uma questão de dever, mas sempre me desprezou. Não convinha sequer deixá-lo de mãos livres: sua prisão me permitiu assumir o comando direto do exército.

Ignazio percebeu que estava na presença de uma manipuladora incomparável, tão hábil quanto impiedosa. Lembrou-se de um episódio ocorrido dez anos antes, quando Branca e seu marido Luís ainda não reinavam. Na época, Luís era delfim da França e estava do outro lado da Mancha, em luta contra os ingleses para recuperar a herança negada à sua mulher. Após um sério revés em batalha, Branca recorrera ao sogro, o rei Filipe Augusto, para que enviasse reforços à Inglaterra. Diante da recusa do monarca, ela ameaçou dar em garantia seus filhos a quem quer que financiasse uma expedição de socorro ao além-mar. A firmeza da nora por fim demovera Filipe Augusto.

— O castelo de Airagne representava para você uma grande fonte de recursos, não é verdade? — perguntou o mercador, para concluir.

— E meu sobrinho Fernando sabia muito bem disso, pode acreditar. Ele e seu confessor, o tal Gonzalez de Palencia, têm olhos e ouvidos por toda a parte — rugiu Branca, mordendo o lábio inferior. — O rei de Castela não o enviou aqui para me salvar, mas para me prejudicar. O que você acha? O aparente desinteresse de Fernando pela questão francesa é na realidade uma chantagem disfarçada: durante anos, fui obrigada a comprar sua neutralidade contribuindo para o tesouro real; do contrário, ele se aliaria ao reino de Aragão e avançaria sobre os Pireneus, invadindo meu reino.

— O bom sangue não mente — comentou Ignazio. — Mas a senhora, assumindo o controle de Airagne, trouxe miséria e destruição a milhares de famílias.

— Em seu lugar, eu apagaria do rosto essa expressão satisfeita. — A rainha fitou-o ameaçadora. Voltara a ser indomável e agressiva. — Se pensa que vou deixá-lo livre para revelar tudo aos quatro ventos, está muito enganado.

— Sou o menor de seus problemas, majestade — contemporizou Ignazio, sem se abalar.

Branca pareceu cair das nuvens.

— Quem mais poderia descobrir a verdade?

— Seu tenente, por exemplo. — Em tom confidencial, o mercador se inclinou para a interlocutora. — Neste mesmo instante, Humbert de Beaujeu está interrogando os soldados. Quer saber quem os comandava durante o suposto cativeiro da rainha. Imagine sua perplexidade quando os homens lhe revelarem que nunca deixaram de receber ordens suas. Contarão que, depois do concílio de Narbonne, a rainha quis ser escoltada até as Cevenas, com a intenção de instalar-se no castelo de Airagne. Lá, nos termos de acordos precedentes, ela recrutou outros milicianos, ex-sequazes de Lusignano, comprando seus favores com os escudos de ouro alquímico. Assim, graças à cumplicidade de Gilie de Grandselve, "ressuscitou" os Arcontes e uniu-os ao seu exército.

— Seria embaraçoso se Humbert viesse a descobrir isso. Eu perderia seu apoio. — Branca assumiu de repente um ar preocupado. —

Como devo agir, em sua opinião, para resolver esse problema? — perguntou, surpresa consigo mesma por pedir conselho a um estranho.

— É simples — respondeu o mercador, satisfeito com a súbita mudança de atitude da rainha. Afinal, fora ele quem a induzira a pensar daquela maneira. Planejara tudo antes de subir ao carro, para se proteger. — Diga-lhe que estava em poder do conde de Nigredo e não poderia agir de outra forma. Que foi obrigada a dar ordens a seu exército conforme as exigências dele.

— Isso, de fato, resolveria a questão — concordou ela. — Mas nós dois sabemos que não corresponde à verdade: eu é que controlava Airagne. Além disso, Humbert não viu nenhum conde de Nigredo. Eu teria de acusar alguém em meu lugar, mas quem? Certamente não poderia ser Thibaut e muito menos o cardeal Frangipane.

Deleitando-se com a angústia da rainha, Ignazio franziu o cenho com ar de cumplicidade.

— No que me diz respeito, o conde de Nigredo sempre foi Filippo de Lusignano. Ninguém jamais ocupou seu posto. Diga, pura e simplesmente, que os esbirros dele a sequestraram. Afinal, foi a senhora quem o mandou para a fogueira.

— De fato. Costumo eliminar quem cruza meu caminho, e aquele homem era uma ameaça. Queria retomar Airagne.

Tudo caminhava conforme o previsto. Ao mercador, só restava empurrar a rainha para a solução mais óbvia.

— Posso testemunhar ter visto os restos do conde de Nigredo, isto é, Lusignano. Declararemos que seus homens o traíram, queimando-o vivo antes que Humbert conseguisse salvá-lo. Para desviar as suspeitas de sua pessoa, a senhora só terá de confirmar essa versão.

— Humbert, porém, não viu a fogueira — objetou prudentemente Branca. — Precisamos de provas concretas para afastar quaisquer dúvidas.

— Pensei em tudo. — Ignazio vasculhou no alforje. — Pegue isto. — Estendeu-lhe um pingente de ouro. — Estava no pescoço de Filippo. Encontrei-o junto a seus restos carbonizados.

— Parece mais um amuleto pagão... — A rainha examinou a joia e arregalou os olhos. — Representa uma aranha de patas recurvas! Igual à que aparece nos escudos de Airagne!

— É o emblema do conde de Nigredo. Todos os soldados o reconhecerão. Acha que bastará como prova?

Os olhos de Branca brilharam animados.

— Bastará, sem dúvida alguma.

Desse modo, Ignazio conseguiu um salvo-conduto que lhe assegurava a liberdade.

— O pingente tem um preço, minha senhora — insinuou, antes que fosse tarde demais. Estava ansioso para escapar das garras daquela terrível predadora.

— Qual?

— Minha liberdade incondicional.

— Está bem — concordou a rainha. — Transmita minhas saudações ao meu querido sobrinho Fernando.

— Transmitirei.

O mercador se despediu e desceu do carro. Deu rápidas explicações a Humbert de Beaujeu sobre os acontecimentos referentes a Airagne. Sua reconstituição dos fatos, tão oportuna quanto falsa, coincidiu em tudo com a versão fornecida depois por Branca.

Finalmente livre para partir, Ignazio chamou os companheiros e afastou-se do cortejo real, cujo destino era certamente Paris.

# 39

Logo depois que o mercador e seus companheiros se distanciaram da comitiva da rainha, o céu escureceu e desabou um violento temporal. Eles buscaram refúgio numa hospedaria à margem da estrada.

Na varanda, havia um homem de aparência rústica, de sobrancelhas cerradas e barba hirsuta que lhe chegava até os olhos. Limpando os dentes com um fiapo de palha, observava entediado o cair da chuva. Quando ele notou os quatro forasteiros, atirou fora a palha e virou-se para eles com um riso zombeteiro:

— E vocês, de onde saíram? Hoje certamente não é um bom dia para viajar. — Apontou para o céu com um gesto maldoso. — Se esse dilúvio não parar, boa parte da colheita do ano se perderá.

— Buscamos alojamento — disse Ignazio, baixando o capuz de frade.

— Então se acomodem — respondeu o homem, sem se dignar olhá-lo mais. Já se concentrava novamente na chuva.

Uma mulher gorducha saiu da cozinha e conduziu-os por uma escada que rangia, deixando atrás de si um forte cheiro de temperos. No andar superior, indicou-lhes uma fileira de camas separadas por cortinas e biombos.

Enquanto isso, Willalme conduziu os cavalos à estrebaria para desarreá-los. Justamente nesse momento, de uma bolsa da sela de Lusignano caíram duas cartas. Embora o francês, nos últimos anos, houvesse aprendido a ler e a escrever por insistência de Ignazio, não dominava o latim. Por isso, o conteúdo integral dos textos lhe escapava, mas o significado de algumas palavras despertou sua preocupação. Correu, então, para dentro da hospedaria para revelar a descoberta ao amigo.

O mercador pegou as cartas trazidas por Willalme e examinou-as à luz de um candeeiro, com uma expressão que ia se tornando cada vez mais séria a cada frase que lia. Diante daquelas palavras, quase foi tomado de vertigem e lutou para não se deixar abater por uma onda de desespero. Eram dois despachos redigidos por Filippo e endereçados respectivamente ao bispo Folco e ao padre Gonzalez: mensagens ultrassecretas. Ambas continham o mesmo texto. Ignazio concentrou-se em algumas linhas:

> ... Sendo considerado um homem infiel e propenso às doutrinas heréticas, além de insubmisso à autoridade eclesiástica e aos preceitos da Santa Igreja Romana, aconselho a vossa graça levar em conta estas palavras e analisar a possibilidade de adotar medidas severas contra o mestre Ignazio Alvarez de Toledo, para banir a influência nefasta que ele poderia exercer junto à corte do rei Fernando...

— Serpente asquerosa. — Ignazio amassou com raiva as duas cartas e atirou-as ao fogo da lareira. As chamas devoraram-nas em poucos instantes. — Por sorte, ele morreu antes de enviar estas mensagens.

Sentando-se irritado à mesa da hospedaria, onde o aguardavam uma refeição quente e uma garrafa de vinho tinto, o mercador procurou reprimir os pensamentos ruins, mas não conseguiu. Por que Lusignano teria escrito aquelas cartas? Teria feito isso a pedido de alguém? O padre Gonzalez e o bispo Folco eram prelados temíveis e, à ideia de que um dos dois — ou ambos — houvessem pedido a Filippo que o espionassem, a angústia o invadia.

Lembrou-se da pira carbonizada no alto do torreão. A imagem surgia vívida diante de seus olhos, real e espantosa. No poste enegrecido podia ver-se a si próprio, imobilizado num grito de terror.

Isso jamais aconteceria! No futuro, seria mais cauteloso, evitaria os ambientes de corte e as sés episcopais, viveria uma vida sossegada com a família. Já possuía fortuna suficiente para levar uma existência confortável.

"Basta de aventuras e buscas insensatas", pensou. "Basta de perigos inúteis."

Tinha de parar. Sua esposa Sibila o esperava.

Esperava-o sempre.

Calou a ansiedade e debruçou-se com renovada esperança sobre o prato. À sua frente, os companheiros de viagem lhe sorriam, animando-o.

Nos dias seguintes, prosseguiram para o norte, costeando os feudos da região de Toulouse. Buscando uma estrada segura para a Espanha, encontraram um caminho pedregoso usado pelos peregrinos que se dirigiam a Santiago de Compostela. Seguiram-no até o povoado de Conques, onde pararam para uma escala breve, porém decisiva. Havia ali uma abadia que guardava as relíquias de Santa Foy, mártir milagrosa. O sol, que voltara a brilhar, iluminava os elegantes baixos-relevos esculpidos na fachada do edifício sagrado.

Enquanto Ignazio e Willalme se separavam dos outros para conversar, Uberto foi se sentar ao lado de Moira à sombra de uma faia. O jovem não conseguia encontrar a paz.

Obcecavam-no o rosto de Galib, a prisão de Montségur, a promessa feita a Corba de Lantar, a morte de Kafir e o encontro com a misteriosa abadessa de Santa Lucina. A sombra de Airagne, que até então toldara aquela sequência de acontecimentos, finalmente se dissipara. A ansiedade, porém, continuava a atormentá-lo. E ele sabia bem por quê.

Enquanto Uberto remoía seus pensamentos, a jovem interrogava-o com o olhar. Aquela visão o deleitava, mas também o constrangia. As emoções que experimentava faziam-no sentir-se vulnerável.

— Depois de cruzarmos os Pireneus, eu a acompanharei até a Catalunha, onde você me disse que tem alguns parentes — desabafou, com ar sombrio. Gostaria de empregar palavras mais precisas, mas não sabia expressar-se nem explicar-se. Embora já houvesse adquirido segurança e racionalidade, não era capaz de enfrentar certos discursos. Desejava Moira, desejava-a com todo o seu ser — mas não conseguia externar seus sentimentos. Poderia simplesmente obrigá-la a segui-lo e a desposá-lo, como muitos homens faziam, ele sabia disso. Ninguém poria obstáculos. Mas ela era uma pessoa livre. Jamais a forçaria a algo parecido.

Moira tomou-lhe o braço, sem responder. Um gesto dos mais eloquentes.

— A menos que... — arriscou Uberto.

Ela teve um ligeiro sobressalto.

— A menos que...?

— Você queira ficar comigo — disse ele, de um fôlego.

A moça fitou-o, os longos cabelos soltos ao vento. Em silêncio, acariciou-lhe o rosto, tomada de alegria — e aceitou.

A pouca distância, Willalme se aproximara de Ignazio com ar sério. Parecia determinado, mas também muito triste.

— Meu amigo — disse o francês —, eu devo partir.

Suavizando o olhar, o mercador observou-o atentamente. Ele já previra que esse momento chegaria.

— Está bem consciente de sua decisão? — A tristeza transpirava de cada sílaba.

— Preciso encontrar a paz — respondeu o francês, fitando o companheiro com seus olhos azuis. — Minha paz interior.

O mercador assentiu. Sentia um aperto no estômago, e isso, de certa maneira, o alegrava: era a prova do afeto que nutria por Willalme. Lembrou-se de quando o conhecera, anos antes, salvando-lhe a vida. Desde então, sempre o tivera a seu lado como uma sombra, um amigo prudente e silencioso.

— Sabe ao menos para onde vai?

— Sim.

— Então vá, não vou detê-lo. — Ignazio abraçou-o como abraçaria um filho a quem receasse nunca mais rever. Estreitou-o ao peito, procurando ocultar a tristeza. — Encontre sua paz, meu amigo. Encontre-a também para mim.

— A sua é fácil de alcançar — sussurrou o francês. — Está diante de você e nunca a percebeu.

Willalme partiu naquele dia de verão, por caminhos pedregosos inundados de luz meridiana.

Por mais que tentasse, não conseguia se lembrar da última vez que chorara.

# EPÍLOGO

Fernando III de Castela agitou-se sobre a poltrona de seu gabinete para encontrar uma posição mais confortável. Não se sentia bem. Seu rosto, à luz trêmula de uma lanterna, parecia excessivamente pálido. Lia atentamente uma carta de Ignazio Alvarez, trazida naquele mesmo dia por um mensageiro vindo de Mansilla de las Mulas, onde morava o mercador.

No texto, Alvarez fazia um resumo um tanto confuso do que descobrira na França durante o verão. As palavras, vagas apenas na aparência, aludiam explicitamente à realidade dos acontecimentos sem, contudo, mencioná-los de maneira direta. Em suma, o mercador de Toledo não queria fazer referências escandalosas a ninguém, pois não tardaria que essas mesmas referências se voltassem contra ele próprio. Era compreensível.

Fernando III terminou a leitura e jogou a carta sobre a mesa atravancada de pilhas de documentos, penas de pato e tinteiros, numa confusão que intensificava ainda mais seu mau humor. Não sabia realmente o que pensar.

A voz de um frade dominicano sentado à sua frente rompeu o silêncio, oferecendo-lhe um pretexto para refletir.

— Sem dúvida, esse Alvarez nos prestou um grande serviço. Não se limitou a investigar, conseguiu libertar Branca de Castela. Tirou-nos de uma bela enrascada.

O monarca concordou, com ar distante.

— Contudo, em sua carta — prosseguiu o dominicano —, ele afirma que o ouro de Airagne não era verdadeiro.

Fernando III cerrou as mandíbulas e seu rosto se reanimou.

— E daí? O mesmo dizia o mestre Galib, se bem me lembro.

— Eu, porém, tenho cá minhas dúvidas, majestade. — O padre Gonzalez inclinou-se sobre a escrivaninha, saindo lentamente da sombra. — Aquele moçárabe é esperto, não convém confiar muito nele. — Apertou os olhos. — Se pudéssemos interrogá-lo demoradamente... Sabe a que me refiro.

— Não acho aconselhável fazer isso. — Havia uma nota de incerteza na voz do rei. — O melhor é não fazer nada. Talvez esse Alvarez ainda nos possa ser útil.

O dominicano suspirou decepcionado, como um gato que vê fugir a presa já segura nas garras. Viu o rei estender a mão para uma prateleira onde conservava sua Madona de marfim. Acompanhando aquele gesto impaciente, Fernando murmurou como que para si mesmo:

— Confiei a mestre Filippo a delicada tarefa de investigar Alvarez, na esperança de que ele encontrasse alguma base para uma acusação de heresia e, assim, pudéssemos interrogá-lo. — Deu de ombros. — Infelizmente, Lusignano não voltou da missão.

Fernando III repôs a estatueta branca na prateleira e apontou para a carta sobre a escrivaninha.

— Segundo o relatório de Alvarez, Filippo de Lusignano morreu após o desabamento do torreão de Airagne.

— Outra mentira, eu suponho — insinuou maldosamente Gonzalez.

— Seja como for, nem você está sendo totalmente sincero. Não me disse nada sobre o que combinou com Lusignano e talvez com outras pessoas. — O olhar do monarca se aguçou. — Sabemos, além disso, que está em contato com o bispo Folco de Toulouse por conta de certos interesses sobre os quais evita cuidadosamente falar. Isso é irritante! Queremos, como bem sabe, ficar informados sobre tudo.

O dominicano retraiu-se para a sombra.

— Naturalmente, senhor. Alvarez, todavia...

— Esqueça esse homem. No fim das contas, o caso de Branca de Castela pode ser considerado resolvido. Nossa tia não conseguirá firmar seu domínio na França. E é o que basta. — O monarca traçou no ar um gesto seco, como para encerrar o assunto. — Esqueçamos também o ouro de Airagne. Temos questões mais importantes a tratar. — Desenrolou alguns pergaminhos sobre a mesa. — Comecemos examinando a estratégia que adotaremos contra o emir de Córdoba.

Impassível, Gonzalez seguiu com o olhar o dedo do monarca que deslizava sobre um grande mapa.

Por um instante, odiou-o intensamente. Gostaria de agarrar sua querida Madona de marfim e reduzi-la a pedaços.

Exatamente um mês depois da volta para Castela, Uberto e Moira casaram-se no convento moçárabe de São Miguel de Escalada, perto de Mansilla de las Mulas. Era uma esplêndida manhã de verão. Ignazio e sua esposa Sibila, em companhia de poucos amigos, assistiram à cerimônia como se estivessem abrindo um novo capítulo de sua existência.

Os noivos se postaram no fundo do átrio, vestidos ambos de vermelho e cobertos por um véu branco. O sacerdote, à sua frente, celebrava o rito com jovial solenidade.

O mercador, exultante, admirava o filho. Era belo, forte, tinha uma inteligência sutil e desposava a mulher amada. A alegria o embriagava. Sua esposa, ao lado, não escondia uma suave comoção. Ignazio se virou para ela. Sibila era passional e radiosa como a terra da Espanha. Conhecera-a sempre assim. O passar dos anos imprimira nela os traços de uma espera obstinada e confiante. Ignazio sabia que era responsável por isso e prometeu, outra vez, nunca mais deixá-la sozinha.

Finda a cerimônia com a troca das alianças, o sacerdote tomou os recém-casados pela mão e conduziu-os para fora do mosteiro. O ar estava quente, suavizado pelo som de um alaúde.

Abrigaram-se do sol de agosto sob uma colunata do mosteiro.

Moira estava radiante em seus trajes de noiva. Segundo o costume nupcial, trazia soltos os longos cabelos negros sob o véu branco. Uberto contemplou-a longamente, invadido por uma íntima sensação de familiaridade. Parecia que ele a conhecera muito tempo atrás. Nos olhos dela, ele leu a mesma sensação. E ficou feliz.

Além dos Pireneus, num vale sombrio do Languedoque, Willalme se deteve para admirar a paisagem. Diante de seus olhos, por entre os variados matizes da vegetação, viam-se os restos de uma igreja destruída pelas chamas.

Um grupo de *béguines* trabalhava em volta da construção com a ajuda de alguns voluntários. Eles iam reedificá-la.

Uma imagem simples, uma visão de paz. Willalme sentiu a alma mais leve. Sua fronte se descontraiu.

Encontrara o que vinha procurando.

Sem hesitar, caminhou naquela direção.

# NOTA DO AUTOR

Embora alicerçado sobre uma trama de pura ficção, este romance contém referências políticas, culturais e lendárias relativas ao século XIII. No entanto, alimenta-se, sobretudo, de sugestões que colhi em pesquisas sobre a alquimia medieval, com seus aspectos simbólicos e suas repercussões sobre a religião, a filosofia e o folclore. Toda citação bibliográfica na presente obra, inclusive o *Turba Philosophorum*, corresponde, portanto, a uma verdade histórica. Mesmo a terminologia pseudocientífica (ou melhor, pré-científica) mencionada em várias passagens da narrativa provém da *traditio* manuscrita, pois condiz com a trama e é coerente com a *forma mentis* da Idade Média. Nesses elementos reside a historicidade genuína do romance, que o leitor encontrará disseminada em páginas de ficção. Nesse aspecto, a subdivisão quádrupla das fases alquímicas (*Nigredo, Albedo, Citrinitas* e *Rubedo*), apresentada no romance, diverge intencionalmente daquela que foi mais difundida na Idade Média, baseada apenas em três cores básicas (preto, branco e vermelho). A referência deriva do chamado *Livro de Comário e Cleópatra*, integrante do *corpus* alquímico greco-egípcio do período helenístico e talvez interpolado por um monge bizantino (consulte-se, a propósito, a *Collection des Anciens Alchimistes Grecs*, Paris, 1888, editada por Marcellin Berthelot). Minha, porém, é a ideia de associar os processos da alquimia à tecelagem.

As temáticas da alquimia, da filosofia e da antropologia cultural inseridas na trama se entretecem na estrutura simbólica de Airagne, que se torna assim metassemia. O mesmo pode-se dizer do exército dos Arcontes, cujo nome evoca as doutrinas gnósticas de *Pistis Sophia* e o binômio Treva-Matéria encontrado tanto na tradição hermética quanto na maniqueísta, enlaçando-se com os conceitos de Demiurgo e Nigredo.

Com relação aos personagens históricos citados no romance, são autênticas as informações biográficas sobre Fernando III de Castela, Pedro Gonzalez de Palencia, Folco de Toulouse, Raymond de Péreille e Corba Hunaud de Lantar.

As reconstituições urbanístico-arquitetônicas de Teruel, Toulouse e Acre respeitam a verossimilhança histórica, como também as descrições das seguintes construções: a ponte e o castelo de Andújar, o castelo de Montségur e a Sacra Praedicatio de Prouille (mas não seus subterrâneos), a abadia de Fontfroide e a de Conques.

Ao contrário, usei livremente o nome de Galib (Galippus), personagem histórico do qual muito pouco se sabe, exceto que figurou entre os colaboradores moçárabes de Gerardo de Cremona.

Todos os eventos históricos citados são autênticos e documentados, inclusive as alusões à Geórgia e à rainha Russunda.

O concílio de Narbonne, em 1227, aconteceu de fato e, na ocasião, foi lançado o anátema contra os senhores do Languedoque que apoiavam os cátaros. De resto, já se discutia em 1215, durante o concílio de Latrão IV, sobre as tendências separatistas — de natureza político-religiosa — dos condes de Toulouse e Foix. Também real foi a expedição punitiva conhecida como "Terra Queimada", de responsabilidade do bispo Folco, expulso de Toulouse pelo movimento favorável aos hereges liderado pelo conde Raimundo VII. Igualmente atestada é a existência das confrarias dos "Brancos" e dos "Negros".

O comportamento dos monges indisciplinados aparece em documentos da época.

O exorcismo praticado pelo bispo Folco foi extraído do canto 54 dos *Carmina Burana*.\*

Após a morte de Luís VIII, o Leão, a rainha Branca de Castela passou a ocupar sozinha o trono da França e enfrentou uma séria crise política, hostilizada por vários barões rebeldes aliados ao duque da Bretanha, Pierre de Dreux, conhecido como "Mauclerc". Romano Frangipane, legado pontifício, apoiou com todo o empenho a regente, tendo como objetivo salvar a monarquia; o mesmo fez Humbert de Beaujeu.

Não se sabe se Branca de Castela foi alguma vez sequestrada, mas a esse risco se viu certamente exposto o delfim, seu filho, o futuro São Luís. Ainda com respeito à rainha da França, são bem conhecidos os testemunhos alusivos a seu apelido (Dame Hersent), seu caráter violento e sua decantada beleza, a que por certo nem Frangipane deve ter ficado indiferente. Vagas, porém, são as relações de Branca com Thibaut IV de Champanhe, o "Príncipe Trovador", embora o monge cronista Mateus de Paris (*Historia Maior*, 1226) não hesite em declarar que Luís VIII morreu envenenado pelo amante de Branca, o conde de Champanhe, que, entretanto, nos anais, traz o nome de Henricus, e não de Thibaut.

As referências à *Herba diaboli* e aos seus efeitos alucinógenos, no âmbito da feitiçaria, são autênticas, como também são comprovados os sintomas patológicos atribuídos ao saturnismo (intoxicação pelo chumbo).

Menções do século XII à fada Melusina, a mulher-serpente, encontram-se na lenda de *Henno dai Grandi Denti*, relatada por Walter Map (*De Nugis Curialium*, IX, 2). Interessante, a esse respeito, é o

---

\* Textos poéticos contidos num importante manuscrito do século XIII, o *Codex Latinus Monacensis* encontrados por São Bonifácio num convento na Alta Baviera. (N. do T.)

relato perdido de Hélinand de Froidmont, a que se refere Vincent de Beauvais (*Speculum Naturale*, II, 27). Ao século seguinte pertence a obra de Jean d'Arras, divulgada com diversos títulos, entre os quais *La Noble Histoire de Lusignan* e *Le Roman de Melusine en Prose*, onde se insinua que a estirpe de Lusignano descende dessa criatura fantástica, misto de bruxa e sereia.

Tentou-se, nos limites do verossímil, reconstituir os rituais dos cátaros (na língua do Languedoque, *texerant*, além de *albigenses*), como também a vida comunitária das *béguines*, que justamente na primeira metade do século XIII começaram a surgir timidamente no sul da França.

É difícil saber o que se ocultava no interior de Montségur, a fortaleza assediada de 1243 a 1244 e finalmente tomada pela violência dos cruzados franceses: um exército de pelo menos 6 mil homens chefiados por Hugues d'Arcis, comandante de Carcassonne, e Pierre Amiel, arcebispo de Narbonne. Foi um acontecimento dramático, em que os ideais religiosos se tornaram pretexto para o exercício da intolerância e da brutalidade humana. Na época, o rochedo abrigava uma comunidade de cerca de quinhentas pessoas, algumas residentes nas grutas localizadas junto aos alicerces do castelo.

Antes que os habitantes de Montségur fossem capturados e lançados à fogueira (inclusive Raymond de Péreille, o castelão, e sua família), conta-se que, graças à ajuda de Pierre-Roger de Mirepoix, um grupo de cátaros fugitivos conseguiu ludibriar a vigilância dos cruzados e retirar do rochedo um tesouro tão precioso quanto misterioso, subtraindo-o às garras do arcebispo Amiel para fazê-lo desaparecer de uma vez por todas da história. Por isso os cátaros são frequentemente considerados, entre outras coisas, os últimos depositários do Santo Graal. A lenda da Pedra de Luz é, pois, autêntica, se bem que na fase atual dos estudos medievalistas seja impossível saber o que ela significa realmente. E talvez nunca se saiba.

# AGRADECIMENTOS

Agradeço inicialmente a Ignazio de Toledo. Encontrei-o só uma vez, de passagem, nas páginas de um ensaio histórico ou talvez de um romance de aventuras. Conhecer esse tipo de personagem traz sempre consequências imprevisíveis. Um agradecimento especial vai, pois, para Leo Simoni — sem seus conselhos, provavelmente, eu teria perdido a força e o entusiasmo para escrever antes de completar 20 anos. Ao mesmo tempo, peço-lhe perdão por nunca tê-lo compreendido profundamente. De resto, tenho sempre a sensação de receber das pessoas queridas muito mais do que estou disposto a dar. Isso vale principalmente para meus pais, que nunca deixaram de me apontar um caminho a seguir. Não sei se escolhi a direção certa, ou aquela que esperavam de mim, mas espero que apreciem, de qualquer modo, os meus esforços. Um agradecimento especial, é claro, a Giorgia, que me acompanha, me aconselha e não raro me suporta com paciência nos momentos em que a fantasia me leva para longe, fazendo-me esquecer o mundo real.

Há outros agradecimentos importantes a consignar. Antes de tudo, a Roberta Oliva e Silvia Arienti, grandes profissionais e amigas fiéis; e a Newton Compton. Encontrar o editor certo não é apenas uma questão de contratos e exemplares vendidos; implica também um laço de empatia com alguém capaz de compreender e apreciar a criatividade do autor. Por isso, serei sempre grato a Raffaello Avanzini e à minha editora Alessandra Penna, nos quais reconheço a paixão e o entusiasmo de quem luta diariamente para dar o melhor de si. Não posso me esquecer de Fiammetta Biancatelli, Maria Galeano, Carmen Prestia, Giovanna Iuliano e os demais integrantes dessa equipe fantástica.